스탠드

1

스탠드

The Stand

1

바이러스

스티븐 킹 장편소설

조재형 옮김

황금가지

THE STAND
by Stephen King

나의 아내 태비에게
경이로움으로 가득 찬 이 어둠의 상자를 바친다.

| 차례 |

지은이의 말

『스탠드』는 내용에 드러나는 바 그대로 명백한 허구의 산물입니다. 이야기 속의 여러 사건들이 실제로 존재하는 장소인 메인 주 오군킷, 네바다 주 라스베이거스, 콜로라도 주 볼더에서 벌어지기는 하지만 말입니다. 저는 이러한 실제 장소들을 제 소설의 전개에 어울리게끔 어느 정도 변형시키기도 했습니다. 앞서 말한 곳들과 소설 속에 나오는 그 밖의 실제 장소에 사는 독자 분들이, 똑같은 상황에서 자유롭게 처신했던 작가 도로시 세이어스의 표현대로 작가의 "터무니없는 무례함" 때문에 너무 불편해하지 않으셨으면 좋겠습니다.

그 밖의 지역들, 즉 텍사스 주 아네트나 아칸소 주 소요 같은 곳은 소설 줄거리와 마찬가지로 허구의 산물입니다.

독감의 특성과 약 2년을 주기로 돌연변이를 일으키는 독감의 특이한 방식에 대해 알려 주신 브릿튼 가정 의학 센터의 러셀 도어 간호 조무사와 리처드 허먼 박사, 초고를 교정해 주신 캐스틴의 수잔 아츠 매닝 씨께 특별히 감사드립니다.

누구보다도 이 책이 최상의 모습을 갖추도록 애써 주신 빌 톰슨 씨와 베티 프래시커 씨께 감사드립니다.

머리말

첫째, 책을 사기 전에 읽어 주세요.

『스탠드』에 대하여 분명히 알아 두셔야 할 사항이 두 가지 있습니다. 서점을 나서기 전에 반드시 알아야 합니다. 따라서 저는 당신의 시선을 일찌감치 붙잡아 두기를, 말하자면 당신이 지금 신간 소설 매장의 성이 'ㅋ'으로 시작하는 작가들 진열대 옆에 서서, 팔에 다른 책들을 끼고 앞에다가는 이 책을 펴 놓고 있는 중이기를 바랍니다. 바꾸어 말하면, 저는 당신의 지갑이 주머니 속에 안전하게 머물러 있는 동안 당신의 시선을 붙잡아 두고 싶습니다. 준비됐습니까? 좋습니다. 감사합니다. 짧게 끝낼 것을 약속합니다.

우선, 이 책은 새 작품이 아닙니다. 만일 그 점을 오해하셨다면 당신 주머니의 돈을 제 주머니 속으로 갖다 넣으려 하는 서점 계산대로부터 아직 안전한 거리를 유지하는 동안, 바로 여기서 그리고 바로 지금 오해를 털어 버리십시오. 『스탠드』가 최초로 출간된 것은 10년도 더 된 일입니다.

다음으로, 이 책은 예전에 나왔던 『스탠드』와 전혀 다른, 완전히 새로운 판본이 아닙니다. 당신은 예전 등장인물이 새로운 방식으로 행동하는 것을 발견하지 못할 것입니다. 또한 이야기가 진행되면서 어느 순간 예전의 전개 방식을 벗어나 열성 독자인 당신을 전혀 다른 방향으로 이끄는 것도 발견 못 할 것입니다.(『스탠드』의 축약판은 1996년 『미래의 묵시록』이라는 제목으로 한국어판이 출간된 바 있다. 물론 여러분이 '지금' 읽고 있는 황금가지 출판사의 『스탠드』는 축약판이 아닌 완전판이다——옮긴이)

이 책은 예전에 발표했던 작품의 확장판입니다. 이미 언급한 대로 낯설고 새로운 방식으로 행동하는 예전의 등장인물은 찾아볼 수 없지만, 예전 판본에 나왔던 거의 모든 인물들이 더 많은 일을 행하는 것을 발견할 것입니다. 만약 그런 것들 중 일부가 흥미롭다고, 어쩌면 깊은 의미가 있다고까지 생각하지 않았다면 저는 이 책을 펴내는 데 절대 동의하지 않았을 것입니다.

그러니 만일 원하던 책이 아니라면, 이 책을 사지 마십시오. 이미 사고 말았다면 영수증을 잘 챙겨 놓았길 바랍니다. 책을 구입했던 서점에서는 신용 카드나 현금으로 환불해 주기 전에 영수증을 요구할 테니까요.

그럼에도 이 책을 원하신다면, 저와 함께 좀 더 먼 길을 떠나기를 청하는 바입니다. 저는 당신께 들려줄 말이 무수히 많고, 저 모퉁이를 돌아가면 우리가 더 멋진 이야기를 나눌 수 있을 테니까요.

캄캄한 어둠 속에서 말입니다.

둘째, 책을 산 후에 읽어 주세요.

이것은 머리말이라기보다 사실 『스탠드』의 새로운 판본이 도대체 왜 존재하는지를 설명하는 글입니다. 예전의 『스탠드』는 읽기에 상당히 긴 장편소설이었고 몇몇 사람들은, 아니, 어쩌면 많은 이들이 이 책을 예전 작품의 새 판본을 펴낼 정도로 성공한 어떤 작가의 오만방자한 행동의 결과쯤으로 여길 것입니다. 그러지 않기를 바라지만, 그러려면 그러한 비판이 머지않았음을 깨닫지도 못할 만큼 저 자신이 아주 어리석어야겠죠. 어쨌든 많은 비평가들은 한때 이 소설이 읽기에 너무 방대하고 너무 길다고 여겼습니다.

예전 책이 너무 길었느냐, 또는 이번 판본도 그렇게 돼 버렸느냐 하는 것은 독자 여러분의 판단에 맡길 문제입니다. 저는 그저 이 짧은 지면을 통해 『스탠드』를 최초에 집필했던 모습 그대로 다시 펴내는 것이 저 자신이나 몇몇 독자들 개개인을 위해서가 아니라, 최초의 원고 내용 그대로를 읽게 해 달라고 요구해 온 다수의 독자들을 위해서라고 말하고 싶었습니다. 물론 처음 원고에서 떨어져 나갔던 부분들이 이야기를 더욱 재미있게 만든다고 저 스스로 생각하지 않았다면 그러한 부분들을 공개하지 않았을 것입니다. 게다가 원래 썼던 원고에 대해 독자들이 어떤 반응을 보일지 궁금하지 않다고 하면, 저는 거짓말쟁이겠죠.

『스탠드』가 어떻게 씌어졌는지를 이야기하지는 않겠습니다. 야심 있는 소설가들을 빼면 소설을 탄생시키는 일련의 생각에 흥미를 갖는 사람은 드무니까요. 적잖은 사람들이 상업적으로 성공하는 소설을 쓰는 '비밀 공식'이 존재한다고 믿지만, 그런 것은 어디에도 없습니다. 소설가가 괜찮은 아이디어를 하나 얻었다고 가정해 봅시다. 어느 순간엔가 또 다른 아이디어가 박차고 들어옵니다. 작가는 그런 아이디어들을 연결하거나 늘어놓습니다. 몇몇 등장인물들은(대개 처음에는 그림자 정도에 지나지 않지만) 자신의 모습을 스스로 만들어 갑니다. 이윽고 작가의 마음속에 적절한 결말이 떠오릅니다.(비록 결말이 가까워 올 때, 작가가 계획했던 대로 되는 경우는 드물지만요.) 그러곤 어느 순간이 오면 작가는 종이와 펜, 타자기 또는 워드 프로세서를 챙겨 자리에 앉습니다. "당신은 어떻게 글을 씁니까?"라는 질문을 받으면 저는 한결같이 이렇게 대답합니다. "한 번에 한 단어씩." 그 대답은 한결같이 무시당합니다. 하지만 그게 다인 걸 어쩌겠습니까. 너무나 단순해서 사실이 아닌 것처럼 들릴 테지만, 중국의 만리장성을 생각해 보십시오. 한 번에 돌 하나씩 쌓아서 만들었다 이겁니다.(하하.) 그게 다란 말이죠. 한 번에 돌 하나씩. 어떤 글에서 읽은 건데, 그렇게 쌓아 올린 저 빌어먹을 장벽은 우주에서 망원경 없이 봐도 보인다고 하더군요.

관심 있는 독자들을 위해 알려 드리자면, 제가 1981년에 쓴 산만하지만 읽기는 편한 공포 장르 비평서인 『죽음의 춤(*Danse Macabre*)』의 마지막 장에 『스탠드』의 탄생 비화가 실려 있습니다. 그 책을 사 달라고 광고하는 것은 아닙니다. 비록 내용 자체가 재미있기 때문이 아니라 전혀 다른 관점을 설명해 주기 때문에 실은 것이긴 하지만, 어쨌든 그 책에 실려 있으니 궁금하면 그저 참고하시라는 말입니다.

이 책을 쓰기로 한 중대한 이유는 바로 예전 『스탠드』의 원고

중 대략 400쪽 정도가 최종 교정 과정에서 삭제되었다는 것입니다. 편집 과정에서 삭제된 것이 아닙니다. 만약 편집상의 이유로 삭제되었다면, 저는 그 책이 처음에 출간됐던 모습 그대로 생명을 유지하다 최후를 맞았더라도 기꺼이 감수했을 것입니다.

삭제는 경리부의 요청으로 이루어졌습니다. 그 부서 사람들이 제작비를 산정하면서 이전에 나온 제 소설 네 종의 양장본 판매량과 대조해 보고, 납득할 만한 시장 가격은 소매가 12.95달러라고 결정했습니다.(이번 판 책의 가격과 비교해 보시라, 친구들이여 이웃들이여!) 그들은 제게 불필요한 부분을 직접 삭제하고 싶은지, 아니면 편집부의 누군가가 그 작업을 대신 해 주길 원하는지 물었습니다. 저는 마지못해 삭제에 동의하고 원고를 직접 수술하겠다고 했습니다. 워드 프로세서로 글을 마치 설사하듯 무지막지하게 쏟아 낸다고 두고두고 비난받아 왔던 작가치고는 꽤 멋지게 해냈다고 생각합니다. 삭제한 티가 난다 싶은 부분이 딱 한 군데뿐이거든요.(쓰레기통맨이 인디애나 주에서 라스베이거스까지 아메리카 대륙을 가로질러 여행하는 부분입니다.)

누군가는 묻겠지요. "만약 예전에 나온 축약판에 이야기가 온전히 다 들어 있다면, 왜 성가시게 확장판을 또 냈느냐? 결국 오만방자한 행동 아니냐? 그냥 놔두는 게 더 낫지." 그게 사실이라면 저는 제 인생의 적잖은 시간을 허비하고 만 셈이겠지요. 하지만 공교롭게도 저는 정말로 멋진 이야기는 전체가 부분의 합보다 항상 더욱 훌륭하다고 생각합니다. 그렇지 않다면 아래에 예로 든 글이 『헨젤과 그레텔』의 더없이 만족스러운 각색판이라고 할 수 있겠지요.

핸젤과 그레텔은 멋진 아버지와 멋진 어머니를 둔 아이들이었다. 멋진 어머니가 죽고 나서 아버지는 못된 여자와 결혼했다. 그 못된 여자는 아이들을 없애 버리고 자기 자신한테 더 많은 돈을 펑펑 쓰고 싶어 했다. 그래서 여자는 물러 터지고 멍청한 바깥양반을 윽박질러 핸젤과 그레텔을 숲 속으로 데려가 죽여 버리라고 시켰다. 아버지가 마지막 순간에 마음이 약해져 살려 두는 바람에, 둘은 아버지의 칼날에 순식간에 자비롭게 죽는 대신 숲 속에서 굶어 죽어야 할 형편이다. 둘은 숲을 정처없이 헤매고 돌아다니다가 사탕으로 만든 집을 발견했다. 사람 고기를 먹는 마녀의 집이었다. 마녀는 아이들을 잡아 가두고 맛있게 살이 오르면 잡아먹겠다고 말했다. 그러나 아이들이 마녀를 이겼다. 핸젤이 마녀를 오븐 속으로 밀어 넣었으니까. 그 애들은 마녀의 보물을 발견했고, 게다가 지도까지 발견한 것이 틀림없지 싶은데, 왜냐하면 결국엔 집으로 다시 돌아왔기 때문이다. 아이들이 살아 돌아오자 아빠는 못된 여자를 발로 차 내쫓았고, 이후 셋은 쭉 행복하게 살았다. 끝.

독자는 어떨지 모르지만, 제가 보기에 이 각색판은 실패작입니다. 이야기는 다 들어 있지만 품위가 없습니다. 크롬 도금이 벗겨지고 페인트칠도 긁혀 칙칙한 철판이 다 보이는 고물 캐딜락 같습니다. 그 꼴로 어디든 굴러가기는 하겠지만, 그게 다는 아니잖아요. 그렇잖아요, 두목님.

예전 축약판에서 빠져 버린 400쪽을 이 책에서 전부 복원하지는 않았습니다. 솜씨 좋게 제대로 해 놓은 부분과 그저 노골적으로 천박하게 해 놓은 부분 사이에는 차이가 있습니다. 축약판을 내놓았을 때 제가 편집실 바닥에 남겨 두었던 부분 중 일부는 그곳에 남겨 놓을 만하니까 그랬던 것이고, 그래서 아직도 그곳에 남아 있습니다. 다른 부분들, 예를 들어 책 초반부에 프래니가 어머니와 대립하는 장면 같은 부분들은 저 스스로 한 사람의 독자로서 깊은 즐거움을 누릴 만큼 작품에 재미와 포만감을 더해 주는 것 같습니다. 잠시 『핸젤과 그레텔』 이야기로 돌아가 보면, 사악한 계모가 불운한 남편에게 임무를 완수했다는 증거로 아이들의 심장을 가져오라고 요구했다는 사실을 기억하실지 모르겠습니다. 그는 아내에게 토끼 두 마리의 심장을 가져다주어 자신이 다소나마 지능이 있음을 증명해 보이지요. 또 핸젤이 등 뒤에 그 유명한 빵 부스러기 흔적을 남겨 자신과 여동생이 길을 다시 되돌아갈 수 있도록 꾀를 내는 장면을 떠올려 보세요. 생각 깊은 멋쟁이 녀석 같으니라고! 하지만 막상 흔적을 따라 돌아가려고 보니 새들이 땅에 떨어진 빵 부스러기를 죄다 먹어 버린 후입니다. 이러한 부분들은 엄밀히 말해 줄거리에 필수적인 것은 아니지만, 달리 보면 그런 것들 자체가 줄거리를 만듭니다. 그것들이야말로 이야기를 풀어 나가는 중요하고 매혹적인 요소들인 것입니다. 바로 그런 장면들이, 단조로운 작품으로 끝날 수도 있었던 이야기를 100년도 넘게 독자들을 매혹시키고 놀라게 한 멋진 이야기로 탈바꿈시킨 것입니다.

이 책에 추가된 부분들 가운데 핸젤의 빵 부스러기 흔적만큼 멋진 것이 있을지는 의심스럽습니다. 그러나 저와 출판사 교정자들 몇몇을 빼면 누구도 자신을 그저 "키드"라고만 부르는 미치광이를 만난 적이 없고…… 터널 바깥에서 키드에게 무슨일이 벌어졌는지 목격한 사람도 없습니다.(그 터널은 이야기의 초반부에 등장 인물 두 명이 돌파하는 뉴욕의 링컨 터널과 대비되는 곳이며, 뉴욕으로부터 아메리카 대륙의 절반 거리만큼 떨어져 있습니다.) 저는 이 사실이 그간 줄곧 안타까웠습니다.

열성 독자 여러분, 이것이야말로 작가가 처음에 의도한 모습 그대로의 『스탠드』가, 전시실을 빠져나와 여기에 있는 까닭입니다. 크롬 도금이 전혀 손상되지 않은 상태로 말입니다. 더 좋아졌든 더 나빠졌든 간에 말이죠.

이 책을 쓴 마지막 이유는 너무나 간단합니다. 비록 제가 가장 사랑하는 작품은 결코 아니지만, 제 소설을 좋아하는 독자들이 최고로 좋아하는 것 같은 작품이기 때문입니다. 어떤 작품을 좋아하느냐고 물어보면(그런 질문은 가능한 한 안 하려고 하지만) 사람들은 늘 제게 『스탠드』에 관하여 말합니다. 마치 등장인물들이 진짜 살아 있는 사람인 양 진지하게 논의하고, 자주 이렇게 묻습니다. "아무개 씨는 그 후로 어떻게 됐어요?" 마치 제가 스탠드의 등장인물들한테서 이따금씩 편지라도 받는 것처럼 말이죠.

『스탠드』가 영화로 만들어지느냐는 질문 또한 피할 수가 없습니다. 말이 난 김에 대답하자면, 아마도 예스일 것입니다. 좋은 영화가 될까요? 모르겠습니다. 좋든 나쁘든 간에, 영화에는 거의 언제나 환상 소설의 재미를 감소시키는 이상한 효과가 있습니다.(물론 예외는 존재하죠. 당장은 「오즈의 마법사」가 떠오르는군요.) 사람들은 여러 번 검토를 거치며 다양한 배우들을 끊임없이 캐스팅하려 합니다. 저는 항상 로버트 듀발이 화려한 랜들 플랙 역을 맡으면 좋겠다고 생각해 왔지만, 사람들이 클린트 이스트우드, 브루스던, 크리스토퍼 워켄 같은 배우들을 제안했다는 말을 들었습니다. 모두 좋은 생각인 것 같습니다. 브루스 스프링스틴이 연기를 하겠다고 마음만 먹으면 그가 재미있는 래리 언더우드 역을 맡는 것도 아주 좋을 것 같습니다.(뮤직 비디오를 보고 판단하건대 그는 연기를 아주 잘할 것 같습니다. 사실 저 개인적으로는 마셜 크렌쇼를 택하고 싶지만.)

그러나 결국 스튜, 래리, 글렌, 프래니, 랠프, 톰 컬런, 로이드, 또 그 다크 뭐라는 녀석에 관해서라면, 독자의 의견이 어쩌면 최선이 아닐까 생각합니다. 독자는 카메라가 복제할 수 없는 생생하고 변화무쌍한 방식으로 상상력의 렌즈를 통해 스탠드의 등장인물들을 끊임없이 눈앞에 떠올릴 것입니다. 영화라는 것은 결국 수천 장의 정지 사진들로 이루어진 움직이는 환상에 불과합니다. 그러나 상상력은 오직 그 자체의 다채로운 흐름으로 움직입니다. 아무리 뛰어난 영화일지라도 원작 소설을 얼려 버립니다. 영화 「뻐꾸기 둥지 위로 날아간 새」를 보고 나서 켄 키지의 원작 소설을 읽는 사람이라면 누구나 랜들 패트릭 맥머피를 연기했던 잭 니컬슨의 얼굴을 떠올리지 않기가 어렵거나 불가능함을 알게 될 것입니다. 그것이 반드시 나쁘다고 할 수는 없지만…… 한계를 지어 버리는 것이지요. 훌륭한 이야기의 광채는 한계가 없고 유동적입니다. 훌륭한 이야기는 독자 한 사람 한 사람에게 각자의 특별한 방식으로 남습니다.(『스탠드』는 1994년 텔레비전 미니시리즈로 만들어졌으며, 국내에서는 MBC방송국에서 「미래의 묵시록」이라는 제목으로 방영된 다음 비디오로 발매되었다──옮긴이)

마지막으로, 저는 딱 두 가지 이유 때문에 글을 씁니다. 저 자신을 즐겁게 하려고, 또 다른 이들을 즐겁게 하려고. 이제 암울한 기독교적 세계관에 관한 이 기나긴 이야기를 세상에 내놓으며 두 가지 이유 모두 제대로 충족시키기를 희망해 봅니다.

1989년 10월 24일

스티븐 킹

바깥에서는 거리가 불탄다
진정한 죽음의 왈츠 속에서
육체라는 것과 환상이라는 것 사이에서
그리고 여기 모인 시인들은
단 한 줄의 글도 쓰지 않는다
그들은 그저 뒤로 물러나 완전히 속수무책
이윽고 밤이 허점을 드러내자
그들은 기회를 잡으려 한다
진심으로 저항하려 애쓴다
그러나 그들은 부상을 당한다
아니, 죽는 것은 아니다
오늘 밤 정글의 땅에서는

— 브루스 스프링스틴

그녀는 결코 나아갈 수 없었어!
문이 열리고 바람이 불어왔어,
촛불이 흔들리다 사라졌어,
커튼이 휘날렸고 그러다 그가 나타나
말했어, "두려워 마라
이리 오너라, 메리."
그녀는 겁이 없었어
그녀는 그에게 달려갔어
그들은 날아오르기 시작했어
그녀가 그의 손을 붙잡았던 거였어……
"이리 오너라, 메리,
죽음의 신을 겁내지 마라!"

—블루 오이스터 컬트

그 마법의 주문이 뭐지?
그 마법의 주문이 뭐지?
그 마법의 주문이 뭐지?

—컨트리 조 앤드 더 피시

원이 열리다

시인은 판단했다
'우리는 도움이 필요해.'

— 에드워드 돈

"샐리."

중얼중얼.

"빨리 일어나, 샐리."

더 커진 중얼중얼.

'그냥 자게 놔둬.'

남자가 샐리를 더욱 세게 흔들었다.

"일어나. 당신 일어나야 한다고!"

찰리.

찰리의 목소리. 그녀를 부르고 있다. 얼마나 오랫동안?

샐리가 잠에서 헤엄쳐 나왔다.

우선 침대 옆 작은 탁자 위의 시계를 힐끗거리고 새벽 2시 15분인 것을 알았다. '찰리가 여기 있으면 안 되는데. 근무를 서고 있어야 하는데.' 그제서야 샐리는 처음으로 남편을 자세히 보았고,

그녀 안에서 무엇인가가, 치명적인 육감 같은 것이 날뛰었다.

남편은 시체처럼 창백했다. 두 눈이 눈구멍에서 튀어나와 불룩했다. 한 손에 자동차 열쇠가 들려 있었다. 다른 손으로는 계속 샐리를 흔들고 있었지만, 그녀는 이미 눈을 뜬 상태였다. 마치 그녀가 깨어났다는 사실을 인식하지 못하는 것처럼 보였다.

"찰리, 무슨 일이야? 뭐 잘못됐어?"

그는 무슨 말을 해야 할지 모르는 것 같았다. 울대뼈가 재빨리 위아래로 움직였지만 좁은 군인 주택 안에는 아무 소리도 나지 않았고 그저 시곗바늘 돌아가는 소리뿐이었다.

"불난 거야?"

샐리가 멍하니 물었다. 남편을 이러한 상태에 빠뜨릴 만한 원인 중에 그녀가 생각해 낼 수 있는 유일한 것이었다. 샐리는 시부모가 주택 화재로 비명횡사했다는 것을 알았으니까.

"어쩌면, 더 안 좋은 일이야. 여보, 당신 옷 입어야 해. 우리 아기 라본도 챙겨. 우리 여기서 빠져나가야 한단 말이야."

"왜?"

샐리가 물으며 침대에서 내려왔다. 시커먼 공포가 그녀를 사로잡았다. 제대로 된 게 아무것도 없는 듯했다. 이 상황이 꿈만 같았다.

"어디로? 뒤뜰 말하는 거야, 당신?"

그러나 샐리는 뒤뜰이 아니라는 것을 알았다. 그녀는 찰리가 이토록 두려워하는 모습을 한 번도 본 적이 없었다. 숨을 깊이 들이마셨지만 연기나 타는 냄새는 맡을 수 없었다.

"샐리, 여보, 질문 좀 하지 마. 우린 빠져나가야 해. 아주 멀리.

당신은 빨리 우리 아기 라본한테 가서 옷을 입히란 말이야."

"하지만 난…… 짐 쌀 시간은 있는 거야?"

이 말이 찰리를 멈추게 한 듯싶었다. 어쩌면 그의 계획을 틀어지게 한 듯했다. 샐리는 자신이 정신을 못 차릴 만큼 완전한 두려움에 빠졌다고 생각했지만, 딱히 그런 것은 아니었다. 그녀는 남편에게서 보았던 것이 공포보다는 적나라한 혼란 상태에 더 가깝다는 것을 깨달았다. 찰리는 어수선한 손길로 머리칼을 쓸어 올리며 대답했다.

"몰라. 난 바람을 살펴봐야겠어."

찰리는 뜻 모를 이상야릇한 말을 아내에게, 맨발과 속이 비치는 란제리 잠옷 차림으로 춥고 무섭고 혼란스러운 상태로 서 있는 아내에게 남기고 나가 버렸다. 그가 미쳐 버린 것만 같았다. 바람을 조사하는 게 짐 쌀 시간이 있느냐 없느냐 하는 문제랑 무슨 관련이라도 있다는 것인가? '아주 멀리' 라니 어디를 말하는 거지? 리노? 라스베이거스? 솔트레이크 시티? 게다가……

뒤이어 떠오른 생각에 놀란 나머지, 샐리는 무심코 목에 손을 가져다 댔다.

무단 탈영. 한밤중에 떠난다는 것은 곧 찰리가 무단 탈영을 계획하고 있다는 의미였다.

샐리는 아기 방으로 쓰는 작은 방에 들어가 한동안 우두커니 서서 주저하며, 분홍색 잠옷을 입고 잠들어 있는 아기를 바라보았다. 이것이 그저 놀랄 만큼 실감 나는 꿈일 수도 있다는 실낱같은 희망을 품었다. 꿈은 지나갈 것이고, 그녀는 여느 때와 마찬가지로 아침 7시에 잠에서 깨어 「투데이 쇼」 1부를 시청하면서 아기 라본과 함께 밥을 먹을 것이다. 아침 8시에는 밤에 부대 영내의 북쪽 탑에서 야간 근무를 하고 돌아온 찰리에게 달걀을 부쳐 주고 있을 것이다. 2주일 후에는 남편이 낮 근무로 복귀할 테니 그리 까다롭게 굴지 않을 것이고, 밤에 그와 잠자리를 같이하면 이번과 같은 정신 나간 꿈을 꾸지 않을 것이고 그리고……

"빨리빨리 서두르란 말이야!"

찰리가 그녀를 향해 으르렁거려 실낱같은 희망을 부서뜨렸다.

"겨우 물건 몇 가지 챙길 시간밖에 없어…… 그러니 제발, 이 여자야."

찰리가 유아용 침대를 가리켰다.

"재를 조금이라도 사랑한다면 우선 옷부터 입혀!"

찰리는 입을 손으로 가리고 신경질적으로 기침을 한 다음, 장롱 서랍에서 물건들을 홱 끄집어내 낡은 여행 가방 두 개에다 엉망으로 쑤셔 넣기 시작했다.

샐리는 아기 라본을 깨우고 최선을 다해 그 어린 것을 달랬다. 한밤중에 깨서 칭얼대며 어쩔 줄을 모르던 세 살배기는 엄마가 팬티에 블라우스, 웃옷을 입혀 주자 울음을 터뜨리기 시작했다. 딸아이의 우는 소리가 샐리를 어느 때보다 더욱 두렵게 만들었다. 울음소리를 들은 그녀는 평상시에는 그야말로 천사 같은 아기인 라본이 밤에 울어 댔던 선례들을 떠올려 보았다. 기저귀 탓에 생긴 피부염, 젖니가 나올 때, 후두염, 복통. 그러다 양손 가득 아내의 속옷을 움켜쥐고 뛰다시피 문을 지나가는 찰리를 보고 있자니 공포는 서서히 분노로 변했다. 브래지어 끈들이 섣달그믐에 불어대는 장난감 피리에서 펄럭이는 줄 장식처럼 그의 뒤에서 질질 끌려갔다. 찰리는 그것들을 여행 가방에 던져 넣고 쾅 소리가 나게 닫았다. 가장 좋은 슬립의 끝 자락이 삐져나와 늘어졌고, 샐리는 그것이 분명히 찢어졌을 거라고 생각했다.

"대체 무슨 일이냐고?"

샐리가 소리를 지르고 코를 훌쩍거리며 울고 있으려니 엄마의 흥분한 목소리에 놀란 아기 라본이 닭똥 같은 눈물을 쏟았다.

"당신 미쳤어? 찰리! 사람들이 우릴 잡으러 군인들을 보낼 거야, 군인들 말이야!"

"오늘 밤은 안 그래. 안 그럴 거야."

샐리는 무언가를 확신하는 남편의 목소리에 소름이 끼쳤다.

"사랑하는 자기야, 지금 중요한 건 말이지, 만약 우리가 꾸물거렸다가는 이 기지에서 절대로 튀어 나갈 수 없다는 거야. 난 도대체 내가 경비탑에서 어떻게 빠져나왔는지 하나도 모르겠어. 뭔가 작동 불량을 일으켰겠지. 왜 아니겠어? 다른 것들도 죄다 이상하게 작동해 버렸는데."

그리고 그가 날카롭게 미치광이 같은 웃음소리를 내는 바람에 다른 어떤 이유들보다도 그녀는 더욱 겁에 질렸다.

"아기 옷 입혔어? 좋아. 아기 옷가지는 저 가방 속에 넣어. 나머지 것들은 벽장 안의 커다란 푸른색 핸드백을 이용하고. 그러고 나서 지옥을 빠져나가는 거지. 우린 괜찮을 거야. 바람이 동쪽에서 서쪽으로 불고 있어. 그것 하나만은 하나님께 감사해야겠군."

찰리는 또 입을 가리고 기침을 했다.

"아빠!"

아기 라본이 팔을 뻗쳐 올리며 보챘다.

"아빠, 해 줘! 빨랑! 말 타기 놀이, 아빠! 말 타기 놀이! 빨랑!"

"지금은 안 돼."

찰리는 그렇게 말하고 부엌으로 사라졌다. 잠시 후, 샐리는 그릇이 덜그럭거리는 소리를 들었다. 찰리가 꼭대기 선반 위에 있는 파란 수프 그릇에서 푼돈을 꺼내고 있었다. 샐리가 모아 뒀던 삼사십 달러 정도 되는 돈. 한 번에 1달러씩, 때로는 50센트씩 모아 놨던 돈. 그녀의 쌈짓돈. 그제야 실감이 났다. 무슨 일이 벌어졌든 간에, 그야말로 실감 나게 실감이 났다.

딸이 원하면 무엇이든 거부하는 일이 드물었던 아빠한테서 말 타기를 거부당한 아기 라본이 다시 훌쩍거리기 시작했다. 샐리는 아기에게 얇은 재킷을 힘겹게 입히고 아기 옷가지는 거의 다 커다란 핸드백 속에 엉망진창으로 쑤셔 넣었다. 남은 여행 가방 하나에 뭘 넣는다는 것은 터무니없는 생각이었다. 가방이 터져 버릴 것 같았다. 잠금쇠를 걸자니 무릎으로 가방을 눌러야 할 정도였다. 그녀는 아기 라본이 그나마 대소변을 가릴 줄 아니 기저귀까지 챙기느라 걱정할 필요가 없다는 사실에 하나님께 감사드리는 자신을 발견했다.

침실로 돌아온 찰리는 이제 뛰고 있었다. 그는 아직도 수프 그릇에서 꺼낸 구겨진 1달러와 5달러 지폐들을 황갈색 군복 앞주머니에다 채워 넣는 중이었다. 샐리는 아기 라본을 안아 올렸다. 이제 잠이 다 깨어 충분히 걸을 수 있을 터였지만, 샐리는 왠지 아이를 팔로 안고 싶었다. 그녀는 몸을 숙여 커다란 핸드백을 낚아챘다.

"우리 어디 가는 거야, 아빠?"

아기 라본이 물었다.

"나 자고 있었는데."

"우리 아기는 차 안에서 자도 된단다."

찰리가 여행 가방 두 개를 들며 말했다. 샐리의 슬립 끝 자락이 펄럭거렸다. 그의 눈은 여전히 창백하고 멍했다. 한 가지 생각이, 점점 굳어지는 한 가지 확신이 샐리의 마음속에 차츰 자리 잡기 시작했다.

"사고 났어?"

그녀가 속삭였다.

"오, 예수 마리아 요셉이시여, 났구나, 그렇지? 사고구나. 그곳에서."

"난 혼자서 카드놀이를 하고 있었어. 그러다 고개를 들었는데 시계가 녹색에서 빨간색으로 변해 있지 뭐야. 그래서 모니터를 켰어. 샐리, 사람들이 모조리……."

찰리는 말을 멈추고, 여전히 눈물이 어리긴 했지만 크게 뜨고 호기심을 나타내는 아기 라본의 눈을 바라보았다.

"사람들이 모조리 '죽어' 있었어. 한두 명만 빼고 모조리. 그 사람들도 지금은 아마 끝장났을걸."

"주거가 뭐야, 아빠?"

"넌 몰라도 돼, 예쁜아."

샐리가 말했다. 깊디깊은 골짜기를 흘러내려 그녀에게 온 듯한 목소리였다.

찰리가 침을 삼켰다. 무엇인가가 목 안에서 꿀꺽 소리를 냈다.

"시계가 빨간색으로 변하면 모든 것이 차단되게 돼 있어. 전 구역을 관리하는 처브 컴퓨터란 게 있는데, 그것이 비상 안전장치를 작동시키거든. 나는 모니터에 떠오른 광경을 보자마자 문밖으로 튀어 나갔어. 빌어먹을 놈의 차단기가 나를 반 토막 낼 거라고 생각했으니까. 시계가 빨간색으로 변하는 순간에 차단기가 내려와 닫혔어야 하는데, 내가 고개를 들고 알아차리기 전까지 얼마나 오랫동안 빨간색이었는지는 모르겠어. 그런데 주차장에 거의 다 왔을 때 뒤에서 쿵 하고 닫히는 소리가 들리더라고. 만일 30초만 늦게 고개를 들었어도 나는 지금 경비탑 관제실 안에 갇혀 있을 거야. 병 속에 든 벌레 신세처럼."

"도대체 뭐야? 무슨……"

"몰라. 알고 싶지도 않아. 내가 아는 건 오로지 그것이 살…… 그것이 사람들을 순식간에 살, 해, 해, 버, 렸, 다는 거야. 날 잡을 테면 잡아 보라지. 위험수당을 받긴 했지만 여기에 들러붙어 있고 싶을 만큼은 아니야. 바람이 서쪽으로 불고 있어. 우리는 동쪽으로 차를 모는 거야. 자, 가자고, 어서."

샐리는 몹시 무섭고 고통스러운 꿈에 사로잡혀 반쯤 조는 듯한 기분으로, 15년 된 자가용 시보레가 캘리포니아 사막의 향긋한 어둠 속에서 조용히 녹슬며 서 있는 차도로 그를 따라 나섰다.

찰리는 여행 가방을 트렁크에, 커다란 핸드백을 뒷자리에 던져 넣었다.

샐리는 팔에 아기를 안고 조수석 문짝 옆에 한동안 가만히 서서, 그들이 지난 4년간 살았던 목조 주택을 바라보았다. 이사 올 때를 떠올려 보니 당시 뱃속에서는 남편과 말 타기 놀이를 열심히 즐긴 덕분에 생긴 아기 라본이 무럭무럭 자라고 있었다.

"뭐 해! 빨리 타라고, 이 여자야!"

샐리가 차에 올랐다. 후진하는 시보레의 전조등이 순간적으로 집 전체를 훑으며 비추었다. 창문에 반사된 빛이 쫓기는 짐승의 두 눈처럼 보였다.

찰리가 운전대 위로 급히 몸을 숙이자 그의 얼굴이 계기판의 흐릿한 빛 속으로 다가갔다.

"만약 기지 출입구가 닫혀 있으면, 난 그대로 부수고 돌파할 거야."

정말로 그럴 작정이었다. 샐리는 장담할 수 있었다. 불현듯 깊은 물 속에 무릎까지 빠진 듯한 아찔한 기분이 들었다.

그러나 그토록 절박한 방법을 동원할 필요는 없었다. 기지 출입구는 열려 있었다. 경비병 하나가 잡지를 앞에 놓고 꾸벅꾸벅 졸고 있었다. 나머지 한 명은 보이지 않았다. 아마도 화장실에 있지 싶었다. 이곳은 기지의 외곽 지역이었고, 전통적으로 수송대의 배차장이었다. 이곳 사람들은 기지 중심부에서 무슨 일이 생기든 아무런 관심도 없었다.

'고개를 들었는데 시계가 빨간색으로 변해 있지 뭐야.'

샐리는 몸을 와들와들 떨며 남편의 다리에 손을 올렸다. 아기 라본은 다시 잠들어 있었다. 찰리가 아내의 손을 가볍게 토닥거리고 말했다.

"여보, 다 잘될 거야."

동 틀 무렵 그들은 네바다 주를 가로질러 동쪽으로 달리고 있었고, 찰리는 연방 기침을 해 대고 있었다.

제1부

캡틴 트립스

1990년 6월 16일~7월 4일

(트립trip은 LSD나 마약 등으로 겪는 환각 상태를 뜻한다. LSD를 의욕적으로 미국에 퍼뜨린 알프레드 허버드의 애칭이 '캡틴'이기도 했는데, 캡틴 트립스captain trips란 마약에 취한 듯한 환각 상태를 가져다주는 것을 일컫는 말이다. 록 그룹 그레이트풀 데드의 리더인 제리 가르시아가 캡틴 트립스로 유명했다. 이 책에서는 인류를 파멸시키는 불치병에 걸리면 극심한 환각 상태에 시달리기 때문에 그 병에 '캡틴 트립스'라는 명칭이 붙었다. ―옮긴이)

나는 의사한테 전화를 걸었지,
의사한테 말했어, 의사 선생, 제발요,
내 기분이 이렇거든요, 흔들거리고 어질어질하거든요,
내게 말해 줘요, 이게 무얼까요?
새로운 병인가요?

— 실버스

베이비, 당신의 남자를 믿나요?
그는 올바른 남자예요,
베이비, 당신의 남자를 믿나요?

— 래리 언더우드

제1장

햅스콤의 텍사코 주유소는 휴스턴에서 180킬로미터쯤 떨어진 볼품없는 소도시 아네트의 바로 북쪽, 93번 고속도로변에 있었다. 그곳에선 오늘 밤도 고정 멤버들이 모여 계산대 옆에 앉아 맥주를 마시고 한담을 나누며, 커다란 간판 조명으로 날아드는 벌레들을 구경하고 있었다.

그곳은 빌 햅스콤의 주유소였기에 사람들은 그가 바보 멍청이였음에도 예의상 그의 말에 따랐다. 만약 그들이 자신들의 사업장 중 한 곳에서 모였다면, 그들도 똑같이 예의 바른 존대를 기대했을 것이다. 다만 그들은 아무도 사업장이 없었다. 아네트는 한창 힘든 시기였다. 1980년에 이곳에는 공장이 두 개 있었는데, 하나는 종이 제품(주로 야외 나들이나 바비큐용)을 만드는 공업소였고 또 하나는 전자계산기 공장이었다. 이제 공업소는 문을 닫았고 계산기 공장은 시름시름 앓고 있었다. 계산기야 대만에서 훨씬 싸게 만들 수 있다는 것이 알려졌기 때문이다. 휴대용 텔레비전과 트랜지스터 라디오처럼 말이다.

종이 공업소에서 함께 일했던 노먼 브루엣과 토미 워너메이커는 실업 수당을 받는 신세였는데, 얼마 전부터는 실업 수당마저 끊겨 버렸다. 헨리 카마이클과 스튜 레드먼은 둘 다 계산기 공장에서 일했으나 일주일에 30시간 이상 일하는 경우는 드물었다. 빅터 팰프리는 권고사직을 당해서 할 수 있는 일이라곤 손수 종이로 만 냄새 나는 담배나 피워 대는 것이 전부였다.

"그러니까 내 말은 이거야."

햅이 무릎에 손을 짚고 몸을 앞으로 굽히며 그들에게 말했다.

"정부가 나서서 이 인플레이션 나부랭이를 작살내겠다고 발표해야 한다 이거지. 이 국가 부채 나부랭이를 작살내겠다고 말이야. 인쇄기도 있고 종이도 있잖아. 정부가 지폐를 500억 달러 정도 찍어 내서 열나게 유통시키면 되는 거라고."

1984년까지 기계공이었던 팰프리는 햅의 빤히 보이는 헛소리를 지적하여 합당한 자존심을 표시할 만한 유일한 사람이었다. 마침내 똥내 나는 담배를 또 한 개비 말면서 그가 말했다.

"그래 봤자 우리한텐 아무 득도 없을 거야. 만약 정부가 그렇게 했다간, 남북 전쟁 마지막 2년 동안의 리치먼드 꼴이 날 거라고. 당시엔 생강 빵 한 조각을 사려고 빵집에서 남부 연방 달러를 한 장 내밀면, 주인이 그것을 빵 위에 올려놓고 딱 지폐 넓이만큼만 잘라 주었다고. 돈이 그저 휴지 조각이 된단 말이야."

"어떤 사람들은 그렇게 생각 안 할걸요."

햅이 불쾌한 듯 말하며 책상에서 기름때 묻은 빨간 플라스틱 고

지서 보관함을 집어 들었다.

"나는 이 사람들한테 빚을 졌어요. 그네들은 빚을 받아 내려고 아주 몸이 달아오르기 시작했다고요."

아마도 아네트에서 가장 과묵한 사람일 듯한 스튜어트 레드먼은 금이 간 울코 플라스틱 의자에 앉아 손에 팹스트 맥주 깡통을 들고, 93번 도로를 향해 난 커다란 주유소 창문을 내다보고 있었다. 스튜는 가난에 대해 잘 알았다. 그는 바로 이곳에서 가난과 함께 성장했으며, 아내와 일곱 살배기 스튜 외에 자녀 둘을 더 남겨 둔 채 사망한 치과 의사의 아들이었다.

스튜의 어머니는 아네트 외곽에 있는 급행 트럭 휴게소에 일자리를 얻었다. 1979년에 불타 버리지 않았다면, 스튜는 바로 지금 앉아 있는 자리에서 그곳을 볼 수 있었을 것이다. 거기서 번 수입은 네 식구가 입에 풀칠할 정도는 되었지만, 그게 전부였다. 아홉 살이 되자 스튜는 일을 하러 다녔는데, 처음에는 방과 후에 로그 터커의 급행 트럭 휴게소에서 시간당 35센트를 받고 짐 내리는 일을 도왔다. 그다음에는 이웃 마을 브레인트리에 있는 가축 사육장에서 나이를 속여 최저 임금을 받아 가며 허리가 끊어질 듯한 노동으로 일주일에 20시간을 보냈다.

이제 와 햅과 빅 팰프리가 돈에 관하여, 또 그것이 고갈되는 이 상야릇한 방식에 관하여 논쟁하는 소리를 듣고 있자니, 스튜는 가축의 가죽과 창자가 담긴 손수레를 한도 끝도 없이 밀고 다니느라 처음으로 손에서 피가 났던 일이 떠올랐다. 그는 어머니가 손을 보지 못하게 하려고 애썼지만, 채 일주일이 지나기도 전에 들키고 말았다. 그의 손을 보고 눈물을 흘린 어머니는 그 전까지 쉽사리 눈물을 내비치는 여자가 아니었다. 그럼에도 그녀는 아들에게 일을 관두라고 요구한 적이 없었다. 집안 형편이 어떤지 잘 알았던 것이다. 그녀는 현실주의자였다.

스튜의 내면에 있는 과묵함 중 일부는 그가 친구를 전혀 사귀지 못했던, 또는 친구를 사귈 시간이 전혀 없었던 데에 기인했다. 공부를 해야 했다. 그리고 노동도 해야 했다. 막내 동생 데브는 스튜가 가축 사육장에 처음 나가던 해에 폐렴으로 죽었고, 스튜는 결코 그 죽음을 완전히 극복하지 못했다. 죄책감 때문일 거라고 그는 그렇게 추측했다. 그는 데브를 가장 사랑했지만…… 그 아이가 저세상으로 갔다는 것은 곧 먹여 살려야 할 입이 하나 줄었음을 의미했던 것이다.

고교 시절 스튜는 풋볼을 알았고, 어머니는 아들의 근로 시간이 줄어드는데도 그것을 장려했다.

"운동을 하렴."

어머니가 말했다.

"스튜어트, 너를 이곳에서 벗어나게 해 줄 티켓은 풋볼뿐이란다. 그러니 운동을 해. 에디 워필드를 보려무나."

에디 워필드는 아네트의 영웅이었다. 그는 스튜네보다도 더 가난한 가정에서 태어나 그 지역 고교 팀의 쿼터백으로 명성을 떨쳤으며, 체육 특기자 장학금을 받아 텍사스 농공업 대학에 진학했다. 그 후 그린베이 패커스 팀에서 10년간 뛰면서 주로 쿼터백 교체 선수로 있었으나, 몇 번인가 주목할 만한 순간에 선발 출장을 하기도 했다. 에디는 이제 서부 지역과 남서부 지역에 걸친 패스트푸드 식당 체인점들을 소유했고, 아네트에서 영원한 신화적 인물이 되었다. 아네트에서 '성공'이라는 단어는 에디 워필드를 의미했다.

스튜는 쿼터백이 아니었으며, 에디 워필드도 아니었다. 그래도 고등학교 3학년으로 올라가던 해에는 작은 액수나마 체육 특기자 장학금을 노려 볼 기회가 생길 것 같았다. 그땐 대학에 근로 장학생 제도가 있었고, 학교의 진로 상담 교사는 그에게 국방 교육법상의 대출 제도를 알려 주기도 했다.

그러다 어머니가 병에 걸려 일을 못하게 되었다. 암이었다. 스튜가 고등학교를 졸업하기 두 달 전, 어머니는 그에게 동생 브라이스의 뒷바라지를 맡기고 돌아가셨다. 스튜는 체육 특기자 장학금을 포기하고 계산기 공장으로 향했다. 마침내 고향을 탈출하는 데 성공한 사람은 스튜의 세 살 아래 동생인 브라이스였다. 그는 이제 미네소타에 살며 IBM의 시스템 분석가로 일했다. 스튜는 동생에게 편지를 자주 쓰지 않았다. 브라이스를 마지막으로 보았던 때는 아내의 장례식에서, 그러니까 그의 어머니와 똑같은 암으로 죽은 아내의 장례식에서였다. 그는 브라이스가 자기만의 죄책감을 짊어지고 있을 거라고 생각했다. 그리고 어쩌면 자기 형이 쇠락해 가는 텍사스 촌구석에서 그저 선량한 남부 토박이가 되어, 낮에는 계산기 공장에서 시간을 보내고 밤에는 햅의 주유소나 인디언헤드 술집에서 론스타 맥주를 마시며 시간을 보낸다는 사실을 약간 부끄러워할 수도 있을 거라고도…….

결혼 생활은 최고로 좋은 시절이었지만 겨우 18개월 동안만 지속되었다. 젊은 아내의 자궁이 까만 악성 종양 하나를 잉태했다. 그게 4년 전 일이었다. 그때 이후로 아네트를 떠나 좀 더 나은 일을 찾아볼까도 생각했지만, 작은 마을의 타성이 그를 붙잡았다. 익숙한 장소들과 익숙한 얼굴들이 아른거리는 나지막한 유혹의 노래. 스튜는 아네트에서 많은 호감을 받는 인물이었고, 빅 팰프리는 한때 그에게 "한결같은 터프가이"라는 최고의 찬사를 보내기도 했다.

빅과 햅이 언쟁을 벌이는 동안 하늘에는 여전히 황혼 빛이 남아 있었으나, 땅은 어둠에 잠겨 있었다. 요즘은 93번 도로에 차가 그리 많이 지나다니지 않았고, 그것이 바로 햅에게 그토록 미납 고지서가 많은 이유 가운데 하나였다. 그런데 지금 차 한 대가 오고 있었고, 스튜가 그것을 보았다.

그 차는 아직 500미터 정도 떨어져 있었고, 그날의 마지막 햇빛이 차에 남은 약간의 크롬 장식 위로 희뿌연 광택을 드리웠다. 눈이 예리한 스튜는 그 차가 아주 오래된 시보레라고, 아마도 1975년형일 거라고 판단했다. 시보레는 불을 전혀 켜지 않고 겨우 시속 25킬로미터로 달리면서 도로 전체를 마구 휘젓고 있었다. 아직은 그 말고는 아무도 그 차를 보지 못했다.

"이제 자네가 이 주유소를 모기지론으로 구입해서 대출금을 갚아 나간다는 가정하에 말해 보자고."

빅이 말했다.

"갚을 돈이 한 달에 50달러라고 쳐."

"그거보다는 엄청 많아요."

"자, 자, 토론의 편의상 50으로 해 두자고. 그리고 연방 정부가 일을 척척 진행해서 자네한테 한 차 가득 돈을 찍어 주었다고 쳐. 그럼 말이지, 은행 사람들이 돌변해서 한 달에 150을 달라고 그럴 거야. 딱 그런 식으로 쪼들릴 거란 말이야."

"그 말이 맞아."

헨리 카마이클이 덧붙여 말했다. 그를 본 햅은 짜증이 났다. 햅은 헨리가 돈을 맡겨 놓은 것도 아니면서 음료수 냉장고에서 코카콜라를 빼먹는 버릇이 있다는 것을 우연히 알았고, 더욱이 그가 알아차렸다는 사실을 헨리도 알았다. 그러니 만일 헨리가 어느 한 쪽을 편들고 싶었다면 마땅히 그의 편이 되었어야 했다.

"반드시 어떻게 될 거라는 장담은 못 하는 거야."

햅이 중졸 학력의 깊이를 과시하듯 힘주어 말했다. 그러고는 이유를 설명해 나갔다.

자신들이 굉장한 위기에 직면했다는 것만을 간파한 스튜는 햅의 목소리를 무의미한 잡소리로 무시하고, 시보레가 주행하는 내내 도로의 전후좌우로 곤두박질치는 모습을 지켜보았다. 움직이는 상태로 보아 그리 오래 굴러갈 듯싶지는 않았다. 차가 도로의 흰색 경계선을 넘어 왼쪽 갓길에서 먼지를 일으켰다. 그러다 갑자기 뒤로 기울어 잠시 차선을 유지하더니, 도랑 속으로 거의 곤두박질칠 뻔했다. 곧이어 운전자가 텍사코 주유소의 커다란 조명 간판을 등대로 생각해 버리기라도 한 듯, 차는 속도가 거의 죽은 화살처럼 아스팔트 도로 쪽으로 돌진해 왔다. 스튜는 이제 차의 엔진이 내는 기진맥진한 쿵쿵 소리를, 꺼져 가는 기화기와 늘어진 밸브들이 지속적으로 쿨럭거리고 헐떡거리는 소리를 들을 수 있었다. 차는 주유소 아래쪽 입구를 비껴가 옆에 둘러 놓은 경계석에 충돌했다. 주유기 위쪽의 기다란 형광등들이 시보레의 먼지투성이 앞 유리를 비추고 있어 차 내부를 보기가 어려웠다. 하지만 스튜는 충돌과 동시에 맥없이 나뒹구는 운전자의 흐릿한 모습을 보았다. 차는 시속 25킬로미터를 집요하게 유지하며 속도를 늦출 기미를 조금도 보이지 않았다.

"그러니까 내가 더 많은 돈을 유통시키자고 말하는 이유는 자네가……"

"어이, 햅. 주유기들을 꺼 놓는 게 좋겠어."

스튜가 부드럽게 말했다.

"주유기? 뭔 소리야?"

노먼 브루엣이 고개를 돌려 창밖을 내다보았다.

"어이구, 저 작은 차 봐라."

스튜가 의자에서 일어나 토미 워너메이커와 헨리 카마이클의 위로 몸을 뻗어 한 손에 네 개씩, 스위치 여덟 개 전부를 단숨에 꺼 버렸다. 그래서 그는 시보레가 위쪽 급유장의 휘발유 주유기들을 들이받아 날려 버리는 모습을 보지 못한 유일한 사람이 되었다.

그 차는 무자비하면서도 어찌 보면 우아한 모습으로 느릿느릿 주유기들과 충돌했다. 토미 워너메이커는 다음 날 인디언헤드 술집에서 그 차의 후미등이 한 번도 깜빡거리지 않았노라고 주장했다. 시보레는 한결같은 시속 25킬로미터 정도의 속도로 신년맞이 축제 행렬의 선도 차량처럼 쉬지 않고 다가왔다. 차체 밑바닥이 콘크리트 경계석 위에 닿아 날카로운 파열음을 토해 냈고, 차 바퀴가 그곳에 부딪치는 순간 스튜를 제외한 모든 이들이 운전자의 머리가 아무렇게나 흔들거리다 앞 유리창을 들이받아 유리가 별처럼 반짝이며 갈라지는 것을 보았다.

시보레가 발길질에 걷어차인 늙은 개처럼 뛰어올라 고급 휘발유 주유기와 충돌했다. 주유기가 동강이 나 나뒹굴며 휘발유 몇 방울을 흘렸다. 주유기 호스의 주둥이가 풀려 나와 형광등 조명 아래서 반짝거렸다.

그들 모두 시보레의 배기관이 시멘트 바닥을 긁어 불똥이 튀는 것을 보았다. 멕시코에서 주유소 폭발사고를 본 적이 있던 햅은 본능적으로 눈을 가리고 불덩이가 솟아오르리라 예상했다. 하지만 뜻밖에도 시보레의 뒤쪽 꽁무니가 휙 돌아가더니 주유소의 급유장으로 떨어져 내렸다. 차 앞부분은 무연 휘발유 주유기를 들이받아 둔탁한 쾅 소리와 함께 때려눕혔다.

시보레는 거의 여유롭다 싶을 만큼 천천히 360도 회전을 끝마치고 또다시 급유장을, 이번에는 넓은 옆면을 강타했다. 차의 꽁무니가 급유장 위로 불쑥 올라와 일반 휘발유 주유기를 완전히 깔아뭉갰다. 그러고는 꽁무니에 녹슨 배기관을 질질 끌다 급유장에 정지했다. 차는 고속도로 쪽에 가장 가까이 있던 휘발유 주유기 세 개를 모조리 부수어 놓았다. 엔진이 몇 초간 불규칙하게 계속 돌아가다 딱 멎었다. 정적이 너무나 우렁차서 오히려 놀랄 지경이었다.

"이런 염병할. 햅, 차가 폭발할까?"

토미 워너메이커가 숨을 헐떡이며 말했다.

"터질 거였으면 진작 터졌겠지."

햅이 대꾸하며 일어섰다. 그의 어깨가 지도함에 부딪혀 텍사스, 뉴멕시코, 애리조나를 사방으로 흩뜨렸다. 햅은 조심스럽게 희열을 느꼈다. 주유기는 보험에 들어 두었고, 보험료는 다 냈다. 메리가 다른 것은 다 제쳐 두고 보험료를 꼬박꼬박 챙겨 왔던 것이다.

"저 사람 술에 곯아떨어진 게 틀림없어."

노먼이 말했다.

"나 저 차 후미등 봤어."

토미의 목소리가 흥분으로 높아졌다.

"한 번도 깜빡거리지 않았다고. 이런 염병할! 만약 저치가 시속 100킬로미터로 밟았으면 우린 지금 죄다 죽어 있을 거야."

그들은 서둘러 사무실을 나왔다. 햅이 앞장서고 스튜가 맨 뒤에 따라 나왔다. 햅, 토미, 노먼이 함께 차에 다가갔다. 휘발유 냄새가 풍겼고 식어 가는 시보레의 엔진이 시계처럼 느릿느릿 내는 똑딱 소리가 들렸다. 햅이 운전석 문을 열자 안에 있던 남자가 오래된 세탁물 자루처럼 쏟아져 나왔다.

"이런 제기랄."

노먼 브루엣이 거의 비명을 내지르듯 외쳤다. 고개를 돌린 그는 넉넉한 뱃살을 부여잡고 메스꺼워했다. 차 밖으로 떨어져 나온 남자 때문이 아니라(그가 주유소 바닥에 충돌하기 전에 햅이 단단히 붙잡았다.) 차에서 흘러나오는 냄새, 피와 배설물과 구토물과 썩은 시체가 한데 뭉친 역겨운 악취 때문이었다.

잠시 후 햅이 고개를 돌리고 남자의 겨드랑이를 붙잡아 끌어당겼다. 토미가 끌려가는 남자의 발을 서둘러 잡아 햅과 함께 사무실로 옮겼다. 머리 위의 형광등 불빛을 받은 그들의 얼굴은 어설프게 웃는 듯 보였지만, 사실은 찌푸리고 있는 것이었다. 햅은 보험금 타 먹을 생각 따위는 까맣게 잊었다.

차 내부를 들여다보던 나머지 사람들 가운데 헨리가 고개를 돌리며 한 손으로 입을 막았고, 건배를 위해 포도주 잔을 들어 올린 사람처럼 새끼손가락을 내밀었다. 그는 주유소 부지의 북쪽 끄트머리로 뛰다시피 걸어가 저녁에 먹었던 것을 토해 냈다.

빅과 스튜는 잠시 차 안을 들여다보다 서로 쳐다보고, 다시 차 안을 들여다보았다. 조수석에는 젊은 여자가 있었는데 원피스 밑자락이 허벅지 위로 말려 올라가 있었다. 그녀에게 기대고 있는 것은 아들인지 딸인지 알아보기 어려운 세 살 정도의 유아였다. 둘 다 죽어 있었다. 목이 튜브처럼 부어올랐고 자주색과 검은색이 뒤섞여 멍든 것처럼 보였다. 눈 밑의 살 또한 부풀어 올랐다. 빅은 나중에 그 사람들이 햇빛을 차단하려고 눈 밑에 검댕을 칠한 야구선수처럼 보였다고 말했다. 그들의 눈은 앞이 안 보일 정도로 불룩 튀어나왔다. 여자는 아이의 손을 잡고 있었다. 코에서 흘러나온 걸쭉한 점액이 이제 굳어지고 있었다. 파리 떼가 주위를 윙윙거리다 점액에 내려앉았고, 열린 입 안을 들락날락 기어 다녔다. 스튜는 전쟁터에 나가 본 적이 있었지만, 이처럼 지독하게 비참한 모습은 한 번도 보질 못했다. 그의 시선이 둘의 맞잡은 손에 자꾸만 이끌렸다.

스튜와 빅은 함께 물러 나와 서로 멍하니 쳐다보았다. 그러고는 주유소로 향했다. 공중전화에 대고 미친 듯이 입을 놀려 대는 햅의 모습이 보였다. 노먼이 그들 뒤에서 걸어가며 어깨 너머로 사고 현장을 힐끔거렸다. 시보레의 운전석 문이 애처롭게 열려 있었다. 백미러에 아기 신발 두 짝이 매달려 있었다.

헨리가 사무실 문 옆에 서서 지저분한 손수건으로 입을 문지르고 있었다.

"큰일이야, 스튜."

슬픈 어조로 그가 말하자 스튜가 고개를 끄덕거렸다.

햅이 전화를 끊었다. 시보레의 운전자는 바닥에 누워 있었다.

"구급차가 10분 후에 여기로 올 거야. 자네들이 보기엔 저 사람들이……."

햅이 시보레를 향해 엄지손가락을 흔들었다.

"죽었어, 틀림없어."

빅이 고개를 끄덕거렸다. 주름이 팬 얼굴이 노랗게 질린 그는 똥 냄새 나는 담배를 한 대 말아 피우려 애쓰느라 땅바닥에 온통 담배 가루를 뿌려 대고 있었다.

"내가 이제껏 본 시체 중에 가장 처참하게 죽은 두 사람이야."

빅이 돌아보자 스튜도 끄덕거리며 주머니에 손을 넣었다. 스튜는 가슴이 두근거렸다.

누워 있던 남자가 목에서 탁한 소리를 내며 신음하자 그들 모두 내려다보았다. 잠시 후, 그 사람이 말을 하고 있거나 아주 힘들게 말하려 애쓰고 있다는 것이 분명해졌을 때, 햅이 그 사람 옆에 무릎을 꿇었다. 어찌 됐건 그의 주유소였으니까.

차 안에 있는 여자와 아이한테 잘못된 것이 무엇이든지 간에 이 남자 역시 같은 것이 잘못되어 있었다. 코에서는 콧물이 줄줄 흘렀고, 호흡은 특이한 바다 속 소리를, 가슴속 어딘가로부터 휘몰아쳐 나오는 소리를 냈다. 눈 아래쪽 살이 부풀어 오르고 있었는데, 아직은 검은색이 아니라 멍든 자주색이었다. 목은 너무 두꺼워 보였고 목살이 부어올라 기둥 모양이 되어 아래턱을 두 겹이나 더 접히게 했다. 게다가 고열에 시달리고 있었다. 그의 곁에 가까이 있으려니 꼭 불타는 석탄 덩어리가 깔린 바비큐 구덩이 끄트머리에 쪼그려 앉아 있는 것만 같았다.

"그 개."

남자가 중얼거렸다.

"그 개를 풀어 줬어요?"

"이보슈."

햅이 그 사람을 부드럽게 흔들었다.

"내가 구급차를 불렀어요. 당신들은 다 괜찮을 거예요."

"시계가 빨간색으로 변했어요."

바닥에 누운 남자가 뭐라고 툴툴거리더니만 기침을 해 대기 시작했다. 연속적으로 폭발하는 기침과 함께 입에서 묵직한 가래가 길고 끈적끈적하게 뿜어져 나왔다. 햅이 몸을 뒤로 빼며 얼굴을 몹시 찌푸렸다.

"옆으로 돌려 뉘는 게 좋겠어. 토해서 숨이 막힐 테니까."

빅이 말했다.

하지만 그들이 행동을 취하기도 전에 기침은 다시 요란하고 불안정한 숨소리로 잦아들었다. 남자는 눈을 천천히 깜빡거리고 자신의 위로 모여든 사람들을 바라보았다.

"어디인가요…… 여긴?"

"아네트요. 빌 햅스콤의 텍사코 주유소라오. 당신이 내 주유기를 몇대 부숴 놨어요."

그러고 나서 황급히 덧붙였다.

"그건 괜찮소. 다 보험에 들어 놨으니까."

바닥 위의 남자는 일어나 앉으려 했지만 뜻대로 할 수 없었다. 그는 한 손을 햅의 팔에 올려놓는 것으로 만족해야 했다.

"내 아내…… 내 어린 딸아이……."

"다들 괜찮아요."

햅이 멍청한 개처럼 웃음을 지으며 말했다.

"저 엄청나게 아픈 것 같아요."

탁한 숨소리가 연약하게 그르렁대며 그의 몸통 속을 들락날락했다.

"아내랑 딸도 아팠어요. 이틀 전 길을 떠날 때부터. 솔트레이크시티……."

그의 눈이 천천히 감겼다.

"아파서…… 우린 결국 아주 재빠르게 움직이지는 못했던 것 같아……."

멀리서, 그러다 점점 더 가까이서 아네트 의용 구급차의 사이렌 소리가 들려왔다.

"이봐요. 아이고, 이 양반아."

토미 워너메이커가 말했다.

아픈 남자가 다시 부르르 눈을 뜨자 두 눈에 강렬하고 극심한 걱정이 가득했다. 그는 또다시 일어나 앉으려 몸부림쳤다. 땀이 얼굴에 흘러내렸다. 그가 햅을 붙잡았다.

"샐리랑 아기 라본은 다 괜찮아요?"

그가 대답을 요구했다. 그의 입술에서 침이 튀었고 햅은 외부로 발산되는 그 남자의 타오르는 체온을 느낄 수 있었다. 남자는 아팠고, 반쯤 미쳤으며, 악취를 풍겼다. 햅은 그 냄새를 맡고 오래된 개 담요에서 이따금 나는 냄새를 떠올렸다.

"다들 괜찮다니까요."

그가 약간 흥분해서 장담했다.

"당신은 그저…… 누워서 안정을 취하도록 해요, 알았죠?"

남자가 도로 누웠다. 숨소리가 더욱 거칠었다. 햅과 헨리가 도와 옆으로 돌아눕도록 하자 호흡이 조금은 편안해진 듯싶었다.

"어젯밤까진 아주 좋았어요. 기침은 했죠. 하지만 아주 멀쩡했다고요. 아침에 일어났더니 밤새 병에 걸려 있는 거예요. 아주 재빠르게 도망치지는 못했던 거였어. 아기 라본은 괜찮아요?"

마지막 말소리는 어느 누구도 알아들을 수 없게 점점 희미해졌다. 구급차 사이렌이 점점 더 가까이서 울려 댔다. 스튜는 창문으로 가서 구급차가 오는지 살폈다. 다른 이들은 바닥 위의 남자를 둥글게 둘러싸고 있었다.

"이 남자 무엇 때문에 아픈 거지? 빅 아저씨, 뭐 생각나는 거 없어요?"

햅이 물었다. 빅은 머리를 흔들었다.

"모르겠어."

"먹은 게 잘못됐는지도 모르지."

노먼 브루엣이 말했다.

"차가 캘리포니아 번호판을 달고 있잖아. 이 사람들 아마도 수많은 길가 식당에서 음식을 사 먹었을 거야. 필시 그랬겠지. 어쩌면 상한 햄버거를 먹었을 수도 있어. 그러기도 하잖아."

구급차가 들어서며 부서진 시보레를 피해 차와 주유소 문 사이에 멈추었다. 구급차 꼭대기의 빨간 등이 미친 듯이 맹렬하게 원을 그리며 돌아갔다. 이제 주위는 완전히 어두워져 있었다.

"손을 내밀면 내가 끌어올려 줄게!"

바닥 위의 남자가 별안간 소리치더니 곧 잠잠해졌다.

"식중독일 거야. 아무렴, 그럴 거야. 그랬으면 좋으련만. 왜냐하면……."

"왜냐하면 뭔데요?"

빅의 말에 헨리가 되물었다.

"왜냐하면 전염병일 수도 있거든."

빅이 불안한 눈길로 그들을 바라보았다.

"1958년에 콜레라를 본 적이 있어. 애리조나 노게일스 근교에서. 그런데 그게 이 사람 증세랑 비슷해 보였단 말이야."

세 사람이 들것을 밀며 들어왔다. 그들 중 하나가 말했다.

"어이, 햅. 말라빠진 자네 엉덩이가 천당으로 날아가 버리지 않았다니 정말 운이 좋았어. 이 사람인가?"

주유소 안의 사람들은 모두들 알고 지내는 자원 봉사 구급대원들(빌리 베레커, 몬티 설리번, 카를로스 오르테가)이 지나가도록 길을 터 주었다.

"저 차 안에 두 사람 더 있어."

햅이 몬티 옆으로 다가서며 말했다.

"부인과 어린 여자 애. 둘 다 죽었어."

"뭐라고라! 정말이야?"

"그래. 이 남자는, 이 사람은 아직 몰라. 자네 이 사람을 브레인트리로 데려갈 건가?"

"그럴 생각이야."

몬티가 그를 보더니 당황해했다.

"차 안에 있는 두 사람은 어떻게 하지? 햅, 이런 상황에선 어떻게 해야 할지 모르겠는데."

"스튜가 주 순찰대에 전화하면 돼. 내가 구급차에 같이 타도 괜찮으려나?"

"그야 당연하지."

그들이 사내를 들것에 실어 내가는 동안 햅은 스튜에게 갔다.

"난 저 남자랑 브레인트리로 갈 거야. 자네가 주 순찰대에 전화 좀 해 주겠나?"

"물론."

"그리고 메리한테도. 전화해서 무슨 일이 일어났는지 얘기 좀 해 줘."

"알았어."

햅이 서둘러 나가 구급차에 올라탔다. 뒤에서 빌리 베레커가 문을 닫고 다른 대원들을 불렀다. 그들은 부서진 시보레 내부를 공포에 사로잡혀 넋을 잃고 바라보던 중이었다.

잠시 후 사이렌이 울리고, 빨간 경광등이 요동쳐 주유소 아스팔트 위로 핏빛 그림자를 드리우며 구급차가 빠져나갔다. 스튜는 전화기로 가서 25센트 동전을 집어넣었다.

시보레에서 나온 남자는 병원을 30킬로미터 남겨 둔 지점에서 사망했다. 그는 가래 끓는 마지막 숨을 들이쉬다 내쉬고, 더 약한 숨을 헐떡거리다가 완전히 멈췄다.

햅은 남자의 뒷주머니에서 지갑을 꺼내 들여다보았다. 현금 17달러가 있었다. 캘리포니아 운전 면허증으로 그 남자가 찰스 D.

캠피온임을 확인할 수 있었다. 군인 카드가 있었고, 비닐 코팅한 아내와 딸 사진이 있었다. 햅은 그 사진들을 보고 싶지 않았다.

그는 지갑을 죽은 남자의 주머니 속에 도로 집어넣고 카를로스에게 사이렌을 끄라고 말했다. 그때가 9시 10분이었다.

제2장

메인 주의 오군큇 마을 해변에는 대서양으로 돌출한 긴 암석 부두가 있었다. 오늘 그것은 프래니 골드스미스에게 호통 치는 회색 손가락을 연상시켰다. 공용 주차장에 차를 세우다가 보니, 부두 끝에 앉아 있는 제시의 모습은 오후 햇살 속에서 그저 윤곽만 보일 뿐이었다. 갈매기들이 그의 위에서 맴돌며 울어 대는 광경은 뉴잉글랜드의 멋진 풍경을 배경으로 한 초상화가 현실로 옮겨진 것 같았다. 프래니는 어느 갈매기가 제시 라이더의 먼지 한 점 없는 파란 샴브레이 셔츠 위로 하얀 응가를 철썩 떨어뜨려 그 초상화를 감히 망치려 들지 궁금했다. 어쨌든 제시는 현역 시인이었다.

프래니가 제시를 알아본 것은 주차 안내원 건물 뒤의 철제 난간에 묶여 있던 그의 10단 변속 자전거 덕분이었다. 배불뚝이에다 대머리가 되기 시작한 마을 토박이 거스가 그녀를 보러 밖으로 나오고 있었다. 방문객 주차 요금은 대당 1달러였지만, 그는 굳이 볼보 자동차 앞 유리 구석에 붙은 '거주민' 스티커를 보지 않고도 프래니가 마을에 산다는 것을 잘 알았다. 그녀는 이곳에 자주 들렀으므로.

'물론 자주 오고 말고.' 프래니는 생각했다. '사실 난 해변 위 바로 저곳에서 임신했어. 만조 경계선 위 4미터 정도 높이에서 말이지. 친애하는 멍텅구리에게. 당신은 메인 주의 경치 좋은 해변에서, 만조 경계선 위 4미터 부두의 동쪽 20미터 지점에서 애를 뱄소. 그 지점에 X 표시를 하겠소.'

거스가 그녀를 향해 손을 들어 올려 평화의 기호를 만들었다.

"당신 애인이 부두 끝에 있더구먼, 골드스미스 양."

"고마워요, 거스 아저씨. 사업은 잘돼요?"

거스는 웃음 지으며 주차장 쪽으로 손을 내저었다. 전부 합해 대략 스무 대 정도가 있었는데, 대개는 파랗고 하얀 거주민 스티커가 붙어 있었다.

"이렇게 이른 때는 손님이 별로 없어."

거스가 말했다. 그날은 6월 17일이었다.

"2주만 기다리면 우리 주차장이 마을에 돈 좀 벌어다 줄 테지."

"그렇겠죠. 아저씨가 그 돈을 왕창 횡령하지만 않는다면요."

거스는 웃음을 터뜨리며 도로 건물 안으로 들어갔다.

프래니는 한 손을 아직 따스한 차의 금속 표면에 기댄 채 운동화를 벗고 고무 샌들을 신었다. 황갈색 원피스를 입은 그녀는 등 뒤로 반쯤 내려오는 밤색 머릿결을 지닌 키 큰 소녀였다. 멋진 여자. 감탄하는 시선들을 끌어 모으는 늘씬한 다리. '쭉빵녀'가 남학생 클럽에서 쓰는 올바른 용어라고 그녀는 믿었다. '봐라 봐라 이리 온다 쭉쭉빵빵 쭉빵녀.' 1990년도 미스 캠퍼스.

생각 끝에 프래니는 웃을 수밖에 없었고, 그 웃음은 약간 씁쓸한 것이었다.

'너는 임신 중이잖아.'

프래니는 스스로에게 말했다. 마치 이것이 무슨 세계적인 소식이라도 되는 듯이. 『주홍 글씨』의 제6장. 헤스터 프린이 딤스데일 목사에게 아기 펄의 출산 임박 소식을 전하다. 딤스데일이 아니다. 남자는 제시 라이더, 나이 스무 살, 우리의 귀여운 여주인공 프랜보다 한 살 연하였다. 대학 재학생이자 현역 시인이었다. 먼지 한 점 없는 그의 파란 샴브레이 셔츠가 눈에 띄면 척 알아볼 수 있었다.

프래니는 모래사장 끝에 멈춰 서서, 고무 샌들까지도 통과하여 발바닥을 달구는 기분 좋은 온기를 느끼고 있었다. 부두 저쪽 끝에 있는 누군가는 아직도 작은 돌멩이들을 물속에 던지고 있었다. 프래니는 조금 즐거워졌지만, 그래도 대체로 낙담하고 있었다. 제시는 저곳에서 자신이 다른 사람의 눈에 어떤 모습으로 비치는지 잘 알 터였다. '시인 바이런 경은, 외로워도 두려워하지는 않도다. 외로운 고독 속에 자리 잡고 앉아 돌려보내 줄 바다를, 영국이 있는 곳으로 돌려보내 줄 바다를 탐색하고 있도다. 그러나 나는, 추방당한 나는 결코 다시는……'

'바보 같은 소리!'

바보 같은 것은 머릿속의 불안한 생각이 아니라 그녀의 마음 상태 자체였다. 프래니는 자기가 사랑한다고 여기는 젊은 남자가 저기에 앉아 있는데도 여기에 서서 그저 그의 등 뒤로 그의 모습을 그려 보고만 있었던 것이다.

프래니는 부두를 따라 바위와 갈라진 틈을 피해 조심스럽고 여유롭게 걷기 시작했다. 그곳은 오래된 부두였고 한때는 방파제의 일부였다. 이제 거의 모든 배들이 마을 남쪽 끝에 정박했기에 그쪽의 선착장 세 곳과 싸구려 모텔 일곱 군데는 여름 내내 미어터질 지경이었다.

프래니는 천천히 걸으며, 에이미 로더의 표현대로 자신이 "애가 들어선 초기 상태"라는 것을 알아 버린 열하루의 시간 동안 제시에 대한 사랑이 식어 버렸을지도 모른다는 생각을 떨쳐 내려고 애썼다. 하긴, 그녀를 그런 상태로 만든 사람은 제시가 아니었던가?

물론 혼자서 한 일은 아니다. 그것은 분명했다. 게다가 프래니는 피임약을 복용해 오고 있었다. 그것은 세상에서 가장 간단한 일이었다. 대학 구내 진료소에 가서 생리통에다 피부에 온갖 종류의 당혹스러운 염증들이 생겼다고 말하면, 의사는 처방전을 써 주었던 것이다. 실은 의사가 공짜로 한 달치 약을 주기도 했다.

물 위로 나와 걸음을 멈추자 파도가 양옆의 해변 쪽으로 치고 들어가기 시작했다. 약사들이 '우리 오빠 심부름으로 이 콘돔을 사 가야 한다'는 소리를 듣는 것만큼이나 구내 진료소 의사들도 생리통과 너무 많은 여드름에 대한 호소를 자주 들을 거라는 생각이 떠올랐다. '이런 날엔, 이런 시기엔 더욱 자주 들을 테지.' 프래니는 의사한테 가서 아예 편하게 말할 수도 있었다.

"피임약 주세요. 저 섹스할 거거든요."

그래도 될 만한 나이였다. 왜 부끄러워한 걸까? 프래니는 제시의 등을 보고 한숨을 쉬었다. 부끄러워하는 것도 삶의 방식 중 하나이므로. 그녀는 다시 걷기 시작했다.

어찌 됐든 그 피임약이 제대로 듣지 않았다. 굉장히 활기찬 오브릴 피임약 공장의 품질 관리부에 근무하는 누군가가 스위치 앞에서 졸았던 것이다. 그게 아니면 프래니가 피임약 먹는 걸 깜빡했다가 깜빡했단 사실을 깜빡해 버렸거나.

그녀는 제시 뒤로 살며시 걸어가서 두 손을 그의 어깨 위에 얹었다.

왼손에 움켜쥔 돌멩이들을 오른손으로 집어 어머니 같은 대서양의 품속에 내던지고 있던 제시는 비명을 지르고 발을 움찔거렸다. 자갈이 사방으로 흩어졌고, 하마터면 프래니를 옆으로 쳐서 물속에 빠뜨릴 뻔했다. 제시 자신도 거꾸로 빠질 뻔했다.

웃음을 참을 수 없어 키득거리기 시작한 프래니가 두 손으로 입을 막은 채 뒤로 물러나자, 그가 사납게 뒤돌아보았다. 검은 머리에 금테 안경을 걸친 건장한 청년인 제시는 단정한 용모 때문에 내면의 감수성을 전혀 나타내지 못하는 것이 평생 불만이었다.

"너 때문에 놀라 죽을 뻔했잖아!"

"아, 제시, 미안해. 하지만 재밌었어, 정말로 재밌었어."

프래니가 키득거렸다.

"둘 다 물속에 빠질 뻔했단 말이야."

제시가 말하며 그녀 쪽으로 분노의 걸음을 내디뎠다.

그 바람에 프래니가 뒤로 한 걸음 물러서다 바위에 걸려 넘어져 엉덩방아를 세게 찧고 말았다. 위아래 턱이 중간에 낀 혀와 함께 세게 맞부딪쳤고(격렬한 고통!), 키득거리는 소리는 마치 단칼에

잘린 듯 멈췄다. 갑작스러운 침묵이야말로('네가 나를 꺼 버렸구나. 나는 라디오야.') 무엇보다도 우스운 것 같았고, 혀가 피를 흘리고 고통의 눈물이 눈에서 흘러내리고 있는데도 그녀는 또다시 키득거리기 시작했다.

"괜찮니, 프래니?"

제시가 그녀 곁에 무릎을 꿇고 앉으며 걱정스러운 듯 물었다.

'나는 그를 정말로 사랑해.' 프래니는 다소 마음을 놓으며 생각했다. '나한테는 잘된 일이지.'

"다쳤어?"

"그냥, 자존심만 조금."

그녀가 제시에게 일으켜 세워 달라고 했다.

"혀를 깨물었어. 볼래?"

보답으로 미소가 돌아오리라 기대하고 혀를 내밀었건만, 그는 인상을 찌푸렸다.

"어휴, 너 정말로 피 흘리고 있잖아."

제시가 뒷주머니에서 손수건을 꺼내더니 망설이며 그것을 바라보았다. 그러고는 다시 집어넣었다.

프래니는 둘이서 손을 맞잡고 걸으며 주차장으로 돌아가는 모습을 떠올렸다. 여름 태양 아래 젊은 연인들의 모습이었고, 그녀 입속에는 제시의 손수건이 꽉 채워진 모습이었다. 그녀는 미소 짓는, 인정 많은 주차 안내원에게 손을 들어 올리고 말한다. '안녀엉 헝거쓰.'

다시 키득거리기 시작하는 바람에 혀가 아팠고 입 안에 약간 불쾌한 피 맛이 돌았다.

"딴 데 쳐다보고 있어. 나 숙녀답지 않은 행동을 할 거니까."

그녀가 씩씩하게 말했다. 제시는 슬며시 웃으며 부러 큰 몸짓으로 자기 눈을 가렸다. 한쪽 팔을 기댄 그녀가 부두 쪽으로 머리를 내밀고 침을 뱉었다. 선명한 빨간색이다. 크억, 퉤. 다시. 한 번 더. 마침내 입이 깨끗해진 것 같아 고개를 돌리니 그가 손가락 틈새로 훔쳐보는 게 눈에 띄었다.

"미안해. 난 정말 구제 불능이야."

"아냐."

제시의 말은 분명 '맞아' 라는 뜻이었다.

"제시, 우리 아이스크림 먹으러 갈까? 네가 운전해. 아이스크림은 내가 살게."

"그러지 뭐."

제시가 일어서서 프래니가 일어나는 것을 도왔다. 그녀가 옆에다 다시 침을 뱉었다. 선명한 빨간색.

프래니가 걱정스레 물었다.

"나, 혀가 조금이라도 잘려 나간 건 아니지, 그렇지?"

"나야 모르지."

제시가 쾌활하게 대답했다.

"혹시 살점을 삼켰는지도?"

프래니는 내키지 않아 하며 손을 입에 갖다 댔다.

"하나도 재미없어."

"미안. 넌 그냥 혀를 깨문 것뿐이야, 프래니."

"사람 혀에도 동맥이 지나가나?"

그들은 이제 부두를 따라 돌아 나오고 있었다. 손을 맞잡고서.

프래니는 이따금 멈춰 서서 옆에다 침을 뱉었다. 선명한 빨간색. 그녀는 핏덩이를 조금도 삼키지 않을 작정이었다. '어허, 절대 안 되지.'

"안 지나갈걸."

"잘됐네."

프래니는 제시의 손을 꼭 쥐고 용기를 내어 웃음 지었다.

"나 임신했어."

"정말이야? 그거 잘됐네. 너 내가 누구 봤는지 알아? 어디에서였냐면 포트……"

말을 멈추고 그녀를 쳐다보던 제시의 얼굴이 별안간 굳어지면서 아주, 아주 조심스러워졌다. 그 얼굴에 담긴 경계심을 보고 있자니 프래니는 마음이 약간 부서져 내렸다.

"너 뭐라고 그랬어?"

"임신했다고."

프래니는 그를 향해 밝게 웃고 나서 부두 옆에 침을 뱉었다. 선명한 빨간색.

"농담 한번 거창하구나, 프래니."

제시가 애매하게 말했다.

"농담 아냐."

제시는 그녀를 빤히 바라보았다. 잠시 후 둘은 다시 걷기 시작했다. 그들이 주차장을 건널 때 거스가 나와 손을 흔들었다. 프래니가 답례로 손을 흔들었다. 제시도 그렇게 했다.

둘은 1번 고속도로에 있는 아이스크림 전문점 데어리 퀸에 차를 세웠다. 제시가 코카콜라를 가져와 볼보 운전석에 앉아 생각에 잠긴 채 찔끔찔끔 마셨다. 그에게 바나나 보트 슈프림 아이스크림을 사 오라고 시켰던 프래니는 둘 사이가 50센티미터 이상 떨어질 만큼 차 문에 바짝 기대앉아, 견과류와 파인애플 소스와 모양만 그럴싸한 데어리 퀸 아이스크림을 떠먹고 있었다.

"있잖아. 데어리 퀸 아이스크림은 대부분이 거품이다. 너 그거 알았어? 사람들은 거의 모르더라고."

제시는 그녀를 보고도 아무 대꾸도 하지 않았다.

"진짜야. 거기 아이스크림 기계들은 사실 그저 엄청 큰 거품 기계일 뿐이야. 그게 바로 데어리 퀸이 아이스크림을 그토록 싼 값에 팔 수 있는 비결이라고. 상업 이론 시간에 그 얘기가 실린 복사물을 받았어. 얌체 짓을 하는 데는 여러 가지 방법이 있지."

제시는 여전히 말이 없었다.

"그러니까 진짜 아이스크림을 먹고 싶으면, 디어링 아이스크림 가게 같은 곳으로 가야 해. 거기는……."

프래니가 왈칵 눈물을 쏟았다.

제시는 조수석으로 미끄러지듯 들어가 양팔로 그녀의 목을 감쌌다.

"프래니, 그러지 마. 제발."

"바나나 보트가 옷에 뚝뚝 흘러내리고 있어."

여전히 눈물을 흘리며 그녀가 말했다.

손수건이 다시 나왔고 제시가 그녀를 닦아 주었다. 그때쯤엔 그녀의 눈물이 훌쩍임으로 약해졌다.

"빨간 블러드 소스를 친 바나나 보트 슈프림."

프래니가 빨개진 눈으로 그를 보며 말했다.

"더는 못 먹을 것 같아. 미안해, 제시. 이것 좀 버려 줄래?"

"물론이지."

무뚝뚝하게 말하고 나서 아이스크림을 받은 그는 밖으로 나가 쓰레기통 속에 그것을 던졌다. 그가 걷는 모습이 재미있다고 프래니는 생각했다. 마치 남자 애들이 고통스러워하는 아래쪽 급소를 세게 얻어맞은 것 같은 걸음걸이였다. 한편으로 그녀는 제시가 얻어맞은 곳이 정말 아래쪽 급소가 맞다고 생각하기도 했다. 그러나 다른 관점에서 보면, 뭐랄까, 그가 해변에서 그녀의 순결을 가져간 후에 그녀가 걸어 다녔던 모습과 똑같았다. 기저귀를 차다 피부염이 악화된 아이 같았다. 다만 기저귀로 말미암은 피부염은 애가 들어서게 하지는 않았다.

제시가 돌아와 차에 올라탔다.

"정말이야, 프랜?"

그가 대뜸 물었다.

"정말이야."

"어떻게 그런 일이 생겼지? 나는 네가 피임약을 먹었다고 생각했는데."

"글쎄, 내 생각은 이래. 첫째, 굉장히 활기찬 오브릴 피임약 공장의 품질 관리부에 근무하는 누군가가 스위치 앞에서 졸고 있을 때 내 피임약 한 세트가 컨베이어 벨트 위로 지나갔다. 또는 둘째, 뉴햄프셔 대학 구내식당에서 정자를 강화시키는 무엇인가를 너희 남학생들한테 먹이고 있다. 또는 셋째, 내가 피임약 먹는 걸 깜빡했다가 그때 이후로 깜빡했단 사실을 깜빡해 버렸다."

프래니가 딱딱하고 맥없는 미소를 환하게 보여 주자 제시는 약간 움찔했다.

"왜 열 내고 그래? 난 그냥 물어본 것뿐인데."

"뭐랄까, 네 질문에 독특한 방식으로 대답해 주려고 그러지. 4월의 어느 따스한 밤에, 아마 12일, 13일, 또는 14일이 틀림없을 거야. 너는 네 음경을 내 질 속에 밀어 넣어 오르가슴을 맛보았고, 그리하여 수백만 개의 정자를 내뿜어……"

"그만해."

제시가 날카롭게 내뱉었다.

"너 그렇게까지 말할 필요는……"

"내가 뭘 어쨌다고?"

겉으로는 무표정했지만 속으로는 프래니도 당황했다. 그 장면이 어떻게 전개될지 상상력을 총동원하여 떠올려 보니, 전에는 결코 본 적이 없는 아수라장이었다.

"너무 열 내고 있잖아."

제시가 허둥대며 말했다.

"난 너를 버리지 않을 거야."

"그러겠지."

프래니가 한결 부드럽게 말했다. 이쯤에서 운전대에 놓인 제시의 손을 잡아당겨 꽉 잡고 서로 간의 다툼을 완전히 치유할 수도 있었다. 하지만 그녀는 자신이 그렇게 하도록 놔둘 수가 없었다. 제시는 맘이 편해지길 바랄 자격이 없었다. 그의 바람이 암묵적이건 무의식적이건 간에. 프래니는 어떻든지 간에 웃고 떠드는 좋은 시절은 한동안 끝장났다는 것을 불현듯 깨달았다. 그것 때문에 또 다시 울고 싶었지만 단호하게 눈물을 억눌렀다. 프래니 골드스미스이자 피터 골드스미스의 딸인 그녀가 오군쿼 데어리 퀸의 주차장에 앉아서 지겹도록 짜증 나는 두 눈이 부어 터지도록 울어 댈 수는 없는 노릇이었다.

"어떻게 하면 좋겠어?"

제시가 담배를 꺼내 물었다.

"너는 어떻게 하면 좋겠어?"

그가 담뱃불을 붙이고 나서 담배 연기가 길게 뻗어 올라가는 짧은 시간 동안, 프래니는 한 남자 어른과 한 소년이 얼굴 하나를 서로 차지하려고 다투는 것을 똑똑히 보았다.

"으아, 제기랄."

"내가 아는 방법은 이런 거야. 결혼해서 함께 아기를 키우는 것. 결혼만 하고 아기는 입양 보내는 것. 아예 결혼도 안 하고 나 혼자 아기를 맡아 키우는 것. 아니면……."

"프래니……."

"아니면 결혼도 안 하고 아기도 안 키우는 것. 것도 아니면 내가 낙태를 할 수도 있고. 그 정도면 방법이 다 나온 건가? 내가 뭐 빠뜨린 거 있어?"

"프래니, 우리 마음을 터놓고 말하……"

"터놓고 말하는 중이잖아!"

프래니가 그를 향해 눈을 번뜩였다.

"너는 말할 기회가 있었는데 '으아, 제기랄'이라고 했어. 분명히 그랬어. 선택할 수 있는 방법은 내가 방금 말한 것들뿐이야. 물론 나에게는 결심할 시간이 좀 더 많긴 했지만."

"담배 줄까?"

"됐어, 아기한테 안 좋아."

"프래니, 아우, 빌어먹을!"

"왜 소릴 지르고 그래?"

그녀가 조용히 물었다.

"네가 날 말려 죽이려고 아주 작정한 것 같아서 그래."

제시는 흥분을 감추지 못했지만 곧 감정을 억눌렀다.

"미안하다. 난 그저 이게 내 잘못이라고 생각할 수가 없어."

"네 잘못이 아니라고?"

프래니가 눈썹을 추켜세우며 그를 보았다.

"그럼 그러고 살아. 처녀가 혼자서 애를 뱄다고."

"너 꼭 그렇게 얄밉게 틱틱거려야겠어? 네가 피임약 먹었다고 네 입으로 말했잖아. 난 네 말을 믿었어. 내가 뭐 잘못했어?"

"아니. 너는 별 잘못 없어. 그치만 그게 인제 와서 현실을 바꿔 놓지는 못해."

"나도 알아."

제시는 우울하게 내뱉고 나서 반쯤 피우다 만 담배를 차창 밖으로 내던졌다.

"그럼 우리 어쩌지?"

"제시, 너는 계속 나한테 묻기만 하는구나. 내가 아는 방법은 다 제시해 주었잖아. 나는 네가 적어도 몇 가지 아이디어쯤은 가지고 있을 거라고 생각했어. 자살도 한 가지 방법이겠지만, 당장은 생각하고 싶지 않아. 그러니 네 맘에 드는 다른 방법을 골라잡아서 얘기해 보자고."

"결혼하자."

그가 갑작스럽게 단호한 목소리로 말했다. 마치 고르디우스 왕의 매듭을 푸는 최선의 방법은 매듭 한가운데를 잘라 버리는 것이라고 판단한 사나이 같았다. '전속 전진, 울보들은 정신 차리고 선실 안으로!'

"안 돼. 난 너랑 결혼하고 싶지 않아."

제시의 얼굴은 마치 보이지 않는 수많은 나사못으로 한꺼번에 조여졌다가 나사못들이 제각각 순식간에 한 바퀴 반씩 풀어지는 듯한 모습이었다. 모든 것이 동시에 축 늘어졌다. 그 모양새가 끔찍할 만큼 우스꽝스러워서 프래니는 또다시 키득거리지 않으려고 상처 입은 혀를 꺼칠한 입천장에 비벼 대야만 했다. 그녀는 제시를 비웃고 싶지 않았다.

"왜 안 되는데? 프래니……"

"왜 안 되는지는 나도 좀 생각해 봐야겠어. 이유가 뭐냐고 따지지 마. 왜냐하면 지금 당장은 나도 모르니까."

"너 나를 사랑하지 않는구나."

그가 퉁명스럽게 말했다.

"보통 사랑과 결혼은 서로 배타적인 관계야. 그러니까 다른 방법을 골라 봐."

제시는 상당히 오랫동안 침묵했다. 새로 꺼낸 담배를 만지작거렸지만 불을 붙이지는 않았다. 마침내 그가 말했다.

"난 다른 방법을 선택할 수가 없어, 프래니. 왜냐하면 네가 이 문제를 상의하려고 하지 않으니까. 넌 내가 끽소리도 못하고 쩔쩔매기만을 원하니까."

그 말이 프래니의 마음을 약간 건드렸다. 그녀가 고개를 끄덕였다.

"네 말이 맞을지도 몰라. 나도 지난 2주 동안은 좀 쩔쩔맸으니까. 그런데 제시, 너 말이야, 넌 네가 계속 모범생 행세만 하고 있는 거 알아? 만약 강도가 와서 칼을 들이대도 너는 그 자리에서 세미나를 열자고 그럴 것 같아."

"제발 그만 좀 해."

"그럼 네가 방법을 골라 보라니까."

"안 돼. 너는 네 입장을 다 따져 보고 나온 거잖아. 나도 생각할 시간이 좀 필요한 것 같아."

"알았어. 다시 주차장으로 데려다 줄래? 거기서 너를 내려 주고 따로 볼 일이 있어."

제시가 놀란 눈으로 그녀를 응시했다.

"프래니, 나 포틀랜드에서 자전거를 타고 왔어. 마을 외곽에 있는 모텔에 방을 하나 얻었거든. 함께 주말을 보낼 거라고 생각했는데."

"모텔 방에서 말이구나? 안 돼, 제시. 상황이 변해 버렸잖아. 그냥 네 10단 변속 자전거 타고 다시 포틀랜드로 돌아갔다가, 우리 문제를 좀 더 생각해 보고 나서 연락해. 너무 서두르지는 말고."

"너 자꾸 내 머리 꼭대기에 올라타서 비꼬는 말 좀 그만해, 프래니."

"아니, 애초에 섹스하겠다고 내 위에 올라탄 사람은 너였어."

갑작스레 화가 치민 프래니가 사납게 조롱하자 제시는 손등으로 그녀의 뺨을 가볍게 찰싹 때렸다. 그러고는 그녀를 빤히 쳐다보며 어쩔 줄을 몰랐다.

"미안해, 프랜."

"사과 받아들였어."

그녀는 무뚝뚝하게 말했다.

"차 출발시켜."

둘은 차를 타고 공용 해변 주차장까지 돌아오는 동안 한마디도 하지 않았다. 프래니는 양손을 무릎에 모으고 앉아, 방파제 바로 서쪽의 별장들 사이로 층을 이루며 갈라지는 바닷물을 바라보았다. 별장들이 빈민촌 아파트를 닮았다고 그녀는 생각했다. 여름이 공식적으로 시작되려면 일주일도 채 안 남았건만 아직도 대부분이 문을 굳게 걸어 잠근 이 집들은 누가 소유한 것일까? 매사추세츠 공대의 교수들, 보스턴의 의사들, 뉴욕의 변호사들. 이런 집들이야 그리 대단한 재산도 아니었다. 해변 사유지들은 재산 액수가 열 자리, 열한 자리나 되는 사람들이 소유했으니까. 게다가 별장을 소유한 가족들이 이곳에 오면 해안 도로 지역에서 가장 지능지수가 낮은 사람은 주차 안내원 거스일 것이다. 아이들은 제시처럼 10단 변속 자전거를 가지고 있을 것이다. 그 애들은 계속 지루한 표정을 지을 테고 부모와 함께 저녁 식사로 바닷가재를 먹고 오군큇 극장에 따라갈 것이다. 그 애들은 중심가에서 이리저리 빈둥대며, 부랑자처럼 부드러운 여름 황혼을 쫓아다니는 척할 것이다. 프래니는 한데 몰려 있는 집들 사이로 사랑스러운 코발트색 섬광을 계속 바라보다 시야가 새로운 눈물 막으로 흐려지는 것을 깨달았다. 울음을 터뜨리고만 작고 하얀 눈물 구름.

차가 주차장에 도착하자 거스가 손을 흔들었다. 그들도 손을 흔들어 주었다.

"널 때렸던 거 미안하다, 프래니."

제시가 가라앉은 목소리로 말했다.

"절대 그럴 뜻은 아니었는데."

"나도 알아. 너 포틀랜드로 돌아갈 거니?"

"오늘 밤엔 여기서 자고 아침에 전화할게. 프랜, 네 결정대로 따를게. 만일 네가 결정한 게, 그러니까, 낙태가 네 뜻이라면, 내가 돈을 긁어내 볼게."

"낙태할 때 수술 기구로 긁어내는 거 가지고 말장난한 거니?"

"아냐. 절대 아니야."

제시는 몸을 기울여 그녀에게 살짝 키스했다.

"사랑해, 프랜."

'난 못 믿겠어.' 그녀는 생각했다. '갑자기 네 사랑을 전혀 못 믿겠어……. 그래도 우아하게 맞장구쳐 줄게. 그 정도야 멋지게 해낼 수 있다고.'

"그야 두말하면 잔소리지."

프래니가 조용히 말했다.

"등대 모텔에 있을 거야. 마음 내키면 전화해."

"알았어."

그녀는 운전대 쪽으로 몸을 움직이며 문득 피곤을 느꼈다. 아까 깨물었던 혀가 몹시도 쑤셨다.

제시가 자전거를 세워 놓았던 철제 난간 쪽으로 걸어갔다가 자전거를 타고 다시 돌아왔다.

"전화 기다릴게."

프래니는 어색하게 웃었다.

"생각해 볼게. 안녕, 제시."

볼보에 시동을 건 프래니는 주차장을 가로질러 해안 도로 쪽으로 향했다. 바다를 등진 채 아직도 자전거 옆에 서 있는 제시가 보였고, 그날 들어 두 번째로 그녀는 제시가 속으로 어떤 그림을 그리고 있는지 스스로 정확히 알고 있을 거라며 마음속으로 그를 비난했다. 이번에는 짜증이 났다기보다 조금은 슬픈 기분이 들었다. 그녀는 운전을 계속하며, 이 모든 일이 벌어지기 전에 보아 왔던 바다가 앞으로도 똑같은 모습으로 보일지 궁금했다. 혀가 끔찍이도 아팠다. 창문을 더 넓게 열고 침을 뱉었다. 이번에는 하얘서 매우 좋았다. 바다의 소금 냄새가 진하게 풍겨 왔다. 마치 쓰디쓴 눈물 같았다.

제3장

노먼 브루엣은 침실 창밖에서 아이들이 다투는 소리와 부엌의 라디오에서 나오는 컨트리 음악 소리 때문에 아침 10시 15분에 잠을 깼다. 그는 늘어진 트렁크 팬티와 러닝셔츠 차림으로 뒷문으로 가서 문을 확 열어젖히며 소리 질렀다.

"야 이 녀석들아, 아가리 닥쳐!"

한순간의 멈춤. 루크와 보비가 그들이 실랑이를 벌이던 낡고 녹슨 덤프트럭 장난감에서 눈을 떼고 돌아보았다. 자기 자식들을 볼 때마다 늘 그래 왔듯이, 노먼은 그 즉시 가슴을 죄는 두 가지를 느꼈다. 자식들이 동부 아네트에 사는 깜둥이 애들이나 입고 다닐 만한 싸구려 옷과 구세군 배급 옷을 입고 있는 것을 보고는 마음이 아팠다. 그리고 그와 동시에 소름 끼치도록 떨리는 분노가 그의 가슴을 휩쓸어, 똥줄이 타들어 갈 만큼 애새끼들을 손봐 주고 싶었다.

"예, 아빠."

루크가 얌전한 태도로 말했다. 아이는 아홉 살이었다.

"예, 아빠."

보비가 똑같이 따라했다. 곧 여덟 살이 되는 일곱살이었다.

노먼은 한동안 그대로 서서 아이들을 노려보다 문을 쾅 닫았다. 그는 한동안 그대로 서서, 자신이 어제 입었던 옷 더미를 망연하게 바라보았다.

푹 꺼진 더블 침대의 발치에 벗어 놓았던 모양 그대로 팽개쳐져 있었다.

'걸레 같은 년 하는 꼬락서니 봐라. 내 옷을 걸어 놓지도 않았다 이거지.'

"릴라!"

그가 고함쳤다.

대답이 없었다. 노먼은 문을 다시 열어젖혀 루크에게 도대체 엄마가 어디 갔느냐고 물어볼까 생각했다. 다음 주까지는 자선 바자회가 없으니, 만약 브레인트리에 있는 직업 안내소에 또다시 간 거라면 릴라는 그가 생각했던 것보다 훨씬 엄청난 바보였다.

그는 일부러 애들에게 캐물으려 하지 않았다. 피곤하고 메스꺼웠으며 머리도 지끈거리며 아팠다. 숙취 때문이 아닐까 생각했으나, 전날 밤 햅의 주유소에서 겨우 캔 맥주 세 개를 마셨을 뿐이었다. 그 차 사고는 엄청난 사건이었다. 여자와 아기가 차 안에서 죽었고, 캠피온이라는 남자는 병원으로 가는 도중에 죽었다. 햅이 돌아와서 보니 주 순찰대는 이미 다녀간 후였고, 견인 차량과 브레인트리 장의사가 타고 온 택시가 와 있었다. 빅 팰프리가 주유소에 남아 있던 다섯 명을 대표하여 경찰들에게 사건 진술을 하고 난 뒤였다. 카운티의 검시관이기도 했던 장의사는 무엇이 사망자들을 덮쳤을지에 대해 의견을 내놓길 거부했다.

"하지만 콜레라는 아니오. 그러니 콜레라라고 떠들고 다니면서 사람들을 겁주지 마요. 검시를 할 예정이니까 나중에 신문을 보면 그게 뭐였는지 알 수 있을 거외다."

'아무짝에도 쓸모없는 새끼 같으니.' 노먼은 그렇게 생각하며, 어제 입었던 옷을 천천히 다시 입었다. 통증이 정말로 정신을 못 차릴 만큼 심해지고 있었다. 밖에 있는 아이들은 조용히 있는 편이 신상에 좋지 싶었다. 안 그러면 입 다물라는 의미로 부러진 두 팔을 달고 다니게 해 줄 테니까.

'도대체 왜 애들이 학교를 1년 내내 다니지 않는 거야?' 그는 바지 속으로 셔츠 끝자락을 밀어넣을까 곰곰이 생각해 보다가, 그날은 대통령이 방문할 것도 아니니 신경 쓰지 말자고 결론 내렸다. 그러고는 양말만 신은 발을 질질 끌며 부엌으로 나섰다. 동쪽 창에서 들어오는 빛나는 햇살 때문에 그는 시선을 옆으로 돌렸다.

가스레인지 위의 깨진 필코 라디오가 노래를 불렀다.

하지만 베이예이예이비, 누구나 할 수 있다면 당신이 말해 줘요
베이비, 당신의 남자를 믿나요?
그는 올바른 남자예요
말해 줘요 베이비, 당신의 남자를 믿나요?

지방 컨트리 음악 방송국에서 저런 깜둥이 로큰롤 음악을 틀어

야만 한다면 이미 상황은 아주 갈 데까지 가 버린 것이었다. 노먼은 라디오가 그의 머리를 쪼개 놓기 전에 꺼 버렸다. 그러다 라디오 옆의 메모지가 눈에 띄어 그것을 집어 들고, 글씨를 읽으려 눈을 가늘게 떴다.

사랑하는 노먼

샐리 호지스가 오늘 아침에 애 봐 줄 사람이 필요하다고, 1달러 주겠다고 그러더라고요. 점심때는 돌아올게요. 쏘세지 있으니까 배고프면 먹어요. 여보 사랑해요.

릴라

노먼은 쪽지를 도로 내려놓고 한동안 그저 우두커니 서서, 쪽지를 곰곰이 생각해 보고 마음속으로 쪽지의 의미를 파악해 보려 애썼다. 두통을 무시하고 생각에 집중하기가 빌어먹을 만큼 힘들었다. 애 봐 주기…… 1달러. 랠프 호지스의 아내를 위해.

세 가지 요소가 천천히 그의 마음속에 모여들었다. 릴라는 푼돈 1달러를 벌어 보겠다고 샐리 호지스의 세 아이들을 봐 주러 가 버렸고, 그에게 루크와 보비를 붙여 놓았다. 남자가 집 안에 들어앉아 자식들 코나 닦아 줘야 하고 그래야 아내가 밖에 나가 달랑 휘발유 4리터도 못 사는 푼돈 1달러라도 긁어모을 수 있다는 것은, 하나님께 맹세코 단지 쪼들리는 시기였기 때문이었다. 정말로 좆나게 쪼들리는 시기였다.

둔탁한 분노가 일어나며, 머리에 더욱 심한 통증을 느꼈다. 노먼은 천천히 발을 끌며 잔업 수당을 짭짤하게 챙기던 시절에 구입한 프리지데어 냉장고로 걸어가 문을 열어 보았다. 선반은 거의 비었고, 릴라가 먹다 남은 음식을 담아 놓은 냉장고 그릇들뿐이었다. 노먼은 조그만 플라스틱 터퍼웨어 그릇들을 증오했다. 오래된 콩, 오래된 옥수수, 먹다 남은 칠리 고추 쪼가리…… 사람이 먹을 만한 것은 하나도 없었다. 냉장고 속엔 아무것도 없이 그저 조그만 터퍼웨어 밀폐 용기들과 비닐 랩으로 싸 놓은 조그맣고 오래된 소시지 세 개뿐이었다. 몸을 숙여 그것들을 바라보고 있자니, 친숙하고 무기력한 분노가 이제 머릿속에서 묵직한 진동으로 한층 악화되었다. 소시지는 아프리카나 남아메리카 또는 빌어먹을 어디서 모셔 왔는지 모를 난쟁이 피그미 족 세 놈의 좆을 잘라 놓은 것처럼 보였다. 어쨌든 그는 뭘 먹을 기분이 아니었다. 더럽게 아팠고, 왜 아픈지 신경을 써야 할 때였다.

노먼은 가스레인지 위로 허리를 굽혀, 옆 벽면에 못 박아 둔 사포 조각에 성냥을 긁어 레인지의 앞쪽 점화구에 불을 붙이고 커피를 올려놓았다. 그러고는 의자에 앉아 커피가 끓기를 멍하니 기다렸다. 커피가 끓기 직전, 그는 뒷주머니에서 허겁지겁 콧물 닦는 손수건을 긴급 출동시켜 우렁차고 축축한 재채기를 받아 내야 했다. 감기에 걸린 건가 보다고 그는 생각했다. '다른 것보다는 그나마 낫잖아?' 그러나 전날 밤에 캠피온이라는 친구의 숨통에서 흘러나오던 점액에 관해서는 미처 생각도 해 보지 못했다.

햅이 정비 구역에서 토니 레오민스터의 스카우트 트럭에 새 배기관을 달고 있고 빅 팰프리는 캠핑용 접의자에서 건들대며 닥터 페퍼를 마시면서 햅을 구경하고 있을 때, 문 쪽에서 초인종이 울렸다.

빅이 힐끔 내다보았다.

"주 순찰 경관이 왔어. 자네 사촌 같은데. 맞구먼. 조 밥이야."

"알았어요."

햅이 트럭 밑에서 빠져나와 기름걸레에 손을 문질렀다. 그는 사무실로 가는 도중 심하게 재채기했다. 그는 여름 감기를 증오했다. 그것이야말로 최악이었다.

신장이 거의 2미터에 육박하는 조 밥 브렌트우드가 순찰차 뒤편에 서서 기름을 채우고 있었다. 그의 어깨 너머로 전날 밤 캠피온이 차로 깔아뭉갰던 주유기 세 대가 군인들 시체처럼 반듯하게 한 줄로 누워 있었다.

"어이, 조 밥!"

햅이 밖으로 나오며 말했다.

"햅, 어유, 이 자식."

조 밥이 급유 손잡이를 자동으로 맞춰 놓고 급유 호스를 넘어오며 말했다.

"이렇게 멀쩡하게 서 있다니, 정말 운도 좋아."

"에휴, 스튜 레드먼이 그 남자가 오는 걸 보고 주유기 스위치를 꺼 놨거든. 그런데도 불꽃이 엄청 치솟더라고."

"지독하게 운이 좋구먼. 잘 들어, 햅. 기름 채우는 거 말고 다른 일도 있어서 찾아온 거야."

"그래?"

조 밥의 시선이 문가에 서 있던 빅한테로 향했다.

"저 노인네도 어젯밤 여기에 있었어?"

"누구? 빅 아저씨? 그래, 거의 매일 밤 여기 와."

"입은 무거운 편인가?"

"물론이지, 내 생각엔 그래. 아주 입이 무거운 아저씨야."

자동 급유가 끝났다. 햅은 20센트어치를 더 당기고 나서 호스 주둥이를 주유기에 걸고 스위치를 껐다. 그러고는 조 밥에게 돌아갔다.

"그래서? 본론이 뭐야?"

"글쎄, 안으로 들어가서 이야기하세. 내 생각엔 저 양반도 들어야 하는 이야기야. 그리고 가능하면 어젯밤 여기 있었던 나머지 사람들도 전화로 좀 불러 줘."

그들은 아스팔트를 가로질러 사무실 안으로 들어갔다.

"안녕하슈, 경찰 양반." 빅이 인사하자 조 밥이 끄덕거렸다.

"커피 줄까, 조 밥?"

"됐어."

그는 사람들을 심각한 표정으로 둘러보았다.

"사실은 말이죠, 내가 여기 있는 걸 윗대가리들이 알면 기분이 어떨지 모르겠어요. 별로 좋아하지 않을 거예요. 그러니까 그치들이 오면 내가 미리 알려 줬다고 하지 마세요, 알았죠?"

"어떤 사람들인데 그래요, 경찰 양반?"

빅이 물었다.

"보건부 사람들."

"제기랄, 콜레라였구나. 내 그럴 줄 알았어."

햅이 두 사람을 번갈아 보았다.

"조 밥?"

"난 아무것도 몰라."

조 밥이 대답하며 울코 플라스틱 의자에 앉았다. 굵은 무릎뼈가 거의 목까지 올라왔다. 그는 윗옷 주머니에서 체스터필드 담뱃갑을 꺼내 불을 붙였다.

"피네건이라고, 거 있잖아, 그 검시관……."

"아, 그 건방진 자식."

햅이 사납게 말했다.

"조 밥, 너도 그 자식이 여기서 거들먹거리며 돌아다니는 걸 봤어야 하는 건데. 꼭 난생처음 발정 난 칠면조 새끼 같더라니까. 사람들 입단속을 하고 별 지랄을 다 떨더구먼."

"작은 그릇 속의 커다란 똥 덩어리 같은 놈이지, 아무렴."

조 밥이 동의했다.

"근데 그치가 이 캠피온이란 남자를 봐 달라고 제임스 박사를 부르더니, 나중에는 내가 잘 모르는 다른 의사까지 불러들였어. 한참 있다 휴스턴에 전화를 걸더라고. 그래서 오늘 새벽 3시경에 그 인간들이 브레인트리 외곽에 있는 작은 공항에 도착했지."

"누가 왔는데?"

"병리학자들. 전부 세 명이야. 8시경까지는 브레인트리에서 시신들과 함께 있었어. 시신들을 해부한 것 같던데, 확실한 건 나도 모르지. 그들이 애틀랜타에 있는 전염병 연구소에다 전활 걸어서, 그쪽 사람들이 오늘 오후에 여기로 올 거야. 그런데 병리학자들 말로는, 주 보건부에서도 직원을 보내 어젯밤 여기 있었던 사람들과 구급차를 몰았던 사람들을 모조리 살펴보려고 한대. 잘은 모르지만 아마도 당신들을 격리시키려 하는 것처럼 들렸어."

"부들 바구니 속의 아기 모세 신세잖아."

햅이 두려워하며 말했다.

"애틀랜타 전염병연구소는 연방 정부 기관이야. 사람들이 고작 콜레라 때문에 연방 기관원들을 비행기에 실어 보낼까?"

빅이 말했다.

"모르죠, 뭐. 그렇지만 전 여러분도 알아야 할 권리가 있다고 생각했어요. 제가 들은 얘기를 종합해 보건대, 여러분은 서로 열심히 도와야 할 겁니다."

"알려 줘서 고마워, 조 밥."

햅이 천천히 말했다.

"제임스랑 또 다른 의사는 뭐라고 그랬어?"

"별 말 안 하더군. 하지만 겁에 질려 보였어. 난 그토록 겁에 질린 의사를 한 번도 본 적이 없어. 뭐, 그거야 내가 신경 쓸 바 아니지만."

무거운 침묵이 흘렀다. 조 밥이 음료수 기계로 가서 프레스카 한 병을 꺼냈다. 그가 뚜껑을 따자 탄산이 빠져나가는 희미한 바람 소리가 들렸다. 조 밥이 다시 자리에 앉자 햅은 금전 출납기 옆의 상자에서 티슈를 꺼내더니 흐르는 콧물을 닦고, 그것을 기름에 전 작업복 주머니 속에 접어 넣었다.

"캠피온에 대해서는 그동안 뭐 좀 알아냈어요?"

빅이 물었다. 조 밥이 대단한 일인 양 말했다.

"여전히 조사 중입니다. 신분증에 따르면 그는 캘리포니아 주 샌디에이고에서 온 사람인데, 지갑 속에 든 것들은 대개 2년에서

3년 정도 묵은 것들이더라고요. 운전 면허증은 유효 기간이 지났어요. 1986년에 발급받은 뱅크아메리카드를 소지했는데, 그것 역시 유효 기간이 지났고요. 지갑에 군인 카드가 있기에 군대 쪽에도 문의해 봤습니다. 우리 경감은 캠피온이 아마도 4년 동안은 샌디에이고에서 거주하지 않았을 거라더군요."

"탈영한 건가?"

빅이 물었다. 그는 커다란 빨간 손수건을 꺼내 기침을 하고는, 손수건에다 가래를 뱉었다.

"아직 몰라요. 하지만 군인 카드를 보면 그는 1997년까지 복무 기간이 예정되어 있는데도 사복을 입고 있었고, 가족과 함께였고, 캘리포니아에서부터 좆나게 먼 길을 달려왔다 이거죠. 그리고 제가 이렇게 나불댈 때는 잘 들어 두시라 이겁니다."

"흐음, 다른 사람들한테도 연락해서 자네 얘기를 전해 줘야겠구먼. 아무튼 정말 고맙네."

햅이 말하자 조 밥이 일어섰다.

"원, 천만에. 얘기 전하면서 내 이름은 꼭 빼 줘. 직업을 잃기는 싫으니까. 자네 친구들도 누가 귀띔해 줬는지 알 필요는 없잖아, 안 그래?"

"그렇지."

햅이 말했고, 빅도 같은 대답을 했다.

조 밥이 문으로 걸어가자 햅이 조금 미안한 투로 말했다.

"저기, 기름 값은 5달러야. 자네한테까지 요금 받기는 싫지만, 요즘 경기가 돌아가는 게……"

"괜찮아."

조 밥이 그에게 신용 카드를 건넸다.

"주 정부가 돈을 대 주는데 뭐. 게다가 카드 영수증을 받으면 여기 온 핑곗거리가 생기잖나."

햅이 영수증을 발행하면서 재채기를 두 번 했다.

"햅, 조심해야 해. 여름 감기만큼 지독한 건 없다고."

"그건 나도 알아."

갑자기 그들 뒤에서 빅이 말했다.

"어쩌면 감기가 아닐지도 몰라."

둘은 그에게로 시선을 돌렸다. 빅은 겁에 질린 듯했다.

"난 오늘 아침에 일어나니까 재채기가 터지고 예순 살 노인네처럼 자꾸 헛기침이 나오더라고. 두통도 지독하고 말이지. 아스피린을 먹으니까 좀 낫는가 싶었지만, 아직도 콧물이 가득해. 어쩌면 그거에 걸렸는지도 몰라. 캠피온이 걸렸던 것 말이야. 그를 죽게 만든 그것."

햅이 그를 빤히 보다가 그게 왜 말이 안 되는지 이유를 읊어 주려는 순간, 다시 재채기가 터져 나왔다.

조 밥이 한동안 둘을 심각하게 보다가 말했다.

"햅, 자네 말이야, 주유소 문을 닫는 것도 그리 나쁜 생각은 아닐 거야. 딱 오늘 하루만."

겁에 질린 햅은 자기가 읊어 대려던 이유가 무엇이었는지 기억해 내려 끙끙댔다. 단 한 가지도 생각해 낼 수 없었다. 기억나는 거라곤 그도 역시 두통과 흐르는 콧물과 함께 잠에서 깼다는 것이었다. 하긴, 누구나 가끔은 감기에 걸리곤 한다. 그렇지만 캠피온이란 그 사내가 나타나기 전에는, 그는 건강했다. 마냥 건강했다.

호지스 부부의 세 아이는 여섯 살, 네 살, 그리고 18개월이었다. 가장 나이 어린 두 아이는 낮잠을 자고 있었고, 맏이는 밖에서 땅파기 놀이를 하고 있었다. 릴라 브루엣은 거실에서 「청춘과 불안」을 시청했다. 그녀는 연속극이 끝날 때까지 샐리가 집에 돌아오지 않기를 바랐다. 랠프 호지스는 아네트의 경기가 좋았던 시절에 커다란 컬러 텔레비전을 구입해 놓았고, 릴라는 컬러 화면으로 오후 연속극을 시청하기를 좋아했다. 모든 것이 더욱 예쁘게 나오니까.

담배를 빨고 부르르 떨다 연기를 내쉬려 하자, 심한 기침이 릴라를 덮쳤다. 부엌으로 간 그녀는 아까부터 계속 하수구에 토해냈던 입 안 가득한 오물을 뱉었다. 기침을 하며 잠자리에서 일어났던 후로, 온종일 누군가가 깃털로 목구멍 안쪽을 살살 간지럽히는 것 같은 기분을 느꼈다.

릴라는 식품 저장실 창문을 살짝 엿보고 버트 호지스가 잘 놀고 있는지 확인한 다음 거실로 돌아왔다. 광고 시간이 되자 춤추는 변기 세정제 두 병이 등장했다. 릴라는 방 안을 이리저리 훑어보고 자기 집도 이렇게 멋져 보였으면 좋겠다고 희망했다. 샐리의 취미는 빈칸에 숫자로 지정된 색깔을 채우는 그림판으로 예수 그리스도 그리기였고, 그 그림들은 전부 근사한 액자에 담겨 거실 이곳저곳을 장식했다. 릴라는 텔레비전 뒤에 걸려 있는 대형 그림 「최후의 만찬」을 특히 좋아했다. 샐리는 그 그림이 서로 다른 60가지 유화 물감으로 이루어졌다고, 완성하는 데 거의 석 달이나 걸렸다고 했다. 그야말로 진정한 예술 작품이었다.

고대하던 연속극이 막 시작할 무렵에 아기 셰릴이 울기 시작했는데, 비명을 지르며 보채는 소리가 터져 나오는 기침 때문에 뚝뚝 끊겼다.

릴라는 담배를 끄고 서둘러 침실로 들어갔다. 네 살배기 에바는 아직도 곤히 잠들어 있었지만, 유아용 침대 속에 등을 대고 누운 셰릴은 얼굴이 깜짝 놀랄 만큼 자줏빛으로 물들고 있었다. 울던 아기가 숨 막히는 소리를 내기 시작했다.

자식 둘이 앓는 것을 봐 왔기 때문에 후두염이 두렵지 않았던 릴라는 아기 발꿈치를 잡아 들어 올리고 등을 강하게 때렸다. 유명한 소아과 의사인 스포크 박사가 이런 식의 치료법을 추천한 적이 있었는지 없었는지 생각나지 않았던 까닭은 릴라가 그의 책을 한 번도 읽지 않았기 때문이었다. 어쨌든 그녀의 치료법은 멋들어지게 효과를 나타냈다. 목에서 컥컥 쉰 소리를 내던 아기가 갑자기 놀랄 만큼 많은 양의 노란 점액질 덩어리를 바닥에 토해 냈다.

"좀 나아졌니?"

"녜에."

셰릴은 다시 잠이 들었다.

릴라는 오물을 크리넥스 티슈로 닦았다. 아기가 기침을 하면서 한꺼번에 그렇게 많은 가래를 내뱉는 것을 본 적이 있었는지 기억나지 않았다.

그녀는 얼굴을 찡그리며, 다시 「청춘과 불안」 앞에 앉았다. 새 담배에 불을 붙여 첫 모금을 빠는데 재채기가 터져나왔다. 이내 그녀도 기침을 해 대기 시작했다.

제4장

해가 지고 나서 한 시간이 흐른 뒤였다.

스타키는 긴 탁자 앞에 앉아 얇고 노란 서류들을 검토하고 있었다. 거기 적힌 내용은 그를 당혹케 했다. 그는 잔뜩 겁먹은 육군사관학교 신입생도에서 시작하여 군인으로서 36년간 조국에 봉사해 왔다. 훈장도 여러 개 받았다. 여러 대통령과 이야기를 나누었고, 그들에게 조언을 했으며, 때때로 그의 조언이 받아들여지기도 했다. 예전에도 불길한 순간을 견뎌 냈고, 그것도 여러 번 견뎌 냈지만 하지만 이번 것은…….

그는 겁에 질렸고, 너무 깊이 겁에 질려 감히 스스로 인정할 수조차 없을 지경이었다. 이번 것은 사람을 미쳐 버리게 하는 수준의 공포였다.

스타키는 충동적으로 자리에서 일어나 꺼진 텔레비전 모니터 다섯 대가 실내를 바라다보는 벽으로 갔다. 일어서면서 무릎이 탁자에 부딪히는 바람에 얇은 서류 한 장이 탁자 끝에서 떨어져 내렸다. 그것은 기계로 정화한 공기 속을 느릿느릿 시소를 타듯 내려와 바닥 타일 위에 착륙했고, 반은 탁자의 그림자 속에 나머지 반은 바깥쪽에 걸쳤다. 누군가가 그것을 지켜보다가 아래를 내려다보았다면 다음과 같은 내용을 볼 수 있었을 것이다.

확인이 안 되

상당량으로 보이는

변종 암호 848-AB

캠피온, (아내) 샐리

항원 변이 및 돌연변이

높은 위험성, 과도한 사망률

및 전염률 추정치는

반복한다, 99.4퍼센트. 애틀랜타 전염병연구소

판단한다. 일급 기밀 블루 서류함

종료

P-T-222312A

스타키가 중앙 화면 밑의 단추 하나를 누르자 즉각 영상이 떠올랐다. 동쪽을 향하고 있는 서부 캘리포니아 사막이었다. 사막은 황폐했고, 그 황폐함은 적외선 촬영으로 말미암아 불그스름한 자줏빛 색조로 오싹하게 표현되었다.

'저곳에 있다. 곧장 앞에.' 스타키는 생각했다. 프로젝트 블루.

공포가 또다시 밀려오려 했다. 스타키는 주머니에 손을 넣어 파란 알약을 끄집어냈다. 그의 딸이라면 "침착 약"이라고 부를 약. 이름 따위는 중요치 않았다. 약효만 좋다면. 물도 없이 삼키자, 약이 내려가는 동안 그의 냉정하고 매끈한 얼굴에 잠시 주름이 졌다.

프로젝트 블루.

그는 꺼져 있는 모니터들을 바라보다 단추를 눌러 모든 모니터의 화면을 켰다. 4번과 5번 모니터에 연구실이 보였다. 4번은 물리학, 5번은 바이러스 생물학이었다. 바이러스 생물학 연구실은 동물 철창으로 가득했는데, 대개 기니피그, 붉은 털 원숭이, 그리고 몇 마리 개들을 위한 것이었다. 어느 동물도 단순히 잠들어 있는 것으로 보이지 않았다. 물리학 실험실에서는 작은 원심 분리기가 돌고 또 돌았다. 스타키는 그 장치에 대해 예전부터 불평을 했다. 지독히도 불평을 했다. 에즈윅 박사가 근처 바닥에 죽은 채로 누워 강풍에 자빠진 허수아비처럼 큰대 자로 뻗어 있는 동안에도 흥겹게 빙글빙글 빙글빙글 빙글빙글 돌아가는 원심 분리기는, 소름끼치는 면이 있었다.

원심 분리기는 조명과 같은 배선을 쓰고 있으므로 원심 분리기를 끄면 조명도 꺼질 거라고, 사람들은 그에게 설명했다. 그리고 저곳에 있는 카메라들은 적외선 장치가 없었다. 스타키는 이해할 수 있었다. 제법 많은 고위급 인사들이 워싱턴에서 내려와 1킬로미터도 채 안 떨어진 사막의 지하 120미터 지점에 누워 있는 노벨상 수상자의 시체를 보고 싶어 할 수도 있는 것이다. '원심 분리기를 꺼 버리면 교수까지 한꺼번에 꺼 버리는 셈이 되지. 간단하구먼.' 그의 딸이 "캐치 22(동명의 소설에서 유래한 말로서, '꼼짝할 수 없는 모순된 상황'이라는 뜻—옮긴이)"라고 부를 만한 상황이었다.

스타키는 '침착 약'을 한 알 더 먹고 2번 모니터를 들여다보았다. 그가 무엇보다 싫어하는 광경이었다. 그는 수프 그릇에 얼굴을 처박은 남자가 싫었다. 누군가 걸어와 이렇게 말한다고 상상해 보라. "당신은 수프 그릇 속에 면상을 처박고 영원히 그대로 있을 것입니다." 그것은 예전에 하던 얼굴에 파이 처박기 장난질과도 닮았다. 자기가 당할 차례가 닥쳐오면 재미가 싹 가시는 법이다.

2번 모니터가 프로젝트 블루의 구내식당을 보여 주었다. 사고는 거의 근무 교대 시간 사이에 일어났고, 구내식당에는 겨우 몇 사람만 있었다. 그는 구내식당에서 죽었든 침실에서 죽었든 연구실에서 죽었든, 그 사람들에게는 그리 중요치 않았으리라 생각했다. 하지만 수프에 얼굴을 처박고 있는 남자는…….

파란 작업복을 입은 남자와 여자가 스낵 자판기 앞에 무너져 있었다. 하얀 작업복을 입은 남자 한 명은 시버그 주크박스 옆에 누워 있었다. 여러 개의 탁자에 모두 합쳐 남자 아홉 명과 여자 열네 명이 있었는데, 몇몇은 호스티스 사의 트윈키 과자 더미 옆에 쓰러져 있었다. 다른 몇몇은 굳어 버린 손으로 코카콜라와 스프라이트가 엎질러진 컵들을 여전히 꽉 쥐고 있었다. 옆 탁자의 끝 부분에는 프랭크 D. 브루스였던 남자가 있었다. 그의 얼굴은 캠벨 상표로 보이는 소고기 건더기 수프가 담긴 그릇에 처박혀 있었다.

첫 번째 모니터는 오직 디지털 시계만 보여 주었다. 6월 13일 이전까지는 시계 위의 숫자들이 모두 녹색이었다. 그러나 지금은 선명한 빨간색으로 변했다. 그러곤 멈춰 버렸다. 표시된 숫자는 06:13:90:02:37:16이었다.

6월 13일, 1990년. 새벽 2시 37분. 그리고 16초.

뒤편에서 짧은 진동음이 났다.

스타키는 모니터를 하나씩 끄고 돌아섰다. 그러다 바닥에 떨어진 얇은 서류를 보고 집어 들어 다시 탁자 위에 올려놓았다.

"들어오게."

크레이튼이었다. 표정이 심각해 보였고 피부는 쥐색으로 물들어 있었다. '나쁜 소식이 더 늘어났구먼.' 스타키가 차분하게 생각했다. '누군가는 식어 버린 소고기 건더기 수프 그릇 속으로 길고 긴 하이 다이빙을 해 버린 판국에 말이지.'

"안녕, 렌."

그가 조용히 말하자 렌 크레이튼이 꾸벅했다.

"빌리 장군님. 이건…… 맙소사, 뭐라고 말씀드려야 할지 모르겠습니다."

"한 번에 한 단어씩 말하는 게 최선일 것 같구먼."

"캠피온의 시체에 손댔던 사람들이 애틀랜타에서 긴급 검사를 받았는데, 결과가 좋지 않습니다."

"그 사람들 전부 다?"

"다섯 명은 확실합니다. 단 한 사람, 스튜어트 레드먼이라는 사람이 아직은 음성 반응을 보입니다. 그렇지만 우리가 알기로는 캠피온도 50시간 넘게 음성 상태였습니다."

"만일 캠피온이 달아나지만 않았더라면 처절하게나마 안심했을 텐데 말이야, 렌. 아주 처절하게나마."

크레이튼이 끄덕였다.

"보고 계속하게."

"아네트는 격리된 상태입니다. 이제까지 그곳에서 끊임없이 변이를 일으키는 A급 독감에 걸린 환자들 최소 열여섯 명을 격리시켜 놓았습니다. 그들은 증세가 매우 뚜렷합니다."

"언론은?"

"지금까진 아무 문제 없습니다. 언론 쪽에선 탄저병이라고 믿고 있습니다."

"그 밖에 다른 건?"

"매우 심각한 문제가 하나 있습니다. 조셉 로버트 브렌트우드라는 텍사스 고속도로 순찰대원에 관한 것입니다. 그의 사촌이 바로 캠피온이 종지부를 찍었던 주유소의 주인입니다. 그가 어제 아침에 그곳에 들러 보건부 사람들이 오는 중이라고 말해 주었습니다. 저희가 세 시간 전에 붙잡아 현재 애틀랜타로 이송 중입니다만, 이미 동부 텍사스 절반을 순찰하며 돌아다니고 말았습니다. 얼마나 많은 사람과 접촉했는지는 하느님만이 아시겠지요."

"이런, 제기랄."

스타키는 자신의 목소리에 담긴 무기력한 나약함과, 고환 밑바닥 근처에서 시작하여 이제 뱃속까지 올라온 피부 경련 때문에 질겁했다. 그는 생각했다. 99.4퍼센트의 전염률. 마음속에서 미친 듯이 자꾸만 되풀이되었다. 그것은 99.4퍼센트의 과도한 사망률을 의미했으며, 그 이유는 끊임없이 변이하는 항원 바이러스를 정지시키는 데 필요한 항체를 인간의 육체가 생산할 수 없기 때문이었다. 육체가 제대로 된 항체를 생산하는 데 성공하는 매 순간마다 바이러스는 살짝 새로운 형태로 간단히 변이를 일으켰다. 그와 같은 이유로 백신을 만들기란 거의 불가능한 셈이었다.

99.4퍼센트.

"맙소사. 그게 단가?"

"그게……"

"계속해 봐. 끝까지 보고하라고."

크레이튼이 조용히 입을 열었다.

"햄머가 죽었습니다, 장군님. 자살입니다. 지급받은 권총으로 자기 눈을 쐈습니다. 프로젝트 블루 관련 서류가 책상 위에 있었습니다. 제 추측으로는 누가 봐도 그 서류가 충분히 유서가 될 거라고 생각해서 남겨 둔 것 같습니다."

스타키가 눈을 감았다. 빅 햄머는…… 그의…… 사위였다. 이걸 어떻게 신시아에게 말해 줘야 하나? 유감이구나, 신디. 빅이 오늘 차가운 수프 그릇 속으로 하이 다이빙을 하고 말았단다. 옜다, '침착 약' 하나 먹고 진정하렴. 그러니까 말이다, 사소한 잘못이 있었단다. 누군가가 상자를 가지고 실수를 저질렀어. 어느 누군가가 기지 봉쇄 스위치를 잡아당기는 걸 잊어버렸던 것이지. 지연 시간이 겨우 사십 몇 초밖에 안 됐지만, 그것으로도 일을 내기엔 충분했구나. 그 상자는 업계에선 '탐지기'라고 알려졌단다. 국방성 계약서 제164480966호에 의거해 오리건 주 포틀랜드에서 제조되었지. 여성 기술자가 조작하는 독립된 회로들로 구성되어 있었고, 그네들은 일을 하면서도 어느 누구도 자기가 하고 있는 일이 무엇인지 실제로는 알지 못했어. 그들 중 하나는 어쩌면 저녁으로 뭘 만들어 먹을까 생각하고 있었는지도 모르고, 자기 업무 상태를 마땅히 확인했어야 할 누군가는 자가용 사는 일에 관해 생각하고 있었는지도 모르지. 어쨌든 말이다, 신디, 결정적으로 발생한 우연의 일치로 말미암아 4번 경비 초소에 있던 한 남자가, 캠피온이란 이름의 남자가 시계 숫자가 빨갛게 변하던 바로 그 순간을 목격하고는 문이 닫히고 차단되기 전에 초소를 빠져나왔던 거란다. 그는 가족을 데리고 줄행랑을 쳤어. 사이렌이 울리기 시작하고 우리가 기지 전 구역을 봉쇄하기 딱 4분 전에 그는 차를 몰고 기지 정문을 통과해 버린 것이었지. 그러고는 거의 한 시간이 지날 때까지도 아무도 그를 찾을 생각을 못 했는데, 경비 초소에는 감시 모니터가 하나도 없었기 때문이란다.(어느 시기가 되면 감시병을 감시하는 것을 중단해야 해. 안 그러면 세상 사람들 모두가 빌어먹을 감방 교도관이 될 테니까.) 모두들 그가 초소에 남아 탐지기들이 오염 지역 중에서 오염이 안 된 지역을 가려내 주길 기다리고 있는 줄로만 믿고 방심하고 있었던 거야.

덕분에 그는 도망칠 시간을 벌었던 데다가, 목장 부근의 산길을 이용할 만큼 영리했고 차가 수렁에 빠질 만한 길을 피해 갔을 만큼 운도 좋았지. 일이 이렇게 되자 체포 임무를 주 경찰에 맡길지, FBI에 맡길지 아니면 양쪽 다에 맡길지 누군가는 결정을 하고 명령을 내려야만 했는데 그 사이에 그 전설적인 사나이는 여기, 저기, 사방팔방을 누볐단다. 누군가가 비밀 기관인 '상점'에서 그 일을 맡아야 한다고 결정했을 때, 이 행복한 개자식은, 이 행복한 '환자' 개자식은 텍사스까지 도달해 버렸고, 사람들이 마침내 붙잡았을 땐 더는 도망칠 수조차 없는 형편이었단다. 그와 그의 아내와 딸아이가 모두 브레인트리라는 어느 시시한 작은 마을에서 칠성판 위에 누워 있었기 때문이지. 텍사스 주의 브레인트리라는 곳이었다. 어쨌든, 신디야, 내가 말하고자 하는 것은 이 사건이 일어나는 동안 아일랜드 싹쓸이 경마에서 돈을 따는 것처럼 우연의 일치가 꼬리를 물고 이어졌다는 거다. 약간의 무능력이 양념처럼 끼어든 건 다행이지만(다행이 아니라 불행이라 말하려던 건데, 내 실수를 용서해 다오.) 대개는 그저 우연히 벌어진 일이었다는 것이지. 네 남편의 실수는 하나도 없었다. 하지만 그는 프로젝트의 책임자였고, 사태가 걷잡을 수 없이 확대되는 꼴을 지켜보다가, 그러다 그만……

"고맙네, 렌."

"빌리 장군님, 더 하실 말씀은……"

"10분 후에 움직이도록 하겠네. 자네는 지금부터 15분 후에 참모 회의가 열리도록 준비해 주게. 만약 참모들이 자고 있거들랑, 발로 걷어차 버려."

"예, 알았습니다."

"그리고 렌……."

"예?"

"내게 소식을 전한 사람이 자네라서 다행이야."

"예, 장군님."

크레이튼이 떠났다. 스타키는 자신의 손목시계를 힐긋 보고 벽에 설치된 모니터 쪽으로 걸어갔다. 그는 2번 모니터를 켠 다음 뒷짐을 지고 서서, 프로젝트 블루의 고요한 구내식당 안을 생각에 잠긴 채 응시했다.

제5장

래리 언더우드는 모퉁이를 돌아, 도랑 속으로 떨어진 누군가의 쓰레기통과 소화전 사이에서 닷선 Z가 들어갈 정도로 커다란 주차 공간을 발견했다. 쓰레기통 속에는 불유쾌한 것이 들어 있었는데, 래리는 빳빳해진 고양이 시체와 흰 털로 덮인 그 고양이 배를 뜯어 먹고 있던 쥐를 실제로는 보지 않았다고 믿으려 애썼다. 쥐가 차 전조등 불빛을 피해 아주 빠르게 달아났으므로 실제로 그곳에 없었을 거라고 생각할 수도 있었다. 그렇지만 고양이는 정지 상태로 고정되어 있었다. 래리는 차의 엔진을 끄며 한편의 존재를 믿는다면 그 반대편의 존재도 믿어야 한다고 생각했다. 세상에서 쥐가 가장 많이 사는 곳은 프랑스의 파리라고 하지 않았던가? 오래된 하수도들이 그렇게 많으니 말이다. 그렇지만 뉴욕도 만만치 않았다. 그리고 만약 그가 자신이 허송세월했던 어린 시절을 온전히 기억한다면, 뉴욕에 사는 모든 쥐새끼들이 네발로 걸어 다니는 것은 아니었다. 이 썩어 가는 갈색 건물 앞에 주차하면서 쥐새끼들 생각이나 하고 있다니, 도대체 뭐 하는 짓이란 말인가?

닷새 전 6월 14일, 래리는 햇빛 찬란한 남부 캘리포니아에, 그러니까 마약 애호가들과 괴상한 종교들과 고고 춤 무희가 나오는 세계 유일의 컨트리 음악 나이트클럽들과 디즈니랜드의 고향에 있었다. 그러다 이날 새벽 4시 15분, 통행료를 내고 트리보로 다리를 건너 본토 반대쪽 바다의 해안에 도착했던 것이다. 음울한 가랑비가 내리고 있었다. 오직 뉴욕에서만 초여름 가랑비가 그토록 집요하게 음울해 보인다. 차의 앞 유리에 들러붙은 빗방울이 눈에 보일 무렵, 동쪽 하늘에 여명이 밝아 오기 시작했다.

'사랑하는 뉴욕이여, 내가 드디어 집으로 돌아왔노라.'

어쩌면 뉴욕 양키스가 머물고 있을 것이다. 그러면 이번 여행이 보람 있을지도 모른다. 지하철 타고 경기장에 가서 맥주 마시고, 핫도그 먹고, 양키스가 클리블랜드나 보스턴을 신나게 박살 내는 것을 구경하고…….

이런저런 생각에 잠겼던 그가 다시 정신을 차렸을 때에는 빛이 더욱 강해져 있었다. 운전석 시계가 6시 05분을 가리켰다. 그는 계속 졸고 있었다. 그 쥐새끼가 실제로 존재했다는 것을 그는 깨달았다. 다시 나타난 것이다. 놈은 죽은 고양이 내장 속에 커다란 구멍을 팠다. 래리의 빈속이 천천히 울렁거렸다. 자동차 경적을 울려 놈을 영원히 쫓아 버릴까 하고 생각해 보았으나, 쓰레기통을 보초처럼 세워 두고 잠들어 있는 갈색 건물들 때문에 그냥 참기로 했다.

래리는 우묵한 운전석 깊숙이 몸을 수그려 쥐가 아침 식사하는 모습을 보지 않으려 했다. '딱 한 입만 먹어, 이 친구야. 그러곤 지하철로 돌아가. 오늘 저녁에 양키스 경기장에 가나? 어쩌면 다시 볼 수 있겠구먼. 자네가 날 볼 수 있을지 미심쩍기는 하지만서도.'

건물 앞면은 스프레이 캔으로 쓴 불길한 암호 같은 표어들로 더럽혀져 있었다. '치코 116, 조로 93, 리틀 애비 넘버원!' 아버지가 죽기 전 래리가 소년이었을 때, 이곳은 정겨운 건물이었다. 돌로 만든 두 마리 개가 정문으로 올라가는 계단을 호위했다. 그가 서부로 떠나기 1년 전에 불량배들이 오른쪽 개를 앞발부터 모조리 파괴해 버렸다. 지금은 두 마리 다 완전히 사라져 버리고 왼쪽 개의 뒷발 하나만 남았다. 그 뒷발이 떠받쳐야 했던 몸통은 완전히 사라져, 어쩌면 어느 푸에르토리코 출신 마약쟁이의 범퍼를 장식하고 있을지도 몰랐다. '아마도 조로 93이나 리틀 애비 넘버원이 가져가 버린 거겠지. 아마도 쥐들이 어느 어두운 밤에 어느 황폐한 지하철 터널로 가져가 버린 거겠지.' 잘은 모르지만, 어쩌면 그 놈들이 어머니도 같이 데려가 버렸는지도 몰랐다. 어쨌든 래리는 계단을 올라가 15번지 아파트 우편함 밑에 아직 어머니의 이름이 있는지 확인해 보아야 한다고 생각했지만, 너무 피곤했다.

아니다. 래리는 그냥 거기 앉아 꾸벅꾸벅 졸면서도, 신체 조직에 마지막으로 남아 있는 빨간 위험 신호가 7시쯤에 자신을 깨워 주리라 믿고 있는 것이다. 그때가 되면 어머니가 아직 이곳에 사는지 알아보러 갈 것이다. 만일 어머니가 어디론가 떠났다면 제일 잘된 일일 것이다. 그렇다면 양키스 따위는 신경 쓸 필요조차 없을 것이다. 아마도 빌트모어 호텔에 투숙하여 사흘 동안 내리 잠만 자다 황금의 서부로 다시 돌아가면 그만일 것이다. 이 새벽빛 속에서, 이 가랑비 속에서 그의 다리와 머리는 환멸 때문에 여전히 쑤셔 댔고, 뉴욕은 한물간 창녀의 매력을 고스란히 간직하고 있었다.

래리는 다시 상념에 잠겨 지난 9주 동안의 시간을 곰곰이 되짚어 보았다. 모든 것을 명확하게 밝히고 어쩌다 6년이라는 긴 세월의 장벽에 정면충돌했는지 설명해 줄 수 있는 열쇠 같은 것을 찾아보려 애썼다. 클럽 공연, 데모 테이프 녹음, 남의 음악 연주 등, 6년 내내 그런 식으로 지내다 갑자기 지난 몇 주 동안 일이 벌어진 것이다. 그 일을 마음속으로 똑바로 이해하려 노력하는 것은 문고리를 먹어 삼키려 드는 것과도 같았다. 해답이 있어야만 한다고 생각했다. 밥 딜런의 노래 가사처럼 모든 것이 변덕이었다는, 운명의 단순한 뒤틀림이었다는 불쾌한 관념에서 벗어나게 해 줄 해명이 필요했다.

래리는 좀 더 깊은 선잠에 빠져 가슴 위로 팔짱을 끼고, 해답에 대한 생각을 거듭하고 또 거듭했다. 이런저런 생각들이 뒤섞여 새로운 것이 되었으니, 저음으로 불길하게 울리는 다중 선율 같았고, 청취 가능 음역의 맨 밑자락을 연주하는 신시사이저 음색 같았으며 불길한 징조로 여기기에 충분한 편두통처럼 머리를 압박하며 들려왔다. 쥐 소리다. 고양이 시체의 몸통 속으로 파고 들어가서 씹어 먹는다, 씹어먹는다. 오로지 맛난 것만을 찾아서. '그것이 바로 정글의 법칙이라네. 이 친구야. 나무숲에서는 안전하게 매달려 있어야지…….'

그 일은 사실 1년 반 전에 시작되었다. 래리는 버클리의 클럽에서 '누더기 자투리들' 이란 밴드와 함께 공연 중이었는데 컬럼비아 레코드사에서 일하는 남자가 전화를 걸었다. 거물은 아니고, 음반 업계에서 일하는 그저 그런 직원일 뿐이었다. 닐 다이아몬드가 래리의 노래를 한 곡 녹음할까 생각 중이라는데, 노래 제목은 「베이비, 당신의 남자를 믿나요?」였다.

닐 다이아몬드는 전부 자작곡으로 채운 앨범을 만들고 있었지만 예외적으로 버디 홀리의 옛 노래 「페기 수 결혼하다」와 어쩌면 래리 언더우드의 이 노래가 들어갈 수도 있었다. 와서 그 노래의 데모 테이프를 편집한 다음 연주자로 참여할 의향이 있는가 하는 것이 그의 질문이었다. 다이아몬드는 보조 통기타 연주자를 구하는 중이었고 래리의 노래도 무척 좋아하더랬다.

래리는 예스라고 했다.

녹음은 사흘간 계속되었다. 좋은 경험이었다. 래리는 닐 다이아몬드는 물론 로비 로버트슨도, 리처드 페리도 만났다. 그는 앨범 속지에 이름을 올렸고 음반협회의 최저 임금제가 적용된 보수를 받았다. 하지만 「베이비, 당신의 남자를 믿나요?」는 앨범에 수록되지 못했다. 녹음 둘째 날 저녁에 다이아몬드가 직접 만든 신곡을 들고 나타났고, 그 곡이 대신 앨범에 들어갔던 것이다.

"저런, 쯧쯧." 컬럼비아사의 그 남자가 말했다.

"그거 참 안됐네. 일이 그렇게 풀리는구먼. 어찌 됐든 데모테이프를 편집해 보는 게 어때? 내가 할 수 있는 일이 있는지 알아봐 줄 테니까."

그래서 래리는 데모테이프를 편집하고 다시 거리로 나온 자신의 처지를 깨달았다. 로스앤젤레스에서는 형편이 어려웠다. 연주 일이 몇 건 있었지만, 많지는 않았다.

그는 마침내 고급 클럽에서 기타 치는 일을 얻었고, 「당신을 떠날 때처럼 부드럽게」와 「문 리버」같은 곡을 조용히 웅얼거리는 동안 늙은 꼰대들은 사업을 얘기하면서 이탈리아 음식을 쪽쪽 빨아 먹었다. 그는 가사가 뒤죽박죽이 되거나 죄다 잊어 먹지 않도록 메모지에 적었고, 곡을 반주하면서 "흠음음음 흠음음음, 타아 다아 흠음음음" 하는 식으로 읊조리며 인기 가수 토니 베넷이 홍얼대듯 유쾌하게 보이려 노력했고, 멍청이가 된 듯한 기분을 느꼈다. 엘리베이터와 슈퍼마켓에서 끊임없이 흘러나오는 은은한 배경 음악 방송을 접할 때면 그는 병적으로 우울해지곤 했다.

그러다 9주 전에 느닷없이 컬럼비아사의 그 남자가 전화를 했다. 제작사 측에서 그의 데모테이프를 싱글 음반으로 내고 싶다는 것이었다.

"회사에 와서 그 곡에 반주를 넣어 줄 수 있으려나?"

"물론입죠." 래리가 말했다. 그는 할 수 있었다. 그래서 그는 일요일 오후에 로스앤젤레스 컬럼비아 스튜디오로 가서, 한 시간 동안 「베이비, 당신의 남자를 믿나요?」에 목소리를 입혔다. 그러고는 그 곡에다 '누더기 자투리들'을 위해 써 두었던 노래인 「주머니 속 구세주」의 반주를 넣었다. 컬럼비아사의 그 남자는 래리에게 500달러짜리 수표와 함께 음반회사보다는 래리의 제약 사항이 더 많은 고약한 계약서 한 장을 건네주었다. 그는 래리와 악수하며 새로운 전속 가수를 맞아들여 기쁘다고 했다. 래리가 싱글을 어떻게 홍보할 거냐고 물어보자 그는 살포시 동정 어린 미소를 내보이더니 자리를 떴다. 너무 늦은 시간이라 수표를 입금할 수가 없어 그냥 주머니 속에 넣은 채로, 래리는 지노 클럽에서 자신의 연주곡목들을 쭉 연주했다. 첫 번째 연주 시간의 거의 말미에 그는 「베이비, 당신의 남자를 믿나요?」를 나직이 불렀다. 유일하게 그 사실을 알아챈 클럽 사장은 그 따위 깜둥이 비밥 재즈는 청소부 아줌마들한테나 불러 주라고 말했다.

7주 전, 컬럼비아사의 그 남자가 다시 전화해서 《빌보드》를 보라고 했다. 래리는 밖으로 달려 나갔다. 「베이비, 당신의 남자를 믿나요?」가 그 주의 강력 추천곡 세 곡 중 하나로 뽑혔다. 래리는 컬럼비아사의 그 남자에게 다시 전화했고, 그는 래리에게 진짜 거물 몇 명과 점심을 함께하는 게 어떻겠냐고 물었다. 정식 앨범 제작을 논의하자는 말이었다. 거물들은 모두 그의 싱글에 만족스러워했고, 그 싱글은 벌써 디트로이트, 필라델피아, 메인 주 포틀랜드 등지에서 방송을 타고 있었다. 인기를 얻을 조짐이 보였다. 디트로이트의 한 솔 뮤직 방송국에서 나흘 밤 동안 펼친 심야 사운드 경연 대회에서는 우승을 차지하기까지 했다. 어느 누구도 래리 언더우드가 백인이라는 사실은 알지 못하는 것 같았다.

점심 모임에서 래리는 술에 곯아떨어져 연어 요리 맛이 어땠는지 거의 느끼지도 못했다. 그가 폭음하는 것 따위는 아무도 신경 쓰지 않는 듯했다. 거물 중 한 명은 「베이비, 당신의 남자를 믿나요?」가 내년도 그래미상을 받는 걸 본다 해도 전혀 놀랍지 않을 거라고 말했다. 그 모든 말이 래리의 귓속에서 황홀하게 울려 퍼졌다. 그는 꿈속에 사는 남자 같은 기분을 느꼈고, 이상하게도 아파트로 돌아가는 길에 트럭에 받혀 모든 것이 끝장날 것이라는 확신이 들었다. 거물들은 그에게 수표를 한 장 더 건네주었는데 이번 것은 2,500달러짜리였다. 집에 도착하자 래리는 전화기를 집어

들고 여러 곳에 걸기 시작했다. 첫 번째는 모트 '지노' 그린이었다. 래리는 그에게 손님들이 그의 혐오스러운 덜 익은 파스타 요리를 먹는 동안 「옐로 버드」를 연주할 다른 사람을 찾아보는 게 좋을 거라고 말했다. 그다음에는 자투리들 밴드의 배리 그리그를 비롯하여 생각나는 모든 이들에게 전화했다. 그러고는 밖으로 나가 길바닥과 박치기 인사를 할 정도로 술을 마셔 댔다.

5주 전에 래리의 노래는 빌보드 최신 인기곡 100위 목록에 올랐다. 89위였다. 총알 같은 급상승. 로스앤젤레스에 정말로 봄이 찾아온 주간이었다. 눈부시게 반짝이는 5월의 오후에, 눈을 강타하여 눈알이 구슬처럼 뺨으로 굴러 떨어지게 할 만큼 너무나도 하얀 건물과 너무나도 푸른 바다 옆에서 그는 처음으로 라디오에서 나오는 자기 노래를 들었다. 사귀던 여자를 포함해 서너 명의 친구들이 그 자리에 있었고 모두 코카인에 알딸딸하게 취해 녹초가 돼 있었다. 래리가 초코칩 과자 봉지를 들고 간이 부엌에서 나와 거실로 들어설 때, 친숙한 KLMT 방송 구호인 "뉴우우우 미이이유직!"이 들렸다. 이내 자신의 목소리로 부르는 노래가 테크닉스 스피커에서 흘러나오자 래리는 꼼짝없이 몸이 굳어 버리고 말았다.

알아요, 내려온다는 말을 안 했다는 걸
알아요, 내가 이 도시에 있을 줄 당신은 몰랐다는 걸
하지만 베이예이예이비, 누구나 할 수 있다면 당신이 말해 줘요
베이비, 당신의 남자를 믿나요?
그는 올바른 남자예요
말해 줘요 베이비, 당신의 남자를 믿나요?

"맙소사, 저건 나잖아."

바닥에 과자를 떨어뜨린 래리가 입을 벌리고 어안이 벙벙한 채로 서 있자니, 친구들이 박수를 쳐 주었다.

4주 전 래리의 노래는 빌보드 순위 73위로 뛰어올랐다. 그는 마치 모든 것이 아주 빠르게 움직이는 옛날 무성 영화 속으로 걷잡을 수 없이 떠밀려 들어가는 것 같은 기분을 느끼기 시작했다. 전화기가 쉴 새 없이 울렸다. 음반사는 싱글의 성공을 이익으로 연결시키려고 정식 앨범을 내자고 아우성쳤다. 어느 미친 쥐새끼 볼기짝 같은 음반사 기획실 직원은 하루에 세 번이나 전화를 걸어, 래리가 로스앤젤레스의 레코드원 스튜디오로 왔어야 했다고 말했다. 그는 지금도 늦은 거라고 진작 그랬어야 했다고 말하며, 후속곡으로 맥코이스의 「계속해, 슬루피」를 리메이크하여 녹음하자고 주장했다.

"엄청난 대박이 될 거야!"

그 저능아는 계속 소리를 질렀다.

"대박을 터뜨릴 유일한 후속곡이야, 래!(둘은 한 번도 만난 적이 없었는데도 이미 래리는 래리가 아니라 래였다.) 그게 엄청난 대박을 터뜨릴 거야! 나는 지금 무지막지한 대박 얘기를 하는 거라고!"

래리는 마침내 더는 참을 수 없어 「계속해, 슬루피」 녹음과 꼭 묶인 채 코카콜라로 관장당하기 중에 선택하라면 관장을 택하겠다고 그 대박 소리꾼에게 말해 주었다. 그러고는 전화를 끊어 버렸다.

일은 똑같은 모양새로 굴러갔다. 이 음반이 요 근래 5년 동안 가장 크게 히트한 음반이 될 수도 있다고 장담하는 감언이설들이

어리벙벙해 있는 래리의 귓속으로 쏟아져 들었다. 매니저 수십 명이 전화를 걸어왔다. 모두 굶주린 듯했다. 그는 짜릿한 순간을 맞기 시작했으며, 자기 노래가 사방 천지에서 흘러나오는 것만 같았다. 어느 토요일 아침 그는 유명한 흑인 음악 방송 「솔 트레인」에서 나오는 자기 노래를 듣고 그날은 온종일 '그래, 그건 정말로 일어났던 일이야.' 라고 자신을 믿게 하느라 애쓰며 보냈다.

한편으로 지노 클럽에서 일하던 시절에 만나던 여자 애 줄리를 떼어 내기가 돌연 힘들어졌다. 줄리는 그에게 온갖 종류의 사람들을 소개했지만 그가 진짜로 보고 싶어 할 만한 사람은 거의 없었다. 그녀의 목소리를 듣고 래리는 전화기 너머로 들었던 풋내기 매니저들을 떠올리기 시작했다. 길고, 요란하고, 신랄한 언쟁과 함께, 그녀와 헤어졌다. 그녀는 헛바람 든 래리의 대가리가 좀 있으면 하늘 높은 줄 모르고 커져서 녹음 스튜디오 문을 지나가지 못할 것이라고, 그가 그녀에게 마약 값 500달러를 빚졌으며 반짝 스타였던 자가와 에반스의 1990년대 판박이일 뿐이라고 절규했다. 자살하겠다고 협박도 했다. 나중에 래리는 질 나쁜 독가스를 품은 베개를 가지고 너무 오랫동안 베개 치기 싸움을 해 온 듯한 기분을 느꼈다.

음반사에서는 3주 전에 정식 앨범을 녹음하기 시작했고, 래리는 "다 너 잘 되라고" 하는 거의 모든 제안에 굴복하지 않았다. 그는 계약서에 허용된 권리를 십분 활용했다. 누더기 자투리들 밴드의 삼인조인 배리 그리그, 알 스펠먼, 조니 맥콜 그리고 과거에 함께 일했던 두 연주자 닐 굿맨과 웨인 스투키를 그러모았다. 그들은 녹음실 사용 시간을 최대한으로 얻어 내 9일 동안 앨범을 녹음

했다. 컬럼비아사는 나름의 판단을 근거로 그 앨범이 「베이비, 당신의 남자를 믿나요?」를 시작으로 「계속해, 슬루피」로 마무리하면서 20주간 흥행을 지속하길 바라는 듯했다. 래리는 그 이상을 원했다.

앨범 표지는 비누 거품이 가득 찬 고풍스러운 네발 욕조 속에 있는 래리의 사진이었다. 그의 머리 위 욕실 타일에는 컬럼비아사 비서의 립스틱으로 '주머니 속 구원자'와 '래리 언더우드'란 단어가 적혀 있었다. 회사 측은 앨범 이름을 '베이비, 당신의 남자를 믿나요?'라고 붙이길 원했으나 래리가 절대적으로 반대했고, 결국 포장 비닐 위에 '히트 싱글 포함'이란 스티커를 부착하는 것으로 합의를 보았다.

2주 전 싱글이 47위를 차지했고, 파티가 시작되었다. 래리가 한 달간 말리부 해변 저택을 빌린 후로 상황이 좀 혼란스러워졌다. 사람들이 들락거렸고, 갈수록 불어났다. 몇몇은 구면이었으나 대개는 낯선 이들이었다. 그는 "위대한 음악 인생이 더욱 발전하기"를 바란다는 더욱 많아진 매니저들의 호객 행위에 시달리던 기억이 떠올랐다. 눈부시도록 새하얀 모래사장에서 발가벗은 채로 엉덩이를 흔들고 다니며 동고비 새처럼 비명을 지르던 여자 애도 기억났다. 코카인을 흡입하고 테킬라로 입가심하던 것도 기억났다. 일주일 전 토요일 아침에 누가 흔들어 깨어났더니, 「아메리칸 톱 40」에서 데뷔곡으로 36위를 했다며 사회자 케이시 카셈이 그의 음반을 틀어주던 것도 기억났다. 엄청난 양의 싸구려 농축 코카인을 복용하고는 우편으로 도착한 인세 4,000달러 수표를 닷선 Z랑 바꾸겠다고 공연히 주접떨던 것도 기억났다.

그러던 중 엿새 전 6월 13일이 왔고, 그날 웨인 스투키가 래리에게 함께 해변으로 산책을 나가자고 했다. 겨우 오전 9시였지만 스테레오 오디오와 두 대의 텔레비전이 켜져 있었기에 지하 오락실에선 흥청망청 파티가 계속되는 것 같았다. 래리는 팬티 바람으로 빵빵한 거실 의자에 앉아 『슈퍼 보이』 만화책에서 봤던 위엄 있는 분위기를 내려 노력하던 중이었다. 그는 정신을 바짝 차리려고 했지만 웨인의 말을 한마디도 알아듣지 못했다. 딱히 마음속에 떠오르는 생각이 없었다. 바그너의 클래식 음악이 4채널 스피커에서 천둥처럼 울리는 바람에, 웨인은 그가 알아듣도록 서너 번이나 소리를 질러야 했다. 그러자 래리가 고개를 끄덕거렸다. 그는 몇 킬로미터고 계속 걸을 수 있을 것만 같았다.

하지만 햇볕이 바늘처럼 눈알을 찔러 대자 래리는 갑자기 마음을 바꿨다. '산책은 안 돼. 아니올시다.' 눈은 돋보기로 변했고, 이내 태양이 그 속으로 오래도록 빛을 발해 뇌를 불태울 듯싶었다. 불쌍한 낡은 뇌가 바싹 말라 있는 것 같았다.

웨인은 그의 팔을 억세게 붙잡고 산책을 고집했다. 그들은 해변으로 내려와 따스한 모래를 지나 단단한 흑갈색 땅 위를 걸었다. 래리는 산책이 결국 좋은 생각이었다고 결론을 내렸다. 육지로 부딪쳐 오는 굵은 파도 소리가 누그러지고 있었다. 높이 날아오르려 애쓰는 한 마리 갈매기가 슥슥 그린 하얀 M 자처럼 푸른 하늘에 활짝 매달렸다.

웨인이 그의 팔을 세게 잡아당겼다.

"이리 와."

래리는 걸을 수 있을 것이라고 생각했던 거리를 모두 걸었다.

더 이상 걷고픈 생각이 들지 않을 정도였다. 불쾌한 두통에 시달렸고, 척추는 마치 유리가 박힌 듯 쑤셨다. 눈알이 요동쳤고 신장이 뻐근하게 아팠다. 암페타민 각성제의 후유증은 포 로지스 버번 위스키 다섯 병을 모조리 비우고 맞는 다음 날 아침보다는 덜 고통스러웠다. 하지만 유쾌한 것만은 아니었는데, 말하자면 섹시 배우 라켈 웰치와 빠구리한 것만큼이나 좋은 기분은 아니었다. 만약 각성제 서너 알만 더 있었더라면 그를 빌빌거리게 하는 이런 엿 같은 상태의 꼭대기에 깔끔하게 올라앉을 수 있었을 것이다. 그는 각성제를 찾으려고 주머니에 손을 넣었다가 속옷을 사흘 동안 갈아입지 않았다는 것을 처음으로 깨달았다.

"웨인, 나 돌아갈래."

"좀 더 걷자."

그는 웨인이 분노와 연민이 뒤섞인 야릇한 시선으로 자신을 바라보고 있다고 생각했다.

"야야, 안 돼. 나 팬티만 입었잖아. 이러다 공연 음란죄로 걸리겠다."

"이쪽 해안에선 네 왕자지에다 손수건을 두르고 불알을 딸랑거리고 돌아다닌다 해도 걸릴 염려 없어. 이리 와, 인마."

"피곤해."

래리가 투덜댔다. 그는 웨인을 비웃고 싶어졌다. 이 상황은 그에 대한 웨인 나름의 복수였는데, 그 이유는 래리가 히트를 쳤는데도 웨인은 고작 새 앨범에 키보드 연주자로 이름이 올라 있기 때문이었다. 웨인도 줄리와 다를 바가 없었다. 이젠 모든 사람이 래리를 미워했다. 모두가 그를 공격 목표로 삼았다. 치밀어 오른 눈물로 그의 눈이 흐릿해졌다.

"이리 와, 인마."

웨인이 거듭 말했고, 둘은 다시 해변 쪽으로 걸어 나왔다.

1,500미터쯤 더 걸었을 때, 래리의 넓적다리 근육이 지독한 경련을 일으켰다. 그는 고함치며 모래 위로 무너졌다. 쌍둥이 송곳칼이 동시에 살에 박히는 느낌이었다.

"쥐 났어!"

그가 비명을 질렀다.

"어어, 안마, 쥐 났단 말이야!"

웨인이 곁에 쭈그리고 앉아 그의 다리를 쭉 잡아당겼다. 아픔이 또다시 그를 강타했다. 웨인이 뭉친 근육들을 두드리고 주물렀다. 마침내 산소에 굶주렸던 근육 조직들이 풀어지기 시작했다.

숨을 참고 있던 래리가 헐떡거리기 시작했다.

"어어, 고맙다. 아팠어…… 지독하게 아팠어."

"당연하지."

별로 동정하는 기색 없이 웨인이 말했다.

"그럴 거라고 생각했어, 래리. 지금은 어때?"

"괜찮아. 그래도 그냥 앉아 있자, 응? 여기 앉아 있다가 돌아가자고."

"너한테 할 말이 있어. 그래서 여기까지 데리고 나와야만 했고, 내가 해 주는 말을 이해할 만큼 네가 정신을 차리길 바랐어."

"해 줄 말이 뭔데, 웨인?"

그는 생각했다. '이제 올 것이 오는구나. 잘 좀 봐달라는 판촉활동.' 그러나 웨인이 말했던 것은 판촉 활동과는 거리가 멀었고,

한동안 그는 다시 『슈퍼 보이』 만화의 세계로 돌아가 "너한테 할 말이 있어."라는 문장의 뜻을 이해하려 애썼다.

"파티는 인제 그만 끝내야 해, 래리."

"응?"

"파티 말이야. 돌아가서 끝내. 전기 플러그 다 뽑고, 사람들한테 차 열쇠 일일이 다 찾아 주고, 아름다운 시간 함께 보내 줘서 고맙다고 인사하고, 현관까지 배웅하라고. 전부 다 쫓아내 버려."

"난 그런 짓 못 해!"

충격을 받은 래리가 말했다.

"그렇게 하는 편이 좋아."

"하지만 왜? 인마, 이 파티는 쭉 계속할 거란 말이야!"

"래리, 컬럼비아사에서 선금을 얼마나 줬어?"

"알아서 뭐 하게?"

래리가 음흉스럽게 말했다.

"내가 널 등쳐 먹으려고 하는 것 같으냐, 래리? 잘 생각해 봐."

래리는 생각해 보았고, 차츰 당황하며 웨인 스투키가 자기한테 돈 좀 달라고 졸라 댈 이유가 하나도 없음을 깨달았다. 그가 이제껏 정말로 염두에 두지 않았던 것은 앨범을 녹음하도록 도와준 사람들이 대개 그러했듯이 웨인도 일자리 때문에 아등바등하는 신세이긴 했지만, 다른 사람들과는 달리 그는 재력 있는 집안 출신이었고 가족들과 사이도 좋다는 사실이었다. 웨인의 아버지는 미국에서 세 번째로 큰 전자 게임 회사의 지분 절반을 소유했고, 스투키 가족은 벨 에어에 적당히 대궐 같은 집을 가졌다. 당황한 래리는 그의 갑작스러운 돈벼락이 아마도 웨인한테는 조그마한 바나나처럼 보일 것임을 깨달았다.

"아니, 아니라고 생각해."

래리가 퉁명스레 대답했다.

"미안하다. 그렇지만 기분이 말이지, 마치 라스베이거스 서쪽의 모든 어중이떠중이들이 나를 벗겨 먹으려……"

"그래서 얼마냐니까?"

래리는 곰곰이 생각했다.

"선금으로 일곱 장 받았어. 그게 다야."

"싱글 인세는 석 달씩 분기별로, 앨범 인세는 반년마다 지급할 테지?"

"맞아."

웨인이 끄덕거렸다.

"그 새끼들은 인세 지급일이 될 때까진 한 푼도 주려고 하지 않아, 개새끼들. 담배?"

래리가 한 개비 받아 들고 불을 붙이려고 담배 끝을 손으로 감쌌다.

"넌 이 파티 비용이 얼마나 들어가는지 알아?"

"물론이지."

"집을 빌리는 데 분명히, 1,000달러 이상 들었을 테지."

"그렇지, 그 말이 맞아."

사실은 1,200달러에 기물 파손 보증금 500달러를 합친 액수였다. 파손 보증금과 한 달 임대료의 반을 지급했으므로 지금까지 총지급액 1,100달러에 600달러 외상이었다.

"마약 값은 얼마야?"

웨인이 물었다.

"나 원 참, 자잘한 데 신경 좀 쓰지 마. 그건 리츠 크래커에 곁들인 치즈 같은 거……"

"대마초가 있었고 코카인도 있었어. 얼마야, 응?"

"좆나게 성가신 마약쟁이네."

래리가 언짢은 듯 말했다.

"각각 500하고 500이야."

"그리고 그게 이틀 만에 바닥났지."

"염병할, 진짜 그랬네!"

래리가 깜짝 놀라서 말했다.

"오늘 아침에 나올 때 두 그릇 있는 거 봤는데, 그거 거의 싹 없어졌더라고. 그래, 그치만……"

"야야, 네가 약봉지 씨한테 했던 말 기억 안 나냐?"

웨인이 갑자기 래리의 굵뜬 목소리를 놀랄 만큼 멋지게 흉내 냈다.

"비용은 다 내 앞으로 달아 놔요, 듀이. 그릇들은 계속 꽉꽉 채워 놓고요."

래리는 짙어지는 공포를 느끼며 웨인을 바라보았다. 그는 10년인가 15년쯤 전에 바람 머리라고 부르던 특이한 머리 모양을 한 작고 강인한 사내를, '주님께서 오십니다 열받으셨습니다' 라고 적힌 티셔츠를 입은 그 사내를 똑똑히 기억했다. 그 남자는 실제로 자기 똥구멍에서 빼낸 좋은 마약을 가지고 있을 것처럼 보였다. 래리는 그 남자, 즉 약봉지 듀이에게 손님 접대용 그릇을 계속 꽉꽉 채워 놓고 돈은 자기 앞으로 달아 놓으라고 말했던 것도 너무나 똑똑히 기억해 낼 수 있었다. 하지만 그것은…… 그러니까, 그것은 며칠 전 일이었잖은가.

"넌 약봉지 듀이가 오랫동안 상대했던 사람 중에 최고의 물주야, 이 인간아."

"얼마를 내라고 그럴까?"

"대마초 값은 그리 심하지 않아. 대마초는 싸. 1,200이야. 코카인 값이 여덟 장이지."

순간 래리는 토할 것 같았다. 그는 웨인을 향해 조용히 눈을 부릅떴다. 뭔가 말하려 했지만 그저 입만 뻐끔거릴 수 있었다. '9,200이라고?'

"요즘 인플레가 심하잖아, 이 친구야. 나머지 얘기도 다 듣고 싶어?"

래리는 나머지를 원치 않았으나 고개를 끄떡였다.

"위층에 컬러 텔레비전이 있지. 누군가 의자를 날려 버렸더구먼. 수리비로 한 300 나올 것 같아. 아래층 나무판자 벽도 아주 지랄 맞게 쭉쭉 줄을 파 놨어. 400. 운이 좋다면 말이지. 해변 쪽으로 난 전망창이 그저께 부서졌지. 300. 거실에 있는 푹신한 바닥 깔개도 완전히 작살났어. 담뱃불, 맥주, 위스키 때문에. 400. 술 가게에 연락해 봤더니 약봉지 씨가 너한테 줄 계산서 때문에 그러는 것처럼 그쪽 친구들도 계산서 만들어 놓고 아주 행복해하더라고. 600."

"술값이 600이야?"

래리가 중얼거렸다. 창백한 공포가 그를 목까지 휘감았다.

"그나마 대부분 하찮은 맥주랑 포도주였다는 것에 감사하라고. 슈퍼마켓에도 400달러짜리 계산서가 있던데, 거의 피자, 감자 칩,

타코 따위 잡동사니들이더라. 하지만 최악은 소음이야. 이제 곧 경찰이 들이닥칠걸. 짭새들 말이야. 고성방가 때문에. 그리고 놀러 온 조폭 애들 네댓 명이 헤로인 먹고 뿅 가서 널브러져 있더라. 집 안에 멕시코제 흑갈색 헤로인이 100그램쯤 있더라고."

"그것도 내 계산서에 포함된 거야?"

래리가 쉰 목소리로 물었다.

"아냐. 약봉지 씨는 헤로인은 취급하지 않아. 그건 조폭들이 취급하는 물건이야. 약봉지 씨는 시멘트 덩어리를 발에 매단 채 물고기 밥이 되고 싶은 생각은 없으니까. 그렇지만 만일 경찰이 도착하면, 현장 체포도 네 계산서에 올라갈 거라는 건 확실해."

"그렇지만 난 몰랐는데……"

"넌 그저 순진해서 걸려들기 쉬운 인간이야, 그뿐이야."

"그렇지만……"

"이제까지 이 작은 소동으로 날린 돈이 총 12,000달러가 넘어. 밖에 나가서 닷선 Z까지 끌고 오고…… 그래, 차 값은 얼마까지 깎았어?"

"2,500."

래리가 망연자실한 채로 말했다. 울어 버릴 것만 같은 기분이었다.

"그래서 다음번 인세 수표가 올 때까지 돈이 얼마나 남은 거야? 2,000?"

"그 정도 되지."

말은 그렇게 했지만 사실은 훨씬 적다는 것을 웨인에게 밝힐 수는 없었다. 800쯤 될까. 현찰과 당좌 수표 반반씩.

“래리, 내 말 잘 들어. 왜냐하면 너는 두 번씩 말해 줄 가치가 없는 녀석이니까. 여차하면 열려고 대기 중인 파티는 늘 있어. 이 지역에서 유일하게 끊이지 않는 것 두 가지는 끊임없는 개지랄과 끊임없는 파티야. 하마 등짝의 벌레를 찾아 헤매는 작은 새처럼 사람들이 돌아다닌다고. 그것들이 지금은 여기에 와 있는 거란 말이야. 당장 네 몸뚱어리에서 떼어 내서 제 갈 길 찾아가라고 쫓아 버려.”

래리는 집 안에 있는 수십 명의 사람들을 생각했다. 이 시점에선 아마도 세 명 중 한 명 꼴로 누군지 알아볼 수 있을 것 같았다. 누군지 알 수 없는 모든 사람들한테 떠나라고 말해야 한다는 생각에 목이 메었다. 좋은 평판을 잃을 것이다. 이런 생각에 맞서 떠오른 것은 다름 아닌 접대용 그릇들을 거듭 채워 놓으면서 뒷주머니에서 수첩을 꺼내 계산서 아래쪽에 추가 금액을 상세히 적는 약봉지 듀이의 이미지였다. 듀이와 그의 바람 머리와 그의 최신 유행 티셔츠.

웨인이 침착하게 주시하는 동안 래리는 이 두 가지 이미지 사이에서 우물쭈물했다.

“야, 그랬다간 내가 세계 정상급 쪼다 새끼처럼 보일 거야.”

마침내 입을 연 래리는 제 입에서 나온 연약하고 심술궂은 단어 하나하나가 미웠다.

“그래, 너를 수없이 욕하겠지. 그 사람들이 네가 할리우드에라도 진출하느냐고 말할 거야. 잘난 척한다고 말이야. 오랜 친구들을 무시한다고 말이야. 하지만 그중 어느 누구도 네 친구는 아니야, 래리. 네 친구들은 사흘 전에 무슨 일이 벌어지고 있는지 목격하고 다들 뿔뿔이 찢어졌어. 친구가 말이지, 음, 자기 바지에 오줌을 지리면서도 그걸 눈치조차 못 채는 꼴을 지켜보기란 전혀 즐겁지가 않거든."

"그래서, 왜 그걸 나한테 말해 주는 거야?"

래리가 별안간 화를 냈다. 진정 좋은 친구들이 모두 떠나갔음을 깨달았기 때문에 생겨난 분노였고, 돌이켜 보니 그들이 떠나면서 말한 핑계는 어딘가 어색했던 것 같았다. 배리 그리그는 래리를 옆으로 데리고 가서 뭔가 말하려 했으나 그는 마약에 잔뜩 취해 있었고, 그저 배리를 향해 너그럽게 고개를 끄덕거리고 미소를 지어 보이기만 했다. 인제 와서 보니 배리도 지금과 똑같은 질책을 해 주려고 그랬던 것은 아닌가 싶었다. 그렇게 생각하니 당혹스러웠고 화가 났다.

"그래서 왜 나한테 말해주는 거냐니까?"

래리가 거듭 말했다.

"네가 날 어마무지하게 좋아하는 것 같진 않은데 말야."

"그래…… 그렇다고 너를 싫어하는 것도 아냐. 그 이상은, 글쎄, 뭐라 말할 수가 없군. 나는 이번 일로 네 코가 깨지도록 놔둘 수도 있었어. 한 번쯤은 겪어 볼 필요가 있으니까."

"뭔 소리야?"

"알게 될 거야. 왜냐하면 너한텐 냉혹한 기질이 있거든. 너한텐 알루미늄 포일을 씹어 먹는 것 같은 기분 나쁜 느낌이 있어. 그것이 어떤 성공을 불러오든지 간에, 너한테는 그런 성격이 있단 말이야. 넌 근사하지만 작은 성공을 얻을 거야. 5년이 지나면 아무도 기억하지 않을 어중간한 반짝 인기. 중학교 여학생들이나 네 판을 사 모으겠지. 너는 돈을 벌어들일 테고."

래리는 다리 위로 주먹을 움켜쥐었다. 저 태연자약한 얼굴을 때려 주고 싶었다. 웨인의 말을 듣다 보니 자신이 마치 멈춤 표지판 옆의 자그마한 개똥 무더기가 된 것 같은 기분이 들었다.

"돌아가서 다 정리해."

웨인이 부드럽게 말했다.

"그러고는 저 차를 타고 떠나. 그냥 떠나, 인마. 다음 번 인세 수표가 오겠다 싶을 때까지 멀리 물러나 있으라고."

"그렇지만 듀이가……"

"내가 듀이한테 잘 말해 줄 사람을 찾아볼게. 흔쾌히 알아봐 주지. 그 사람이 듀이한테 맘씨 착한 어린 소년처럼 돈 받을 때까지 기다리라고 할 거고, 그럼 듀이는 기꺼이 들어줄 거야."

웨인은 말을 멈추고, 화사한 수영복을 입은 어린애 둘이 해변을 뛰어가는 모습을 지켜보았다. 개 한 마리가 애들 옆에서 달리며 푸른 하늘을 향해 요란하고 흥겹게 짖어 대고 있었다.

래리는 일어서서 억지로 감사의 말을 했다. 해묵은 팬티 사이로 바닷바람이 들락날락했다. 그의 입에서 흘러나온 말은 벽돌처럼 무거웠다.

"너는 그저 어디론가 떠나서 퍼질러 있으란 말이야."

웨인이 래리 옆에 서서 여전히 아이들을 보며 말했다.

"아주 오랫동안 퍼질러 있으라고. 네가 어떤 부류의 매니저를 원하든, 어떤 식의 순회 콘서트를 원하든, 어떤 조건의 계약서를 원하든, 「주머니 속 구원자」가 히트하고 난 다음의 일이야. 내가 보기에 그 앨범은 히트할 거야. 박자가 깔끔하고 귀엽거든. 여유가 좀 생기면 너를 끝장내려고 하는 게 뭔지 깨닫게 될 거야. 너 같은 녀석들은 항상 그렇게 되더라고."

너 같은 녀석들은 항상 그렇게 되더라고.

나 같은 녀석들은 항상 그렇게 되더라고.

뭣 같은 녀석들은 항상…….

누군가 손가락으로 창문을 두드리고 있었다.

래리는 꿈틀대다 똑바로 앉았다. 벼락같은 통증이 목을 관통했고 목살이 마비되고 쥐가 난 듯한 느낌에 질겁했다. 그는 그저 졸았던 것이 아니라 깊이 잠들어 있었다. 캘리포니아를 떠올리면서. 그러나 지금 이곳은 칙칙한 대낮의 뉴욕이었고, 손가락이 다시 두드려 댔다.

고개를 조심스럽게 그리고 힘겹게 돌려 보니, 머리에 검정 그물 스카프를 두른 어머니가 차 안을 들여다보고 있었다.

한동안 둘은 유리창을 통해 서로 빤히 주시했고, 래리는 동물원에서 구경거리가 된 동물처럼 낱낱이 발가벗겨진 느낌이었다. 그러다 상황을 파악한 그의 입이 씩 웃었고, 래리는 창문을 내렸다.

"엄마였어?"

"넌 줄 알아봤다."

그녀는 기묘할 만큼 밋밋한 어조로 말했다.

"나와서 똑바로 선 모습을 보여 주렴."

두 다리가 잠들어 있었다. 문을 열고 밖으로 나오는데 발바닥이 따끔따끔 쑤셨다. 래리는 어머니를 이런 식으로, 준비가 안 된 무방비 상태로 만날 줄은 전혀 예상하지 못했다. 초소에서 깜빡 잠이 들었다가 갑자기 '차렷' 구령을 들은 보초병이 된 기분이었다. 어쨌든 어머니가 더 작아 보일 거라고, 확신은 못 하지만 세월의 장난이 자신은 성장시킨 데 반해 어머니는 예전과 아주 똑같이 놔두었을 거라고 짐작했다.

그런데 어머니가 불러내는 방식이 왠지 신비스럽기까지 했다. 열 살 무렵, 토요일 아침마다 래리가 너무 오래 자고 있다는 생각이 들면 어머니는 닫혀 있는 침실 문을 한 손가락으로 두드려서 깨우곤 했다. 어머니는 14년이 지나고 나서도 이렇게 똑같은 방식으로 그를 잠에서 깨웠고, 그는 밤을 꼬박 새우려고 기를 쓰다 우스꽝스러운 자세로 잠의 요정에게 붙잡혀 버린 피곤한 꼬마처럼 새 자가용 안에서 잠들어 있었던 것이다.

마침내 그는 어머니 앞에 섰다. 머리칼은 배배 꼬였고, 얼굴에는 힘없이 다소 바보 같은 웃음을 지었다. 아직도 다리 이곳저곳이 따끔따끔 쑤셔서 양쪽 발을 번갈아 가며 꼼지락거려야 했다. 그는 그런 행동을 하면 항상 어머니가 화장실 가고 싶으냐고 물어보았던 것을 기억하고는 그짓을 멈추었고, 따끔따끔한 자극이 맘대로 쑤셔 대도록 놔두었다.

"안녕, 엄마."

어머니는 아무 말 없이 바라보았고, 못된 새가 옛 보금자리로 돌아오듯이 두려움이 갑자기 그의 마음속에 둥지를 틀었다. 어머니가 돌아서서 그를 거부하고, 그에게 싸구려 코트 등짝을 내보이며 아무렇지도 않게 길모퉁이를 돌아 지하철로 향하여 그를 내팽개칠지도 모른다는 공포였다.

그러자 그녀가 한숨을, 마치 무거운 짐을 들어 올리기 전에 내뱉는 듯한 한숨을 토했다. 마침내 입을 연 어머니의 목소리가 너무도 자연스럽고 너무도 온화하게 당당한 기쁨을 내비치자, 래리는 자기가 느꼈던 첫인상을 잊었다.

"안녕, 래리. 위층으로 올라가자. 창밖을 내다봤을 때 너인 줄 알아봤다. 일하는 곳에는 이미 아파서 못 나간다고 전화해 놨어. 남아 있는 병가를 썼지."

어머니가 앞장서서 지금은 사라진 개 석상들 사이로 난 계단 쪽으로 향했다. 서너 걸음 뒤처져 따라가던 그는 다리가 따끔거려 주춤했다.

"엄마?"

어머니가 돌아서자 래리는 그녀를 끌어안았다. 포옹이 아니라 습격이라도 당할 것으로 예상했는지, 경악하는 표정이 그녀의 얼굴에 떠올랐다. 놀란 표정은 이내 사라지고 그녀도 포옹을 받아들여 래리를 껴안아 주었다. 향주머니 냄새가 래리의 코로 슬그머니 들어와 강렬하고 달콤하고 씁쓸하기까지 한 뜻밖의 추억들을 환기시켰다. 한동안 래리는 자신이 울어 버릴 것 같다고 생각했고, 어머니도 그럴 것이라 제멋대로 확신했다. 감동의 순간이었기 때문에. 기울어진 그녀의 오른쪽 어깨 너머로 고양이 시체가 반은 쓰레기통 안에, 나머지 반은 쓰레기통 밖에 널브러져 있는 것이 보였다. 포옹을 푸는 어머니의 눈은 건조했다.

"어서 가자, 아침밥 해 줄게. 너 밤새 운전했던 거냐?"

"예."

그의 목소리는 감정이 격해 약간 쉬어 있었다.

"저런, 어서 가자. 엘리베이터가 고장 났지만, 겨우 2층이니까 뭐. 관절염이 있는 할시 부인은 더 힘들어. 그 여잔 5층에 살거든. 신발 닦고 들어오는 거 잊지 마라. 흙 묻은 신발로 들어오면 프리먼 씨가 득달같이 달려올걸. 그 사람이 흙먼지 냄새 맡는 데 도사라는 건 내가 성경에 나오는 고센 땅의 이름을 걸고 맹세한다니까. 흙먼지는 그의 적이야, 아무렴."

둘은 계단에 올라섰다.

"너 계란 세 개 먹을 수 있지? 토스트도 만들어 줄게, 싸구려 호밀 빵도 괜찮다면. 자, 가자."

래리는 어머니를 따라 사라져 버린 개 석상들을 지나갔다. 그가 석상이 있던 자리를 맹렬히 노려보았던 까닭은 그것들이 정말로 없어졌고, 그의 키가 50센티미터 줄어들지 않았으며, 1980년대 전체가 시간 속으로 완전히 사라진 것은 아니라는 사실을 자신에게 거듭 이해시키기 위함이었다. 그녀가 문을 밀쳐 열었고 그들은 안으로 들어갔다. 암갈색 그림자들과 요리하는 냄새조차도 예전과 똑같았다.

앨리스 언더우드는 아들에게 계란 세 개, 베이컨, 토스트, 주스, 커피를 내놓았다. 모조리 먹어치우고 커피만 남자 비로소 래리는 담뱃불을 붙이고 식탁에서 몸을 떼었다. 앨리스는 담배를 보고 못마땅한 표정을 내비치기는 했지만 아무 말도 하지 않았다. 이에 래리는 자신감을 약간 회복했다. 약간, 많이는 아니었다. 어머니는 자신의 때를 기다리는 일에 항상 능숙했으므로.

앨리스가 손잡이가 긴 프라이팬을 희뿌연 구정물 속에 담그자 약간 지글거리는 소리가 났다. 어머니가 많이 변하진 않았다고 래리는 생각하고 있었다. 조금 더 늙어 이제 쉰한 살일 테니 머리가 조금 더 희끗희끗해졌지만, 망사로 정갈하게 둘러맨 머리에는 아직도 검은기가 많았다. 무늬 없는 회색 옷을 입고 있었는데 아마도 작업복인 듯했다. 옷 한복판에서 부풀어 오른 가슴은 아직도 예전과 같이 커다랗고 거추장스러운 모습이었는데, 오히려 약간 더 커진 것도 같았다. '엄마, 내게 진실을 말해 줘, 엄마 가슴 더 커졌지? 갱년기 증상이야?'

래리는 커피 받침 접시에 담뱃재를 털기 시작했다. 앨리스는 받침 접시를 홱 낚아채고 늘 찬장 속에 보관했던 재떨이로 바꿔 놓았다. 받침 접시가 커피로 얼룩져 담뱃재를 털어도 되지 싶었다. 재떨이는 래리를 꾸짖듯 티 한 점 없이 깨끗했다. 그는 조금 상심한 기분으로 거기에 재를 털었다. 앨리스는 자신의 때를 기다릴 줄 알았고, 발목이 온통 피로 물든 상대방이 몸서리치며 애원하려 들 때까지 작은 덫을 계속해서 놓을 줄도 알았다.

"그래, 네가 돌아왔구나."

앨리스는 이렇게 말하며 테이블토크 상표 파이 접시에서 낡은 브릴로 수세미를 빼내 프라이팬을 닦았다.

"무슨 바람이 불어서 온 거냐?"

'그게 말이야, 엄마, 내 친구 하나가 인생의 진실을 나한테 깨우쳐 줬어. 좆밥 새끼들이 떼로 뭉쳐 돌아다니는데 이번에 그 새끼들이 날 쫓아다닌 거였대. 친구란 말이 개를 부르는 적당한 단어인지는 모르겠어. 개는 내가 1910 프룻검 컴퍼니 밴드의 유치함을 존경하는 것만큼이나 나를 음악적으로 존경해 주더라고. 그런데 떠나라고 나를 이끌어 준 장본인이 바로 개라니, 원 참. 근데 "찾아가면 언제든 흔쾌히 받아들여 주는 곳은 가정이로다."라고 말했던 사람이 시인 로버트 프로스트 아니었던가?

래리가 큰 소리로 말했다.

"엄마가 너무 보고 싶어서 온 거지."

앨리스는 코웃음 쳤다.

"그런 녀석이 나한테 편지를 그렇게 자주 써다 바쳤냐?"

"내가 앉아서 편지나 쓰는 체질은 아니잖아."

그는 담배를 천천히 위아래로 휘저었다. 담배 끝에서 연기 고리들이 만들어졌다 날아가 버렸다.

"어디 그 뚫린 입으로 방금 한 말 또 해 봐라."

웃으면서 그가 말했다.

"내가 앉아서 편지나 쓰는 체질은 아니잖우."

"그래도 네 엄마한테 능글맞게 구는건 여전하구나. 그건 변하지 않았어."

"미안해요. 그동안 어떻게 지냈어, 엄마?"

앨리스는 프라이팬을 싱크대 설거지 통에 놓고 수도꼭지를 잠근 다음, 붉어진 손에서 비누 거품기를 닦아 냈다. 그녀가 식탁으로 와 앉으며 말했다.

"그리 나쁘진 않았다. 등이 좀 아팠는데, 약을 먹었어. 이젠 다 나았다."

"내가 떠난 다음에 등이 심하게 아프진 않았어?"

"아, 딱 한 번. 그렇지만 홈스 선생이 잘 봐 줬어."

"엄마, 그런 지압사들 말이야……"

'다 사기꾼이야.' 래리는 혀를 깨물었다.

"지압사들이 뭐?"

삐딱하게 웃는 어머니의 얼굴을 앞에 두고 래리는 거북한 듯 어깨를 으쓱거렸다.

"엄만 자유롭고, 눈부시게 희고, 스물한 살 청춘이지. 그 지압사가 엄마한테 도움이 된다면, 좋은 거지 뭐."

앨리스는 한숨을 쉬고 옷 주머니에서 윈터그린 라이프 세이버 사탕 한 통을 꺼냈다.

"나야 스물한 살보단 훨씬 많지. 게다가 그런 나이란 것을 실감하고. 한 개 주랴?"

래리는 어머니가 치켜든 라이프 세이버 사탕을 보고 고개를 내저었다. 그러자 그녀는 사탕을 자신의 입속에 쏙 집어넣었다.

"엄만 아직도 소녀 같아."

래리는 옛날처럼 농담조로 아부하는 투로 말했다. 어머니는 늘 그런 말을 좋아했지만 이제는 그저 입술에 희미한 미소만 드리울 뿐이었다.

"엄마 인생에 새로운 남자들 좀 생겼으려나?"

"몇 명. 넌 좀 생겼냐?"

"없어."

래리가 진지하게 말했다.

"새 남자는 없어. 여자 애들은 좀 생겼지만, 남자는 없어."

래리는 웃음이 터지기를 기대했지만, 또다시 그저 희미한 미소만 돌아왔다. '내가 엄마를 괴롭히고 있구나. 엄만 내가 뭘 바라는

지 몰라. 엄만 3년 동안 내가 나타나기를 기다려 온 게 아냐. 오직 내가 행방불명인 채로 남기를 원했던 거야.'

"예전과 똑같은 래리구나. 절대 진지해지는 법이 없어. 결혼할 사람은 있는 거냐? 계속 알아보고 다니는 중이야?"

"내가 한 여자에 만족을 못 하잖아, 엄마."

"넌 만날 그랬지. 암튼지 간에, 독실한 천주교 신자인 여자 애를 임신시켰다고 말해 주러 집에 돌아온 건 절대 아니겠지. 내 그건 장담하마. 너는 아주 준비를 꼼꼼히 하고, 아주 운이 좋고, 또는 아주 예의 바른 바람둥이였으니까."

래리는 아무렇지도 않은 표정을 지으려 애썼다. 그의 인생에서 어머니가 그에게 직접적으로든 간접적으로든 섹스를 언급한 것은 처음이었기 때문이다.

"어쨌든 곧 알게 될 거다. 사람들은 독신 남자가 굉장히 재미있게 산다고들 말하지. 그렇지가 않아. 너도 나이 들어 봐라. 그러면 껄끄럽고 추잡스러운 일들만 가득해. 프리먼 씨가 사는 것처럼 말이지. 그 사람, 이 아파트 반지하에 사는데 만날 자기 집 창문 앞에 서서 시원한 바람이나 기다리는 게 일이다, 일."

앨리스의 말에 래리가 툴툴거렸다.

"라디오에서 나오는 네 노래는 잘 듣고 있다. 사람들한테 얘기하지. '재가 내 아들이에요. 재가 래리예요.' 거의 안 믿더라고."

"엄마가 그 노랠 들었다고?"

래리는 어머니가 왜 처음부터 그 얘길 안 꺼냈는지 이상했다. 시시껄렁한 잡소리들 대신에 말이다.

"물론이지. 젊은 여자 애들이 듣는 로큰롤 방송에서 줄곧 나오더라. WROK 방송 말이야."

"그 노래 좋아해?"

"딱 그런류의 음악을 좋아하는 만큼만."

앨리스는 아들을 엄하게 바라보았다.

"노래가 좀 선정적이더구나. 음란스러워."

래리는 자신이 양발을 꼼지락거리고 있다는 걸 깨닫고 억지로 멈추었다.

"그건 그냥…… 좀 관능적으로 들리는 거야, 엄마. 그것뿐이지 뭐."

얼굴이 온통 벌겋게 달아올랐다. 어머니의 부엌에 앉아 관능을 주제로 토론할 줄은 전혀 예상하지 못했다.

"관능이 있을 곳은 침실이지."

앨리스가 무뚝뚝하게 말하며 아들의 히트 음반에 관한 미학적인 토론을 마감했다.

"게다가 네 목소리에도 무슨 짓을 했더구나. 꼭 깜둥이 목소리처럼 들리던데."

"지금도?" 그가 즐거워하며 말했다.

"아니, 라디오에서 말이야."

"그 거무스름한 나암자, 그녀가 피해애 다녀어야아해애."

래리는 웃으며 흑인 가수 빌 위더스처럼 목소리를 깔고 말했다.

"바로 그런 식이었어. 내가 소녀였을 적에는, 프랭크 시내트라가 파격적이라고들 생각했지. 이제는 랩 음악이 생겼어. 랩, 사람들이 그렇게 부르지. 나는 꽥꽥질이라고 부른다만."

앨리스는 아들을 못마땅한 표정으로 보았다.

"적어도 네 음반에는 꽥꽥질은 없더구나."

"나, 인세도 받아요. 음반이 팔릴 때마다 몇 퍼센트씩. 그게 어느 정도냐 하면……"

"그래, 계속 읊어 봐라."

그녀가 말하며 새를 쫓는 듯한 손짓을 했다.

"난 만날 산수 빵점 맞았으니까. 인세는 잘 받았냐, 아니면 저 조그만 차는 외상으로 산 거냐?"

"그다지 많이는 못 받았어."

래리는 거짓말의 문턱에서 얼쩡거리며, 그러나 그 문턱을 넘어서지는 않으며 말했다.

"차 계약금은 냈어. 나머지 금액은 모으는 중이야."

"편리한 외상 거래로구나."

앨리스가 불쾌한 어조로 말했다.

"그게 바로 네 아버지가 파산해서 인생 종 쳤던 방식이다. 의사는 그 양반이 심장 발작으로 죽었다고 했지만, 그게 아니었어. 울화병으로 죽은 거였어. 네 아빠는 편리한 외상 거래 덕분에 황천길로 간 거였다고."

케케묵은 신세 한탄을 래리는 그저 한 귀로 흘려들으며 적당한 때마다 고개를 끄덕거렸다. 그의 아버지는 남성복 판매점을 경영했다. 로버트 홀 남성복 매장이 인근에 문을 여는 바람에 1년 후 아버지의 사업이 망했다. 그는 먹는 것으로 마음을 달래기 시작하여 3년 뒤에는 체중이 50킬로그램이나 불어났다. 그는 래리가 아홉 살 때 길모퉁이 식당에서 갑자기 쓰러져 죽었고, 앞에 있던 접시 위에는 반쯤 먹다 만 고기 완자 샌드위치가 놓여 있었다. 장례를 치르느라 밤샘하는 동안 여동생이 전혀 위로받을 필요가 없어 보이는 언니를 위로하려 애쓸 때, 언니 앨리스 언더우드는 더 참혹한 꼴을 당했을 수도 있다고 말했다. "그랬을 수도 있었어." 하고 말하며 여동생의 어깨 너머로 술에 떡이 되어 버린 시동생을 똑바로 마주 보고 있었다.

앨리스는 그 이후로 혼자서 래리를 키웠고, 그가 집을 떠날 때까지 아들의 인생을 훈계와 편견으로 지배했다. 그가 루디 슈워츠의 낡은 포드를 타고 마을을 떠나갈 때 그녀가 해 주었던 마지막 말은 "니들은 캘리포니아에 가서도 찢어지게 가난할 거야."였다. '아이고 그러믄요, 그게 바로 우리 엄마랍니다.'

"너 여기에 있고 싶은 거냐, 래리?"

앨리스가 부드럽게 묻자 화들짝 놀란 그가 맞받아쳤다.

"엄마 불편해?"

"방은 있어. 바퀴 달린 침대가 아직도 뒤쪽 침실에 있다. 거기다 물건을 쌓아 놨지만, 네가 상자들을 좀 이리저리 옮겨 놓으면 될 거야."

"좋았어."

그가 천천히 말했다.

"엄마가 불편해하지 않는 게 확실하다면야. 나 딱 2주일 동안만 있을게. 옛날 친구들을 좀 만날까 해. 마크…… 갤런…… 데이비드…… 크리스…… 그런 애들 말이야."

앨리스는 일어나서 창가로 가 창문을 위로 세게 올렸다.

"마음 내키는 대로 오래 머물러 있어도 좋다, 래리야. 난 마음을 표현하는 데 서툰 편이긴 하다만, 그래도 너를 보니 기쁘구나.

우린 작별 인사도 제대로 못 했잖니. 무정한 말들만 했잖아."

아들을 보는 앨리스의 얼굴은 여전히 무정해 보였지만, 동시에 서툴고 겸연쩍은 사랑으로 가득 차 있기도 했다.

"난 말이다, 그런 말들을 했던걸 후회한단다. 다 널 사랑하니까 한 말이었어. 그런데 제대로 말하는 법을 전혀 알지 못했고, 그래서 다른 방식으로 말했던 거였어."

"그래요, 알아요."

래리가 식탁을 내려다보며 말했다. 또다시 얼굴이 달아올랐다. 그것을 느낄 수 있었다.

"있잖아, 내가 돈 좀 내놓을게."

"그러고 싶으면 그렇게 해. 원치 않으면 안 그래도 돼. 내가 일해서 벌고 있잖니. 실업자 천지인데도 말이야. 너는 지금도 내 아들이야."

래리는 반은 쓰레기통에 들어가고 반은 나와 있는 뻣뻣해진 고양이를 생각했고, 웃으며 손님 접대용 마약 그릇을 가득 채우는 약봉지 듀이를 생각했고, 그리고 갑자기 눈물을 쏟았다. 눈물이 밀려와 손이 두 개로 겹쳐 보이는 중에도 그는 이 눈물이 어머니의 것이어야지, 그의 것이어서는 안 된다고 생각했다. 줄곧 아무것도 그의 생각대로 움직여 주질 않았다. 아무것도. 어머니는 결국 변했던 것이다. 그도 함께 변했어야 했지만, 그가 짐작한 바로는 아니었다. 부자연스러운 역전 현상이 일어나고 말았다. 어머니는 더욱 커졌고 어찌 된 게 그는 더욱 작아졌다. 그가 어머니 집으로 돌아왔던 것은 어디든 갈 곳을 정해야 했기 때문이 아니었다. 그가 집으로 돌아온 까닭은 겁에 질렸기 때문이었고, 어머니를 원했기 때문이었다.

앨리스는 열린 창 옆에 서서 아들을 지켜보고 있었다. 하얀 커튼이 축축한 미풍에 나부끼며 그녀의 얼굴을 가리고 있었는데, 얼굴을 완전히 숨기지는 못했어도 유령같이 보이게 해 주었다. 지나가는 차들 소리가 창문을 통해 들어왔다. 그녀는 옷 주머니에서 손수건을 꺼내 들고 식탁으로 걸어와 허둥대는 아들의 양손 중 한 쪽에 놓아 주었다. 래리의 마음속에는 냉혹한 무언가가 있었다. 어머니는 그것을 꾸짖을 수도 있었지만, 무엇 때문에 그러겠는가? 아이의 아버지는 물러 터진 사람이었고, 그녀는 그 물러 터진 성격이 사실상 그 양반을 황천길로 보낸 원인이라는 것을 마음속 깊이 잘 알았다. 맥스 언더우드는 외상을 받아 내기보다 외상을 주는 짓을 더 많이 저질러 놨다. 대체 언제부터 아이의 냉혹한 기질이 자라기 시작한 것일까? 래리는 누구한테 감사를 해야 하나? 아니면 욕을 해야 하나?

한 차례 여름 폭우가 바위의 모양을 변화시킬 수 없듯, 래리의 눈물이 그의 성격 속에 삐죽 돌출해 있는 냉혹함을 변화시킬 수는 없었다. 그러한 단단함은 상당히 쓸모가 많았다. 앨리스는 그 점을 잘 알았다. 어머니에게 별로 관심을 주지 않으며 그 아이들에게는 더더욱 관심을 주지 않는 도시에서 혼자 힘으로 아들을 길러 낸 여성이기에 그 점을 더 잘 알았다. 그러나 래리는 아직 깨닫지 못했다. 그저 그녀가 말한 그대로였다. 예전과 똑같은 래리. 그는 의식하지 못한 채 살아가면서 사람들을(그 자신도 포함하여) 궁지로 몰아넣을 것이고, 그 궁지가 너무나 심각해질 때가 돼서야 냉혹한 기질더러 자신을 구해 달라고 부탁할 것이다. 나머지 다른 기질들은? 가라앉든 알아서 헤엄치든 내버려 둘 것이다. 바위는 단단했고, 래리의 성격에도 단단한 구석이 있었지만 그는 그것을 파괴적으로만 사용했다. 앨리스는 그것을 아들의 눈 속에서 볼 수 있었고, 몸가짐 하나하나에서 읽어 낼 수 있었다……. 심지어 폐암 막대를 위아래로 움직여 허공에 작은 연기 고리들을 만들어 내는 모습에서도. 래리가 자신의 냉혹한 부분을 날카롭게 깎아 사람을 베어 버릴 칼날로 만든 적은 한 번도 없었다. 그것은 의미 있는 일이었지만, 냉혹함이 필요한 때가 오면 그는 어린애처럼 그것에 매달렸다. 스스로 파 놓았던 함정을 헤쳐 나갈 수단으로서. 언젠가 한 번은 래리가 변할 것이라고 앨리스는 마음속으로 생각했다. 그녀는 변했다. 그도 변할 것이다.

그러나 앨리스 앞에 있는 이 사람은 소년이 아니었다. 다 큰 성인 남자였다. 그런데 그가 변화하는 시기가, 목사님이 마음의 변화라기보다 영혼의 변화라고 부를 만한 깊고 근본적인 변화의 시기가 아들 뒤에서 기다리고 있다는 것이 그녀는 두려웠다. 래리의 내면에는 분필이 칠판을 긁어 대는 소리처럼 지독한 불안감을 안겨 주는 무엇인가가 있었다. 내면에 깊이 숨어 밖을 내다보는 그것이 결국 래리의 참모습인 셈이었다. 그는 그의 마음속으로 숨어 버리는 것이 허용된 유일한 사람이었다. 그래도 그녀는 아들을 사랑했다.

앨리스는 또한 래리의 내면에 선한 면이, 굉장히 선한 면이 있다고 생각했다. 그것이 마음속에 있었지만, 이렇게 뒤늦게서야 밖으로 드러내려면 막대한 참사가 인생에 벌어져야 할 터였다. 이곳에 대참사 따위는 없었다. 그저 눈물 흘리는 그녀의 아들만이 있을 뿐.

"피곤한가 보구나. 씻어라. 내가 방을 치울 테니까 거기서 한숨 푹 자. 어차피 오늘은 그 방에 들어가 봐야겠다고 생각하던 참이었어."

앨리스는 짧은 복도를 지나 뒷방으로, 래리의 옛 침실로 걸어갔고, 래리는 어머니가 구시렁거리며 상자들을 옮기는 소리를 들었다. 그는 천천히 눈을 닦았다. 차들 지나가는 소리가 창문을 통해 들려왔다. 그는 자기가 어머니 앞에서 마지막으로 울었던 때를 기억해 보려고 했다. 고양이 시체도 떠올렸다. 어머니가 옳았다. 래리는 피곤했다. 그토록 피곤했던 적이 없었다. 그는 잠자리로 가서 거의 18시간 동안 잠을 잤다.

제6장

늦은 오후에 프래니는 아버지가 완두콩과 강낭콩의 잡초를 끈기 있게 뽑아 내고 있는 곳으로 나왔다. 프래니는 늦둥이였고 아버지는 이제 60대였기에 항상 쓰는 야구 모자 아래로 흰머리가 흘러 내려와 있었다. 어머니는 포틀랜드로 예식용 흰 장갑을 사러 갔다. 프래니가 어릴 때부터 가장 절친했던 친구인 에이미 로더가 다음 달 초에 결혼을 앞두고 있었다.

프래니는 아버지의 등을 사랑스러운 듯 말없이 내려다보았다. 하루 중 이때의 햇빛은 그녀가 사랑하는 특별한 질감을, 쏜살같이 흘러가는 메인 주의 초여름에만 볼 수 있는 영원토록 변치 않을 질감을 뽐냈다. 그녀는 1월 중순에도 그 특이한 빛의 색조를 떠올릴 수 있었고, 그러면 마음이 지독하게 아파왔다. 서서히 어둠을 향해 움직여 가는 초여름 오후의 햇살은 너무나 좋은 것들을 많이도 감싸고 있었다. 오빠 프레드가 항상 3루수와 4번 타자로 활약

했던 리틀 리그 경기장의 야구. 수박. 햇옥수수. 손이 시리도록 차가운 유리잔 속 아이스티. 어린 시절.

프래니는 목을 좀 가다듬었다.

"도와 드릴까요?"

아버지가 돌아보고 미소를 지었다.

"안녕, 프랜. 내가 땅 파고 있는 현장을 들켰구나, 그렇지?"

"그런 것 같은데."

"네 어머니는 이젠 돌아왔겠지?"

그가 멍하니 눈살을 찌푸리더니 얼굴을 폈다.

"아니구나, 맞아 맞아, 떠난 지 얼마나 됐다고. 도움, 환영이다. 괜찮으면 손 좀 거들어 주렴. 나중에 손 씻는 거 절대 잊으면 안 된다."

"손은 숙녀의 습관을 보여 준단다."

프래니가 살짝 흉내 내며 코웃음 쳤다. 피터는 못마땅한 표정을 지어 보이려 했으나 결과는 신통치 않았다.

프래니는 옆줄에 쪼그리고 앉아 잡초를 뽑기 시작했다. 참새들이 지저귀고 있었고, 한 블록도 채 떨어지지 않은 1번 고속도로에서 자동차가 지나가는 소음이 끊임없이 들려왔다. 그 소음은 7월에 생길 소음의 강도에는 미치지 못했는데, 7월에는 이곳과 키터리 사이에서 거의 매일같이 치명적인 교통사고가 일어날 것이기 때문이었다. 하지만 이때에는 서서히 고조되고만 있는 중이었다.

피터는 딸에게 자기 옛 시절을 말해 주었고, 그녀는 간간이 적절한 질문으로 반응하며 고개를 끄덕였다. 그는 자기 일에 열중하느라 딸이 끄덕거리는 것을 직접 보진 않았지만, 곁눈질로 그녀의 그림자가 끄덕거리는 모습을 발견했을 것이다. 그는 보스턴 북부에서 가장 규모가 큰 샌포드 자동차 부품 공장의 숙련공이었다. 예순네 살이었으며, 은퇴 전에 일할 수 있는 마지막 해를 이제 막 시작하려는 참이었다. 일하기에는 짧은 1년이었는데, 4주간의 휴가가 쌓여 있기 때문이었다. 그는 여름마다 마을을 점령하는 관광객 '얼간이들'이 자기들 집으로 돌아가고 난 뒤인 9월에 휴가를 쓰기로 계획했다. 은퇴는 그의 마음속에 크게 자리 잡았다. 그는 은퇴를 영원히 끝나지 않는 휴가로 보지 않으려 노력 중이라고 딸에게 말했다. 이제 은퇴는 전혀 그런 것이 아니라는 소식을 가져다주는 은퇴한 친구들이 충분히 있었으므로. 그는 자신이 할란 엔더스처럼 따분하게 지내거나 카론 부부처럼 수치스러울 만큼 불쌍하게 지낼 것이라고는 생각하지 않았다. 불쌍한 폴 카론은 일생 동안 가게를 보느라 거의 하루도 쉬지 못하더니만, 어쩔 수 없이 집을 팔고 아내와 함께 딸 부부네 집에 얹혀살았다.

피터 골드스미스는 줄곧 사회 보장 제도에 만족하지 못했다. 그는 절대로 그것을 신뢰하지 않았는데, 불경기와 인플레이션 그리고 점진적인 가입자 수 증가로 연금 체계가 붕괴하기 전부터 그랬다. 그는 1930년대와 1940년대에는 메인 주에 민주당원이 그리 많지 않았다고, 주의 깊게 경청하는 딸에게 말해 주었다. 그런데 그녀의 할아버지가 민주당원이었고, 그녀의 할아버지는 기어코 그녀의 아버지까지도 같은 부류로 만들어 놓았다. 오군퀏의 최전성 시대에는 민주당원이란 이유가 골드스미스 집안을 최하층민처럼 만들어 놓았다. 그러나 그의 아버지는 골수 메인 주 공화당원의 철학만큼이나 완고한 한 가지 격언을 뇌리에 새겨 두었다.

"세상의 군주들에게 당신의 신뢰를 주지 말지어다. 왜냐하면 그들은 그대를 이용하려 들 것이고 그들의 정부 조직도 똑같은 짓을 하려 들지니, 심지어 지구 종말의 순간까지도 그러하리로다."

프래니가 웃음을 터뜨렸다. 그녀는 아버지가 이런 식으로 말하는 것을 좋아했다. 자주 그러지는 않았는데, 그의 아내이면서 그녀의 어머니이기도 한 여성이 자기 혀에서 너무도 순식간에 너무도 거리낌 없이 신랄한 비난을 퍼부어 그의 혀를 거의 결딴낼 것 같았기 때문이었다.(그리고 그럴 게 분명했기 때문이었다.)

"그대는 오직 자신만을 신뢰해야 하느니라. 그리고 이 세상의 군주들이 그들을 선출해 주었던 사람들과 온힘을 다해 사이좋게 지낼 수 있도록 하라. 거의 모든 시대에 그리 잘 되지 않았으나, 그래도 별 문제 없었노라. 그 군주에 그 백성들이었으므로."

피터는 딸에게 말했다.

"화폐가 해결책이란다. 공유지 신탁위원회 회장인 윌 로저스는 해결책이 토지라며 사람들이 더 이상 만들어 내지 못하는 유일한 것이기 때문이라는 이유를 댔지. 하지만 그렇게 따지면 똑같은 이유가 금과 은에도 통하지. 돈을 사랑하는 사람은 개자식이고, 미움받을 위인이야. 돈을 다룰 줄 모르는 사람은 바보지. 너는 그런 사람을 미워하지는 말고, 불쌍히 여기렴."

프랜은 아버지가 자신이 태어나기 전부터 친구였던 불쌍한 폴 카론을 생각하고 있는 것인지 궁금했지만 묻지 않기로 했다.

아무튼지 간에, 프래니는 좋았던 세월을 계속 유지하려고 그동안 돈을 충분히 모아 두었노라는 얘기를 아버지한테서 듣고 싶지는 않았다. 피터가 딸에게 실제로 해 준 얘기는 좋은 시절이건 나쁜 시절이건 그녀가 그들 부부에게 짐이 된 적은 결코 없다는 것이었고, 친구들에게 딸이 아무 탈 없이 학교 다니게 했노라 말할 수 있어서 뿌듯하다는 것이었다. 그는 친구들에게 자기 돈과 딸의 머리로 어찌할 수 없는 일이 생기면 딸은 항상 옛날 방식대로 행동해 왔다고 말했다. 책상 앞에 등을 구부리고 궁둥이가 까지도록 앉아 있기. 시골 촌뜨기 신세를 벗어나고 싶으면 공부하기, 그리고 계속 열심히 공부하기. 그녀의 어머니는 늘 그것을 이해하지 못했다. 본인이 좋아하든 싫어하든 간에 변화라는 것은 늘 여성들에게 찾아오게 마련인데, 프랜의 어머니 카를라는 프랜이 남편감을 구하려고 뉴햄프셔 대학에 다니는 것이 아니란 사실을 머리로 받아들이기가 어려웠다.

"네 어머닌 에이미 로더가 결혼하는 것을 보고 이렇게 생각하지. '우리 프랜이 저랬어야 하는 건데. 에이미도 예뻐. 그렇지만 우리 프랜을 옆에 세워 놓으면 에이미는 속이 갈라진 오래된 접시처럼 보인다고.' 네 어머니는 평생 옛날 사고방식을 고수해 왔고, 인제 와서 변할 수는 없는 거다. 그러니 만약 너와 어머니가 이따금 부딪혀서 불꽃이 튀면, 쇳조각을 부싯돌에 대고 긁는 것처럼 된다면, 바로 그런 이유에서란다. 아무도 탓할 일이 아니야. 하지만 프랜, 네가 기억해 둬야 하는 것은, 어머니는 너무 나이를 먹어서 변할 수가 없지만 너는 그것을 이해할 수 있을 정도로 충분히 나이를 먹어 가고 있다는 거다."

이 말과 함께 그는 다시 자기 직업 얘기로 돌아가서, 동료 중 한 명이 마음이 내기 당구장에 가 있던 탓에 염병할 엄지손가락이 압력 절단기 밑으로 들어가 하마터면 소형 압축기 속에서 엄지를 잃을 뻰했다는 얘기를 들려주었다. 레스터 크롤리가 다행히 그 동료를 제때 끌어당겼다. 아버지는 하지만 언젠가는 레스터 크롤리도 그 현장에 있지 못할 거라고 덧붙였다. 그는 한숨을 쉬며 마치 그 역시도 현장을 떠날 신세임을 기억하는 듯 하더니만, 금세 밝아져서는 보닛 장식품 속에 자동차 안테나를 감추는 아이디어에 대해 말하기 시작했다.

그의 목소리가 이런저런 얘기를 따라 낭랑하고 감칠맛 나게 흘러갔다. 더욱 길어진 두 사람의 그림자는 앞에 늘어선 콩잎 위에서 아른거렸다. 덕분에 프래니는 마음이 진정되었다. 늘 그래 왔던 것처럼. 그녀는 무언가를 말하러 왔지만, 아주 어린 시절부터 종종 말하러 왔다가 듣는 처지가 되어 머물고는 했다. 아버지는 그녀를 지루하게 놔두지 않았다. 그녀가 아는 한, 그는 어느 누구도 지루하게 하지 않았다. 다만 어머니는 예외일 가능성이 있다. 그는 이야기꾼이었으며, 그것도 훌륭한 이야기꾼이었다.

프래니는 아버지가 이야기를 멈추었다는 걸 알아차렸다. 아버지는 자기 줄 끝에 있는 바위에 앉아 파이프에 담배를 다져 넣으며 그녀를 바라보고 있었다.

"뭐 마음에 걸리는 게 있니, 프래니?"

그녀는 한동안 멍하니 쳐다보며, 어떻게 말을 꺼내야 할지 갈피를 못 잡았다. 침묵이 그들 사이에 매달려 점점 커지다 끝내 그녀가 견딜 수 없을 만큼 가파른 낭떠러지가 되었다. 그녀는 벌떡 일어섰다.

"나 임신했어요."

그녀가 간단히 말했다. 그는 파이프를 채우다 말고 딸을 뚫어지게 쳐다보았다.

"임신."

마치 그 단어를 이전에는 한 번도 들어 본 적 없었다는 듯이 말했다.

"맙소사, 프래니…… 그거 농담이니? 아니면 게임?"

"아냐, 아빠."

"이리 와서 내 옆에 앉는 게 좋겠다."

프래니는 순순히 줄을 건너와 아버지 곁에 앉았다. 그곳에는 그들의 땅과 옆에 있는 마을 공유지를 갈라놓는 돌벽이 있었다. 돌벽 너머는 이미 오래전에 가장 여유로운 모습으로 야생화되어 달콤한 향내를 풍기는 산울타리가 뒤엉켜 있었다. 그녀는 머리가 욱신거렸고, 배에서는 좀 울렁거리는 기분을 느꼈다.

"확실하니?"

"확실해요."

프래니는 이내 저절로 터져 나오는 울음을 참지 못하고 대성통곡을 했다. 아버지가 한쪽 팔로 그녀를 안아 주었다. 그러고 보니 아주 오랜만의 포옹인 것 같았다. 눈물이 잦아들자 그녀는 자신을 가장 괴롭히는 질문을 힘겹게 던졌다.

"아빠, 아직도 나 좋아해?"

"뭐?"

피터가 당황하여 딸을 바라보았다.

"아무렴. 나는 아직도 너를 참 좋아한다, 프래니."

이 말에 프래니는 다시 울음을 터뜨렸지만, 아버지는 이번엔 파이프를 피우며 딸이 스스로 감정을 추스르도록 놔두었다. 보컴 리프 파이프 담배 연기가 희미한 산들바람을 타고 천천히 피어오르기 시작했다.

"아빠 실망했지?"

"모르겠다. 임신한 딸을 둬 본 적이 없어서 어떻게 받아들여야 할지 판단이 잘 안 서는구나. 애 아빠는 제시니?"

프래니가 끄덕였다.

"걔한테 말했어?"

그녀가 다시 끄덕였다.

"뭐라 그러던?"

"제시는 나랑 결혼하겠대. 아니면 낙태 비용을 대던가."

"결혼이냐, 낙태냐."

피터 골드스미스가 말하며 파이프를 빼끔거렸다.

"걔는 「루니툰」 만화의 쌍권총 샘을 쏙 빼닮았구나."

프래니는 청바지 위에 펼쳐진 자신의 양손을 내려다보았다. 손가락 마디의 작은 주름 속에 흙이 끼어 있었고, 손톱 밑에도 흙이 있었다. '손은 숙녀의 습관을 보여주는 거야.' 마음속의 어머니가 소리 높여 말했다. '임신한 딸. 나는 교회 나가는 걸 그만둬야만 하겠지. 손은 숙녀의……'

"개인적인 일을 더 캐묻고 싶지는 않구나. 그렇지만 제시…… 아니면 너라도…… 미리 조심하지는 않았니?"

"피임약을 계속 먹었는데, 그게 효과가 없었어."

"그렇다면 내가 뭐라 할 수가 없구나. 너희 둘에게는 잘못이 없으니까."

그가 딸을 찬찬히 보며 말했다.

"게다가 나는 그럴 힘도 없다, 프래니. 너한테 뭐라 할 수가 없어. 예순네 살은 스물한 살의 인생이 어떤 것이었는지 잊어버리고 마는 나이거든. 그러니 우리 누구의 잘잘못을 따지는 얘기는 하지 말기로 하자."

프래니는 엄청난 안도감이 밀려오는 것을 느꼈고, 조금은 아찔한 기분이었다.

"네 어머니는 할 말이 많을 게다. 난 네 어머니를 말리지 않을 거지만, 그렇다고 동조하지도 않을 거야. 이해하겠니?"

프래니가 끄덕거렸다. 아버지는 어머니에게 결코 더 이상 저항하려 들지 않았다. 큰소리를 내려 하지 않았다. 어머니한테는 염산처럼 신랄한 혀가 있었다. 어머니는 저항에 부딪히면 혀가 이따금 통제 불능이 된다고 언젠가 아버지가 프래니에게 말한 적이 있었다. 그리고 혀가 일단 통제 불능이 되면 그녀는 누구든 그 혀로 결딴을 내리라 마음먹을 것이고, 미안하단 생각을 할 때쯤엔 이미 너무 늦어 상처받은 사람을 치유할 수조차 없다고 했다. 프래니는 아버지가 아주 오래전에 어떤 선택에 직면했을 것 같다는 생각이 들었다. 계속 저항하여 이혼으로 끝장을 내느냐, 아니면 항복하느냐. 그는 후자를 선택했다. 하지만 그가 원하는 조건을 달아서.

프래니가 조용히 물었다.

"아빠, 정말로 이번 일에 간섭하지 않을 수 있어?"

"나한테 네 편을 들어 달라고 부탁하는 거냐?"

"모르겠어."

"너는 어떻게 할 생각이니?"

"엄마한테?"

"아니. 너한테 말이야, 프래니."

"모르겠어."

"그와 결혼할 거니? 둘이 하나가 되어 그럭저럭 싸구려로 살아갈 수도 있다고 사람들은 말하더구나."

"그렇게 할 수 있으리라곤 생각 안 해. 그에 대한 사랑은 식은 것 같아. 만약 내가 이제껏 사랑에 빠졌던 거라면."

"아기 때문에?"

피터의 파이프는 이제 연기가 잘 빠지고 있었고, 여름 공기 속의 담배 연기는 감미로웠다. 그림자들이 정원 두렁 사이로 찾아들고 있었고, 귀뚜라미가 울기 시작했다.

"아니, 아기는 결혼을 거부할 이유가 못 돼. 어쩌다 보니 그렇게 되어 가고 있는 거야. 제시는……"

그녀는 말을 질질 끌면서 제시의 나쁜 점을 지적해 내려 했는데, 그 나쁜 점은 아기 때문에 그녀가 느끼는 조급함과 빨리 결정을 내려 위협적인 어머니의 그늘로부터 빠져나가야겠다는 조급함 때문에 못 보고 지나칠 수도 있는 것이었다. 지금 어머니는 쇼핑몰에 가서 딸 소꿉 친구의 결혼식에 쓸 장갑을 사고 있었다. 제시의 나쁜 점은 지금 당장은 묻어 버릴 수 있지만, 그럼에도 6개월 동안, 16개월 동안 또는 26개월 동안 계속 불안하게 누워 있다가 결국에는 무덤에서 벌떡 일어나 둘 모두를 공격하고 말 것이다. 성급한 결혼, 두고두고 후회막심. 그녀의 어머니가 좋아하는 격언 중 하나였다.

"제시는 부족해. 그보다 적당한 표현은 생각나질 않아."

"너 실은 제시가 네 곁에서 잘 지낼 거라고 신뢰하지 못하는 거로구나. 그렇지?"

"응."

프래니는 아버지가 자신보다도 진실의 꼭대기에 더욱 가까이 와 닿았다고 생각했다. 그녀는 제시를, 돈 많은 집안 출신이면서도 호사스러운 파란 샴브레이 셔츠를 마치 작업복인 양 입은 그를 신뢰하지 못했다.

"제시는 의도는 좋아. 그는 옳은 일을 하고 싶어 해. 정말 그래. 그렇지만…… 2학기가 시작하기 전에 시 낭송회에 간 적이 있어. 테드 엔슬린이란 남자가 하는 거였어. 낭송회 장소가 사람들로 꽉 찼더라고. 모두 경청하고 있었어, 아주 진지하게…… 아주 신중하게…… 한 단어도 놓치지 않으려고. 그리고 나는…… 아빤 내가 어떤지 알잖아……."

피터는 딸에게 다정스럽게 팔을 두르고 말했다.

"우리 프래니가 키득키득 웃었구나."

"맞아. 바로 그랬어. 아빠는 나를 너무 잘 아는 것 같아."

"내가 좀 알지."

"그게, 그러니까 키득키득 웃음이 어디서 왜 튀어나왔는지 모르겠어. 난 계속 이런 생각을 했거든. '꼬질꼬질 남자, 꼬질꼬질 남자, 우린 모두 꼬질꼬질 남자 시를 들으러 왔다.' 근데 그게 박자가 있어서, 라디오에서 들었을 법한 노래 같지 뭐야. 결국 나는 낄낄거리며 웃어 댔어. 그럴 뜻은 없었는데. 그건 정말이지 엔슬린 씨의 시와는 아무 상관 없었어. 시는 아주 좋았다고. 외모는 꼬질꼬질했지만 말이야. 그의 시는 사람들이 우러러볼 정도였어."

프래니는 아버지가 어떻게 받아들이는지 보려고 힐끔댔다. 그는 그저 말을 계속하라고 고개를 끄덕거릴 뿐이었다.

"아무튼 난 그곳을 빠져나와야만 했어. 정말로 그럴 수밖에 없었어. 그러자 제시가 나한테 단단히 화가 났어. 내가 생각해도 열받을 만해…… 유치한 행동이었으니까, 유치찬란한 감정이었으니까. 나도 인정한다고…… 하지만 그건 가끔 나타나는 모습일 뿐이잖아. 내가 항상 그러는 것도 아니고. 나도 점잖게 가만히 있을 수 있어……."

"그럼, 할 수 있지."

"하지만 가끔은……."

"가끔은 폭소 왕이 문을 두드리고, 너는 왕이 못 들어오게 막을 수 없는 사람들 중 한 명이지."

"나도 틀림없이 그런 거라고 생각해. 어쨌든 제시는 그런 사람들 중 한 명은 아냐. 만일 우리가 결혼을 하면…… 제시는 내가 들여놓은 불청객이 있는 집으로 돌아와야 할 테지. 매일 그러진 않겠지만, 그이를 열 받게 하기엔 충분할 거야. 그러면 나는 자신을 고쳐 보려 노력할 것이고, 그러다…… 그러다 내 생각엔……."

"내 생각엔 네가 불행해질 것 같구나."

피터가 딸을 꼭 끌어안으며 말했다.

"내 생각에도 그럴 것 같아."

"어머니 때문에 네 마음을 바꾸면 안 된다. 네 생각이 그렇다면 말이야."

프래니는 눈을 감았고, 이번에는 안도감이 더욱 두드러지게 커졌다. 아버지는 이해하고 있었던 것이다. 알 수 없는 어떤 기적에

의해.

"아빤 내가 낙태하는 거 어떻게 생각해?"

잠시 후 그녀가 물었다.

"내가 보기엔 그것이 네가 정말로 말하고 싶었던 얘기인 것 같구나."

프래니는 깜짝 놀라 아버지를 쳐다보았다.

마주 바라보는 그의 표정은 반은 당혹스러워했고 반은 웃고 있었으며, 숱이 많은 왼쪽 눈썹이 위로 올라가 있었다. 그래도 전체적으로 대단히 엄숙한 표정이었다.

"실은 그런지도 몰라."

그녀가 천천히 말했다.

"잘 들어 보렴."

이렇게 말해 놓고서 그는 역설적이게도 침묵에 빠졌다. 하지만 프래니는 계속 귀를 기울이고 있었고, 참새 소리, 귀뚜라미 소리, 아주 높은 데서 웅웅거리는 비행기 소리, 누군가가 이제 그만 집에 들어오라고 재키를 부르는 소리, 잔디깎이 소리, 1번 고속도로를 질주하는 글라스팩 머플러를 단 자동차 소리를 들었다.

프래니가 괜찮으냐고 막 물어보려 할 때, 아버지가 그녀의 손을 잡고 말했다.

"프래니, 네가 이런 노인네를 아버지로 두고 있을 이유가 없는데…… 하지만 어쩔 수가 없구나. 내가 1956년이 돼서야 결혼을 했으니."

그는 황혼 속에서 생각에 잠겨 딸을 바라보았다.

"당시 카를라는 지금과 달랐지. 네 어머니는…… 훗, 화끈했지. 젊었어, 참 좋았지. 네 오빠 프레디가 죽기 전까지는 변하지 않았다. 그때까진 젊었다고. 프레디가 죽고부터 카를라는 성장을 멈췄던 거야. 그것은…… 프래니, 내가 네 어머니를 욕하고 있는 거라고 생각하진 마라. 언뜻 욕하는 것처럼 들린다 해도 말이다. 어쨌든 내겐 그렇게 보였단다. 카를라는 성장을…… 멈췄어. 프레디가 죽었을 때. 사물을 바라보는 자신만의 방식에 래커를 세 겹이나 칠하고 급속 건조 시멘트를 처발라 놓고는 그것을 멋지다고 여긴 거야. 이제 네 어머니는 박물관 경비원 같아서, 박물관에 전시된 자기 생각에 함부로 손대는 것을 보면 누구든 막무가내로 혼구멍을 낸단다. 하지만 항상 그랬던 것은 아니다. 너는 그저 내 말을 믿는 수밖에 없겠지만, 정말로 그렇지가 않았어."

"엄마가 어땠는데, 아빠?"

"글쎄다……."

그는 정원을 멍하니 주시했다.

"너랑 무척 똑같았다, 프래니. 네 어머니도 키득거리며 웃어 댔지. 우린 보스턴에 가서 레드삭스 팀의 경기를 보곤 했는데, 7회 막판 혈전이 벌어지는 동안 카를라는 나랑 같이 구내매점에 가서 맥주를 마셨단다."

"엄마가…… 맥주를 마셨어?"

"그럼, 마셨지. 그리고 9회 내내 여자 화장실에서 시간을 보내고 나와서는 경기의 가장 흥미진진한 부분을 놓치게 했다고 나한테 투덜대곤 했단다. 그런데 말이지, 구내 매점에 가서 맥주 마시자고 꼬드겼던 장본인은 언제나 네 어머니였단다."

프래니는 마치 데이트하는 소녀처럼 한 손에 나라간셋 맥주를 들고 아버지를 보며 웃는 어머니의 모습을 상상해 보려고 했다. 그러기가 쉽지 않았다.

아버지가 생각에 잠겨 말했다.

"카를라는 임신이 되지 않았어. 우리는, 네 어머니와 나는 의사한테 가서 어느 쪽에 이상이 있는지 알아봤다. 의사는 둘 다 이상이 없다고 말하더구나. 그러고는 1960년에 네 오빠 프레드가 태어났다. 네 어머니는 그 아들을 끔찍이도 사랑했단다, 프랜. 너도 알다시피 프레드는 장인 어른 이름이었지. 카를라는 1965년에 유산을 했고 우리 둘은 그걸로 애를 갖는 건 끝이려니 했어. 그런데 1969년에 네가 태어났고, 한 달 조산이었지만 아무 탈 없었지. 나는 너를 끔찍이도 사랑했단다. 우리는 서로 각자의 아이를 하나씩 가졌던 셈이지. 하지만 네 엄마는 자기만의 아이를 잃었어."

그는 침묵에 빠져 골똘히 생각했다. 프레드 골드스미스는 1973년에 죽었다. 프레드는 열세 살이었고 프래니는 네 살이었다. 프레드를 친 사람은 음주 운전을 했다. 그 사람은 과속, 난폭 운전, 음주 운전을 포함하여 여러 항목의 교통 위반 경력이 있었다. 프레드는 사고 후 7일 동안 생존해 있다 숨을 거두었다.

"내 생각에 낙태는 너무 교활한 이름이야."

피터 골드스미스가 말했다. 그의 입술이 단어 하나하나를 천천히 움직여 내보내는 것이 마치 그 단어들이 그를 아프게 하는 듯했다.

"나는 그것이 완전한 유아 살인이라고 생각한다. 그렇게 말하는 내가 너무…… 완고하다거나, 단호하다거나, 뭐 그렇게 보인다면 유감이구나…… 네가 이제 고려해 보아야 하고, 법률이 네

재량에 맡기고 있을 뿐인 어떤 문제에 대해서 말이다. 그러기에 나는 노인네라고 말했잖니."

"아빤 안 늙었어."

"난 늙었어, 난 늙었다고!"

그가 거칠게 말했다. 갑자기 정신이 혼란스러운 것처럼 보였다.

"나는 젊은 딸에게 조언하려고 애쓰고 있는 노인네고, 그건 곰한테 식사 예절을 가르치려 애쓰는 원숭이랑 같은 거야. 술 취한 운전자가 17년 전에 내 아들의 목숨을 앗아 갔고 내 아내는 그 후로 전혀 예전 같지 않아. 난 낙태 문제를 항상 프레드와 관련지어 생각해 왔다. 다른 방식으로 생각해 보려 해도 소용없는 것 같았어. 그건 시 낭송회에서 키득키득 웃음이 터져 나올 때 참으려고 애쓰는 것만큼이나 소용없는 짓이란다, 프래니. 네 어머니는 온갖 관습적인 이유를 들어 낙태를 반대한다고 주장하겠지. 도덕, 아마도 그렇게 말할 거야. 2,000년 전으로 거슬러 올라가는 도덕성. 생명의 권리. 우리 서양 세계의 모든 도덕은 그런 생각을 기초로 하고 있지. 나도 철학 책을 좀 읽었다. 주식 배당 수표를 손에 들고 시어스 앤드 로벅 쇼핑몰을 누비는 가정주부처럼 철학 책을 뒤적이곤 했지. 네 어머니는《리더스 다이제스트》에 열중했지만 결국 감정적으로만 주장하는 사람은 나였고, 도덕규범을 내세우는 사람은 네 어머니였단다. 내 눈엔 프레드의 모습이 보인다. 그 애는 몸 안이 파괴되었어. 그 애한테는 기회가 전혀 없었다. 태아의 권리를 주장하는 여자들은 자궁에 주입한 소금물에 질식해 죽고 팔과 다리가 절제 탁자 위로 긁혀 나온 낙태아들 사진을 치켜드는데, 그래서 어떻다는 거지? 생명의 끝은 절대로 예쁘지가 않아.

내 눈엔 프레드의 모습이 보여. 7일 동안 침대에 누워 망가진 온몸에 붕대를 감고 있던 모습 말이야. 생명은 싸구려고, 낙태는 그것을 더욱 싸구려로 만든단다. 나는 네 어머니보다 책을 더 많이 읽었지만, 결국에 가서 이 문제를 더욱 이치에 맞게 이해한 사람은 바로 네 어머니야. 행동 양식이니 가치관이니…… 그런 것들이 임의적인 판단에 너무 자주 좌우되다 보면, 결국은 정당한 것으로 둔갑하고 말지. 나는 그런 주장을 부정할 수가 없구나. 그건 마치 내 목에 걸린 가시 같아. 어쩌다 모든 참된 논리가 불합리에서 비롯된 것으로 보이는 건지 모르겠다. 신념으로 위장한 불합리에서 비롯된 것이라니. 내 말에 조리가 없구나, 그렇지?"

"난 낙태를 원치 않아."

그녀가 조용히 말했다.

"나만의 이유 때문에."

"그게 뭐니?"

"아기는 나의 일부분이니까."

프래니는 턱을 살짝 들어 올리며 말했다.

"자존심일 뿐이라고 해도 상관없어."

"양육권을 남에게 넘길 거냐?"

"모르겠어."

"그럴 의향이 있는 거야?"

"아니. 내가 키우고 싶어."

피터는 침묵했다. 그녀는 아버지가 반대할 거라고 생각했다.

"아빠 내 학업을 걱정하고 있구나, 그런 거지?"

"아니다."

그가 일어서며 말했다. 등허리에다 손을 짚고 척추가 우두둑거리자 유쾌하게 얼굴을 찡그렸다.

"우리가 충분한 대화를 나눴다고 생각했다. 그리고 네가 아직은 결정을 내려선 안 된다고 생각했고."

"엄마가 돌아왔네."

피터가 딸의 시선을 따라 고개를 돌리니 스테이션왜건이 집 앞 차도로 들어서는 중이었고, 크롬 도금한 차 표면이 그날의 마지막 햇빛 속에서 윙크를 했다. 카를라가 두 사람을 보고 경적을 울리며 흥겹게 손을 흔들었다.

"엄마한테 말해야겠어."

"그래. 하지만 한 이틀 있다가 해라, 프래니."

"알았어요."

그녀는 아버지가 정원 손질 도구를 챙기는 걸 도왔고, 그러고 나서 그들은 스테이션왜건을 향해 함께 걸어갔다.

제7장

해가 막 지고 나서 진짜 어둠이 올 때까지 땅 위에 남아 있는 희미한 빛 속에서, 영화 제작자들이 "마법의 시간"이라 부르는 극히 짧은 몇 분 중 한 순간에, 빅 팰프리는 어지러운 혼수상태에서 깨어나 잠시 제정신을 찾았다.

'죽는 건가.' 하고 그는 생각했고, 단어들이 그의 마음을 관통하며 기이하게 울리는 바람에 그는 자기가 큰 소리로 말했다고 믿었다. 사실은 그러지 않았는데도.

빅은 주변을 응시하다 병원 침대를 보고 갑작스러운 충격에 숨이 막힐 것 같아 안절부절못했다. 그는 놋쇠 핀으로 단단히 결박당해 있었었고, 침대 양쪽 옆면이 위로 올라와 있었다. '몸부림을 좀 심하게 쳤나 본데.' 그는 어렴풋이 즐거움을 느끼며 생각했다. '빌어먹을, 소란을 엄청 피웠나 보지.' 그리고 뒤늦게 든 생각.

'여긴 어디야?'

목 둘레에 채워진 턱받이가 가래 덩어리로 뒤덮여 있었다. 머리가 쑤셨다. 기묘한 생각들이 마음속에서 오락가락 춤을 춰 댔고, 그는 자신이 혼수상태에 빠져 있었음을…… 그리고 다시 빠질 것임을 알았다. 그는 병에 걸렸고, 지금 상태는 완전한 회복도 회복의 시작도 아니었으며, 그저 짧은 휴식 시간일 따름이었다.

빅은 오른 손목 안쪽을 이마에 갖다 댔다가 질겁하고 치웠는데, 뜨거운 난로에서 손을 빼는 모습과 흡사했다. '불덩어리구먼, 좋았어. 게다가 튜브도 잔뜩 있잖아.' 가늘고 투명한 플라스틱 튜브 두 줄이 코에 박혀 있었다. 또 다른 튜브가 침대 시트 밑에서 뱀처럼 기어 나와 바닥에 놓인 병 속으로 들어가 있었고, 그는 튜브의 반대편 끝이 어디와 연결돼 있는지 확실히 알았다. 두 개의 병이 침대 옆 거치대에 매달려 있었고, 각각의 병에서 나온 튜브가 이내 합쳐져 Y자 모양을 이루고는 팔꿈치 바로 아래에서 끝을 맺었다. 영양분을 공급하는 정맥 주사였다.

'이 정도면 됐다 싶은데.' 그러나 빅의 몸 위에는 전선도 있었다. 그의 머리 가죽에 붙어 있었다. 그리고 가슴에도. 왼쪽 팔에도. 전선 하나는 지랄 맞게도 배꼽에 떡하니 붙어 있는 것 같았다. 그리고 이 모든 것을 마무리 짓는 것인 양, 무언가가 항문에 처박혀 있다는 확신이 강하게 들었다. 도대체 그런 것을 뭐라고 불러야 좋을까? 똥 레이더?

"이봐요!"

빅은 쩌렁쩌렁 울리는 분노의 함성을 내지르고자 했다. 하지만 나온 것은 중병에 걸린 남자의 초라한 속삭임이었다. 그 속삭임은 그를 질식시킬 것 같은 가래가 사방을 둘러싼 상태에서 흘러

나왔다.

'엄마, 조지가 말을 안으로 들여놨어요?'

혼수상태에서 나오는 헛소리였다. 비이성적인 생각, 그것이 좀 더 합리적인 사고력의 들판을 유성처럼 대담하게 가로질러 날아가고 있었다. 동시에 그것은 아주 잠시 동안 빅을 거의 농락할 뻔했다. 오래도록 제정신을 유지하지는 못할 것 같았다. 이런 생각이 그를 갑작스러운 공포로 몰아넣었다. 앙상한 뼈다귀가 된 팔을 보고 있자니 한 15킬로그램은 빠졌지 싶었고, 그에게는 더 빠질 만한 게 남아 있지 않았다. 이것은…… 이것이 무엇이든지 간에…… 그를 죽이고 말 것 같았다. 노망난 늙은이처럼 미친 소리와 쓸데없는 소리만 주절대다 죽어 갈 수도 있다는 생각에 겁이 더럭 났다.

조지는 노마 윌리스랑 연애하러 갔어. 너 혼자 말을 붙잡아라, 빅. 그리고 착한 아이처럼 말 목에 먹이 주머니를 채워 놔.

내 일이 아닌데.

빅터, 너는 엄마를 사랑하지, 자, 어서.

사랑해요. 그치만 그건 내 일이 아닌……

엄마를 사랑해 주렴, 자, 어서. 엄마는 독감에 걸렸어.

아니, 그렇지 않아요, 엄마. 엄만 결핵에 걸렸어요. 결핵이 엄마를 죽일 거예요. 1947년에. 그리고 조지는 한국에 가서 엿새쯤 있다가 죽을 거고요. 달랑 징집영장 한 장 받고 탕 탕 탕 총싸움하기에는 충분한 시간이죠. 조지는……

빅, 지금 당장 나를 도와 말을 안에 들여놓아다오. 내 마지막 부탁이란다.

"독감에 걸린 건 나야, 엄마가 아니고. 그건 나야."

다시 정신을 차리며 빅이 속삭였다.

그는 문을 바라보며 병원에 있는 것치고는 골 때리게 웃기는 문이라고 생각했다. 그 문은 모서리가 둥글고, 불룩한 리벳으로 가장자리를 둘러쳤으며, 문 지방은 바닥 타일로부터 15센티미터 남짓 올라와 있었다. 빅 팰프리 같은 엉성한 목수조차도

(만화 신문 나한테 줘 빅 너 혼자 너무 오래 독차지했잖아)

(엄마 형이 내 만화 신문 갖고 갔어요! 돌려줘! 돌려 달라아아아아고!)

그보다는 더 잘 만들 수 있었다. 그것은

(철)

그의 뇌 속으로 못이 깊숙이 박히는 듯한 생각 속에서 무언가 의미가 있는 것이었고, 빅은 일어나 앉으려 안간힘을 쓰고 나서야 문을 더 명확히 볼 수 있었다. 그랬다. 분명히 그랬다. 철문이었다. 왜 그는 철문으로 막힌 병실 안에 있는 것일까? 무슨 일이 벌어졌던 것일까? 그는 정말로 죽어 가고 있나? 그로서는 어떻게 주님을 만날까만 생각하는 게 최선인가? 주여, 도대체 무슨 일이 벌어졌던 것이옵니까? 그는 어른거리는 회색 안개를 뚫어 보려 필사적으로 노력했지만, 그저 목소리만이 날아왔다. 아주 멀리서, 그가 이름을 생각해 낼 수 없는 목소리들만이.

그러니까 내 말은 이거야⋯⋯ 정부가 말해야 한다 이거지⋯⋯ '이 인플레이션 나부랭이를⋯⋯'

주유기를 꺼 놓는 게 좋겠어, 햅.

(햅? 빌 햅스콤? 누구지? 이름은 귀에 익은데)

이런 염병할……

그들은 죽었어, 틀림없어……

손을 내밀면 내가 당신을 저 바깥으로 끌어 올려 줄게……

만화 신문 나한테 줘 빅 너 혼자 너무……

그 순간 태양이 지평선 밑으로 푹 가라앉는 바람에 태양광 활성 회로가(또는 이런 경우에는 태양광 결핍 활성 회로가) 작동했다. 빅의 병실에 조명이 켜졌다. 실내가 밝아지자 빅은 이중 강화 유리 뒤에 죽 늘어서서 진지하게 그를 관찰하고 있는 얼굴들을 목격하고 비명을 질러 댔다. 그러면서 문득 이들이 그의 마음속에서 계속 대화를 나누던 사람들이라고 생각했다. 이들 중 하얀 의사복을 입은 남자가 빅의 시야 바깥에 있던 누군가에게 다급하게 손짓하고 있었지만, 빅은 이미 공포 상태를 넘어섰다. 그는 너무 쇠약해서 공포 상태를 길게 유지할 수 없었다. 그러나 조용히 빛나는 조명과 주시하고 있는 얼굴들(하얀 병원복을 입은 유령 배심원단처럼)의 모습과 함께 찾아온 갑작스러운 두려움이 그의 마음속을 막고 있던 것을 걷어 버리자, 그는 자신이 어디에 있는지 깨달았다. 애틀랜타. 조지아 주의 애틀랜타. 사람들이 와서 그를 끌고 갔다. 그와 햅과 노먼과 노먼의 아내와 노먼의 자식들까지도. 그들은 헨리 카마이클도 끌고 갔다. 스튜 레드먼도. 그 밖에 얼마나 많은 이들이 끌려갔는지는 주님만이 아실 것이다. 빅은 그때 두려웠고 분개했다. 확실히, 그는 콧물과 재채기에 시달렸지만, 콜레라를 앓는 것은 분명 아니었다. 그렇다. 정체가 무엇이든 간에 불쌍한 남자 캠피온과 그의 가족이 걸렸던 바로 그 병에 걸려 버리고 만 것이었다. 그는 미열에도 시달리고 있었는데, 노먼 브루엣이 비틀거리느라 비행기 계단을 오르는 데 도움이 필요했던 것이 떠올랐다. 노먼의 아내는 겁에 질려 울고 있었고, 어린 보비 브루엣도 울고 있었다. 울면서 기침을 해 댔다. 귀에 몹시 거슬리는, 후두염에 걸린 듯한 기침. 비행기는 브레인트리 마을 외곽의 작은 활주로에 있었지만, 아네트 마을 경계선을 넘어가려고 그들은 93번 고속도로의 바리케이드를 지나야만 했는데, 사람들이 가시 철조망을 줄줄이 늘어놓았기 때문이었는데…… 가시 철조망이 사막 속으로 뻗어 나가 줄줄이 늘어서……

이상한 문 위로 빨간 불이 번쩍거렸다. 바람 빠지는 듯한 소리에 이어 펌프가 움직이는 듯한 소리가 났다. 소리가 사라지자 문이 열렸다. 들어온 사람은 투명한 얼굴 보호판이 달린 커다랗고 하얀 우주복을 입고 있었다. 보호판 뒤의 머리가 캡슐에 들어간 풍선처럼 이리저리 까딱거렸다. 등에는 고압 산소통이 있었고, 그가 말할 때면 사람이라는 느낌이 모조리 제거된 뚝뚝 끊어지는 기계음이 나왔다. 마지막 판에서 죽고 나면 "다시 시도해 보세요, 우주 전사님."이라고 말하는 어느 비디오 게임에서 흘러나옴 직한 음성이었다.

귀에 거슬리는 삐걱거리는 소리가 났다.

"기분이 어떠십니까, 팰프리 씨?"

그러나 빅은 대답할 수 없었다. 빅은 들끓는 심연 속으로 다시 가라앉고 말았다. 그가 하얀 우주복의 얼굴 보호판 뒤에서 본 것은 그의 엄마였다. 아빠가 그와 조지를 데리고 마지막으로 엄마를 보러 결핵 환자 요양소에 갔을 때, 엄마는 하얀 옷을 입고 있었다. 그녀가 요양소에 가야 나머지 가족들이 그녀가 앓는 병에 걸리지 앓을 터였다. 결핵은 전염병이었다. 걸리면 죽을 수도 있었다.

빅은 엄마에게 말했다…… 착하게 굴겠다고, 말을 안에 들여놓겠다고 말했다…… 조지가 만화 신문을 뺏어 갔다고 엄마에게 말했다…… 많이 나아진 것 같으냐고 엄마에게 물었다…… 곧 집에 돌아올 수 있을 것 같으냐고 엄마에게 물었다…… 그리고 하얀 옷을 입은 남자가 그에게 주사를 놓았다. 그는 더욱 깊숙이 가라앉았고 그의 말은 의미 없는 넋두리가 되었다. 하얀 옷을 입은 남자가 유리벽 뒤편의 얼굴들을 향해 힐끗거리고는 머리를 흔들었다.

그는 자기 헬멧 속 턱에 달린 통화 스위치를 누르고 말했다.

"만약 이번 주사가 효력이 없다면, 우리는 자정쯤 그를 잃을 겁니다."

빅 팰프리에게는, 마법의 시간은 끝이 나 버렸다.

"그냥 소매만 걷어 주시면 됩니다, 레드먼 씨. 1분도 안 걸릴 거예요."

검은 머리의 예쁘장한 간호사가 말했다. 그녀는 장갑 낀 양손에 혈압계 압박대를 쥐고 있었다. 함께 즐거운 비밀을 나누기라도 한다는 듯 플라스틱 마스크 뒤편에서 그녀는 웃고 있었다.

"싫어요."

스튜가 말했다.

웃음이 약간 주춤거렸다.

"혈압을 재는 것뿐이에요. 1분도 안 걸릴 거예요."

"싫어요."

"의사의 명령이에요."

그녀가 사무적인 태도를 보이며 말했다.

"제발."

"의사의 명령이라면, 내가 의사랑 얘기하게 해 줘요."

"유감이지만 지금은 바쁘세요. 그냥……"

"기다릴게요."

셔츠 소매의 단추를 풀려는 움직임은 전혀 보이지 않은 채 스튜가 침착하게 말했다.

"이건 저의 임무일 뿐이라고요. 제가 곤경에 빠지길 원하시는 건 아니죠, 그렇죠?"

이번에는 귀여운 아이 같은 웃음을 지어 보였다.

"그저 제가 할 수 있게……"

"난 안 할 거예요. 돌아가서 그들에게 전해 줘요. 그들이 누군가를 보내 주겠죠."

근심스러운 모습으로, 간호사는 철문으로 걸어가 자물쇠에 사각 열쇠를 넣고 돌렸다. 펌프 장치가 작동하면서 문이 스르륵 열렸고, 그녀는 문을 넘어갔다. 문이 닫힐 때 그녀는 스튜에게 마지막으로 원망의 눈길을 보냈다. 스튜는 무뚝뚝하게 마주 보았다.

문이 닫히자 스튜는 일어서서 안절부절못하며 창문으로, 이중 창유리에다 바깥쪽에는 쇠창살이 쳐져 있는 창문으로 걸어갔다. 그러나 이젠 날이 완전히 어두워져 아무것도 보이는 게 없었다. 다시 돌아와 앉았다. 그는 빛바랜 청바지와 체크무늬 셔츠를 입고 솔기 부분이 옆쪽에서 불룩해지기 시작한 갈색 장화를 신고 있었다. 한 손으로 옆얼굴을 쓸어 올리다 뾰족한 수염 때문에 못마땅한 표정으로 움츠렸다. 그들은 면도를 못 하게 했고, 수염은 빠르게 무성해졌다.

스튜는 그들이 벌이는 실험에 반대하지는 않았다. 그가 반대하는 것은 어둠 속에 갇혀 겁에 질린 채로 방치되는 상황이었다. 그는 아프지 않았다, 적어도 아직은. 그러나 무척 겁에 질려 있었다. 이곳에서는 교묘한 속임수가 벌어지고 있었는데, 그는 아네트에 무슨 일이 생겼고 캠피온이란 남자가 그 일과 무슨 관련이 있었는지 누군가가 말해 줄 때까지는 더 이상 그 교묘한 속임수의 일부가 되려 하지 않을 참이었다. 그런 때가 오면 적어도 자신의 두려움을 구체적인 토대 위에 놓아둘 수 있을 듯싶었다.

그들은 진작에 스튜가 질문을 던지리라 예상했고, 그는 그들의 눈에서 그것을 읽어 낼 수 있었다. 병원에는 당사자에게 진실을 은폐하는 일정한 방식이 있었다. 4년 전 그의 아내가 스물일곱의 나이로 암에 걸려 죽어 갈 때, 암은 그녀의 자궁에서 출발하여 번갯불처럼 순식간에 온몸으로 달려 나갔다. 그리고 스튜는 병원 사람들이 아내의 질문을 요리조리 피해 가는 방식을 지켜보았다. 대화 주제를 바꾼다든가, 어마어마한 전문 용어 한 무더기를 정보랍시고 쏟아 붓든가 해서 말이다. 그래서 이곳에 온 후 그는 쉽사리 질문을 하지 않았고, 그 점이 그들을 초조하게 했다는 것을 알 수 있었다. 이제는 질문을 던질 때가 되었고, 그는 몇 가지 대답을 얻을 것이다. 쉬운 말로 풀어낸 대답을.

몇 군데 빈 부분들은 혼자 힘으로도 채울 수 있었다. 캠피온과 그의 아내와 아이는 무언가 몹시 나쁜 것에 걸렸다. 독감이나 여름 감기처럼 엄습한 그것은 오로지 계속 악화되기만 하다가, 아마도 콧물에 숨이 막히든가 고열에 불타 죽게 할 것이다. 그것은 전염성이 높았다.

그들은 이틀 전인 17일 오후에 와서 스튜를 붙잡았다. 군인 네 명과 의사 한 명. 정중했지만 엄격했다. 거부권 행사를 물어보는 절차 따위는 없었다. 군인들 넷이 모두 무기를 소지하고 있었다. 그 순간이 바로 스튜 레드먼이 진정 겁에 질리기 시작한 때였다.

아네트를 벗어나 브레인트리에 있는 활주로까지 데려갈 질서정연한 행렬이 대기 중이었다. 스튜는 빅 팰프리, 햅, 브루엣 가족, 헨리 카마이클과 그의 아내, 그리고 두 명의 하사관과 함께 차에 탔다. 그들 모두 군용 스테이션왜건 한 대에 집어넣어졌다. 군인들은 이렇다 저렇다 아무 말도 하지 않으려 들었고, 릴라 브루엣이 아무리 신경질적인 반응을 보였다 한들 아마 꿈쩍도 안 했을 것이다.

나머지 왜건들 역시 꽉 차 있었다. 스튜는 그 안의 사람들을 전부 보지는 못했지만, 호지스 가족 다섯 명 모두와 구급차 운전 자원 봉사자인 카를로스의 형 크리스 오르테가를 보았다. 크리스는 술집 인디언 헤드의 바텐더였다. 스튜는 집 근처 이동 주택 캠프장에 사는 나이 지긋한 파커 네이슨과 그의 아내도 보았다. 그는 군인들이 캠피온이 주유기와 충돌할 때 주유소에 있던 모든 사람들과, 그 주유소에서 나온 사람들이 접촉했다고 진술한 모든 사람들을 깡그리 잡아 온 것이라고 추측했다.

마을 경계선에서는 황록색 트럭 두 대가 도로를 막고 있었다. 스튜는 아네트로 들어가는 다른 도로들 역시 막혀 있을 것이 확실하리라 추측했다. 군인들이 가시 철조망을 치고 있었고, 마을 주위로 울타리를 다 치고 나면 보초들을 세워 둘 것이었다.

그만큼 상황이 심각했다. 극도로 심각했다.

스튜는 사용할 일이 없어야만 했던 병원 침대 옆에 있는 의자에 참을성 있게 앉아, 간호사가 누군가를 데리고 와 주길 기다렸다. 처음에 올 누군가는 잔챙이일 가능성이 높을 것이다. 아마도 아침쯤 되면 마침내 그가 알아야 할 것들을 말해 줄만큼 권한을 지닌 누군가를 들여보내 줄 것이다. 그는 기다릴 수 있었다. 끈기는 언제나 스튜어트 레드먼의 특기였다.

기다리는 동안 소일거리로, 그는 활주로까지 동행했던 사람들의 상태를 따져 보기 시작했다. 노먼은 유일하게 확실한 환자였다. 기침을 하고, 가래를 토하고, 열이 있었다. 나머지 사람들은 일반 감기에서 나온 천차만별의 증세에 시달리는 듯 보였다. 루크 브루엣은 재채기를 했다. 릴라 브루엣과 빅 팰프리는 가벼운 기침을 했다. 햅은 코를 훌쩍대며 계속 코를 풀고 있었다. 그들은 스튜가 어릴 적 학교 다니던 시절에 기억하는 1학년과 2학년 교실과 별반 다를 바 없는 소리를 냈다. 그때는 출석한 아이들 3분의 2 이상이 코 찔찔 병균에 감염된 것 같았다.

그러나 무엇보다도 그를 겁에 질리게 했던 일은, 그들이 활주로에 들어서자마자 일어났다. 어쩌면 그저 우연의 일치였을 뿐인지는 몰라도, 운전병이 별안간 요란스러운 재채기를 세 차례 쏟아 냈던 것이다. 어쩌면 그냥 우연의 일치일 수도 있었다. 6월은 알레르기가 있는 사람들이 텍사스 중동부 지역에 있기에 좋지 않은 시기였으므로. 또는 어쩌면 그 운전병은 그들이 걸린 괴상망칙한 지랄병 대신에 그저 평범하고 흔해 빠진 감기에 걸렸을 수도 있었다. 스튜는 그렇게 믿고 싶었다. 왜냐하면 그렇게 빨리 한 사람에게서 다른 사람에게로 옮겨 다닐 수 있는 것이라면…….

호위병들이 그들과 함께 비행기에 탑승했다. 그 사람들은 멍하니 앉아 어떠한 질문에도 답변하지 않고 목적지만 알려 주었다. 애틀랜타로 가는 중이라고. 그곳에서 자세한 이야기를 들을 거라고(새빨간 거짓말). 그러고는 아예 말하기를 거부했다.

햅은 비행 중에 스튜 옆에 앉아 있었는데, 아주 얼큰하게 술에 취해 버렸다. 비행기도 역시 군용이어서 엄격하게 움직였지만, 술과 음식은 일등석 급이었다. 물론 예쁜 스튜어디스한테 서비스받는 대신 딱딱한 얼굴의 하사관이 주문을 받았다. 하지만 그것만 너그럽게 봐준다면 아주 잘 지낼 수 있었다. 릴라 브루엣조차도 그라스호퍼 칵테일 두 잔을 서비스받고는 흥분을 가라앉히고 잠잠해졌다.

햅이 가까이 기대며 스카치위스키 향기의 따스한 안개로 스튜를 목욕시켰다.

"이 사람들 무척 재밌는 친구들이야, 스튜어트. 한 사람도 쉰 살 아래는 없고, 결혼반지 낀 사람도 하나도 없어. 계급 낮은 직업군인 친구들이야."

착륙하기 30분 전쯤 노먼 브루엣이 까무러치며 발작을 일으켰고, 릴라가 비명을 지르기 시작했다. 무표정한 승무원 두 사람이 노먼을 담요에 싸서 매우 신속하게 데리고 나갔다. 더 이상 침착하게만 있을 수 없던 릴라가 계속 비명을 질렀다. 얼마 후 그녀는 자기가 먹던 그라스호퍼 칵테일과 닭고기 샐러드 샌드위치를 집어 던졌다. 선량한 친구들 두 명이 무표정한 얼굴로 떨어진 음식물 치우는 일을 수행했다.

"이게 다 뭐야?"

릴라가 소리를 질렀다.

"내 남편한테 무슨 일이 생긴 거지? 우리 다 죽는 거야? 내 아기들도 다 죽어?"

그녀는 양팔에 하나씩 '아기' 머리를 끼고 있었고, 아이들 머리가 그녀의 풍만한 가슴에 눌렸다. 루크와 보비는 그녀가 벌이는 야단법석에 두려워하고 불안해하며 몹시 당황한 것처럼 보였다.

"왜 아무도 대답을 안 하지? 여기 미국 땅 아니에요?"

"누가 저 여자 입 좀 다물게 못 하나?"

크리스 오르테가가 비행기 뒤쪽에서 투덜댔다.

"도대체가 말이야, 여자란 건 깨진 레코드판이 들어 있는 주크박스보다도 더 끔찍해."

군인 한 명이 그녀에게 우유가 든 유리잔을 들이밀었고, 릴라는 입을 꾹 다물었다. 그녀는 나머지 비행시간 내내 저 멀리 밑으로 지나가는 시골 풍경을 창밖으로 내다보며 콧노래를 불렀다. 스튜는 그 유리잔 속에 우유 말고 다른 것도 들어갔을 거라 짐작했다.

비행기가 착륙한 곳에는 네 대의 캐딜락 리무진이 그들을 기다리고 있었다. 아네트 주민들은 그중 세 대에 나눠 탔다. 호위병들이 네 번째 차에 탔다. 스튜는 결혼반지도, 어쩌면 가까운 친인척들도 없을 것 같은 선량한 군인 친구들이 이제는 이 건물의 어딘가에 있겠거니 하고 짐작했다.

빨간 불이 스튜의 방 문 위에 켜졌다. 압축기든 펌프든 아무튼 무엇인가가 작동을 멈추자 하얀 우주복을 입은 남자가 문을 넘어왔다. 데닝거 박사. 그는 젊었다. 검은 머리, 누르스름한 피부, 날카로운 용모, 그리고 에둘러 말하는 데 도사였다.

"패티 그리어가 그러는데 당신이 곤혹스럽게 했다더군요."

데닝거가 스튜에게 따각따각 발소리를 내며 걸어오는 동안 그의 가슴 스피커가 말했다.

"그녀는 아주 혼란스러워해요."

"그럴 것까진 없을 텐데요."

스튜가 태연하게 말했다. 태연한 소리를 내기가 힘들었지만, 그는 이 남자한테 자신의 두려움을 숨기는 것이 중요하다고 느꼈다. 데닝거는 아랫사람들을 억압하고 굶겨 먹는 반면에 윗사람들에게는 알랑거리는 아부쟁이 놈처럼 보였고, 또 그렇게 행동했다. 그런 부류의 사람은 상대방이 채찍을 쥐었다고 생각하면 뒤로 밀리는 법이었다. 그러나 상대방에게서 두려움의 냄새를 맡으면 흔해빠진 케이크를 던져 줄 것이다. 그 케이크의 맨 위는 "더는 말해 줄 수 없어 유감입니다."라는 얇은 설탕 막이 입혀져 있고, 나머지는 케이크 속에 좋은 게 있다는 설명보다 더 자세한 내용을 알고 싶어 하는 우매한 민간인들에 대한 수없는 경멸로 채워져 있을 것 같았다.

"몇 가지 대답을 듣고 싶습니다."

"유감이지만……"

"내가 협력해 주길 바란다면, 몇 가지 대답을 해 줘요."

"때가 되면 당신도 자연히……"

"당신들을 어렵게 만들 수도 있어요."

데닝거가 퉁명스럽게 말했다.

"우리도 압니다. 난 다만 당신에게 아무것도 말해 줄 권한이 없습니다, 레드먼 씨. 아는 것도 얼마 되지 않고요."

"내 피를 가지고 실험하는 중이죠. 그동안 거쳐 갔던 수많은 주삿바늘로."

"맞습니다."

데닝거가 신중하게 말했다.

"목적이 뭐요?"

"한 번 더 강조하자면, 레드먼 씨, 알지도 못하는 것을 당신에게 말해 줄 수는 없습니다."

퉁명스러운 어조가 다시 돌아왔고, 스튜는 데닝거를 신뢰하는 쪽으로 기울었다. 그 사람은 그저 이번 일을 맡은 허울 좋은 전문가일 뿐이었고, 이 일을 그다지 좋아하지 않았다.

"군인들이 우리 고향 마을을 격리시켰어요."

"그것에 대해서도 아무것도 모릅니다."

그러나 데닝거는 스튜의 눈길로부터 시선을 돌렸고, 스튜는 이번에는 그 사람이 거짓말을 하고 있다고 생각했다.

"어째서 이 사건이 전혀 알려지지 않은 겁니까?"

그가 벽에 붙은 텔레비전 수상기를 가리켰다.

"죄송하지만 무슨 말씀이신지?"

"마을을 봉쇄하고 주변에 가시 철조망을 쳤으면, 당연히 뉴스에 나와야죠."

"레드먼 씨, 그저 패티가 혈압을 재도록 허락만 해 준다면……"

"안 됩니다. 만약 내게서 뭔가를 더 얻어 내고 싶으면, 덩치 크고 힘센 남자 둘한테 그 일을 맡기는 게 좋을 거예요. 그리고 당신들이 사람을 얼마나 많이 보내든, 나는 그 사람들의 보호복을 잡아 뜯어 구멍을 좀 내 주려고 기를 쓸 겁니다. 그 옷은 별로 튼튼해 보이지가 않아요, 당신도 알죠?"

스튜가 장난스럽게 옷을 붙잡자 데닝거는 황급히 뒷걸음치다 하마터면 넘어질 뻔했다. 통화 스피커에서 겁먹은 꺽꺽 소리가 나왔고 이중 강화 유리벽 뒤에서 소란이 일었다.

"내 추측으로는 당신들이 무언가를 집어넣은 음식을 먹여서 날 완전히 뻗게 할 수도 있겠지만, 그랬다간 실험체에 불순물이 섞이는 꼴이 될 테지, 안 그래요?"

"레드먼 씨, 당신은 분별없는 행동을 하고 있는 겁니다!"

데닝거는 조심스럽게 거리를 두고 있었다.

"당신의 비협조가 조국에 심각한 피해를 입힐 수도 있다, 이 말입니다. 내 말 이해하겠어요?"

"아니올시다. 지금 당장은 조국이 나한테 심각한 피해를 주고 있는 것처럼 보이는데. 조국이 나를 조지아 주의 병실에 가둬 놓고 똥인지 된장인지 구분도 못 하는 말만 번지르르한 잔챙이 의사를 한 명 붙여 놨잖아. 여기서 꺼진 다음에 나한테 이야기해 줄 누군가를 보내든가, 아니면 무력으로 당신들한테 필요한 것을 뺏어 줄 애들을 왕창 보내 봐 봐. 내 그 애들하고 싸울 테니까. 내 말 농담 아니란 거, 명심하라고."

데닝거가 나가고 나서 스튜는 완전히 침묵한 채 의자에 앉아 있었다. 간호사는 다시 들어오지 않았다. 힘센 남자 위생병 두 명이 무력으로 혈압을 재러 나타나지도 않았다. 상황을 곰곰이 생각해 보니, 혈압 측정 같은 사소한 결과라도 협박을 받아 얻어 낸 것이라면 별로 쓸모가 없을 것이라는 짐작이 들었다. 당분간 그들은 그가 자기 성질을 죽이도록 그냥 놔두고 있을 터였다.

스튜는 일어나서 텔레비전을 켜고 무심히 쳐다보았다. 그의 마음속은 도망 나온 코끼리처럼 공포가 가득했다. 지난 이틀 동안 그는 재채기하고, 기침하고, 까만 가래가 나와 그것을 변기 속에 뱉기 시작하기만 기다리고 있었다. 그는 나머지 다른 사람들, 일생 동안 내내 그가 알고 지냈던 그 사람들이 궁금했다. 그중 누구든 캠피온이 그랬던 것처럼 건강이 악화되었는지 궁금했다. 낡은 시보레 차 안에 있던 죽은 여자와 그녀의 아기가 생각났고, 그 여자의 얼굴 위로 릴라 브루엣의 얼굴이, 그 아기의 얼굴 위로 어린 셰릴 호지스의 얼굴이 자꾸만 겹쳐 보였다.

텔레비전이 지지직거리고 우두둑 소리를 냈다. 스튜의 심장이 가슴속에서 천천히 요동쳤다. 희미하게, 그는 공기 정화 장치가 실내로 공기를 불어 넣는 소리를 들을 수 있었다. 무표정한 얼굴 아래, 자신의 내면에서 뒤틀리고 꿈틀거리는 공포를 느꼈다. 이따금 그것이 커지고 길길이 날뛰어 모든 것을 짓밟았다. 코끼리처럼. 이따금 그것은 작아져서 물어뜯으며, 날카로운 이빨로 잡아 찢었다. 쥐처럼. 그것은 늘 그와 함께했다.

그러나 그들이 대화를 나눌 사람을 그에게 보내 줄 때까지는 아직 40시간이나 남아 있었다.

제 8 장

6월 18일, 사촌 빌 햅스콤에게 말을 전해 주고 나서 5시간 뒤, 조 밥 브렌트우드는 아네트 동쪽 약 40킬로미터 지점인 텍사스 주 40번 고속도로에서 과속 운전자를 멈춰 세웠다. 브레인트리 마을의 보험 설계사 해리 트렌트였다. 그는 제한 속도 80킬로미터 지역에서 시속 110킬로미터로 달리던 중이었다. 조 밥은 그에게 과속 딱지를 뗐다. 트렌트는 잘못을 순순히 시인하고 나서 주택 보험과 생명 보험으로 판촉 활동을 벌이려고 들어 조 밥을 즐겁게 했다. 조 밥은 기분이 좋았다. 죽는다는 것은 그가 마음에 걸려 하던 마지막 걱정거리였으므로. 그렇지만 그는 이미 병든 사람이었다. 빌 햅스콤의 텍사코 주유소에서 휘발유 말고 다른 것도 얻었던 것이다. 그리고 그는 해리 트렌트에게 과속 재판 소환장 말고 다른 것도 주었다.

자신의 직업을 좋아하는 사교적인 남자 해리는 그날과 그 다음

날 40명 이상의 사람들에게 병을 옮겼다. 그 40명이 얼마나 많은 사람들에게 병을 옮겼는지는 말하기가 불가능하다. 차라리 핀 대가리 위에서 얼마나 많은 천사가 춤출 수 있느냐고 묻는 편이 더 쉬울 것이다. 만약 각자 5명씩 전염시켰으리라고 소극적으로 추산해 보면, 200명이라는 결과가 나올 터였다. 마찬가지로 소극적인 공식을 적용하면 그 200명이 1,000명을 감염시켰고, 그 1,000명이 5,000명을 만들어 냈으며, 그 5,000명이 25,000명을 만들어 냈으리라 말할 수 있었다.

캘리포니아 사막이라는 환경과 납세자들의 돈을 지원받은 덕분에, 누군가가 마침내 실제로 작동하는 행운의 편지를 발명해 낸 것이다. 극히 치명적인 행운의 편지를.

6월 19일, 래리 언더우드가 뉴욕의 집으로 왔던 날, 그리고 프래니 골드스미스가 아버지에게 곧 태어날 아기 소식을 전했던 날, 해리 트렌트는 점심을 먹으러 '베이브의 즉석요리'라는 동부 텍사스의 한 카페에 들렀다. 치즈버거 정식에다 디저트로 '베이브의 맛있는 딸기 파이' 한 조각을 시켰다. 그는 약한 감기 증세를 느끼고 아마도 알레르기성 감기일 거라 생각했는데, 계속 재채기를 하고 가래침을 뱉어 내야만 했다. 식사하는 동안 그는 베이브, 접시 닦는 사람, 구석 자리에 있던 트럭 운전사 두 명, 빵 배달 왔던 남자, 주크박스의 레코드판을 바꾸러 왔던 남자를 감염시켰다. 음식을 날라다 주었던 웨이트리스를 위해 그가 식탁에 놓고 간 1달러짜리에는 죽음의 세균이 우글거리고 있었다.

그가 밖으로 나가는 도중에, 스테이션왜건 한 대가 멈춰 섰다. 자동차 지붕 위에 짐받이가 달린 그 왜건은 애들과 짐들로 가득

했다. 뉴욕 번호판이 달려 있었고, 차창을 내려 해리에게 북부행 21번 고속도로로 가는 길을 물었던 운전자는 뉴욕 말씨를 썼다. 해리는 그에게 21번 고속도로로 가는 아주 정확한 방향을 알려 주었다. 그는 또한 자신이 알지 못하는 사이에 뉴욕 남자와 그 남자의 가족 모두에게 사형 집행장을 선물해 주었다.

그 뉴욕 사람은 에드워드 M. 노리스, 뉴욕 경찰국 87분서 형사계 반장이었다. 이 여행은 5년 만에 맛보는 그의 진정한 첫 번째 휴가였다. 그와 그의 가족은 멋진 시간을 보내고 있었다. 애들은 올랜도에 있는 디즈니월드에서 더할 나위 없는 행복을 맛보았고, 온 가족이 7월 2일에 사망할 거라는 사실을 아직 모르고 있었다. 노리스는 불쾌한 개자식 스티브 카렐라 형사에게 그 녀석도 아내와 자식들을 자동차로 어디론가 데리고 가서 멋진 시간을 즐기는 일이 가능하다고 말해 줄 계획이었다. 이렇게 말이다.

"스티브 자네가 훌륭한 형사인지는 몰라도, 자기 가족을 돌볼 줄 모르는 남자는 눈 더미에 뚫린 오줌 구멍보다도 가치가 없는 거야."

노리스 가족은 베이브 카페에서 즉석요리를 먹고 나서, 해리 트렌트가 알기 쉽게 가르쳐 준 21번 고속도로 방향을 따라갔다. 에드와 그의 아내 트리시가 남부 지방의 친절함에 감탄하는 동안 세 아이는 뒷좌석을 난장판으로 만들어 놓았다. 에드는 생각했다. '예수님만이 아시겠지. 카렐라 형사의 괴물 같은 쌍둥이 자식들이 얼마나 심한 장난질을 쳐 댈지는.'

그날 밤 그들은 오클라호마 주 유스터스에 있는 여행자 모텔에 묵었다. 에드와 트리시는 모텔 프런트 직원을 감염시켰다. 그들 부부의 아이들인 마샤, 스탠리, 헥터는 모텔 놀이터에서 함께 어울려 논 아이들을 감염시켰다. 그 아이들은 서부 텍사스, 앨라배마, 아칸소, 테네시로 향하는 길이었다. 트리시는 두 블록 떨어진 유료 세탁소에서 옷가지를 세탁하던 두 여자를 감염시켰다. 얼음을 구하러 모텔 복도를 내려가던 에드는 1층 홀에서 지나친 남자를 감염시켰다. 이들 모두가 형사 가족의 불행에 동참했다.

트리시가 이른 아침 시간에 에드를 깨워 아기 헥터가 아프다고 말했다. 아기는 심하게, 귀에 거슬릴 정도로 기침을 했고 고열에 시달리고 있었다. 트리시가 보기에 후두염에 걸린 것 같았다. 에드 노리스는 구시렁대며 애한테 아스피린이나 좀 먹이라고 했다. 만일 염병할 후두염이 사오일 정도만 늦게 찾아왔더라면 아기는 편안한 자기 집에서 후두염을 앓을 수 있었을 테고, 에드는 완벽한 휴가였다고 기억했을 것이다.(돌아가서 우쭐거릴 생각에 대한 기대는 말할 필요조차 없을 테고.) 그는 옆 방과 연결된 문을 통해 불쌍한 아이가 사냥개처럼 캑캑거리는 소리를 들었다.

트리시는 후두염이란 푹 쉬면 낫는 병이므로 헥터의 증세가 아침에는 완화되리라 예상했지만, 20일 정오가 돼서는 그렇지 않다는 것을 스스로 인정했다. 아스피린으로는 열이 내리지 않았다. 불쌍한 헥터는 열 때문에 눈빛이 아주 창백해졌다. 아이의 기침 소리는 그녀가 싫어하는 대포 소리 만큼이나 요란하게 울려 댔고, 무슨 병인지는 몰라도 마샤도 역시 그것에 걸려 있는 듯 보였다. 트리시는 목구멍을 간질간질하는 불쾌한 느낌이 들어 기침을 하고 있었지만, 아직까진 그저 가벼운 기침이라 작은 손수건으로 막을 수 있었다.

"헥터를 의사한테 데려가야겠어."

그녀가 마침내 말했다. 에드는 차를 주유소에 들여 놓고 스테이션왜건의 햇빛 가리개에 꽂아 두었던 지도를 살펴보았다. 그들은 캔자스 주 해머크로싱에 있었다.

"몰라, 어쩌면 진찰하고 나서 다른 병원으로 이송해 줄 의사 정도는 찾을 수 있을 거야."

한숨을 쉰 그는 속이 상한 듯 손으로 머리를 흩뜨렸다.

"캔자스의 해머크로싱이라니! 제길! 왜 하필이면 이런 빌어먹을 아무것도 없는 깡촌에서 의사가 필요할 정도로 애가 아픈 거지?"

아버지의 어깨 너머로 지도를 보고 있던 마샤가 말했다.

"제시 제임스가 여기에 있는 은행을 털었던 적이 있다고 지도에 씌어져 있어, 아빠. 두 번이나 털었대."

"좆같은 제시 제임스."

"에드!"

트리시가 소리쳤다.

"미안해."

손톱만큼도 미안한 감정 없이 에드가 말했다. 그는 차를 몰고 나갔다.

매번 양손을 움켜잡고 조심스럽게 성질을 죽인 통화를 여섯 번이나 하고 나서야, 에드 노리스는 마침내 3시까지 올 수 있으면 헥터를 진료하겠다는 폴리스턴 마을의 의사를 찾아냈다. 폴리스턴은 해머크로싱에서 서쪽으로 30킬로미터 떨어져 그들의 길에서 벗어나 있었지만, 당장 중요한 것은 헥터였다. 에드는 차츰 그 애가 너무도 걱정되었다. 그는 아이가 그렇게 널브러져 있는 모습을 한 번도 본 적이 없었다.

오후 2시경에 그들은 브렌든 스위니 박사의 병원 대기실에서 기다리고 있었다. 그때쯤엔 에드도 재채기를 하고 있었다. 스위니 병원 대기실은 사람들로 꽉 찼다. 거의 4시가 다 돼 갈 때까지 노리스 가족은 의사를 만나러 들어가 보지 못했다. 트리시는 흐느적대는 반혼수상태가 될 때까지도 헥터를 정신 차리게 할 수가 없었고, 자신도 열이 있는 것을 느꼈다. 오로지 아홉 살배기 스탠 노리스만이 아직도 건강이 좋아 초조해할 정도였다.

스위니 병원 대기실에서 기다리는 동안 그들은 붕괴되고 있는 전국 방방곡곡에 이제 곧 "캡틴 트립스"라는 이름으로 알려질 질병을 스물다섯 명 이상의 사람들에게 옮겨 주었다. 그중에는 병원비 내러 왔다가 자신의 브리지 카드 게임 클럽 회원 모두에게 질병을 전염시킬 운명이 돼 버린 점잖은 부인 한 명도 포함되어 있었다.

이 점잖은 부인은 로버트 브래드퍼드의 부인이자 브리지 클럽에서는 사라 브래드퍼드라는 원래 이름으로 불렸고, 그녀의 남편과 친한 친구들한테는 매력덩어리라고 불렸다. 사라는 그날 밤 카드 게임이 잘 풀렸는데, 아마도 그녀의 짝꿍이 가장 친한 친구인 안젤라 듀프레이였기 때문인 것 같았다. 둘은 행운의 텔레파시를 만끽하는 듯싶었다. 그들은 세 번씩 연이어 결승 게임을 이기며 마지막까지 완승을 했다. 사라의 유일한 옥에 티는 가벼운 감기에 걸린 것 같다는 느낌이었다. '이건 옳지 않아. 지난번 감기가 끝나자마자 이렇게 빨리 새 감기가 찾아오다니.'

10시에 모임이 끝나고 난 뒤 사라와 안젤라는 조용히 한잔하러 칵테일 바에 갔다. 안젤라는 집에 가려고 서두르지 않았다. 매주 하는 포커 게임 모임이 데이비드의 차례가 되어 그들 부부의 집에서 열렸고, 그녀는 온갖 소음이 난무하는 가운데서는 온전히 잠을 이루지 못할 것이었다. 따라서 자신이 처방한 진정제를 좀 복용해 두어야 했는데, 그녀의 처방은 다름 아닌 슬로진 피즈 칵테일 두 잔이었다.

사라는 워드 에이트를 마시며 안젤라와 함께 브리지 게임의 추억을 되새겼다. 그러는 동안 그들은 폴리스턴 칵테일 바에 있던 사람들을 모조리 감염시키고 말았고, 그중에는 가까이서 맥주를 마시던 두 청년도 끼어 있었다. 청년들은 캘리포니아로 가는 도중이었는데, 래리 언더우드와 그의 친구 루디 슈워츠가 한때 그랬던 것과 똑같이 성공의 길을 찾아서였다. 그들의 친구 하나가 이삿짐센터 일자리를 약속했던 것이다. 이튿날 그들은 서쪽 지방으로 향했고, 가는 곳마다 질병을 퍼뜨리고 다녔다.

행운의 편지는 작동하지 않는다. 그것은 잘 알려진 사실이다. 행운의 편지에 있는 목록의 맨 위에 이름이 올라온 사람에게 1달러를 보내고, 그 목록의 맨 아래에 자기 이름을 추가하고, 그러고 나서 똑같은 편지를 다섯 명의 친구들한테 보낸다 해도, 애초에 행운의 편지가 약속했던 100만 달러쯤 되는 돈은 결코 자신에게 돌아오지 않는 것이다. 그러나 이번 것은, 캡틴 트립스라는 행운의 편지는 너무도 잘 작동했다. 피라미드가 진짜로 건설되었는데, 넓은 밑바닥에서 위로 올라가는 형태가 아니라 뾰족한 꼭대기에서 아래로 내려가는 형태였다. 그 꼭대기는 고인이 돼 버린 캠피온이라는 이름의 경비병이었다. 모든 희생자들이 잠자리에 들려고 집으로 속속 돌아오고 있었다. 다만 집배원이 각각의 참여자들에게 1달러가 들어 있는 편지들을 계속 화물로 가지고 오는 대신에, 캡틴 트립스는 각각 그 속에 한두 구의 시체가 들어가 있는 침실, 참호, 시체 구덩이를 화물로 담아 왔고, 나중에는 시체들이 모든 해안의 바닷물 속으로, 채석장 속으로, 미완공된 주택의 토대 속으로 내팽개쳐지기까지 했다. 그리고 최후에는 당연하게도, 자기가 죽었던 곳에서 썩어 버릴 것이다.

사라 브래드퍼드와 안젤라 듀프레이는 나란히 주차해 놓은 자신들의 차로 걸어갔고(그들이 거리에서 만났던 너덧 명의 사람들을 감염시키면서), 작별 인사로 뺨에 뽀뽀하고 나서 헤어졌다. 안젤라는 집에 와서 남편과 남편의 포커 친구 다섯 명 그리고 그녀의 딸인 십대 소녀 사만다를 감염시켰다. 부모는 몰랐지만 사만다는 남자 친구한테서 임질이 옮았을까 봐 몹시 걱정이었다. 사실대로 말하자면, 진짜로 걸려 버렸다. 더욱 사실대로 말하자면, 사만다는 걱정할 게 하나도 없었다. 어머니가 전해 준 것에 걸려 버린 이상 왕성하게 활동하는 임질쯤이야 눈썹에 습진 좀 생긴 것과 마찬가지로 전혀 심각한 것이 아니었다.

다음 날 사만다는 폴리스턴 YWCA 수영장에 가서 그 안의 모든 사람들을 감염시킬 예정이었다.

그리고 그렇게 계속 돌고 돌고 돌고.

제9장

황혼이 지고 난 어느 순간부터 놈들이 뒤쫓아 오는 동안, 그는 마을을 통과하는 중심가를 1킬로미터 정도 뒤로한 채 27번 도로의 갓길을 걷고 있었다. 일이 킬로미터 더 가면 서쪽으로 방향을 바꿔 63번 도로를 탈 생각이었고, 그 길을 따라 유료 고속도로에 도착하여 북쪽으로 긴 여행을 시작할 참이었다. 감각이 무디어진 것은 아마도 방금 마신 맥주 두 병 탓이겠지만, 무언가 이상하다는 것은 알고 있었다. 무심코 둘러본 그가 바에서 맨 끝에 있던 건장한 마을 토박이 네댓 명의 얼굴을 기억해 냈을 때는, 이미 숨어 있던 그들이 뛰쳐나와 그를 향해 달려든 순간이었다.

닉은 할 수 있는 한 최고의 싸움 실력을 선보이며 그들 중 한 명을 때려눕히고 다른 한 명의 코를 피투성이로 만들어 놓았다. 코가 부러지는 듯한 소리가 났다. 한두 번의 희망적인 순간에 그는 정말로 이길 기회가 있다고 생각했다. 그가 아무 소리도 내지 않으면서 싸운다는 사실에 놈들은 약간 맥이 빠졌다. 그들은 약했다. 어쩌면 전에는 이런 짓을 별 탈 없이 해치웠겠지만, 배낭을 멘 이 삐쩍 마른 애송이한테서 엄청난 싸움 실력이 나올 줄은 정말로 예상치 못했을 것이다.

순간 그들 중 하나가 닉의 턱을 붙잡고 학교 친목 반지 같은 것으로 아랫입술을 갈가리 찢어 놓았고, 뜨끈한 피가 그의 입속으로 세차게 흘러 들어왔다. 닉이 뒤로 비틀거리자 누군가가 꼼짝 못하게 팔을 눌렀다. 거칠게 몸부림쳐서 한 손을 빼내는 순간 치솟는 달덩이 같은 주먹이 얼굴로 덮쳐 왔다. 주먹이 오른쪽 눈을 끝장내기 직전에 닉은 또다시 그 반지를 보았는데, 반지는 별빛을 받아 몽롱하게 반짝거리고 있었다. 눈앞에서 별이 튀었고, 닉은 의식이 흩어져 알 수 없는 곳으로 표류한다고 느꼈다.

겁에 질린 닉은 더욱 세차게 몸부림쳤다. 반지 낀 남자가 앞에 다시 나타나자, 또다시 반지에 찢길까 봐 두려웠던 그는 남자의 배를 걷어찼다. 학교 친목 반지 녀석은 숨을 헉 내뱉고 몸을 움츠리며 후두염에 걸린 테리어 개처럼 숨 가쁜 쌕쌕 소리를 연방 토해 냈다.

나머지 녀석들이 에워쌌다. 놈들은 자신들을 선량한 아저씨들이라고 불렀지만, 닉에게는 이제 그저 움직이는 물체들, 햇볕에 그은 커다란 이두박근을 자랑하려고 회색 셔츠의 소매를 걷어 올린 근육 덩어리들일 뿐이었다. 그들은 두툼한 안전화를 신었다. 기름 바른 머리가 헝클어져 이마 위로 내려왔다. 희미해져 가는 그날의 마지막 햇살 속에서 이 모든 것이 악몽처럼 여겨지기 시작했다. 닉의 열린 눈으로 피가 흘렀다. 배낭이 등에서 뜯겨 나갔다.

주먹질 소나기가 쏟아졌고, 닉은 낡아 빠진 줄에 매달린 힘 없고 겁 많은 꼭두각시 인형이 되고 말았다. 의식은 그를 완전히 내버리지는 않으려 했다. 놈들이 그에게 주먹을 퍼붓는 동안 존재하는 소리라고는 그들의 헐떡헐떡하는 숨소리와 바로 옆 뿌리 깊은 소나무에 앉은 쏙독새가 유창하게 지저귀는 소리뿐이었다.

학교 반지가 휘청거리며 일어섰다.

"그 새끼 잡아. 그 새끼 머리끄덩이 잡아."

손 여럿이 닉의 팔을 움켜잡았다. 누군가가 양손으로 그의 질퍽해진 검은 머리를 끌어당겼다.

"왜 이 새낀 소리를 안 지르지?"

그들 중 하나가 흥분해서 말했다.

"왜 이 새낀 소리를 안 지를까, 레이?"

"이름 부르지 말라고 했잖아. 왜 이 새끼가 소리 안 지르는지 따위는 좆도 상관 안 해. 나 이 새끼 뭉개 버릴 거야. 씹새끼가 날 걷어찼다고. 이 씨브랄 비겁한 새끼가 말이야."

주먹이 날아왔다. 닉이 급히 머리를 옆으로 틀자 반지가 뺨을 긁고 지나갔다.

"그 새끼 잘 잡고 있으랬지. 니들 다 뭐야? 마음 약한 계집년들이냐?"

주먹이 다시 날아왔고, 닉의 코는 짓뭉개져 국물 흘리는 토마토가 되었다. 코가 막혀 숨을 쉴 수 없었다. 의식이 가는 연필심처럼 좁아졌다. 그는 입을 쩍 벌리고 밤공기를 마시며 허우적댔다. 쏙독새가 다시 울어 댔고, 부드럽게 혼자 우는 소리였다. 닉의 귀에는 아무 의미 없는 소리였다.

"그 새끼 잡아. 그 새끼 꽉 잡으라니까, 좆도 씨발."

주먹이 날아왔다. 학교 반지가 이를 훑고 지나가자 닉의 앞니 두 대가 부서졌다. 비명조차 지를 수 없는 고통이었다. 다리가 중심을 잃고 축 늘어진 그를 뒤에 있는 사람들이 곡물 자루처럼 붙들고 있었다.

"레이, 그 정도면 충분해! 죽일 작정이야?"

"그 새끼 꽉 잡아. 씹새끼가 날 걷어찼다고. 뭉개 버리겠어."

그때 이곳과 맞닿은, 커다란 늙은 소나무들이 섞여 있는 덤불 옆 도로에서 불빛이 번쩍거렸다.

"야, 좆 됐다!"

"그 새끼 밀어 버려, 밀어 버려!"

레이의 목소리였지만 그는 이제 닉 앞에 서 있지 않았다. 닉은 어렴풋이 고마움을 느꼈지만 레이가 남겨 준 얼마 안 되는 의식은 대부분 입 안의 고통을 견뎌 내느라 애쓰고 있었다. 그는 혀 위에 구르는 이빨 부스러기를 느낄 수 있었다.

손들이 그를 밀쳐내 도로 한가운데로 내몰았다. 둥근 불빛이 다가오며 무대 위의 배우처럼 집중적으로 그를 비추었다. 브레이크 밟는 소리가 터져 나왔다. 닉은 팔을 휘둘렀고, 다리를 움직이려고 해 봤으나 다리는 아직 소원을 들어줄 태세가 아니었다. 다리는 그를 죽게 내버려 두었다. 그는 아스팔트 위로 쓰러져 브레이크와 타이어가 내는 날카로운 굉음이 온 세상을 뒤흔드는 동안 차가 자신을 밟고 지나가기를 멍하니 기다렸다. 적어도 입 안에 든 고통은 끝장내 줄 터였다.

이내 튀어 오른 자갈이 닉의 뺨을 후려쳤고, 그는 얼굴로부터

30센티미터도 채 안 되는 거리에 멈춰 서 버린 타이어를 쳐다보고 있었다. 손가락 마디 두 개 사이에 낀 동전처럼 타이어 바닥에 팬 두 줄 사이에 파묻힌 자그만 흰 돌이 보였다.

'석영 조각이네.'

닉은 어지러운 상태에서 그렇게 생각하고 의식을 잃었다.

닉이 정신을 차리고 보니 침상 위였다. 딱딱한 침상이었지만, 지난 3년여 동안 그는 그보다 더 딱딱한 곳에도 누워 본 경험이 있었다. 그는 눈을 뜨려고 기를 쓰고 발버둥쳤다. 눈꺼풀이 본드로 들러붙은 것 같았고 오른쪽 눈은, 치솟는 달덩이에 충돌했던 그 눈은 겨우 반만 뜨일 뿐이었다.

갈라진 회색 시멘트 천장을 바라보았다. 단열재로 감싼 파이프들이 천장 밑으로 구불구불 지나갔다. 커다란 딱정벌레 한 마리가 파이프 한 줄을 따라 바쁘게 돌아다니고 있었다. 닉의 시야를 둘로 갈라놓은 것은 쇠사슬이었다. 머리를 살짝 들어 올리자 무시무시한 고통이 벼락같이 머릿속에 흘렀는데, 벽에 나사못으로 고정된 침상의 바깥쪽 다리에서 나온 또 다른 쇠사슬이 보였다.

고개를 왼쪽으로 돌리자(또 한 번 벼락같은 고통이 흘렀지만, 이번 것은 그다지 살인적이지는 않았다.) 거칠거칠한 콘크리트 벽이 보였다. 갈라진 금들이 벽면을 따라 퍼졌다. 벽에는 널찍하게 낙서가 적혀 있었다. 어떤 낙서는 새것이었고, 어떤 것은 오래된 것이었으며, 대개 저속한 내용이었다. '여기는 나쁜 벌레가 많아. 루이스 드래곤스카이, 1987. 난 그게 내 똥구멍 속에 박혀 있는 게 좋

아. 술 처먹고 개지랄 떠는 건 즐거워. 조지 램플링은 좆 가지고 장난쳐. 수잔 너를 아직도 사랑해. 여기는 열라 구려, 제리. 클라이트 D. 프레드, 1981.' 덜렁덜렁 매달린 남자의 성기, 거대한 유방, 조잡하게 묘사한 음부가 그려진 그림들도 널려 있었다. 이 모든 것이 닉에게 이 장소가 어디인지 알게 해 주었다. 그는 감방 안에 있었다.

팔꿈치로 몸을 받치고 조심스럽게 (종이 슬리퍼를 신은) 발을 간이침대 끄트머리로 내려놓았다. 그러고 나서 몸을 빙 돌려 앉은 자세를 취했다. 어마어마하고 집중적인 고통이 또다시 머리를 뒤흔들었고, 등뼈에서는 불안하게 꺾이는 소리가 났다. 위장이 뱃속에서 심상치 않게 굴러다녔고, 정신을 못 차리게 하는 메스꺼움이, 엄청 당혹스러우면서 힘 빠지게 하는 메스꺼움이, 제발 멈추게 해 달라고 하느님께 고함치고 싶어지게 만드는 메스꺼움이 그를 덮쳤다.

고함치는 대신(하긴 그럴 기운도 없었으니) 닉은 무릎 위로 엎드리고 양볼을 두 손으로 감싸 쥔 다음, 메스꺼움이 지나가 주길 기다렸다. 잠시 후, 메스꺼움이 지나갔다. 뺨에 난 길쭉한 상처를 덮은 반창고의 존재를 느낄 수 있었고, 옆얼굴을 두어 번쯤 찡그려 보고는 어느 고마운 외과 의사가 상처를 두어 바늘 꿰매는 훌륭한 치료를 해 주었음을 알 수 있었다.

그는 주변을 두리번거렸다. 크래커 상자를 길게 세운 것처럼 생긴 작은 독방 안에 있었다. 간이침대의 발치 너머에는 철창문이 있었다. 머리맡에는 뚜껑도 없고 앉을 받침대도 없는 변기가 놓여 있었다. 굳은 목을 아주아주 조심스럽게 길게 빼어 뒤편 위쪽을 보니, 창살 달린 작은 창이 있었다.

정신을 잃을 것 같지는 않다고 확실히 느낄 만큼 오랫동안 간이 침대에 걸터앉아 있던 닉은, 입고 있던 무늬 없는 회색 잠옷 바지를 무릎까지 내리고 변기에 쪼그려 앉았다. 그러고는 거의 한 시간은 되겠다 싶을 만큼 오랫동안 오줌을 눴다. 일을 다 보고 나서는 노인네처럼 간이침대 가장자리를 붙잡고 일어섰다. 피가 나오지 않았을까 걱정스러워 양변기 속을 들여다보았지만, 오줌은 깨끗했다. 그는 변기의 물을 내렸다.

조심스럽게 철창문으로 걸어가 좁은 복도를 내다보았다. 왼쪽은 주정뱅이 유치장이었다. 늙은이 하나가 침상 다섯 개 중 하나에 누워 있었고, 물에 떠다니는 나무처럼 노인의 한 손이 바닥을 향해 늘어져 있었다. 오른쪽을 보니 열린 채 고정된 문에서 복도가 끝났다. 복도 한가운데에는 전에 내기 당구장에서 보았던 것과 비슷한 녹색 그늘이 드리워져 있었다.

그림자 하나가 다가와 열려 있는 문에서 넘실거리더니, 이윽고 카키색 제복을 입은 커다란 남자가 복도로 걸어 들어왔다. 그는 멜빵 달린 혁대와 큼지막한 권총을 차고 있었다. 양 엄지손가락을 바지 주머니에 걸치고 1분쯤 아무 말 없이 닉을 바라보았다. 이윽고 그가 말했다.

"친구들이랑 어릴 적에 산에서 쿠거 한 마리를 총으로 쏴 잡은 적이 있지. 그러고는 우리 힘만으로 30킬로미터를 더러운 땅바닥에 질질 끌며 마을로 가져왔어. 집에 도착했을 때 그 짐승의 모습은 내가 이제껏 보았던 가장 불쌍한 구경거리였다고. 자넨 두 번째로 불쌍한 구경거리야, 이거 참."

닉은 그 말이 이따금 창살 쳐진 크래커 상자 감방을 이용하는 외지 사람과 부랑자들을 위해 정성 들여 연마하고 간직하고 챙겨 온 준비된 연설의 느낌이 난다고 생각했다.

"자네 이름이 뭔가, 젊은 친구?"

닉은 손가락 하나를 자신의 부어터지고 찢어진 입술에 대고 고개를 흔들었다. 한 손을 입에 댔다가 허공에서 부드럽게 대각선 방향으로 긋고 다시 고개를 흔들었다.

"뭐라고? 말을 못해? 이 무슨 웃기는 헛소리야?"

말은 아주 상냥했지만, 닉은 음성이나 억양을 이해할 능력이 없었다. 그래서 그는 보이지 않는 펜을 뽑아 들고 허공에 글씨 쓰는 시늉을 했다.

"연필 갖다 달라고?"

닉이 끄덕였다.

"만약 자네가 벙어리라면, 어쩌다 신분증 같은 걸 하나도 갖고 있지 않은 거지?"

닉이 어깨를 으쓱거렸다. 그러고는 빈 주머니들을 밖으로 뒤집어 내보였다. 그는 주먹을 쥐고 권투 시늉을 해 댔는데, 그 바람에 또 한 번 벼락같은 고통이 머릿속에, 그리고 또 한 번 메스꺼운 울림이 위장에 전해졌다. 주먹으로 자신의 관자놀이를 툭툭 치고, 눈동자를 위로 치키고, 철창에 축 늘어지는 것으로 설명을 끝마쳤다. 그러고 나서 자신의 빈 주머니를 가리켰다.

"자네 강도를 당했구먼."

닉이 끄덕였다.

카키색 옷을 입은 남자는 돌아서서 자기 사무실로 되돌아갔다.

잠시 후 그는 뭉툭한 연필과 메모장을 들고 돌아왔다. 그것들을 철창 사이로 밀어넣었다. 메모지 한 장 한 장마다 꼭대기에 '메모'와 '존 베이커 보안관의 탁상용' 이라는 문구가 씌어져 있었다.

닉은 메모장을 돌려놓고 연필 끝에 달린 지우개로 메모지 위에 적힌 이름을 두드렸다. 그리고 질문을 던지듯 눈썹을 추켜세웠다.

"그래, 그게 나야. 자네는 누구지?"

'닉 앤드로스.'

그가 적고 나서 철창 사이로 손을 내밀었다.

베이커는 고개를 저었다.

"난 자네랑 악수할 생각 없어. 자넨 귀도 안 들리나?"

닉이 끄덕였다.

"오늘 밤 자네한테 무슨 일이 있었지? 솜즈 박사 부부가 하마터면 자넬 다람쥐처럼 차로 칠 뻔했다고, 거 참."

'두들겨 맞고 도둑질당했어요. 큰길에 있는 술집 '세인트 잭의 공간' 에 있다가 1킬로미터 정도 떨어진 곳에서.'

"그 소굴은 자네 같은 어린애가 갈 곳이 아냐, 젊은 친구. 자넨 분명히 술을 마실수 있는 나이가 아닐 텐데."

닉은 화가 나서 고개를 흔들고 적어 내려갔다.

'전 스물두 살이라고요. 그놈들한테 두들겨 맞고 도둑질당하는 일 없이도 맥주 두세 병쯤 마실 자격이 있잖아요, 그렇잖아요?'

베이커는 읽으면서 심술궂게 즐거운 표정을 지었다.

"자네가 소요 마을에서도 그럴 수 있을 것 같아 보이지는 않는데. 여기서 뭐 하고 있었나, 애송이?"

닉은 메모장에서 첫 장을 찢어 내어 둥글게 구긴 다음 바닥에 버렸다. 그가 대답을 적으려 하자 철창 사이로 팔이 날아 들어와 강철 같은 손이 어깨를 꽉 잡았다. 닉이 얼굴을 쳐들었다.

"내 아내가 감방을 청소해. 그리고 나는 자네가 왜 쓰레기를 어질러 놓아야 하는지 모르겠어. 그러니 휴지는 변기에다 갖다 버리시지."

닉은 몸을 굽히며 등에 전해지는 고통에 주춤거리다 종이 뭉치를 바닥에서 집어 들었다. 그것을 변기로 가지고 가서 던져 넣고는, 눈썹을 추켜세우고 베이커를 쳐다봤다. 베이커가 고개를 끄덕거렸다.

닉이 돌아왔다. 이번에는 좀 더 길게 적느라 연필이 종이 위를 날아다녔다. 베이커는 귀먹은 벙어리 아이한테 읽고 쓰기를 가르치는 일이 아마도 대단히 까다로웠을 거라고 짐작했다. 닉 앤드로스는 그런 가르침을 이해할 만큼 머릿속에 상당히 훌륭한 능력을 지닌 게 틀림없을 것 같았다. 이곳 아칸소 주 소요에는 그런 기초적인 가르침을 조금도 이해하지 못한 사람들이 있었고, 그런 사람들은 대부분 세인트 잭의 술집에 죽치고 있었다. 베이커는 이제 막 마을로 굴러 들어온 애송이가 그런 것을 알리라고는 기대할 수 없으리라 생각했다.

닉이 철창 사이로 메모장을 건넸다.

'저는 여기저기 떠돌아다니고 있지만 부랑자는 아닙니다. 오늘은 여기서 서쪽으로 10킬로미터 정도 떨어진 곳에서 리치 엘러튼이라는 사람을 위해 일했어요. 헛간을 청소하고 헛간 다락에 건초더미를 올려놓았지요. 지난주엔 오클라호마의 와츠에서 울타리 치는 일을 했고요. 저를 두들겨 팬 놈들이 제 일주일치 품삯을 훔

쳐 갔어요.'

"자네가 일해 줬다는 사람이 리치 엘러튼이 확실해? 자네도 알겠지만, 조사하면 다 나와."

베이커가 닉의 설명 글을 뜯어 지갑에 들어갈 만한 크기로 접어서 셔츠 주머니 속에 쑤셔 넣었다.

닉이 끄덕거렸다.

"자네 그 집 개 봤나?"

닉이 끄덕거렸다.

"어떤 종류였어?"

닉이 메모장을 달라고 손짓하더니 받아 적었다.

'큰 도베르만. 그렇지만 착해요. 사납지 않고.'

베이커는 고개를 끄덕거리고 돌아서서 다시 사무실로 갔다. 닉은 철창 앞에 서서 근심스럽게 지켜보았다. 잠시 후 베이커가 열쇠를 한데 묶은 큰 고리를 들고 돌아와 유치장 자물쇠를 풀고 문을 열어젖혔다.

"사무실로 가자. 아침 식사 생각나지?"

닉은 고개를 흔들고 뭔가를 따라 붓고 마시는 몸짓을 했다.

"커피? 그걸로 하지 그럼. 크림하고 설탕 넣어?"

닉이 고개를 흔들었다.

"남자답게 마신다 이건가, 응?"

베이커가 웃음을 터뜨렸다.

"이리로 와."

베이커가 복도를 걸어가기 시작했다. 그는 걸으면서 뭐라고 말했지만 등을 돌린 채였으므로 입을 볼 수 없는 닉은 알아들을 수가 없었다.

"내 사무실에 들어와 있어도 괜찮아. 난 불면증에 걸렸거든. 그거에 걸리니까 거의 매일 밤 서너 시간 이상 잘 수가 없어. 아내는 나더러 파인블러프에 있는 용하다는 의사를 찾아가 보라고 하더군. 불면증이 계속되면 정말 그래야 할지도 모르겠어. 내 말은, 그러니까 이걸 좀 보라는 거지. 여기 내 꼴을 좀 보라고. 새벽 5시야, 아직 동도 트기 전이지. 앉아서 계란에 기름진 감자튀김을 먹고 있는 꼬락서니라니…… 다 길가에 있는 기사 식당에서 시켜 온 거야."

그는 마지막 말을 하며 고개를 뒤로 돌렸고 닉이 그 모습을 포착했다.

'……기사 식당에서 시켜온 거야.'

닉은 눈썹을 추켜세우고 어깨를 으쓱거려 자신의 어리둥절한 심정을 나타냈다.

"별로 중요한 얘기는 아니었어. 자네같이 젊은 애송이한테는."

유치장 바깥의 사무실에서 베이커는 큼지막한 보온병에 든 블랙커피를 닉에게 따라 주었다. 반쯤 먹다 만 아침 식사 접시가 책상 받침판 위에 있었고, 보안관은 그것을 자기 앞으로 끌어당겼다. 닉이 커피를 조금씩 마셨다. 커피 때문에 입이 쓰렸지만, 맛은 좋았다.

닉은 베이커의 어깨를 가볍게 두드리더니, 베이커가 쳐다보자 커피를 가리켰다가 자기 배를 문지르고 부드럽게 윙크했다.

베이커가 슬며시 웃었다.

"커피가 맛있다고 말하는 게 자네 신상에 좋아. 내 아내 제인이

끓인 거거든."

그는 너무 익힌 계란 프라이 반쪽을 입 안에 집어넣고 씹다가 포크로 닉을 가리켰다.

"자네 아주 잘하는데. 꼭 팬터마임 하는 사람 같아. 자기 생각을 남한테 이해시키는 데 별 어려움이 없겠구먼, 그렇지?"

닉은 허공에다 손으로 시소가 위아래로 움직이는 모양을 만들었다. '어려울 때도 있고 쉬울 때도 있고 오락가락하지요.'

"나는 자네를 붙잡지는 않을 거야."

베이커가 구운 원더브래드 식빵 한 조각으로 입가의 기름기를 닦아 내며 말했다.

"하지만 이건 말해 두겠어. 만약 자네가 떠나지 않고 기다린다면, 어쩌면 우린 자네한테 이런 짓을 한 녀석들을 붙잡을 수도 있어. 기다려 볼 텐가?"

닉이 끄덕거리고 글을 적었다.

'제 일주일치 품삯도 되찾을 수 있을까요?'

"그럴 가능성은 없어."

베이커가 딱 잘라 말했다.

"나는 그저 시골 보안관이라고. 그런 걸 원한다면 오럴 로버츠 같은 부자 목사님한테 부탁해야지."

닉은 고개를 끄덕거리고 어깨를 으쓱했다. 양손을 모아, 새가 날아가 버리는 모양을 만들었다.

"그래, 그런 셈이야. 범인은 몇 명이었어?"

닉은 손가락 네 개를 펴려다가 어깨를 으쓱하고 다섯 개를 펴 들었다.

"그들 중 누구든 인상착의를 알려 줄 수 있겠어?"

닉은 손가락 하나를 펴 보인 다음 글을 적었다.

'몸집이 크고 금발머리. 보안관님 정도 체격, 어쩌면 좀 더 무거울지도. 회색 셔츠와 바지. 큰 반지를 끼고 있었어요. 오른손 세 번째 손가락에. 자주색 보석이 박혀 있고요. 그것에 제 얼굴을 긁혀 버린 겁니다.'

글을 읽는 베이커의 얼굴에 변화가 나타났다. 처음엔 걱정, 그다음엔 분노. 그 분노가 자신에게 향하는 것이라 생각한 닉은 다시금 두려워졌다.

"아, 이런 염병할. 너저분한 것들이 하나 가득 널렸구먼. 자네 확실히 본 거야?"

닉은 주춤대며 마지못해 고개를 끄덕였다.

"그 밖에 다른 건? 다른 거 또 본 거 있어?"

닉은 곰곰이 생각하고 나서 적었다.

'작은 상처. 이마에.'

베이커가 그 단어들을 내려다 보았다.

"그놈은 레이 부스야. 내 처남이지. 고마워, 애송이. 새벽 5시에 나의 하루는 벌써 엉망이 됐구먼."

닉의 눈이 약간 크게 벌어졌고, 그는 조심스럽게 미안하다는 몸짓을 했다.

"뭐, 괜찮아."

베이커가 말했다. 닉에게라기보는 그 자신에게.

"놈은 상습범이야. 제인도 알지. 어릴 적 함께 자랄 때 틈만 나면 제인을 때렸거든. 그렇더라도 누나와 남동생 관계인데, 이번 주는 나도 내 혈연관계를 잊고 일할 수 있겠구먼."

닉은 난처해서 고개를 숙였다. 잠시 후 베이커가 닉의 어깨를 흔들었고 닉은 그가 말하는 것을 보았다.

"거기 적어 놓은 것만으로는 아마 별 도움이 안 될 거야. 레이와 그놈의 쓰레기 친구들은 서로 입단속을 할 테니까. 자네 말이 그 녀석들 말과 어긋날 거라고. 뭔가 결정적인 증거 같은 거 갖고 있어?"

'이 레이라는 남자의 배를 걷어찼어요. 코에도 한 방 먹여 줬죠. 코가 깨졌을지도 몰라요.'

"레이는 빈스 호간, 빌리 워너, 마이크 칠드레스랑 어울려 다녀, 대개는. 빈스가 혼자 있을 때 가서 족치면 될 거야. 그 녀석은 죽어 가는 해파리처럼 물렁물렁한 성격이니까. 만약 녀석을 굴복시키면 마이크와 빌리도 찔러 볼 수가 있지. 레이는 그 반지를 루이지애나 주립대학 남학생 사교 클럽에서 얻었어. 2학년 때 제적당하고 말았지만서도."

베이커는 말을 멈추고 손가락으로 접시 가장자리를 두드렸다.

"한번 해 볼 만 하겠어, 애송이. 자네가 원한다면 말이야. 그렇지만 미리 일러두건대, 어쩌면 놈들을 잡아들이지 못할지도 몰라. 개떼처럼 악덕하고 비열하기는 하지만, 그놈들은 이 마을 사람들이고 자네는 그저 귀먹은 벙어리에다 떠돌이 신세니까. 그리고 만약 녀석들이 혐의를 벗으면, 자네를 뒤쫓아 올 수도 있고."

닉은 그 점을 생각해 보았다. 그의 마음속에는 피 흘리는 허수아비처럼, 이놈한테서 저놈한테로 떠밀려 다니던 자신의 모습이 계속 떠올랐고, 말을 쥐어짜던 레이의 입술도 계속 떠올랐다. '이 새끼 뭉개 버릴 거야. 씹새끼가 날 걷어찼다고.' 배낭의 아련한 느낌. 지난 2년간 떠도는 세월을 함께했던 정다운 친구는 그의 등에서 뜯겨 나가 버렸다.

메모장 위에 글을 적은 그는 두 단어에 밑줄을 그었다.

'시도해 보겠어요.'

베이커가 한숨을 내쉬고 고개를 끄덕였다.

"알았어. 빈스 호간은 제재소에서 근무하는데…… 정확한 건 아냐. 그 녀석이 주로 하는 일이라곤 제재소에서 뭉그적대는 거니까. 9시쯤에 같이 차를 타고 가자고, 자네가 괜찮다면. 아마 녀석이 소스라치게 놀라서 줄줄이 자백할지도 몰라."

닉이 끄덕거렸다.

"자네 입은 좀 어때? 솜즈 박사가 약을 좀 주고 갔어. 입에 난 상처 때문에 무척 고통스러울 거라고 그러던데."

닉이 애처롭게 끄덕거렸다.

"내가 약 가져다줄게. 그게……."

그가 갑자기 말을 멈췄고, 닉은 무성 영화의 세계에서 보안관이 손수건에다 몇 차례 재채기를 터뜨리는 것을 지켜보았다.

"그것은 또 다른 문제지."

그는 말을 계속했지만 이내 뒤돌아섰고 닉은 단지 첫 단어만을 알아들었다.

"내가 진짜 대단한 감기에 걸리려나 봐. 이런 제길, 인생 참 근사하지 않나? 아칸소 주에 온 걸 환영하네, 애송이."

그는 약을 들고 닉이 앉아 있는 곳으로 돌아왔다. 약과 물 한 잔을 건네주고 나서 베이커는 턱 밑을 부드럽게 문질렀다. 뻐근한 통증을 느낄 만큼 부어올라 있었다. 부어오른 편도선, 기침, 재채기, 미약한 열. 느낌이 왔다. 놀라운 하루가 모습을 드러내고 있었다.

제10장

그리 심하지 않은 숙취와 함께 잠에서 깬 래리는 아기 용이 날아와 그의 입을 변기 의자로 사용한 것 같은 입맛을 느꼈고, 자신이 오지 말아야 할 어딘가에 와 있는 듯한 기분이 들었다.

침대는 1인용이었지만 베개가 두 개 놓여 있었다. 베이컨 굽는 냄새가 풍겨 왔다. 일어나 앉아 창문으로 회색빛 뉴욕의 새 날을 내다보면서 처음 떠오른 생각은, 그들이 밤새 캘리포니아의 버클리에서 뭔가 끔찍한 짓을 저질렀다는 것이었다. 그 생각은 이내 흐려지고 거무스름해지면서 과거 속으로 사그라졌다. 그러자 어젯밤 기억이 돌아오기 시작했고, 래리는 자기가 보고 있는 곳이 뉴욕의 포드햄이지 버클리가 아님을 깨달았다. 그가 있는 곳은 뉴욕 브롱크스의 콩코스 거리에서 멀지 않은 트레몬트 대로의 아파트 2층이었는데, 어머니는 그가 지난밤 어디 있었는지 궁금해했을 것이다. 어머니에게 전화해 주었던가? 뭐든 핑계를 댔던가? 아무리 빤히 속 보이는 핑계일지라도?

다리를 돌려 침대에서 빠져나온 래리는 구겨진 윈스턴 담뱃갑 안에 간절한 담배 한 개비가 있는 것을 발견했다. 녹색 플라스틱 빅 라이터로 담배에 불을 붙였다. 썩은 말똥 맛이 났다. 부엌에서 계속 또 계속 들리는 베이컨 굽는 소리가 무전기 잡음 같았다.

그 여자 이름은 마리아였고, 자기가…… 뭐랬더라? 구강 위생사, 그거였던가? 래리는 그녀가 구강 위생에 관해 얼마나 많이 아는지는 잘 몰랐지만, 구강성교에 관한 한 굉장하다는 것은 잘 알았다. 자신이 퍼듀 닭다리 튀김처럼 게걸스럽게 먹히던 기억이 어렴풋이 떠올랐다. 거실에 있는 허접스러운 스테레오 오디오에서는 크로스비 스틸스 앤드 내시가 다리 밑으로 얼마나 많은 강물이 흘러갔는지, 그 와중에 우리가 허비한 시간은 얼마나 되는지 노래하고 있었다. 만약 그의 기억이 옳다면, 마리아는 그리 긴 시간을 허비하지 않았던 게 분명했다. 그녀는 그가 바로 유명한 래리 언더우드임을 알아채고 약간 전율을 느꼈다. 그날 저녁 축제 분위기 속의 어느 순간, 그들은 문을 연 음반 가게를 찾아 비틀거리며 돌아다니다 결국 「베이비, 당신의 남자를 믿나요?」 음반을 구입하는 데 성공하지 않았던가?

래리는 아주 조용히 끙끙거리며 어젯밤 일을 순진무구했던 시작부터 게걸스럽게 먹고 먹히던 광란의 최후까지 되짚어 보려 애썼다.

양키스 팀이 뉴욕에 없다는 사실이 기억났다. 잠에서 깨어 보니 어머니는 일하러 나가고 없었는데, 부엌 식탁에 양키스 팀 경기 일정표와 함께 쪽지가 있었다.

"래리야. 네가 보는 바대로 양키스는 7월 1일까지는 뉴욕에 돌아오지 않을 거야. 7월 4일에 더블헤더를 펼칠 거다. 만약 그날 별일이 없다면 네 엄마한테 야구장 구경을 시켜 주는 건 어떠냐. 맥주랑 핫도그로 한턱 낼게. 냉장고에 계란과 소시지가 있고 빵 상자에 스위트 롤빵이 있으니, 먹고 싶은 걸로 찾아 먹어라. 몸 좀 잘 챙겨라 이 녀석아."

전형적인 앨리스 언더우드 표 추신이 붙어 있었다.

"너랑 몰려다니던 애들은 이젠 거의 다 뿔뿔이 흩어졌다. 그놈의 깡패 자식들 깡그리 없어졌는데, 버디 마르크스는 아직 스트리커 대로에 있는 그 인쇄소에서 일하는 것 같더라."

단지 그 메모를 생각하는 것만으로도 움츠러들기에 충분했다. 래리의 이름 앞에 '소중한' 이란 말은 없다. 어머니의 서명 앞에 '사랑하는' 이란 말도 없다. 어머니는 겉치레 애정을 좋아하지 않았다. 진짜 애정은 냉장고 안에 있었다. 저번에 미국을 가로질러 운전하고 온 그가 곯아떨어져 있는 동안, 어머니는 밖에 나가 아들이 좋아했던 이 세상 온갖 잡다한 것들을 사들여 놓았다. 그녀의 기억력은 너무 완벽해서 무섭기조차 했다. 데이지 깡통 햄, 1킬로그램짜리 고급 버터(도대체 어떻게 그녀의 월급으로 이것을 구입할 수 있었을까?), 여섯 개들이 코카콜라 두 상자, 델리 소시지. 속에 뭐가 들어가는지 아들에게조차 알려 주길 거부했던 앨리스표 비법 소스에 재워 둔 불고기, 냉동실 안의 배스킨라빈스 피치 딜라이트 아이스크림 5리터. 여기에 사라리 치즈 케이크, 맨 위에 딸기를 얹은 것으로.

충동적으로 래리는 화장실로 들어갔는데, 단지 방광을 비울 목적에서만이 아니라 약품 보관함을 살펴보고 싶어서였다. 어릴 적 쓰던 모든 칫솔이 차례대로 매달려 왔던 낡은 칫솔꽂이에 새로 산 펩소덴트 칫솔이 매달려 있었다. 보관함 속에는 일회용 면도칼 한 갑, 바바솔 면도 크림 한 통, 심지어 올드 스파이스 스킨로션도 있었다. 너무 놀라지 말라고 어머니가 말했을 것만 같았고, 래리는 실제로 어머니의 목소리를 환청으로 듣기까지 했는데, 상당한 냄새가 났다. 돈 냄새가.

래리는 이 물건들을 바라보며 서 있다가, 새로 산 치약을 집어 손에 쥐었다. '소중한' 이란 말도 없었고, '사랑하는 엄마가' 라는 말도 없었다. 그저 새로 산 칫솔, 새로 산 치약, 새로 산 스킨로션 병이 있을 뿐. '때로 진정한 사랑이란 눈에 보이지 않을 뿐만 아니라 소리도 내지 않는 법이지.' 그는 이를 닦으며 이런 상황에 어울리는 노래는 없을까 하고 생각해 보았다.

구강 위생사가 분홍색 나일론 속치마만 빼고 아무것도 입지 않은 채 방으로 들어왔다.

"안녕, 래리."

그녀는 키가 작았고, 어설프게나마 얼마쯤 여배우 산드라 디를 연상시킬 만큼 예쁘장했고, 처지는 기색 없는 유방은 원기 왕성하게 래리를 향해 솟아 있었다. 그 옛날 농담이 뭐였더라? '자네 말이 맞네, 부관. 그녀는 38구경 권총 한 쌍을 가슴에 달고 있구먼. 정말 빵빵한 총이로다.' 하하, 우습군. 그는 산드라 디에게 산 채로 잡아먹히는 밤을 지내려고 캘리포니아에서 장장 5,000킬로미터를 달려왔던 것이다.

"안녕."

래리가 인사하며 일어섰다. 발가벗고 있었고, 옷은 침대 발치에 있었다. 그는 그것들을 챙겨 입기 시작했다.

"입을 만한 목욕 가운이 있는데 필요하면 말해. 아침은 훈제 청어랑 베이컨이야."

'훈제 청어랑 베이컨?' 래리의 위장이 오그라들어 똘똘 뭉치기 시작했다.

"아냐, 이쁜아, 나 서둘러 가 봐야 돼. 만날 사람이 있어."

"뭐야, 그렇게 꽁무니 뺄 것까진……"

"정말이야, 중요한 약속이거든."

"웃겨, 나도 중요오한 몸이야 이거 왜 이러셔!"

그녀의 목소리가 거칠어졌다. 래리는 머리가 쑤셔 댔다. 무슨 까닭인지 문득 만화 영화 「고인돌 가족」의 프레드 플린트스톤이 목청이 터지도록 "위이이일마아아!" 하고 소리치는 장면이 떠올랐다.

"역시 브롱크스 성격이 나오는구나."

"그게 무슨 뜻이야?"

그녀가 양손을 엉덩이 위에 짚자 움켜쥔 한쪽 주먹에서 기름기 묻은 주걱이 강철 꽃처럼 튀어나왔다. 유방이 매혹적으로 흔들렸지만 래리는 매혹되지 않았다. 그는 바지를 다리에 꿰고 단추를 채웠다.

"그러니까, 내가 브롱크스 출신이라 성질이 더럽다 이거야? 왜 브롱크스를 싫어하는 건데? 네가 뭔데 그래. 인종차별주의자 떨거지야?"

"아냐, 난 그런 생각 하지도 않아."

래리는 맨발로 그녀에게 다가섰다.

“내 말 들어 봐. 내가 만날 사람은 바로 우리 어머니야. 난 겨우 이틀 전에 뉴욕에 들어왔고 어젯밤엔 어머니한테 전화도 못 했어…… 내가 전화했던가?”

“아무한테도 전화 안 했어. 그래도 애타게 찾는 사람이 네 어머니라는 건 확실하다 싶네.”

그녀가 언짢은 듯 말했다. 래리는 침대로 돌아가서 구두에 발을 넣었다.

“그래, 정말이야. 우리 어머니는 케미컬 은행 빌딩에서 일하셔. 건물 미화원이야. 뭐, 요즘은 바닥 청소 감독관이라고 하더군.”

“네가 그 음반을 낸 래리 언더우드가 아니라는 것도 확실하다 싶고.”

“마음 내키는 대로 믿어. 난 빨리 가야 돼.”

그녀가 래리를 향해 눈을 번뜩였다.

“야 이 재수 없는 새끼야! 기껏 아침까지 차려 놨는데 나더러 어쩌라고?”

“창밖에 던져 버리시지?”

그녀는 화가 나서 소리를 지르며 래리를 향해 쇠 주걱을 집어 던졌다. 그의 인생에서 언제든 다른 날이었다면 주걱은 빗나갔을 것이다. 물리학의 최우선 법칙 중 한 가지는, 만약 성난 구강 위생사가 집어 던졌다면 주걱은 일직선 궤도로 날아가지 않을 거라는 법칙이다. 단지 이번은 예외였던지 주걱이 급변하고, 뒤집히고, 운이 맞아떨어져 래리의 이마에 정통으로 충돌하는 것으로 결론났다. 많이 다치지는 않았다. 래리는 허리를 굽혀 주걱을 집어 들다 작은 융단 위로 떨어진 피 두 방울을 보았다.
래리는 손에 주걱을 쥐고 두 걸음 앞으로 나섰다.
"우리 이쁜이 엉덩이 좀 맞아야겠구나!"
"어련하시겠어."
말하고 난 그녀는 쭈뼛거리다 돌아서서 엉엉 울기 시작했다.
"왜 안 그러겠어? 대스타잖아. 따먹고 내빼겠다 이거잖아. 나는 네가 좋은 남자라고 생각했는데. 좋은 남자는 개뿔."
눈물 몇 방울이 그녀의 뺨을 타고 흘러내려, 턱에서 떨어져 가슴 위에 툭 내려왔다. 거기에 정신이 팔린 래리는 눈물방울 하나가 오른쪽 유방의 경사면과 젖꼭지로 흘러내리는 것을 지켜보았다. 눈물방울이 돋보기 효과를 나타냈다. 털구멍이 보였고, 젖꼭지에 붙은 유륜의 안쪽 가장자리에서 한 가닥 검은 털이 싹튼 것도 보였다. '어이구 맙소사, 돌아 버리겠네.'
"나 정말 가 봐야 해."
래리의 하얀 재킷이 침대 발치에 있었다. 그는 재킷을 집어 어깨 위에 걸쳤다.
"네가 좋은 사람인 줄 알았어!"
거실로 나가는 래리의 뒤에서 그녀가 울부짖었다.
"좋은 사람이라고 생각했기 때문에 같이 잔 거였어!"
거실을 보니 신음 소리가 절로 나왔다. 그녀에게 먹혔던 장소로 어렴풋이 기억하는 소파 위에 적어도 스무 장이 넘는 「베이비, 당신의 남자를 믿나요?」 음반이 있었다. 먼지 쌓인 휴대용 스테레오 오디오의 턴테이블 위에도 세 장이 더 있었다. 멀리 떨어진 벽에는 「러브 스토리」의 주인공인 라이언 오닐과 알리 맥그로의 큼지막한 포스터가 걸려 있었다. 그 영화 속 대사를 빌리자면, 먹히는 것은 결코 미안하다고 말하는 것이 아니어요. '하하하. 맙소사, 나 정말 돌아 버리고 있나 봐.'

침실 문간에 서서 계속 울고 있는 그녀는 속치마만 입은 딱한 모습이었다. 정강이에 다리털을 면도하다 생긴 움푹 팬 상처가 보였다.

"저기 있잖아. 나중에 전화해 줘. 나 사실 화난 거 아니야."

그녀의 말에 래리는 "물론이지."라고 말했어야만 했고, 그것으로 사태는 끝을 맺었을 것이다. 그러나 래리는 자신의 입이 정신 나간 웃음소리와 함께 내뱉는 소리를 들었다.

"청어 타는 냄새가 나는데."

그녀는 래리를 향해 소리 지르며 거실을 가로질러 달려들다, 바닥에 떨어진 쿠션에 걸려 넘어져 큰대 자로 엎어졌다. 한쪽 팔이 반쯤 남은 우유병을 넘어뜨렸고 그 옆에 있던 빈 스카치위스키 병을 흔들거리게 했다. 래리는 생각했다. '헉, 간밤에 저것들을 섞어 마셨단 말이야?'

래리는 재빨리 밖으로 나가 요란하게 계단을 내려갔다. 아파트 출입문으로 이어진 마지막 여섯 단을 다 내려왔을 때, 그녀가 위층 복도에서 고함지르는 소리가 들렸다.

"이 나쁜 놈아! 이 나쁜……"

등 뒤로 출입문을 세게 닫자 뿌옇고 눅눅한 온기가 밀려와 봄의 나무냄새와 자동차 매연 향기를 날라다 주었다. 튀긴 기름과 퀴퀴한 담배 연기 냄새 뒤에 찾아온 향내였다. 래리는 간절히 원하던 담배를 아직도 물고 있었는데, 이제는 필터 있는 데까지 타 버렸다. 그는 꽁초를 도랑 속에 던져 버리고 상쾌한 공기를 깊이 들이마셨다. 그 광란의 사태에서 빠져나왔다니 놀라웠다. 이제 저희를 놀랍도록 정상적인 나날로 돌려놓으사 저희가……

뒤편 위쪽에서 덜컥거리는 쾅 소리와 함께 창문이 열리자 그는 그 다음에 무슨 일이 벌어질지 알았다.

"썩어 문드러져 버려라 이 새끼야!"

그녀가 아래를 보며 소리 질렀다. 완벽한 브롱크스 출신 욕쟁이 여편네.

"어디 지하철에라도 뛰어들던가! 너 같은 건 가수도 아냐! 밤일도 좆나게 허접스럽더라! 씹새끼야! 이걸로 확 엉덩이를 쑤셔 버릴까 보다! 네 엄마한테 이거나 갖다 드려, 씹새끼야!"

우유병이 2층 침실 창문에서 쏜살같이 떨어져 내렸다. 래리는 몸을 피했다. 우유병이 도랑 속에서 폭탄처럼 터지며 거리에 유리 파편들을 날렸다. 그다음엔 스카치위스키 병이 빙글빙글 돌며 내려오다 그의 발치에서 깨졌다. 그녀의 정체가 무엇이든 간에, 조준 실력 하나는 아주 무서웠다. 래리는 달아나며 한 팔로 머리를 감쌌다. 이놈의 광란 사태는 절대로 끝나지 않을 것만 같았다.

그의 뒤에서 팔팔한 브롱크스 억양으로 기세등등한, 최후의 길고 요란뻑적지근한 울부짖음이 들려왔다.

"엿이나 빨아, 이 치사한 개새끼야!"

래리는 길모퉁이를 돌아 육교 위에 올라서서 몸을 기대고는 거의 히스테리처럼 불안정한 상태로 웃어 대며, 육교 아래로 지나가는 사람들을 지켜보았다.

"좀 더 능숙하게 하지 그랬어?"

그는 자기가 큰소리로 말하고 있다는 사실을 전혀 눈치 채지 못했다.

"나 참, 더 능숙하게 해치울 수 있었잖아. 이게 무슨 추태람. 엉망으로 망쳐 버렸어, 나 참."

이윽고 혼자 큰 소리로 말하고 있다는 것을 깨닫자 또 한 번 웃음보가 터져 나왔다. 그러다 갑자기 뱃속이 어지럽고 핑핑 도는 메스꺼운 느낌이 들어 래리는 힘주어 눈을 감았다. 그의 머릿속에서 마조히즘을 관장하는 기억 회로가 열리자 웨인 스투키의 목소리가 들려왔다.

'너한텐 알루미늄 포일을 씹어 먹는 것처럼 기분 나쁜 느낌이 있어.'

그는 간밤에 만난 여자를 마치 남학생 기숙사에서 윤간당하고 난 다음 날 아침의 늙은 창녀처럼 대했다.

"좋은 남자는 개뿔."

'난 좋은 남자야. 좋은 남자라고.'

하지만 흥청망청 파티에 왔던 이들이 자신들을 쫓아내겠다는 그의 결정에 항의했을 때, 그는 경찰을 부르겠다고 협박했고 정말로 그럴 작정이었다. 안 그랬던가? 정말로 그랬다. 그럴 작정이었다. 거의 다 모르는 사람들이었고, 정말 그랬고, 만약 그들이 끝까지 지저분하게 굴었다면 기꺼이 상대해 주었을 것이다. 하지만 나서서 항의하던 네댓 명은 모두 예전 생활로 돌아갔다. 그리고 웨인 스투키, 그 개자식은 집행일을 맞은 교수형 재판관처럼 팔짱을 끼고 문가에 서 있었다.

샐 도리아는 파티를 떠나며 이렇게 말했다.

"래리, 너 성공했다고 이딴 식으로 변할 거면 차라리 쭉 날품팔이 연주나 하면서 사는 게 낫겠어."

래리는 눈을 뜨고 몸을 돌려 택시를 찾아보았다.

'아, 물론 격분한 친구의 횡설수설이었을 뿐이야. 만약 샐이 그렇게 대단한 친구였다면, 처음 봤을 때 아양을 떨어 댄 건 도대체 무슨 개지랄이었단 말이야? 나는 멍청한 놈이었고, 누구도 멍청한 남자가 현명해지는 것을 보고 싶어 하지 않아. 그게 바로 진짜 속사정이라고.'

'좋은 남자는 개뿔.'

그가 부루퉁하게 말했다.

"난 좋은 남자야. 좋은 남자가 하는 일이란 게 다 그렇지 뭐, 안 그래?"

래리는 손을 들어 이쪽으로 오는 택시를 세웠다. 택시는 잠시 주저하는 듯하다 커브 길에 멈춰 섰고, 래리는 이마에서 나던 피를 떠올렸다. 그는 운전사가 마음을 바꾸기 전에 얼른 뒷문을 열고 올라탔다.

"맨해튼. 파크 대로에 있는 케미컬 은행 빌딩요."

택시가 차량의 흐름 속으로 들어갔다.

"이마에 상처가 났네요, 손님."

"여자가 주걱을 던졌어요."

래리가 멍하니 대답했다.

택시 기사는 야릇하고 어색한 연민의 미소를 보내고 운전을 계속하며 그가 마음을 추스르도록 놔두었고, 래리는 어머니한테 지난밤 일을 어떻게 설명할지를 골똘히 생각했다.

제11장

래리는 현관 로비에서 피곤해 보이는 흑인 여자를 만나 앨리스 언더우드가 24층에서 재고 조사를 하고 있을 거라는 말을 들었다. 승강기를 잡아타고 올라가던 그는 함께 탄 사람들이 이마를 힐끔힐끔 훔쳐보고 있다는 것을 알아차렸다. 이마에 난 상처에선 더 이상 피가 나지 않았지만, 딱지가 보기 흉하게 굳어 버렸다.

24층은 온통 일본 카메라 회사의 임원실이 차지했다. 래리는 거의 20분 동안 복도를 오락가락하며 어머니를 찾아 헤매다 멍텅구리가 된 듯한 기분을 느꼈다. 임원 중엔 서양인도 많았지만 일본인도 상당수였기에 그는 마치 190센티미터짜리 멍텅구리가 된 듯한 기분이었다. 작달만한 남녀들이 아시아인 특유의 뚱한 표정으로 피딱지가 들러붙은 그의 이마를 올려다보고, 피 묻은 그의 재킷 소매를 쳐다보았다.

래리는 마침내 큼직한 양치식물 뒤에서 '관리 사무실'이라고 적힌 문을 발견했다. 문 손잡이를 돌려 보았다. 문이 열리자 그는 안쪽을 들여다보았다. 어머니가 있었다. 무늬 없는 회색 유니폼에 탄력 스타킹, 얇은 크레이프 고무 밑창이 달린 신발을 신은 차림이었다. 머리는 검은 망사 그물로 단정하게 묶여 있었다. 어머니는 그에게 등을 돌리고 있었다. 한 손에 서류판을 들고 높은 선반에 있는 분무기형 세정제가 몇 병인지 세는 중인 것 같았다.

래리는 강하게 치솟는 죄책감을 느끼고 그저 꼬리를 내리고 내빼고 싶었다. 어머니의 아파트에서 두 블록 떨어진 차고로 돌아가 Z에 올라타는 거다. 미리 낸 두 달치 주차비 따위 좆까라고 그래라. 그냥 차에 올라타고 토끼는 거다. 어디로? 아무 곳이나. 메인 주 바 하버. 플로리다 주 탬파. 유타 주 솔트레이크 시티. 어디든 좋다. 약봉지 듀이로부터 그리고 이 비누 냄새 나는 작은 방으로부터 지평선 너머로 편안하게 떨어질 수만 있다면. 형광등 때문인지 이마에 난 상처 때문인지는 모르지만, 두통이 좆같이 심해지고 있었다.

'우는소리 좀 작작해라 이 빌어먹을 계집애 같은 녀석아.'

"안녕, 엄마."

앨리스는 짐짓 놀랐으나 돌아보지는 않았다.

"그래, 래리구나. 변두리 길을 잘 찾아왔네."

"당연하지."

래리는 발을 질질 끌며 들어섰다.

"나 사과하고 싶어. 어젯밤에 엄마한테 전화를 했어야 하는데……."

"그래. 기특한 생각이구나."

"나 버디랑 같이 있었어. 우린…… 어…… 우린 밖으로 싸돌아다녔어. 뉴욕 시내를 말이야."

"나도 그럴 거라고 짐작했다. 싸돌아다니든가 할 거라고."

앨리스는 발로 작은 의자를 휙 끌어당기더니 그 위에 올라섰다. 그러곤 꼭대기 선반의 바닥 청소용 왁스 병들을 오른손 엄지와 검지 끝으로 하나하나 가볍게 건드리며 숫자를 세기 시작했다. 손을 뻗어 올리는 바람에 옷이 끌려 올라가, 갈색 스타킹 상단, 그물이 쳐진 넓적다리 위쪽의 하얀 살결이 보였다. 눈길을 돌리던 래리는 별안간 성경에 나오는 노아의 셋째 아들이 늙은 아버지가 술에 취해 침상 위에 발가벗고 누운 모습을 바라보았을 때 무슨 일이 생겼는지를 막연히 떠올려 보았다. '불쌍한 그 남자는 그 후로 나무 패고 물 긷는 자가 되어 인생 종 쳤지. 그와 그의 모든 자손이 다. 그게 바로 오늘날 우리가 인종 폭동을 겪는 이유란다, 아들아. 하나님을 찬양하자꾸나.'

"나한테 말할 게 있어서 왔다더니 그게 다냐?"

앨리스가 물으면서 처음으로 아들을 돌아다보았다.

"음, 내가 어디 있었는지 얘기하고 사과하려고 온 거야. 미리 알리는 걸 깜빡했더니 기분이 찜찜하더라고."

"그래, 그 찜찜한 기분을 계속 안고 있었구나, 래리. 네가 그러는 동안 내 기분은 어땠을 것 같니?"

래리는 얼굴을 붉혔다.

"엄마, 내 말 좀 들어……"

"피가 나잖아. 어디서 홀딱 쇼 무용수한테 총알 달린 끈 팬티로 맞기라도 했냐?"

다시 선반으로 몸을 돌린 앨리스는 꼭대기 선반의 모든 줄에 있는 병을 다 세고 나서 서류판에 표기했다.

"지난주에 누가 바닥 왁스 두 병을 훔쳐 갔네. 재주도 좋아라."

그녀가 투덜거렸다.

"나 미안하다고 말하려고 왔단 말이야!"

래리가 소리쳤다. 앨리스는 놀라서 움찔하지 않았지만, 그는 움찔했다. 약간.

"그래, 말했잖니. 어쨌든 빌어먹을 바닥 왁스가 계속 사라지면 조건 씨가 우리를 잡아먹으려 들 텐데."

"난 술집에서 싸움에 끼어들지도 않았고, 홀딱 쇼 술집에 있지도 않았어. 그런 식으로 다친 게 아니야. 이건 그저……."

래리가 말끝을 흐리자 앨리스가 돌아다보았다. 그녀의 눈썹이 그가 너무도 잘 기억하고 있는 비웃는 듯한 모습으로 둥그렇게 휘었다.

"뭐였는데?"

"그러니까……."

재빨리 그럴 듯한 거짓말을 생각해 낼 수가 없었다.

"그게. 어. 쇠 주걱이었어."

"누가 계란 프라이를 만들다 실수라도 한 거니? 버디랑 동네방네 싸돌아다니면서 아주 요란한 밤을 보냈나 보구나."

래리는 어머니가 자신을 훨씬 앞서 간다는 사실을, 예전부터 늘 그래 왔다는 사실을, 어쩌면 앞으로도 늘 그럴 것이라는 사실을 까맣게 잊고 있었다.

"여자가 그랬어, 엄마. 나한테 주걱을 던졌어."

"대단한 명사수였나 보지."

앨리스 언더우드가 말하고는 다시 몸을 돌렸다.

"지긋지긋한 콘수엘라 년이 또 물품 청구서를 어디다 감춰 놨네. 청구서랍시고 올려 봤자 별 도움도 안 되지. 당최 필요한 만큼 충분히 받지를 못하니 말이야. 하지만 넉넉하게 받는다 쳐도, 내 목숨이 물품 재고량 사수에 달렸다면 어떻게 해야 할지 속수무책일 거야."

"엄마, 나한테 화난 거지?"

앨리스는 갑자기 양손을 축 늘어뜨렸다. 어깨도 함께 처졌다.

"나한테 화내지 마. 안 그럴 거지, 그렇지? 응?"

래리는 돌아선 어머니의 눈 속에서 부자연스러운 반짝임을 보았다. 아니, 그는 그것이 아주 자연스럽다고 여겼다. 하지만 방 안의 형광등 때문에 생겨난 것은 확실히 아니었고, 그는 다시금 딱 잘라 말하는 구강 위생사의 목소리를 들었다. '좋은 남자는 개뿔.' 왜 성가시게 집에 돌아온 걸까. 어머니에게 이런 짓이나 하게 될 줄 알았다면…… 또 어머니가 뭐라 하든 전혀 신경 쓰지 않을 줄 알았다면.

"래리. 래리, 래리, 래리."

앨리스가 부드럽게 말했다. 한동안 래리는 어머니가 이제 아무 말도 안 할 거라고 생각했다. 상황이 그렇게 되도록 바라는 자신을 합리화시키기까지 했다.

"할 말이 그것뿐이냐? '나한테 화내지 마, 제발, 엄마, 화내지 마' 타령뿐이야? 나는 라디오에서 네 노래를 들으면, 노래는 마음에 안 들어도 노래를 부르는 사람이 바로 너란 사실이 자랑스럽단다. 사람들이 저 가수가 정말 내 아들이냐고 물으면 나는 '예, 제 아들 래리랍니다.' 하고 말해. 난 그 사람들한테 네가 항상 노래를 불렀다고 말해 준단다. 그리고 그건 거짓말이 아니야, 그렇지 않니?"

래리는 대답할 자신이 없어 애처롭게 고개만 끄덕였다.

"난 네가 중학교 때 어떻게 해서 도니 로버츠의 기타를 집어 들었는지, 또 도니는 2학년 때부터 기타 교습을 받았지만 단 30분 만에 네가 그 애보다 얼마나 능숙하게 기타를 쳤는지 사람들한테 얘기한단다. 넌 재능이 있어, 래리. 그건 누가 내게 말해 줄 필요조차 없었던 사실이야. 네게 말해 줄 필요가 없었던 건 너무 당연하고. 실은 너도 네 재능을 알았을 거야. 왜냐하면 기타는 네가 투덜댄 적이 한 번도 없는 유일한 대상이니까. 어쨌든, 그러다 너는 집을 떠나 버렸지. 그랬다고 내가 널 호되게 몰아붙이고 있는 것 같니? 아니야. 처녀 총각들은 원래 다 떠나는 법이야. 그게 세상 이치란다. 때때로 불쾌하긴 해도, 그것은 자연스러운 거야. 그러다 또 이렇게 돌아왔잖니. 누군가가 내게 네가 돌아온 이유를 말해 줘야 하나? 아니지. 네가 돌아온 이유는 음반이 성공해서도, 또 실패해서도 아니야. 네가 서쪽에서 무슨 곤경에 빠졌기 때문이지."

"난 결코 곤경에 빠지지 않았어!"

"아니, 넌 곤경에 빠진 거야. 내 눈엔 낌새가 보여. 나는 아주 오랫동안 네 어머니였잖니. 나한테 헛수작 부릴 생각은 마라, 래리. 곤경은 네가 고개를 두리번거려도 그것을 볼 수 없을 때 항상 염두에 두어야 하는 것이야. 가끔 나는 네가 길을 건너다 개똥을 밟았다고 생각한다. 개똥 밟은 얘기를 하다니, 하나님께서 용서해 주시겠지. 하나님은 그것이 사실이라는 걸 아시니까. 내가 화 난 것 같니? 아니야. 실망한 것 같아? 맞았어. 나는 네가 서부에 가서 변하기를 바랐단다. 그런데 하나도 변하지 않았더구나. 어른의 몸을 걸친 어린아이로 떠나갔다가 똑같은 상태로 돌아왔어, 머리 기른 것만 빼고. 내가 집에 돌아온 너를 보며 무슨 생각을 하는지 아니?"

래리는 어머니에게 무슨 말이든 하고 싶었지만, 떠오르는 것은 둘 다 열 받게 하려고 작정하고서야 할 수 있는 대사뿐이었다. '울지 마, 엄마, 응?'

"나는 네가 집에 돌아온 이유가 마땅히 갈 곳이 없어서였다고 생각한다. 너는 너를 받아들여 줄 다른 사람을 알지 못했어. 나는 누구에게도 너에 관해 험담 한마디 해 본 적이 없다, 래리. 심지어 내 동생한테까지도. 하지만 네가 나를 이런 말이 튀어나올 지경까지 몰아붙였으니, 내가 널 어떻게 생각하는지 확실히 말해 주마. 나는 네가 받기만 하는 사람이라고 생각한다. 너는 늘 그런 사람이었어. 마치 하나님이 내 뱃속에다 너를 만드실 때 너의 일부분을 깜빡 잊고 떼 놓으신 것 같아. 너는 나쁜 애는 아냐. 내 말은 그런 뜻이 아냐. 만일 네 속에 나쁜 기질이 들어 있었다면, 네 아버지가 돌아가시고 나서 우리가 살아야 했던 몇몇 동네에서 넌 일찌감치 비뚤어지고 말았을 거다. 하나님께 맹세코 정말이야. 내가 목격했던 너의 가장 나쁜 행동은 퀸스의 카스태어스 대로에 있는 집에 살 때 아래층 복도에다 저속한 단어로 낙서를 했던 일이야. 너 그거 기억나니?"

래리는 기억했다. 어머니는 그의 이마에 똑같은 단어를 써 놓고 함께 그 동네를 세 바퀴나 걷게 했다. 그 후로 그는 건물이나 담벼락 또는 현관 계단에 그 단어든 다른 어떤 단어든 한 번도 낙서를 하지 않았다.

"래리야, 가장 나쁜 점은 너한테 좋은 의도가 있다는 거다. 이따금 나는 네가 더 나쁘게 어긋났더라면 차라리 속이 편했지 싶단다. 하지만 실제로는, 너는 무엇이 잘못인지는 아는데 어떻게 고쳐야 하는지는 모르는 것 같더구나. 방법을 모르기는 나도 마찬가지고. 네가 어렸을 때 나는 내가 아는 모든 방법을 동원해 고쳐 보려고 애썼다. 그 저속한 단어를 네 이마에다 써 놓은 것, 그것도 내가 동원한 방법들 중 한 가지일 뿐이야…… 그때까지만 해도 난 필사적으로 매달렸단다. 안 그랬으면 그런 독한 짓을 절대로 못 했을 거야. 너는 떠다 먹여 줘야 하는, 받기만 하는 사람이다. 그게 전부야. 내가 있는 집으로 돌아온 것은 내가 너한테 뭔가 해 줘야 한다는 것을 네가 잘 알기 때문이겠지. 다른 모든 사람한테는 일절 아무것도 안 줘도 너한테만은 예외라는 것을 말이야."

"나, 딴 곳으로 거처를 옮길게."

래리는 내뱉는 모든 말이 메마른 붕대 뭉치인 양 껄끄러웠다.

"오늘 오후에."

그러고 나자 거처를 옮길 여력이 없을 것 같다는 생각이 들었다. 웨인이 그에게 다음 번 인세 수표를 보내 줄 때까지는. 또는 가장 굶주린 로스앤젤레스 사냥개들한테 빚잔치를 끝내고 나서 남는 돈이 생길 때까지는. 현찰로 나가는 비용을 따져 보면, 닷선 Z의 주차비가 있었고, 금요일까지는 보내 줘야 하는 꽤 큰 액수의 자동차 할부금이 있었다. 그 지역을 담당하는 친절한 자동차 압류원이 찾아오기를 바란다면 걱정할 게 없었으나, 래리는 그런 일이 벌어지길 바라진 않았다. 그리고 어젯밤의 환락, 버디와 그의 피앙세 그리고 그 피앙세의 친구인 구강 위생사와 함께 너무도 화기애애하게 시작했던 그 환락, "브롱크스 출신의 멋진 소녀야, 래리. 네 마음에 들 거야. 유머 감각이 대단하걸랑." 하며 위생사를 소개받았던 그 환락이 끝나고 나니, 가진 돈이 너무 적었다. 아니다. 정확히 따지면, 그는 밑바닥까지 완전 파산이었다. 그렇게 생각하고 보니 전전긍긍하지 않을 수 없었다. 만약 이대로 어머니의 집을 떠난다면, 당장 어디로 간단 말인가? 호텔? 싸구려 여인숙이 아니라면 어느 호텔의 문지기든 그의 꼬락서니를 비웃으며 썩 꺼지라고 말할 터였다. 좋은 옷을 입고 있어도 그들은 속지 않았다. 아무튼지 간에 그 개자식들은 잘 알았다. 그들은 빈 지갑의 냄새를 맡을 수 있었다.

"그냥 집에 있으렴. 난 네가 가지 않았으면 좋겠다, 래리. 특별한 음식을 사다 놨어. 어쩌면 네가 벌써 봤는지도 모르겠다만. 게다가 난 오늘 밤에 너랑 진 러미 카드 게임을 할 수 있을 거라 기대하고 있었는데."

"엄만 진 러미 잘 못 치잖아."

래리가 얇게 웃으며 말했다.

"점당 1센트씩 치면, 너 같은 어린애쯤은 눈물 쏙 빠지게 뭉개 줄 수 있어."

"뭐 내가 한 400점쯤 접어주면 그럭저럭……"

"잘 들어라, 어린애야. 아마 내가 너한테 400점 쯤 접어줘도 끄떡없을 거다. 떠나지 말고 그냥 있어라, 래리. 어쩔 테냐?"

"그러지 뭐."

그날 들어 처음으로 래리는 좋은, 정말로 좋은 기분을 느꼈다. 마음속 작은 목소리가 그에게 또다시 받기만 하고 있다고, 예전과 똑같은 래리라고, 공짜로 무임승차하려 든다고 속삭였지만, 귀담아듣기가 싫었다. 어쨌든 이분은 그의 어머니셨던 것이다. 그리고 어머니가 그에게 부탁하셨던 것이다. 부탁하는 과정에서 몇몇 아주 곤란한 것들을 말해 버린 것은 사실이었지만, 아무튼 부탁은 부탁인 것이다. 아닌가?

"엄마한테 해 주고 싶은 말이 있어. 7월 4일에 야구장 표 값 내가 내 줄게. 어차피 오늘 밤 카드 게임에서 홀라당 벗겨 먹을 테니까 그 돈으로 인심 한번 써 보지 뭐."

"매력적인 숙녀의 돈을 벗겨 먹기가 쉽진 않을걸."

앨리스는 상냥하게 말하고 다시 선반으로 몸을 돌렸다.

"복도를 따라 내려가면 남자 화장실이 있어. 가서 이마의 피를 좀 닦아. 그런 다음에 내 지갑에서 10달러 꺼내 영화라도 보러 가려무나. 서드 대로에 가면 아직도 좋은 영화관들이 있어. 단, 49번가와 브로드웨이 근처의 오물 처리장 같은 곳은 가지 마라."

"조만간 엄마한테 돈 좀 갖다 줄게. 내 노래가 이번 주《빌보드》차트 18위야. 오다가 샘 구디 음반 매장에서 확인해 봤어."

"그거 참 대단하구나. 그렇게 잘나가면 그냥 구경만 하지 말고 한 부 사 오지 그랬냐?"

래리는 갑자기 목에 사레가 든 것 같았다. 헛기침을 해 봤지만 가라앉지가 않았다.

"어휴, 됐다. 내 혀는 꼭 성질 사나운 말 같아. 한번 달리기 시작하면 녹초가 될 때까지 내리 달려야만 해. 너도 잘 알잖니. 15달러 가져가라, 래리. 대출받는 셈 치렴. 내가 보기에 그 돈은 나한테 다시 돌아올 것 같으니까."

"어련하시겠어요."

래리는 어머니에게 다가가 어린아이처럼 옷자락을 잡아당겼다. 어머니가 아래를 내려다보았다. 그는 발돋움해서 어머니의 뺨에 입을 맞췄다.

"사랑해요, 엄마."

앨리스는 깜짝 놀란 듯 보였는데, 키스 때문이 아니라 그가 말한 내용 또는 말하는 순간의 말투 때문이었다.

"그래, 나도 안다, 래리야."

그녀가 말했다.

"엄마가 한 말 있잖아. 곤경에 빠져 있다는 거. 내 처지가 그래, 조금은. 그렇지만 그게 말이야……."

"난 듣기 싫다."

앨리스의 목소리가 한순간 냉정하고 엄해졌다. 사실은 너무나 냉정해서 약간 섬뜩하기까지 했다.

"알았어. 그런데 엄마, 이 근처에서 제일 좋은 극장이 어디야?"

"룩스 트윈 극장이지. 헌데 거기서 무슨 영화를 하는지는 모르겠다."

"그게 뭐 대순가. 내가 무슨 생각 하는지 엄마는 알려나? 미국 어디에서든 얻을 수 있지만, 뉴욕 시에서만 훌륭하게 만끽할 수 있는 세 가지가 있는데 말이야."

"그래요, 뉴욕 타임스 평론가 선생님? 그게 뭐래요?"

"영화, 야구, 네딕스에서 파는 뉴욕의 명물 핫도그."

앨리스가 웃음을 터뜨렸다.

"넌 역시 재미없는 애가 아냐, 래리. 넌 한 번도 그런 적이 없었지."

그러고서 래리는 남자 화장실로 내려갔다. 그리고 이마에서 피를 닦아 냈다. 그리고 되돌아와서 어머니에게 또다시 키스했다. 그리고 어머니의 낡은 검은색 지갑에서 15달러를 챙겼다. 그리고 룩스 극장으로 영화를 보러 갔다. 그리고 프레디 크루거라는 이름의 미치광이 악질 망령이 수많은 청소년을 그들의 꿈이 얽힌 모래 지옥 속으로 빨아들여 여주인공 딱 한 명만 빼고 모조리 죽여 버리는 것을 지켜보았다. 프레디 크루거 또한 영화 결말에 가서 죽는 것처럼 보였지만, 확실히 단정 짓기는 힘들었다. 그리고 이 영화는 제목 뒤에 로마 숫자를 줄줄이 달고 나오는 시리즈인 데다 관객도 많이 드는 것 같았기에, 래리는 손가락 끝에 면도칼을 단 그 남자가 속편으로 다시 돌아올 것이라고 생각했다. 그러나 그의 뒷줄에서 끊임없이 흘러나오는 소리가 모든 것을 끝장내 버릴 신호인 줄은 미처 알지 못했다. 더 이상의 속편은 없을 것이었으며, 아주 가까운 시일 안에 아예 영화라는 것이 전혀 존재하지 않을 참이었다.

래리의 뒷줄에서 한 남자가 기침을 해 대고 있었다.

제12장

응접실의 맨 구석 자리에 할아버지 시계라고 불리는 대형 괘종 시계가 서 있었다. 프래니 골드스미스는 일생 동안 내내 시계가 반복적으로 내는 똑딱똑딱 소리를 들어 왔다. 집 안을 꽉 채운 시계 소리를 그녀는 결코 좋아하지 않았으며, 오늘 같은 날에는 그야말로 혐오스럽기까지 했다.

프래니가 제일 좋아하는 방은 아버지의 작업실이었다. 작업실은 집과 헛간을 잇는 창고 안에 있었다. 오래된 부엌 난로 뒤에 거의 숨어 있다시피 한, 높이가 1미터 50센티미터 될까 말까 한 작은 문을 통해 들어가야 했다. 그 문은 출입구로 쓰기에 딱이었다. 작고 거의 숨어 있는 거나 마찬가지여서, 요정 이야기나 환상 소설 속에서 마주칠 법한 문처럼 아주 멋졌다. 나이가 들고 키가 커 갈수록 프래니는 아버지가 했던 것과 똑같이 머리를 수그리고 문을 지나야만 했고, 어머니는 어쩔 수 없는 경우가 아니면 아예 작업실로 가질 않았다. 그 문은 『이상한 나라의 앨리스』에 나오는 문이었으며, 아버지에게조차도 비밀로 했던 잠깐 동안의 상상 놀이에서는 언젠가 피터 골드스미스의 작업실로 영영 이어지지 않을 문이었다. 대신에 그녀는 어찌 된 영문인지 앨리스의 이상한 나라에서 『반지의 제왕』에 나오는 난쟁이 호빗 마을로 이어지는 지하 통로를 발견할 터였다. 그 통로는 한 번이라도 부딪치면 머리에 제대로 된 충격을 선사해 줄 억센 나무뿌리가 얽혀 있는 둥그스름한 흙벽과 흙 천장으로 된, 낮지만 그럭저럭 아늑한 터널이었다. 축축한 흙과 습기와 역겨운 벌레들과 길쭉한 애벌레 냄새가 나는 터널이 아니라 향긋한 계수나무 껍질과 사과 파이 굽는 냄새가 나는 터널, 호빗 마을의 유명 인사인 빌보 배긴스 씨가 111살 생일 파티를 열고 있는 그의 집 백엔드의 식품 저장실 앞까지 다다르는 터널이었으며……

그러나 이 아늑한 터널이 그곳에 진짜로 존재한 적은 한 번도 없었다. 하지만 이 집에서 성장한 프래니 골드스미스에게는 작업실(이따금 아버지는 "연장 공장"으로, 어머니는 "네 아빠가 맥주 마시러 가는 그 더러운 곳"으로 불렀던 그곳)만으로도 충분했다. 이상한 연장들과 괴상한 장치들. 서랍이 1,000개나 달린 거대한 보관함, 서랍마다 물건이 한가득. 못, 나사, 드릴, 사포(사포는 종류가 세 가지였다. 거친 것, 더 거친 것, 제일 거친 것), 대패, 수평계 그리고 당시엔 이름을 몰랐고 아직도 이름을 알지 못하는 온갖 물건들. 전깃줄에 매달린 거미줄투성이 40와트짜리 알전구와 아버지가 작업하는 자리에 항상 초점이 맞춰져 있던 텐서 램프의 밝고 동그란 불빛이 없으면 작업실 내부는 어두웠다. 먼지와 기름과 파이프 담배 연기 냄새가 배어 있었는데, 이제 보니 한 가지 규칙이 있는 것 같았다. 모든 아버지는 연기를 피운다. 파이프, 시가, 담배, 대마초, 해시시, 상추 이파리, 아무튼 뭐든지. 왜냐하면 연기 냄새는 그녀의 어린 시절에 없어서는 안 될 요소인 것 같았기 때문이다.

"그 렌치 좀 건네주렴, 프래니. 아니, 작은 걸로. 오늘은 학교에서 뭐 했니……? 그 애가 그랬어……? 흠, 루시 시어스가 너를 밀친 이유가 뭘까……? 그래, 거 참 흉하구나. 아주 흉하게 긁힌 상처야. 그렇지만 네 옷 색깔이랑 잘 어울리는데. 안 그래? 그러니까 루시 시어스를 발견하면 그 애가 너를 또 밀쳐서 나머지 다리도 긁히도록 해라. 그럼 긁힌 상처가 한 쌍이 될 테니까. 저 커다란 십자드라이버 좀 집어 줄래……? 아니, 노란 손잡이 달린 것으로."

"프래니 골드스미스! 너 당장 그 불결한 곳에서 나와 학교 갈 때 입는 옷 벗어 둬! 지금 당장! 옷 더러워질라!"

스물한 살이 된 지금도 프래니는 머리를 숙이고 출입문을 지나 아버지의 작업 탁자와 겨울 내내 은은한 열기를 뿜어 주던 오래된 벤 프랭클린 난로 사이에 서서, 이 집에서 성장하던 아주 어린 프래니 골드스미스가 된 것 같은 감정을 얼마쯤은 느낄 수 있었다. 그것은 환상으로 점철된 감정이자 거의 매번 잘 떠올리지 못하는 프레드 오빠를 향한 슬픔과 뒤섞인 것이었는데, 오빠의 성장 과정에 대한 기억은 들쭉날쭉 떠오르다 끝내는 막혀 버리고 말았다. 프래니는 작업실에 서서 구석구석 스며든 기름 냄새와 절대 빼놓을 수 없는 아버지의 파이프 연기 냄새를 어렴풋이 맡을 수 있었다. 아주 어리다는 것, 이상하리만치 아주 어리다는 것이 어떤 느낌이었는지는 좀처럼 기억할 수 없었지만, 그곳에 서면 때때로 기억해 낼 수가 있었고, 기쁨을 느낄 수 있었다.

그러나 지금은 응접실에 있다.

응접실에.

만약 작업실이 아버지의 파이프에서 나온 환상의 냄새(프래니가 귀앓이를 할 때면 아버지는 이따금 귀에 부드럽게 파이프 연기를 훅 불어 주었다. 물론 그 사실을 알면 길길이 날뛸 게 분명한 어머니한테 말하지 않겠다는 약속을 받아 낸 후에.)가 상징하는 어린 시절의 자양분이었다고 치면, 응접실은 어린 시절에서 잊어버리고 싶었던 최악의 기억이었다. 말해야 할 때를 가려서 말해라! 그거 고치느니 아예 부숴 버리는 게 속 편하겠다! 퍼뜩 위층에 올라가서 옷 갈아입어, 그 옷이 너한테 안 어울린다는 것도 모르니? 넌 정말이지 아예 생각이 없는 애냐? 프래니, 자꾸 옷 조몰락거리지 마라, 사람들이 너한테 벼룩 있는 줄 알겠다. 앤드루 숙부와 칼린 숙모가 어떻게 생각하겠니? 너 때문에 창피해서 죽는 줄 알았다! 응접실은 말문이 막히고 마는 장소였고, 응접실은 몸이 가려워도 긁을 수 없는 장소였다. 응접실은 독재적인 명령이 난무하고, 지루한 대화도 참고 들어야 하고, 친척들이 볼을 꼬집고, 좀이 쑤셔 가만히 있질 못하겠고, 재채기가 나와도 재채기를 할 수 없고, 기침이 나와도 기침을 할 수 없고, 그리고 무엇보다도 하품이 나와도 절대로 하품을 하면 안 되는 곳이었다.

어머니의 영혼이 거주하는 이 방의 중심에 할아버지 시계가 있었다. 1889년 카를라의 할아버지인 토비아스 다운스가 만든 그 시계는 만들어지자마자 집안의 가보로 지위가 올라갔고, 오랜 세월 동안 거처를 옮겨 가며 군림해 왔다. 다른 지방으로 이사를 할 때면 조심스럽게 포장해서 보험에 들었고(그 시계는 맨 처음에 뉴욕주 버펄로에 있는 토비아스의 작업실에서 모습을 드러냈는데, 그 장소가 어느 모로 보나 피터의 작업실만큼이나 연기 자욱하고 불결했을 것은 의심할 여지가 없었다. 하지만 그런 비판을 카를라는 완전한 헛소리로 여길 것이다.), 때때로 암, 심장마비 또는 사고가 나무처럼 무성한 가문의 자손들을 괴롭히면 시계는 가문의 또 다른 집으로 거처를 옮겼다. 그 시계는 피터와 카를라 골드스미스 부부가 36년 전쯤에 이 집으로 이사한 이래로 줄곧 이 응접실에 있었다. 이곳에 자리를 잡았고 이곳에 머물렀으며, 똑딱똑딱하며, 메마른 시대 속에서 시간의 조각들을 구분 지어 주었다. 언젠가는 그 시계가 프래니의 것이 될 것이고, 그녀가 원한다면 그렇게 될 터인데, 그녀는 그런 날이 온다면 하얗게 질려 충격에 휩싸인 어머니의 얼굴을 들여다보리라 추측해 보았다. '나는 저 시계를 갖고 싶지 않아요! 갖고 싶지 않고 갖지도 않을 거예요!'

응접실에는 유리로 만든 종들 아래 말라 버린 꽃 무더기가 있었다. 이 방에는 거무스름한 분홍색 장미를 수놓은 홍회색 카펫도 있었다. 1번 고속도로 쪽으로 난 언덕과 함께 도로와 땅 사이의 커다란 쥐똥나무 울타리를 내려다보는 우아한 내닫이창도 있었다. 길모퉁이에 엑손 주유소가 들어서자마자 울타리를 심어 줄 때까지 카를라는 남편을 완강하고 맹렬하게 들들 볶아 댔다. 일단 울타리가 생기고 나니 더 빠르게 자라나게 해 달라고 남편을 들들 볶아 댔다. 프래니가 보기에 만일 울타리가 빨리 자랄 수만 있다면 어머니는 방사성 화학 비료일지라도 받아들일 성싶었다. 쥐똥나무를 놓고 불쾌할 정도로 긁어 댄 어머니의 바가지는 울타리가 점점 커 가면서 줄어들었다. 프래니는 그 바가지가 한 2년쯤 후에는 완전히 없어질 것으로 추측했는데, 그때가 되면 울타리가 마침내 눈에 거슬리는 주유소를 완벽하게 감추어 줄 정도로 크게 자라나, 응접실이 다시 오염되지 않은 상태로 돌아갈 터였다.

쥐똥나무 타령은 들리지 않을 것이다, 어쨌든 간에.

벽지에 인쇄된 것은 카펫 속 장미와 거의 같은 색조의 분홍색 꽃과 커다란 녹색 잎사귀들이었다. 미국 초기 양식의 가구와 짙은 마호가니 색깔의 양쪽 여닫이문. 영원불변토록 그을음 한 점 없이 깨끗할 빨간 벽돌 아궁이의 바닥돌 위에 영원불변토록 자작나무 장작이 놓여 있을 그저 장식용일 뿐인 벽난로. 프래니는 지금쯤이면 그 장작이 너무 메말라서 불이 붙으면 신문 쪼가리처럼 훨훨 타오를 것으로 생각했다. 장작 위에는 어린애가 들어가 목욕할 만큼 큰 솥단지가 있었다. 프래니의 증조할머니로부터 전해 내려온 것이었고, 영원불변의 장작 위에 영원토록 걸려 있었다. 벽난로 장식 선반 위에서 이곳의 미관을 완성하고 있는 것은 영원불변의 골동품 부싯돌 총이었다.

메마른 시대 속 시간의 조각들.

프래니의 가장 어린 시절 기억 중 한 가지는 거무스름한 분홍색 장미를 수놓은 홍회색 카펫 위에 오줌을 눈 것이었다. 꽤 오랫동안 대소변을 못 가리던 세 살 무렵인 것 같았고, 아마도 사고 칠 위험 때문에 특별한 경우를 빼고는 응접실에 출입하지 못했던 것 같았다. 그러나 어쩐 일인지 프래니는 안에 들어와 버렸고, 그녀의 어머니가 그냥 달려오는 정도가 아니라 전력 질주를 감행하여, 생각지도 못한 일이 벌어져 생각지도 못한 일을 초래하기 전에 그녀를 잡아채려 드는 모습이 보였다. 오줌보는 결국 터졌고, 그녀의 아래쪽 둘레로 홍회색 깔개가 더욱 짙은 회색으로 변하며 얼룩이 넓게 퍼져 나가 어머니로 하여금 정말로 공포의 비명을 지르게 했다. 얼룩은 없어졌지만, 얼마나 여러 번 끈기 있게 세탁한 결과였던 것일까? '주님은 아시겠지.' 프래니 골드스미스는 몰랐다.

프래니와 노먼 버스타인이 헛간에서 한쪽 건초 더미 위에 그들의 옷을 사이좋게 한데 쌓아 올리고 서로의 몸을 조사하던 모습을 어머니가 발견하고 난 후에, 어머니가 그녀에게 험악하게, 적나라하게, 그리고 장황하게 이야기하던 장소는 응접실이었다. 네 기분이 어떻겠냐고 카를라가 물었을 때, 할아버지 시계는 메마른 시대 속에서 시간의 조각들을 엄숙하게 똑딱똑딱 알려 주고 있었다.

"내가 너한테 옷을 하나도 안 입힌 채 1번 도로 여기저기로 산책을 데리고 나간다면 좋겠니? 기분이 좋겠어?"

당시 여섯 살이던 프래니는 울고 말았지만, 어쨌든 잔인한 기대치를 충족시키려던 광적인 히스테리를 가까스로 피해 갔다.

열 살 적에는 자전거를 타다 어깨 뒤로 돌아보며 조젯 맥과이어한테 뭐라고 소리치다가 우편함 기둥에 부딪히기도 했다. 머리가 찢어지고, 코가 피투성이가 되고, 양쪽 무릎이 까지고, 충격을 받아 한순간 실제로 정신을 잃기까지 했다. 정신을 차리고 집 앞 찻길을 비틀거리며 걷던 프래니는 자기한테서 그토록 많은 피가 흘러나오는 모습을 보고는 펑펑 울며 공포에 떨었다. 평소대로라면 아버지한테로 갔을 테지만, 아버지는 일을 나가고 없었기에 어머니가 베너 부인과 프린 부인에게 차를 대접하고 있던 응접실로 비틀대며 들어섰다.

"썩 나가!"

어머니가 소리를 지르더니, 다음 순간 프래니에게 달려와 껴안고 부르짖었다.

"오 프래니, 오 우리 아기, 무슨 일이니, 오 이런 코 좀 봐!"

그런데 딸아이를 위로하는 순간에도 어머니는 프래니를 부엌으로 끌고 가 안전한 부엌 바닥에다 피를 흘리도록 했다. 그리고 프래니는 그날 어머니의 입에서 나온 첫마디 말이 "오 프래니!"가 아니라 "썩 나가!"였다는 사실을 결코 잊지 못했다. 어머니의 최우선 관심사는 응접실이라서, 그곳에선 메마른 시대가 계속 또 계속되어야 했고, 피는 용납되지 않았다. 아마 프린 부인도 역시 결코 못 잊었을 듯싶은데, 눈물이 흐르는 와중에도 프래니는 그 여자가 충격을 받아 몹시 얻어맞은 듯한 표정을 짓는 것을 목격했기 때문이다. 그날 이후로 프린 부인은 거의 찾아오지 않는 손님이 되었다.

중학교 1학년 때 프래니는 성적표에 품행이 불량하다는 평가를 받았고, 당연히 어머니와 이 평가를 논의하려고 응접실로 초대받았다. 고등학교 졸업반 때에는 쪽지를 돌리다 걸려서 방과 후 학교에서 반성하는 벌을 세 번 받았는데, 이 역시 어머니와 함께 응접실에서 논의하였다. 그들이 프래니의 포부에 관해 이야기하다가 항상 하찮고 얕은 생각인 것으로 결론 내렸던 곳은 응접실이었다. 그들이 프래니의 소망에 관해 논의하다가 항상 하찮고 가치 없는 생각인 것으로 결론 내렸던 곳은 응접실이었다. 그들이 프래니의 불만을 논의하다가 항상 지나치게 부당한 생각인 것으로, 떼 쓰고 칭얼대고 배은망덕하기까지 한 생각인 것으로 결론 내렸던 곳도 응접실이었다.

오빠의 관이 장미, 국화, 은방울꽃으로 장식한 받침대 위에 놓이고, 꽃들의 메마른 향내가 실내를 가득 채우는 동안 구석에 있는 무표정한 시계가 계속 제자리를 지키며, 메마른 시대 속 시간의 조각들을 똑딱거리던 곳도 응접실이었다.

"임신했단 말이지."

카를라 골드스미스가 두 번째로 되뇌었다.

"예, 어머니."

프래니의 목소리는 아주 메말랐지만, 입술을 적실 엄두를 못 낼 처지였다. 대신에 입술을 굳게 다물고 생각했다. '아버지의 작업실에는 빨간 옷을 입은 어린 소녀가 있어, 늘 그곳에 있지. 웃으며 한쪽 끝에 바이스가 물려 있는 탁자 밑에 숨거나 서랍이 1,000개나 달린 커다란 공구 보관함 뒤에서 상처 딱지가 앉은 무릎을 가슴에 끌어당긴 채 몸을 웅크리고 있을 거야. 그 소녀는 아주 행복한 소녀. 하지만 어머니의 응접실에는 나쁜 개처럼 바닥 깔개에다 쉬를 갈겨 대는 더욱 작은 소녀가 있어. 나쁜 작은 암캉아지처럼 말이야. 그리고 그 아이도 역시 늘 그곳에 있을 거야. 내가 아무리 그 애가 가 버렸으면 하고 간절히 원한다 해도.'

"오 프래니."

어머니의 말은 몹시도 신속하게 튀어나왔다. 그녀는 감정 상한 노처녀 아주머니처럼 한 손을 뺨에 갖다 댔다.

"어떻게 된 일이지?"

제시가 했던 질문이었다. 프래니를 정말로 짜증 나게 하는 질문이었다. 그가 전에 물었던 것과 똑같은 질문이었으니까.

"어머니도 아이 둘을 가져 보셨잖아요. 제 생각엔 어떻게 하면 그런 일이 생기는지 아실 것 같은데요."

"건방 떨지 마!"

카를라가 부르짖었다. 크게 벌어진 눈에서 어릴 적 프래니를 늘 겁에 질리게 했던 뜨거운 불길이 번뜩였다. 카를라는 그녀 특유의 신속한 몸짓으로 일어섰다.(그 몸짓 또한 어릴 적 프래니를 겁에 질리게 했다.) 카를라는 보통 미용실에서 매만지는 희끗한 머리를 멋들어지게 빗어 올려 뒤로 넘긴 키 큰 여자였으며, 단정한 녹색 드레스에 흠집 없는 베이지색 스타킹 차림을 한 키 큰 여자였다. 그녀는 고뇌의 순간에 늘 찾아가는 벽난로 선반으로 걸어갔다. 그곳에 놓여 있는 것은, 부싯돌 총 밑에 있는 것은 커다란 스크랩북이었다. 카를라는 상당한 아마추어 족보 연구가였고, 그녀의 가문 전체가 그 책 속에 있었다…… 적어도 1638년까지는. 먼 옛날의 교회 기록에 남아 있는 무명의 런던 출신 이민자들 가운데 추적 가능한 가장 초기의 조상이 비밀 결사 프리메이슨의 머튼 다운스라는 이름으로 튀어나온 연도였다. 카를라의 족보는 기록 편찬자로 그녀의 이름을 올리고 4년 전 《뉴잉글랜드 족보 연구가》에 실렸다.

이제 카를라는 공들여 모아 놓은 이름들로 가득 찬 그 책을, 어느 누구도 침범할 수 없는 안전한 땅인 그 책을 만지작거렸다. 책에 실린 이름들 중에 도둑이 포함돼 있지는 않았을까? 프래니는 궁금했다. 알콜 중독자는 없었을까? 미혼모는 없었을까?

"어떻게 네 아버지와 내게 이런 짓을 할 수 있지?"

그녀가 마침내 물었다.

"제시라는 애랑 벌인 짓이냐?"

"제시예요. 제시가 애 아버지예요."

카를라는 이 말에 움찔했다. 그러곤 되뇌었다.

"네가 어떻게 그런 짓을 할 수 있는 거냐? 우리는 너를 올바르게 가르치려고 온 힘을 다했다. 그런데, 그런데……."

그녀는 얼굴을 손으로 감싸고 울기 시작했다.

"네가 어떻게 그런 짓을 할 수 있는 거냐고? 너를 위해 온 힘을 다하고 나서, 이게 우리가 받아야 하는 감사의 표시란 말이냐? 돌봐 줬더니 밖으로 나가서…… 그래서…… 발정 난 암캐처럼 사내자식이랑 뒹굴어? 나쁜 년! 이 나쁜 년아!"

카를라는 하염없이 흐느끼며, 벽난로 선반에 기대어 한 손으로 눈을 감싸고, 나머지 한 손으로는 스크랩북의 녹색 헝겊 표지를 계속 이리저리 더듬거렸다. 그러는 동안 할아버지의 괘종시계는 계속 똑딱거렸다.

"어머니……"

"나한테 말 걸지 마! 할 말은 벌써 다 했잖아!"

프래니가 쭈뼛쭈뼛 일어섰다. 다리가 나무토막처럼 느껴졌는데, 꼭 그렇지만도 않은 것은, 후들후들 떨고 있었기 때문이다. 눈에서 눈물이 새 나오기 시작했지만 그대로 놔두었다. 프래니는 이 방이 또다시 자신을 패배시키도록 놔두지 않을 작정이었다.

"저 이만 가 볼게요."

"넌 우리 집 식탁에서 밥을 먹었어!"

카를라가 갑자기 딸을 향해 울부짖었다.

"우리는 너를 사랑했어…… 그리고 너를 먹여 살렸어…… 그런데 이게 그 대가란 말이야! 이 나쁜 년! 나쁜 년!"

눈물로 앞이 안 보이던 프래니는 발이 걸려 비틀거렸다. 오른발이 왼쪽 발목에 부딪혔다. 균형을 잃고 양손을 허우적대다 엎어졌다. 옆머리가 커피 탁자에 부딪혔고 손에 걸린 꽃병이 바닥 깔개로 떨어졌다. 꽃병은 깨지지 않았지만, 물이 콸콸 흘러나와 홍회색 깔개를 짙은 회색으로 물들였다.

"잘하는 짓이다!"

카를라가 의기양양하여 소리쳤다. 눈물이 그녀의 눈 밑으로 검은 계곡을 팠고 화장한 얼굴 표면에 길을 냈다. 그녀는 수척해 보였고 반쯤 미쳐 보였다.

"잘하는 짓이다. 깔개까지 망쳐 놨구나. 할머니가 물려주신 깔개를……."

프래니는 바닥에 주저앉아 멍하니 머리를 문지르고 여전히 울먹이며, 바닥에 흘린 것은 그저 물일 뿐이라고 어머니한테 말하고 싶었다. 하지만 이제 완전히 기진맥진하여 어느 것도 분명히 확신하지 못했다. 그게 그저 물이었나? 아니면 오줌이었나? 뭐였지?

카를라 골드스미스는 다시금 소름 끼칠 듯한 신속한 동작으로 꽃병을 낚아채 프래니를 향해 휘둘러 댔다.

"다음 행보는 뭐지, 아가씨? 여기 계속 머무를 생각이야? 온 동네를 쓰잘 데 없이 놀러 다니는 동안 우리가 널 먹여 주고 재워 줄 거라고 기대하는 거야? 내가 보기엔 바로 그게 문제야. 안 되지! 안 돼! 난 그렇겐 못 해. 난 그렇겐 못 한다고!"

"전 여기 있고 싶지 않아요. 제가 집에 머무를 거라고 생각하셨어요?"

"어디로 갈 작정인데? 그 놈팡이랑 함께? 과연 그럴지 미심쩍은데."

"도체스터의 보비 렌거튼이나 서머스워스의 데비 스미스한테 갈까 생각해요."

프래니는 기운을 내어 천천히 일어났다. 여전히 울고 있었지만, 동시에 차츰 흥분하기 시작했다.

"그건 엄마 아빠가 상관할 일이 아니에요."

"내가 상관할 일이 아냐?"

카를라가 여전히 꽃병을 든 채로 딸의 말을 되풀이했다. 얼굴이 양피지처럼 하얗게 질렸다.

"내가 상관할 일이 아니라고? 내 지붕 밑에 살면서 네가 무슨 짓을 하든 내가 상관할 일이 아니라고? 이 은혜도 모르는 뻔뻔한 년아!"

그녀가 프래니를 때렸다. 세게 때렸다. 프래니의 고개가 뒤로 젖혀졌다. 머리를 문지르다 말고 뺨을 문지르기 시작한 그녀는 믿을 수 없다는 듯 어머니를 바라보았다.

"기껏 좋은 학교에 들어가는가 싶더니만 이런 식으로 감사의 표시를 하는구나."

카를라가 냉혹하고 오싹한 미소 아래 하얀 이를 드러내 보이며 말했다.

"졸업은 다 한 줄 알아라. 그 놈팡이랑 결혼하고 나면……"

"전 개랑 결혼 안 할 거예요. 그리고 학교를 그만두지도 않을 거고요."

카를라의 눈이 휘둥그레졌다. 정신 나갔다는 듯 프래니를 뚫어지게 쳐다보았다.

"무슨 말을 하는 거니? 낙태? 낙태를 하겠다고? 걸레가 된 것도 모자라 살인자까지 되고 싶다는 거냐?"

"아이를 낳을 거예요. 봄 학기는 포기해야겠지만, 그 다음 학기는 무사히 끝마칠 수 있어요."

"학비는 어떻게 마련할 생각이니? 내 돈으로? 그런 거면 생각을 고쳐먹는 게 좋을 거다. 너 같은 현대 여성은 부모의 도움이 조금도 필요 없잖니, 그렇지?"

"제가 얻을 수 있는 도움이라면요. 그 돈을…… 그러니까, 제가 어려운 사정을 견딜 수 있을 만큼만."

프래니가 조용히 말했다.

"넌 조금도 부끄러운 줄을 모르는구나! 자기만 빼고 다른 사람 생각은 손톱만큼도 안 해!"

카를라가 소리 질렀다.

"아아 하나님, 네 아버지랑 나한테 이게 다 무슨 일이라니! 그런데도 너는 하나도 걱정하지 않다니! 네 아버진 몹시 마음 아파하실 거다. 그리고……"

"그리 대단하게 아프진 않아."

피터 골드스미스의 차분한 음성이 문간에서 흘러나오자 두 사람 모두 돌아다보았다. 그는 문간에 들어서긴 했지만 멀찍이 서 있었다. 그의 장화 발부리는 응접실 카펫이 복도의 더 허름한 카펫과 갈리는 문턱의 공간에 멈춰 있었다. 프래니는 그곳이 전에도 여러 차례 아버지가 서 있는 것을 보았던 장소임을 불현듯 깨달았다. 아버지가 마지막으로 응접실 안에 들어왔던 게 언제였더라? 기억나지 않았다.

"당신 여기서 뭐 하는 거야?"

남편의 심장이 감당해야 할 구조적 충격 따위는 개의치 않고 카를라가 갑자기 쏘아붙였다.

"난 당신이 오늘 오후 늦게까지 근무할 줄 알았는데."

"해리 마스터스랑 교대했어. 카를라, 프랜이 나한테 이미 다 말했어. 우린 할아버지, 할머니가 되는 거야."

"할아버지 할머니!"

카를라가 소리를 질렀다. 불쾌하고 혼란스러운 듯한 웃음이 그녀한테서 터져 나왔다.

"당신은 끼어들지 마. 얘가 당신한테 먼저 말했고 당신은 그걸 나한테 숨겨 왔다, 이거지. 좋았어. 그 정도야 내가 당신한테서 예상할 수 있는 바니까. 하지만 이제 문을 걸어 잠그고 우리 둘이서 이번 일을 확실하게 따져 볼 거야."

그녀가 프래니를 향해 한껏 신랄한 웃음을 지었다.

"단둘이서…… '여자들끼리만.'"

카를라가 응접실 문 손잡이를 잡고 문을 움직였다. 프래니는 지켜보았고, 아직도 멍한 상태였고, 분노하고 비꼬는 어머니의 갑작스러운 감정 폭발을 전혀 이해할 수 없었다.

피터가 천천히, 마지못해 손을 내밀어 이미 반쯤 닫힌 문을 멈추었다.

"피터, 끼어들지 마요."

"무슨 말인지 알아. 예전에도 그냥 그렇게 놔두었으니까. 그렇지만 이번엔 아니야, 카를라."

"이곳은 당신 구역이 아니야."

"꼭 그렇지만은 않아."

피터는 차분하게 대답했다.

"아빠……."

카를라가 돌아보니 양피지처럼 하얗던 프래니의 얼굴은 이제 광대뼈 위가 완전히 붉게 물들어 있었다.

"아버지한테 말하지 마! 네가 상대할 사람은 아버지가 아냐! 너는 늘 아버지를 감언이설로 꾀어서 온갖 미친 생각을 들어 달라고 하고, 아양을 떨어 네가 무슨 짓을 저질렀든 네 편을 들어 달라고 하지. 그건 나도 알지만, 오늘 네가 상대해야 할 사람은 아버지가 아니야, 이 아가씨야!"

"그만해, 카를라."

"썩 나가!"

"아직 응접실에 들어가지도 않았어. 보면 알겠지만……."

"당신, 날 가지고 장난치지 마! 내 응접실에서 썩 나가!"

이 말과 함께 카를라는 머리를 숙이고 어깨를 문에다 바짝 붙여 인간이면서 암소이기도 한, 아주 기묘한 황소 같은 모습으로 문을 밀기 시작했다. 피터는 처음엔 쉽사리 아내를 막을 수 있었으나, 차츰 힘이 부쳤다. 카를라는 여성이고 그보다 30킬로그램은 더 가벼웠지만, 나중에는 그의 목에 힘줄이 튀어나오기까지 했다.

프래니는 늘 위협하듯 감돌다가 이제는 그녀를 삼켜 버릴 듯한 갑작스럽고도 분별없는 비통에 사로잡혀, 두 분 다 그만들 하시라고 소리치고 싶었다. 그리고 아버지에게 물러나시라고, 그들 부녀가 어머니의 이런 모습까지 볼 필요는 없지 않냐고 말하고 싶었다. 하지만 입은 얼어붙고 턱 아귀는 녹이 슬어 닫혀 버린 듯싶었다.

"썩 나가! 내 응접실에서 썩 나가! 나가! 나가! 나가! 이 개자식아, 빌어먹을 문짝은 그냥 놔두고 썩 나가 버려!"

그 순간 피터가 아내의 뺨을 때렸다.

맥 빠진, 대수롭지 않은 소리가 났다. 할아버지 시계는 그 소리에 난폭한 먼지를 휘날리지도 않았고, 작동을 시작한 이래로 늘 그래 왔듯 계속 똑딱거리기만 했다. 가구도 신음 소리를 내지 않았다. 카를라의 사나운 목소리만이 외과 수술용 메스로 절단되기라도 한 듯 끊어졌다. 그녀가 무릎을 꿇고 쓰러지자 문이 활짝 열렸고, 그녀는 손으로 수놓은 덮개가 씌워지고 등받이가 높은 빅토리아풍 의자에 힘없이 부딪혔다.

"안 돼, 오 안 돼."

상처 입은 듯 자그마한 목소리로 프래니가 말했다.

카를라는 한 손으로 뺨을 누르고 남편을 올려다보았다.

"당신은 십여 년에 걸쳐 쌓인 걸 돌려받은 거야."

피터의 목소리는 약간 떨리고 있었다.

"나는 이런 짓을 하지 않겠다고 늘 나 자신에게 다짐했어. 왜냐면 나는 여자를 때리는 행동을 좋게 보지 않으니까. 지금도 그래. 하지만 어떤 사람이, 그게 남자건 여자건 간에 개로 돌변해서 물기 시작할 때는 누군가가 기를 꺾어 놔야만 해. 카를라, 내가 원했던 것은 말이야, 조금이라도 빨리 해치우는 결단력이었어. 그래야 우리 둘의 마음이 그나마 덜 아플 테니까."

"아빠……"

"쉿, 프래니."

피터는 무표정한 얼굴로 단호하게 말했고 프래니는 아버지의 말을 따랐다.

피터는 충격에 사로잡혀 말을 잃은 아내의 얼굴을 내려다보며 말했다.

"당신은 재가 이기적으로 군다고 말하지. 당신이야말로 이기적으로 구는 사람이야. 당신은 프레드가 죽었을 때 프래니를 보살피기를 그만뒀어. 그때가 바로 당신이 누군가를 보살핀다는 건 너무도 가슴 아픈 일이라고 결론짓고, 그저 자신만을 위해 살아가는 편이 더 안전하다고 단정한 시점이지. 그리고 이곳이야말로 당신이 몇 번이고 거듭하여 생각을 실천에 옮겼던 장소야. 바로 이 방에서. 당신은 죽은 가족들만 애지중지하느라 가족 중 일부가 아직 살아 있다는 사실은 잊었어. 그리고 재가 이 방에 들어와 곤란한 처지에 빠졌다며 당신한테 도움을 요청했을 때, 내 장담하건대 당신의 마음에 떠오른 첫 번째 생각은 '꽃과 정원 클럽'의 여자들이 뭐라고 수군거릴까, 또는 에이미 로더의 결혼식에 참석하지 말아야 하는 건가 하는 불안감이었을 거야. 아픔을 못 이긴 나머지 그렇게 되었을 수도 있지만 세상의 어떤 아픔도 현실을 변화시키진 못해. 당신은 이기적이었어."

피터는 아래로 손을 뻗어 아내를 일으켰다. 카를라는 몽유병 환자처럼 일어섰다. 그녀의 표정은 변하지 않았다. 두 눈이 여전히 휘둥그렜고 이 상황을 믿지 못하겠다는 표정이었다. 냉혹함이 아직은 눈 속으로 돌아오지 않았지만, 조만간 돌아올 것이라고 프래니는 멍하니 생각했다.

곧 돌아올 것이다.

"당신이 그렇게 되도록 놔둔 것은 내 잘못이야. 괜히 긁어 부스럼 만들고 싶지 않았거든. 나 역시도 이기적이었어, 당신도 알다시피. 그리고 프랜이 대학에 들어가 집을 떠났을 때 난 생각했지. '음, 이제 카를라는 자기가 원하는 것을 가질 수 있겠군. 그건 다른 누구도 아닌 그녀 자신만의 아픔이 될 거야. 그런데 만약 아픔을 겪으면서도 자기가 아픔을 겪고 있다는 것을 모르는 사람이 있다면, 오호라, 어쩌면 그 사람은 아픈 게 아닐 수도 있겠는데.' 내가 잘못 생각한 거였어. 난 전에도 잘못을 저지른 적이 있지만, 이처럼 지독했던 적은 없었어."

피터는 점잖게, 그러나 엄청난 힘으로 손을 뻗어 카를라의 어깨를 붙잡았다.

"지금에 와서야, 나는 당신한테 당신 남편으로서 말하고 있는 거야. 만약 프래니가 머물 곳이 필요하다면 여기에 머무르면 돼, 항상 그랬던 것처럼. 만약 재가 돈이 필요하다면, 내 지갑에서 가져가면 돼, 항상 그랬던 것처럼. 그리고 만약 재가 아기를 키우기로 결정한다면, 당신은 재가 멋진 출산 축하 파티를 치르는 걸 보게 될 거야. 당신 생각에는 누가 찾아와 줄까 싶겠지만 재한테는 친구들이, 좋은 친구들이 있어, 그 애들이 찾아올 거야. 당신한테 한 가지만 더 얘기해 줄게. 만약 재가 아기에게 세례를 받게 하고 싶다면, 바로 여기에서 할 거야. 이 빌어먹을 응접실 안 바로 여기에서."

카를라의 입이 떡 벌어졌고, 이제 입에서 소리가 나오기 시작했다. 처음에 그 소리는 뜨거운 가스버너 위의 찻주전자가 불어 대는 휘파람 소리처럼 섬뜩하게 들리다가 곧이어 날카로운 통곡 소리가 되었다.

"피터, 당신 아들이 바로 이 방에서 관에 누워 있었어!"

"그래. 그리고 그게 바로 내가 새로운 생명에 세례를 내려 줄 장소로 여기보다 더 좋은 곳을 떠올릴 수 없는 이유야. 프레드의 피. 살아 숨 쉬는 피. 프레드의 몸은, 그 애는 아주 오래전부터 죽어 있었어, 카를라. 오래전에 땅벌레 밥이 되었다고."

그녀는 그 말에 비명을 지르고, 양손으로 귀를 틀어막았다. 피터는 몸을 굽혀 그녀의 손을 귀에서 잡아떼었다.

"하지만 땅벌레들은 당신 딸과 당신 딸의 아기는 먹어 치우지 못했어. 아기가 어떻게 생겨났는지는 중요치 않아. 아기는 살아 있는 생명체라고. 당신 하는 걸 보면 꼭 재를 내보내고 싶어하는 것 같아. 그렇게 해서 당신이 얻는 게 뭐지? 겨우 이 방과 당신이 저지른 행동 때문에 당신을 미워할 남편뿐이야. 만약 당신이 정말로 그렇게 한다면, 그날로 가족 세 사람을 집에서 내보낸 거나 마찬가지일 거야. 프레드에 이어 나와 프래니를."

"아, 위층에 올라가서 눕고 싶어. 구역질이 날 것 같아. 누워 있으면 좀 낫겠지."

"제가 부축해 드릴게요."

"내 몸에 손대지 마라. 네 아버지랑 같이 있어. 둘이서 착착 잘 하는구먼, 뭘. 나를 이 마을에서 매장시킬 궁리를 잘도 하고 있어. 아예 내 응접실에서 죽치고 살지 그러냐, 프래니? 카펫에 진흙을 내던지고, 난로에서 재를 모아다 시계 속에 던져 넣지 그러니? 안 될 게 뭐 있니? 안 될 게 뭐 있어?"

카를라가 웃음을 터뜨리며 피터를 밀치고 복도로 나섰다. 술 취한 여자처럼 구부정하게 흔들거렸다. 피터가 어깨를 감싸 안으려 하자 그녀는 이를 드러내고 그를 향해 고양이처럼 으르렁거렸다.

카를라가 계단 난간에 몸을 기대고 천천히 계단을 올라가는 동안 웃음이 흐느낌으로 변했다. 그 흐느낌은 프래니로 하여금 비명을 내지르고 싶은 충동과 욕지기를 동시에 느끼게 할 만큼 처절하고 무력했다. 아버지의 얼굴색은 더러워진 깔개 빛깔이었다. 계단 꼭대기에서 카를라가 너무도 불안하게 몸을 돌려 갸우뚱대는 바람에 한동안 프래니는 어머니가 아래층 바닥으로 굴러 떨어질 것이라 믿었다. 카를라는 두 부녀를 바라보며 뭔가 말하려는 듯싶더니만, 다시 몸을 돌렸다. 잠시 후 그녀 침실의 문이 닫히며 비탄과 아픔이 내지르는 격렬한 소리를 차단했다.

프래니와 피터가 오싹한 기분에 젖어 서로를 빤히 쳐다보는 동안 할아버지 시계는 태연하게 똑딱거렸다.

"이번 일은 잘 풀릴 거야."

피터가 차분하게 말했다.

"네 어머니도 생각을 바꿀 거다."

"정말 그럴까?"

프래니는 천천히 아버지한테 걸어가 몸을 기댔고, 피터는 딸을 감싸 안아 주었다.

"난 그렇게 될 것 같지가 않아."

"신경 쓰지 마라. 지금 당장은 그것에 대해 고민하지 말자."

"아빠, 나 떠나야겠어. 어머니는 내가 여기 있는 걸 원치 않으셔."

"집에 있으렴. 혹시나 네 어머니 생각이 바뀌어서 네가 여기 있어야 한다고 느낄 때가 올지도 모르잖니. 그러니 여기에 있어야 해. 나는, 나는 벌써부터 그렇게 느낀단다, 프랜."

"아빠."

프래니는 아버지의 가슴에 얼굴을 묻었다.

"아빠, 너무 죄송해요. 죽고 싶을 만큼 죄송해요……."

"쉬잇."

피터는 딸의 머릿결을 쓰다듬었다. 딸의 머리 위로 내닫이창을 지나 음울하게 흘러드는 오후의 햇살이 보였고, 햇살은 늘 그랬듯 박물관과 납골당에 떨어지는 햇살처럼 고요한 황금색이었다.

"쉿, 프래니. 아빠는 너를 사랑한단다. 너를 사랑해."

제13장

빨간 불이 들어왔다. 펌프가 바람 빠지는 소리를 냈다. 문이 열렸다. 문을 넘어온 남자는 전신을 감싸는 하얀 우주복 차림이 아니었다. 대신 병에서 올리브 열매를 꺼내 먹으라고 안주인이 카나페 간식 상에 올려놓는 두 갈래 은색 포크를 약간 닮은, 작고 윤기 나는 코 필터를 달고 있었다.

"안녕하시오, 레드먼 씨."

남자가 실내를 가로질러 걸어오며 말했다. 그가 얇고 투명한 고무장갑을 낀 손을 내밀자, 스튜는 깜짝 놀라 움츠러든 채로 그 손과 악수했다.

"나는 딕 데이츠입니다. 데닝거 말로는, 득점 상황을 말해 주지 않으면 당신이 경기를 계속하지 않을 거라고 하더군요."

스튜가 고개를 끄덕거렸다.

"좋습니다."

데이츠가 침대 가장자리에 걸터앉았다. 작은 키에 갈색 피부의 그 남자는 무릎에 팔꿈치를 괴고 앉아 있는 모습이 디즈니 영화의 난쟁이처럼 보였다.

"그래, 알고 싶은 게 뭡니까?"

"우선 왜 당신은 우주복을 안 입고 있는지 알고 싶은데요."

"저기 있는 제랄도를 보면 당신이 병에 걸린 상태가 아니란 것을 알 수 있기 때문입니다."

데이츠가 이중 강화 유리창 뒤에 있는 기니피그를 가리켰다. 기니피그는 철망 속에 갇혀 있었고, 철망 상자 뒤에는 무표정한 얼굴을 한 데닝거가 서 있었다.

"제랄도라고요?"

"제랄도는 지난 사흘 동안 순환 장치를 통해 당신 방의 공기를 호흡하고 있었답니다. 당신 친구들이 걸린 이 질병은 쉽사리 인간에게서 기니피그한테로, 또 그 반대로도 전염이 됩니다. 만일 당신이 그 병에 걸렸다면, 제랄도는 이미 죽었을 거라는 말이죠."

"그래도 위험을 무릅쓸 생각은 없었나 보군요."

스튜가 무뚝뚝하게 말하면서 코 필터를 향해 엄지손가락을 쳐들었다.

"무조건적인 위험 감수는 내 근로 계약서에 나와 있는 의무 사항이 아니랍니다."

데이츠가 냉소적인 웃음을 지으며 말했다.

"내 상태는 어떤가요?"

미리 연습이라도 한 것처럼 유창하게 데이츠가 대답했다.

"검은 머리, 파란 눈동자에…… 심하게 그을리셨네요."

그가 스튜를 주의 깊게 바라보며 말을 이었다.

"재미없죠, 그렇죠?"

스튜는 아무 말도 하지 않았다.

"나를 쥐어박고 싶은가요?"

"그래 봤자 득 될 게 없을 것 같소만."

"내 말 들어 봐요."

데이츠는 한숨을 내쉬고 필터 마개 때문에 콧구멍이 쑤시는 듯 콧대를 문질렀다.

"상황이 심각해질 때면, 난 농담을 합니다. 어떤 사람들은 담배를 피우거나 껌을 씹죠. 그건 내가 나쁜 기분을 한데 쓸어 담는 방식입니다. 그뿐이에요. 많은 사람들이 더 나은 방식을 가지고 있을 거라는 걸 의심하지도 않고요. 현재 당신의 상태가 어떤 종류의 질병이냐에 관해서는, 글쎄요, 데닝거와 그의 동료들이 조사한 바에 따르면, 당신은 어떤 질병에도 걸리지 않았습니다."

스튜는 태연하게 끄덕거렸다. 하지만 어쨌거나 그는 이 난쟁이 같은 남자에게 자신의 무표정한 얼굴을 순간적으로 훑고 지나간 통렬한 안도감을 들키고 말았다는 생각이 들었다.

"다른 사람들은요?"

"유감이군요. 그것은 기밀 사항입니다."

"캠피온이란 남자는 어쩌다 병에 걸린 거죠?"

"그것 또한 기밀 사항입니다."

"내 짐작으론 그는 군인이었어요. 그리고 어딘가에서 사고가 났고요. 30년 전에 유타 주에서 양 떼한테 유출 사고가 났던 것처럼. 이번엔 더 끔찍한 사고였겠지."

"레드먼 씨, 당신 체온이 높은지 낮은지 말해 주는 것만으로도 나는 감옥에 끌려갈 수도 있어요."

스튜는 생각에 잠긴 채 새롭게 자란 턱수염을 손으로 문질렀다.

"우리가 당신에게 정해진 것 이상을 말하지 않는다는 사실을 다행스럽게 여기세요. 무슨 말인지 아시겠죠, 그렇죠?"

"덕분에 내가 조국에 더한층 봉사할 수 있다 이거로구먼."

스튜가 무미건조하게 말했다.

"아니죠, 그것은 엄밀히 말해 데닝거의 일이죠. 조직 체계 속에서 데닝거와 나는 둘 다 하찮은 사람들일 뿐이지만, 데닝거는 나보다도 더욱 하찮은 존재입니다. 그는 제어 장치로 움직이는 일개 모터에 불과해요. 당신이 다행이라고 여길 만한 실질적인 이유가 하나 더 있습니다. 알고 있겠지만, 당신도 마찬가지로 기밀 사항입니다. 당신은 지구에서 사라져 버린 거예요. 그러니 당신이 너무 많은 걸 알아 버리면, 비밀을 지키는 가장 안전한 방법은 당신이 영원히 사라지는 거라고 거물들이 결정해 버릴 수도 있다 이겁니다."

스튜는 아무 말도 하지 않았다. 너무 놀라 할 말을 잃었다.

"그러나 난 당신을 위협하러 여기에 온 것이 아닙니다. 우리는 당신의 협조를 매우 절실하게 원합니다, 레드먼 씨. 당신의 도움이 필요해요."

"나랑 함께 온 나머지 사람들은 어딨어요?"

데이츠가 안주머니에서 종이를 꺼냈다.

"빅터 팰프리, 사망. 노먼 브루엣, 로버트 브루엣, 사망. 토머스 워너메이커, 사망. 랠프 호지스, 버트 호지스, 셰릴 호지스, 사망.

크리스천 오르테가, 사망. 앤서니 레오민스터, 사망."

이름들이 스튜의 머릿속에서 빙빙 맴돌았다. 바텐더 크리스천. 그는 항상 몸통을 잘라 내고 납덩이를 박아 넣은 루이빌 슬러거 야구 방망이를 계산대 아래에 두었는데, 여차하면 그것을 사용하리란 크리스의 경고를 그저 농담이라고만 여기고 까부는 트럭 운전사는 굉장한 깜짝 선물을 받기 십상이었다. 토니 레오민스터는 계기판 밑에 코브라 무선 통신기를 달고 덩치 큰 인터내셔널 트럭을 몰던 인물이었다. 가끔 햅의 주유소에서 어슬렁대기는 했지만, 캠피온이 주유기를 몽땅 뽑아 버린 날 밤에는 나타나지 않았다. 빅 팰프리…… 맙소사, 스튜는 일생 동안 내내 빅을 알고 지냈다. 어떻게 빅이 죽을 수 있단 말인가? 그러나 그를 가장 힘겹게 했던 것은 호지스 가족이었다.

"전부 다?"

스튜는 이렇게 묻는 자신의 목소리를 들었다.

"랠프의 전 가족이 다?"

데이츠가 종이를 뒤집었다.

"아니오, 어린 소녀가 한 명 남았군요. 에바. 네 살배기. 그 애는 살아 있습니다."

"상태가 어떤데요?"

"유감이군요. 그것은 기밀 사항입니다."

부지불식간에 뜻밖의 분노가 스튜를 강타했다. 그는 어느 순간 일어서서 데이츠의 옷깃을 움켜쥐고 앞뒤로 흔들어 대고 있었다. 시야 한구석의 이중 강화 유리 뒤편에서 화들짝 놀란 듯한 움직임이 보였다. 떨어져 있는 거리와 방음벽 때문에 소리가 죽었는지 사이렌이 희미하게 울렸다.

"대체 사람들한테 무슨 짓을 했어? 당신들 무슨 짓을 했냐고? 도대체 무슨 짓을 저지른 거야?"

"레드먼 씨……"

"응? 도대체 사람들한테 무슨 짓을 했냐니까?"

바람 빠지는 소리를 내며 문이 열렸다. 짙은 황록색 군복을 입은 건장한 남자 세 명이 들어왔다. 그들은 모두 코 필터를 달고 있었다.

데이츠가 그들 쪽을 힐끗거리더니 매섭게 쏘아붙였다.

"여기서 당장 나가!"

세 남자가 주저하는 듯 싶었다.

"저희가 받은 명령은……"

"여기서 나가라. 그게 명령이다!"

그들이 물러갔다. 데이츠는 조용히 침대 위에 앉았다. 그는 옷깃이 구겨졌고 이마의 머리도 헝클어졌다. 그게 전부였다. 그는 조용히 스튜를 바라보고 있었고 심지어 동정하는 눈빛까지 보였다. 광란의 순간에 스튜는 그의 코 필터를 벗겨 내 버릴까 하다가, 이내 제랄도를 기억해 냈다. '기니피그한테 참 허접스러운 이름을 지어 줬군.' 답답한 절망을 찬물처럼 뒤집어쓴 것 같았다. 그는 자리에 앉았다.

"정말 미치고 환장하겠네."

"내 말 들어 봐요. 나는 당신이 여기에 와 있는 것에 대해 책임이 없어요. 데닝거도, 당신의 혈압을 재러 온 간호사도 책임이 없어요. 만일 책임을 져야 할 당사자가 있다면 그것은 캠피온이겠지만, 그에게도 역시 모든 책임을 다 뒤집어씌울 수는 없는 노릇이라고요. 그는 도망치고 말았지만, 그런 상황에서는 당신이나 나도 마찬가지로 도망을 치고 말았을 겁니다. 기술적인 오류가 생기는 바람에 그가 도망칠 여지가 생겼죠. 이건 실제 상황입니다. 우리는 그것을 수습하려고 노력하는 중이고요. 우리 모두 말이죠. 그러나 우리가 책임져야 할 일은 아닙니다."

"그럼 누가 책임진단 말이오?"

"아무도 안 집니다."

데이츠가 말했다. 그러고는 웃었다.

"이번 사태에서는 책임이 너무도 여러 방면으로 뻗어 나간 나머지 책임 소재를 명확히 분간하기가 어렵습니다. 우발적인 사고였거든요. 다른 수많은 방식으로도 얼마든지 일어날 수 있는 사고였던 겁니다."

"참 대단하구먼."

스튜의 목소리는 거의 속삭임에 가까웠다.

"나머지 사람들은 어때요? 햅과 헨리 카마이클과 릴라 브루엣은? 그들의 아들 루크는? 몬티 설리번이랑……"

"기밀 사항입니다. 이번엔 또 얼마나 잡아 흔들 건가요? 그렇게 해서 당신 기분이 풀린다면, 맘껏 흔들어 봐요."

스튜는 아무 말도 하지 않았지만, 그가 바라보자 데이츠는 별안간 고개를 숙이고 바지 주름을 만지작거렸다.

"그들은 살아 있어요. 때가 되면 만날 수 있을 겁니다."

"아네트 마을은 어떻게 됐죠?"

"격리해 두었습니다."

"마을에서 누가 죽었어요?"

"아무도."

"당신 거짓말하고 있군."

"그렇게 생각한다니 유감입니다."

"난 언제쯤이면 여기서 나가는 거요?"

"모릅니다."

"기밀 사항인가 보죠?"

스튜가 비꼬듯이 물었다.

"아니, 정말 알 수 없다는 뜻입니다. 당신은 이 병에 걸리지 않은 것 같아요. 우리는 왜 당신이 병에 안 걸리는지 알고 싶습니다. 그러고 나면 우린 자유롭게 집에 돌아갈 수 있습니다."

"면도 좀 할 수 있을까요? 너무 가려운데."

데이츠가 웃었다.

"만약 당신이 데닝거가 실험을 다시 시작할 수 있도록 허락한다면, 지금 당장 면도를 해 줄 간호병을 보내 드리죠."

"면도는 나 혼자서도 할 수 있어요. 열다섯 살 때부터 죽 해 온 일인데."

데이츠가 단호하게 고개를 저었다.

"나는 그렇게 생각하지 않습니다."

스튜가 그를 향해 냉담하게 웃었다.

"내가 내 목을 그어 버리기라도 할까 무서워서?"

"꼭 말해 둘 것이 있는데……."

스튜가 메마른 기침을 연달아 거칠게 터뜨려 데이츠의 말을 가로막았다. 그는 계속 기침을 뿜어 대며 몸을 앞으로 구부렸다.

데이츠는 즉각 반응을 보였다. 그는 침대에서 총알같이 튀어 일어나 발바닥이 바닥에 닿는 게 보이지 않을 정도로 부리나케 밀폐식 출입문으로 내달렸다. 그러고는 주머니 속에서 사각 열쇠를 허둥지둥 찾아내 열쇠 구멍 속에 쑤셔 넣으려 했다.

"너무 걱정하지 마요. 그냥 꾀병이니까."

스튜가 상냥하게 말했다. 데이츠는 그를 향해 천천히 몸을 돌렸다. 이제 데이츠의 얼굴은 변해 있었다. 입술은 분노로 가늘어지고, 눈은 스튜를 뚫어져라 쳐다보고 있었다.

"뭐가 어쨌다고?"

"꾀병이라고요."

스튜의 얼굴에 미소가 번졌다.

데이츠가 그를 향해 주춤주춤 두 걸음을 내디뎠다. 그는 주먹을 쥐었다. 폈다. 그러고는 또 쥐었다.

"대체 왜? 왜 그따위 짓을 하려고 작정한 거야?"

"유감이군요."

스튜가 씩 웃으며 말했다.

"기밀 사항입니다."

"이런 개새끼."

"나가던 길 마저 나가슈. 밖에 나가서 사람들한테 실험을 계속해도 좋다고 말해 주시구려."

그날 밤 스튜는 이곳으로 잡혀 온 이래 어떤 밤보다도 편히 잠들었다. 그리고 지극히 생생한 꿈을 꾸었다. 그는 늘 꿈을 꽤 많이 꾸는 편이었다. 아내는 그가 잠자면서 몸부림치고 잠꼬대를 해 댄다고 푸념하곤 했다. 하지만 그런 그도 이번 같은 꿈은 한 번도 꿔

본 적이 없었다.

꿈속에서 그는 시골 길 위에 서 있었다. 검은 아스팔트 도로가 황백색 땅으로 넘어가는 경계 지점이었다. 작열하는 여름 태양이 볕을 내리쬐고 있었다. 길 양쪽에 푸른 옥수수밭이 끝도 없이 뻗어 나갔다. 표지판이 있었지만 먼지투성이여서 읽을 수 없었다. 까마귀 소리가 났다. 귀에 거슬리게 아주 멀리서. 더 가까운 곳에서 누군가가 통기타를 손으로 튕기며 연주하고 있었다. 빅 팰프리도 그런 기타를 치곤 했는데, 꿈속의 기타는 아주 좋은 소리를 냈다. 스튜는 어렴풋이 생각했다.

'이곳이 내가 가야 할 곳이야. 그래, 이곳이 바로 그곳이야, 맞아.'

저 노래가 뭐였더라? 「아름다운 시온」? 「하나님 아버지의 안식처」? 「감미로운 안녕 그리고 안녕」? 그 노래는 스튜가 어린 시절부터 기억하는 찬송가였고, 온몸을 물로 적시는 세례 의식과 소풍 점심시간을 떠올리게 했다. 하지만 찬송가 몇 장인지는 기억해 낼 수 없었다.

그러다 음악이 멎었다. 구름이 몰려와 태양을 가렸다. 스튜는 차츰 두려워졌다. 뭔가 무서운 것이 있다고, 전염병이나 불이나 지진보다 더 나쁜 뭔가가 있다고 느끼기 시작했다. 그 무언가는 옥수수밭 속에 있었으며, 그를 지켜보고 있었다. 그 검은 것이 옥수수밭 안에 있었다.

스튜는 눈을 돌려 그늘 속 저 멀리 뒤쪽에서, 옥수수밭 안 저 멀리 뒤쪽에서 이글거리는 붉은 눈 한 쌍을 목격했다. 그 눈은 암탉이 족제비를 보고 느끼는 무기력하고 절망적인 공포로 그를 질리

게 했다. '그 사람이다. 얼굴 없는 남자. 오, 이런 맙소사. 오 이런 맙소사, 안 돼.'

그 순간 꿈이 희미해졌고 스튜는 불안, 혼란 그리고 안도감을 느끼며 깨어났다. 그는 화장실에 들렀다가 창문가로 갔다. 달을 내다보았다. 다시 침대로 돌아갔지만 한 시간이 지나서야 다시 잠들었다.

'온통 옥수수밭, 아이오와나 네브래스카가 틀림없어. 어쩌면 캔자스 북부일지도.'

스튜는 잠에 취해 생각했다. 그러나 그는 평생 그중 어느 곳에도 결코 가 본 적이 없었다.

제14장

12시 15분이었다. 손바닥만 한 작은 창 바깥에서는 어둠이 한 치의 빈틈도 없이 유리창을 조여 왔다. 데이츠는 칸막이를 친 사무실 공간에 홀로 앉아 넥타이를 느슨하게 풀고 옷깃의 단추도 풀었다. 그는 누군가의 철제 책상 위에 다리를 올리고 마이크를 쥐고 있었다. 책상 위에서는 구식 울른삭 녹음기의 둥글게 감긴 테이프가 돌고 또 돌았다.

"데이츠 대령이다. 위치는 애틀랜타 기지 암호 PB-2. 보고서 번호 16번, 주제 문건 프로젝트 블루, 부속 문건 공주/왕자. 본 보고서 및 부속 문건은 최고 기밀 사항으로서 분류 번호 2-2-3이며, 외부 유출을 금한다. 그러니 해당 비밀 취급 인가를 받은 자가 아니라면 손 떼고 당장 꺼져라, 이 자식아."

데이츠는 말을 멈추고 눈을 지그시 감았다. 둥글게 감긴 테이프는 매끄럽게 돌아가며 모든 전기적, 자기적 변화들을 받아들이고 있었다. 그가 마침내 입을 열었다.

"오늘 밤 왕자가 나에게 간 떨어질 만큼 겁을 주었다. 일일이 설명하지는 않겠다. 관련 내용은 데닝거의 보고서에 나올 것이다. 그 친구는 시시콜콜한 내용까지 기꺼이 기록해 놓을 것이다. 게다가, 내가 왕자와 나눴던 대화의 녹취록은 당연히 23시 45분에 작성된 이 테이프의 녹취록까지 포함하여 전자 통신 송신기에 담길 것이다. 솔직히 왕자를 때리고 싶을 만큼 화가 났는데, 그가 수명이 단축될 만큼 나를 겁주었기 때문이다. 그러나 더 이상 화가 나지는 않는다. 그 사람은 나를 자기와 같은 입장이 되어 보도록 했고, 짧은 순간이나마 나는 그 사람의 처지에 놓여 휘둘리는 기분이 어떤 것인지를 정확히 깨달았다. 일단 영화배우 게리 쿠퍼 같은 외모를 접어놓고 보자면 그는 상당히 영특한 사람이고, 독립심도 강하다. 만약 마음에 쏙 드는 게 보인다 싶으면, 그는 온갖 참신한 수단을 동원하여 발동을 걸려고 들 것이다. 그는 아네트나 다른 곳에 가까운 가족이 없으므로 별다른 압박을 가할 수가 없다. 데닝거 및 그의 지원병들은 기꺼이 왕자의 방 안에 들어가 그가 더욱 협조적인 사고방식을 갖도록 힘으로 밀어붙일 거라고 한다. 그 방법이 통할지도 모르지만, 내 개인적인 소견을 피력하자면 그런 방식에는 데닝거가 생각하는 것보다 더욱 강한 완력이 필요할 것이다. 어쩌면 엄청나게 강한 완력을 사용해야 할지도 모른다. 공식적으로는 나는 여전히 그 방식에 반대한다. 우리 어머니 말씀 중에 '식초보다는 꿀이 더 많은 파리를 잡을 수 있다'는 말이 있는데, 나는 지금도 그 말이 신뢰할 만하다고 여긴다. 다시 한 번 공식적으로 말하건대, 실험 결과에 따르면 그는 여전히 바이러스에 오염되지 않았다. 그 점을 유념해야 한다."

데이츠는 재차 말을 멈추고 졸음을 쫓았다. 그는 지난 72시간 동안 겨우 4시간밖에 자지 않았다. 그는 책상 위의 보고서 중 한 뭉치를 집어 들고 딱딱한 어조로 말을 시작했다.

"22시 정각에 작성된 보고서에 따르면, 내가 왕자와 이야기하는 동안 헨리 카마이클이 사망했다. 경찰관 조셉 로버트 브렌트우드는 30분 전에 사망했다. 이런 말이 D 박사의 보고서에 들어 있지는 않겠지만, 박사는 그 일로 인해 아주 죽을 똥을 싸고 있었다. 브렌트우드가 즉각 양성 반응을 나타낸 백신 타입은……어……."

그는 서류를 뒤적거렸다.

"여기 있군. 63-A-3이었다. 필요하면 부속 문건을 참조하라. 브렌트우드는 고열이 꺾였고, 편도선의 독특한 팽창도 가라앉았으며, 배고픔을 호소했고, 삶은 계란과 버터를 바르지 않은 토스트 한 조각을 먹었다. 그는 조리 있게 말을 했고, 자기가 어디에 와 있는지 그리고 기타 등등 기타 등등 이러쿵저러쿵을 알고 싶어 했다. 그러다 20시 정각에 불쑥 고열이 되돌아왔다. 헛소리를 해댔다. 침대의 결박을 끊고 방 주위를 비틀비틀 돌아다니며 고함치고, 기침하고, 콧물을 터뜨리고, 온갖 증세를 나타냈다. 그러고는 쓰러져 죽었다. 콰콰쾅. 연구 팀에 따르면 백신이 그를 죽였다고 한다. 백신이 그를 잠깐은 낫게 했지만, 그것 때문에 죽기 전에 이미 그는 다시 병들어 가고 있었던 것이다. 그런 고로, 연구를 처음부터 다시 시작한다."

그는 말을 잠시 중단했다.

"끝으로 가장 나쁜 소식을 전한다. 공주의 신원에 대한 비밀 취급 명령이 해제되어 예전 신상 자료를 공개한다. 에바 호지스, 여자, 네 살, 백인. 신데렐라 같던 그 아이의 마법이 오늘 오후 늦게 초라하게 풀리고 말았다. 그 아이를 보고 있으면 완전히 정상이라고 생각할 법도 하다. 재채기 한 번 안 하니까. 그 애는 당연히 기가 죽었다. 엄마를 그리워한다. 그것 외에는 완전히 정상으로 보인다. 그러나 병에 걸렸다. 점심 후 아이의 혈압 수치가 떨어졌다가 다시 올라갔는데, 그것이 그때까지 데닝거의 진단 결과 중 유일하게 불안정한 사항이었다. 저녁 식사 전 데닝거가 내게 아이의 타액 검사 슬라이드 필름을 보여 주었다.(식욕을 돋우는 데는 타액 검사 슬라이드를 보는 게 최고다. 정말이다.) 필름에는 마차 바퀴 모양의 세균들이 우글거렸는데, 데닝거는 그 바퀴 모양이 사실은 세균이 아니라 세균 배양기의 테두리라고 말한다. 이 병균이 신체 어디에서 활동하고 어떤 모습을 나타내며, 그것의 활동을 멈추게 할 수 없다는 사실을 그가 어떻게 아는지 나는 이해할 수가 없다. 데닝거는 내게 무수히 많은 전문 용어를 동원하여 설명해 주지만, 그가 현상을 이해하는 것 같지는 않다."

데이츠는 담배에 불을 붙였다.

"그러니 오늘 밤 우리는 어디쯤 와 있는 것인가? 우리는 몇 가지 뚜렷한 진행 단계를 보유한 어떤 질병을 만났다…… 하지만 일부 감염자들은 한 단계를 건너뛰기도 한다. 어떤 사람들은 한 단계 뒤로 물러나기도 한다. 어떤 사람들은 두 가지 경우를 다 겪을 수도 있다. 어떤 사람들은 어느 한 단계에 비교적 오랫동안 머물기도 하고, 다른 사람들은 마치 로켓 썰매를 타기라도 한 듯 네

가지 경우 모두를 쏜살같이 질주하기도 한다. 우리가 보호하고 있던 '깨끗한' 실험체 둘 중 하나는 이제 더는 깨끗하지가 않다. 홀로 남은 실험체는 나처럼 건강해 보이는 서른 살짜리 남부 백인 노동자이다. 데닝거가 그 사람을 놓고 대략 3,000만 번쯤 실험을 한 끝에 딱 네 가지 이상 현상을 분리하는 데 성공했다. 레드먼은 신체에 검은 점이 굉장히 많은 것으로 보인다. 약한 고혈압 증세가 있지만, 너무 경미하여 지금 당장 치료해야 할 정도는 아니다. 스트레스를 느끼면 왼쪽 눈 밑에 가벼운 경련이 일어난다. 그리고 데닝거 말로는 일반인보다 꿈을 굉장히 많이 꾼다고 한다. 거의 밤새도록, 매일 밤마다. 연구원들은 그가 농성을 시작하기 전에 시행했던 표준 뇌전도 검사 결과에서 이 사실을 알아냈다. 그리고 그것으로 끝이다. 나는 이러한 사실들에서 어떤 것도 추론해 낼 수 없고, 데닝거 박사도 마찬가지이며, 디멘토 박사의 연구를 검토하는 사람들도 마찬가지이다.

내가 두려워하는 것이 바로 이것이다, 스타키 장군이여. 모든 사실을 알고 있는 아주 영특한 의사 한 명만 빼고 저 바깥의 어떤 의사든지 간에, 이 병을 지닌 사람을 오로지 평범한 감기 환자로 진단해 버릴 테니까. 게다가 젠장할, 폐렴에 걸렸거나 젖통에서 수상한 덩어리가 만져진다거나 두드러기가 번지는 게 심각할 정도가 아니라면, 아무도 굳이 의사를 찾아가지 않는다. 진찰해 줄 의사를 찾아가기가 너무 귀찮으니까. 그래서 사람들은 그냥 집에 머물면서 음료나 퍼마시고 침대에 오래도록 누워 있을 것이고, 그러다 죽을 것이다. 죽기 전에, 자신이 기거하는 방에 찾아온 모든 이를 감염시킬 것이다. 우리는 지금도 왕자의 발병을 예상하고 있다. 녹음 도중 어딘가에서 내가 그의 실명을 언급해 버리고 말았다는 생각이 들지만, 이 시점에서 상관할 바가 아닌 것 같다. 우리는 적어도 오늘 밤 또는 내일 또는 모레쯤에 그가 병에 걸릴 것이라 예상한다. 그리고 이제껏 그 병에 걸린 이들 중 누구도 완쾌된 적이 없다. 캘리포니아의 개자식들이 나를 골탕 먹이려고 일을 아주 제대로 터뜨린 것 같다.

데이츠, 애틀랜타 PB 기지 2, 보고서를 마친다."

데이츠는 녹음기를 끄고 그것을 오랫동안 주시했다. 그러고는 새 담배에 불을 붙였다.

제15장

2분 후면 자정이었다.

스튜가 농성 중이었을 때 그의 혈압을 재려고 애쓰던 간호사 패티 그리어는 간호사실에서 여성 잡지 《맥콜》 최근호를 훑어보며, 병실로 들어가 설리번 씨와 햅스콤 씨의 상태를 확인해 보려고 대기 중이었다. 햅스콤 씨는 아직 잠들지 않고 「자니 카슨 쇼」를 시청하고 있을 테니 아무 문제 없을 것이다. 그는 하얀 전신 방호복 사이로 궁둥이 좀 꼬집어 보기가 어쩜 그리도 어렵냐고 놀려 대기를 좋아했다. 햅스콤 씨는 겁을 먹었지만 꽤 협조적이었으므로 그저 쳐다보기만 하고 아무 말도 안 하려 드는 겁 많고 불쾌한 스튜어트 레드먼과는 달랐다. 햅스콤 씨는 패티 그리어가 '좋은 친구'라고 생각하는 사람이었다. 패티 생각에 모든 환자는 두 종류로 나눌 수 있었다. '좋은 친구들'과 '케케묵은 머저리들'. 일곱 살 때 롤러스케이트를 타다 다리가 부러진 후로 병실 침대에서 단 하루도 지내 본 적이 없는 패티는 '케케묵은 머저리들' 한테는 아주 약간의 인내심만을 베풀었다. 환자들이란 정말로 아파서 '좋은 친구' 가 되거나, 또는 우울한 '케케묵은 머저리' 가 되어 불쌍한 여성 근로자를 곤란하게 만들거나 둘 중 하나였다.

설리번 씨는 이미 잠들었을 것이고, 깨우려 하면 심통을 부릴 듯싶었다. 패티는 자기 탓이 아님을 설리번 씨가 이해해 주었으면 했다. 그는 정부가 제공할 수 있는 최고의 보살핌을, 그것도 죄다 무료로 받고 있으니 그저 감사히 여겨야 마땅했다. 만일 그가 오늘 밤 또다시 '케케묵은 머저리' 행세를 시작하면 패티는 그 점을 똑 부러지게 말해 줄 참이었다.

시계가 자정을 가리켰다. 일할 시간이다.

패티는 간호사실을 나와 복도를 지나 분무기로 몸을 소독하고 나서 방호복을 입는 하얀 방으로 향했다. 복도를 반쯤 갔을 때 코가 근질거리기 시작했다. 그녀는 주머니에서 손수건을 꺼내 가볍게 세 번 재채기했다. 그러곤 손수건을 도로 집어넣었다.

까다로운 설리번 씨를 어떻게 다룰까 신경 쓰느라 패티는 재채기에 별 의미를 부여하지 않았다. '아마 꽃가루 알레르기 같은 거겠지, 뭐.' 간호사실 안에 커다랗게 빨간 글씨로 써 붙인 명령문 '아무리 사소한 것이라도 감기 증세가 보이면 즉시 상관에게 보고하시오.' 는 아예 떠오르지도 않았다. 윗사람들은 텍사스에서 온 불쌍한 사람들이 걸린 병이 무엇이든 간에 밀폐 병실 바깥으로 퍼져 나갈까 봐 전전긍긍했지만, 그녀는 아무리 작은 바이러스라도 하얀 방호복의 독립식 차단막 속으로 침투하기가 불가능하단 것을 알았다.

그럼에도 패티는 하얀 방으로 가는 길에 막 떠날 채비를 하고 있던 위생병 한 명과 의사 한 명을 감염시켰으며, 새벽 근무를 하러 가던 또 다른 간호사도 감염시켰다.

새로운 하루가 시작됐다.

제16장

이튿날인 6월 23일, 커다란 흰색 링컨 콘티넨털 한 대가 미국 본토의 또 다른 지역에서 180번 도로를 따라 굉음을 울리며 북쪽으로 향하고 있었다. 속도는 대충 시속 140에서 160킬로미터 사이였고 화려한 흰 도색이 태양빛에 반짝거렸으며, 크롬 광택이 윙크하듯 번뜩였다. 뒷좌석 양옆의 작은 창들 또한 태양빛을 광포하게 반사시키고 있었다.

포크와 로이드가 하치타 남쪽 어딘가에서 주인을 살해하고 훔친 이 차는 정신을 못 차린 듯 이리저리 방황하는 바퀴 자국을 남기고 있었다. 81번 도로를 올라와 80번 고속도로의 톨게이트로 향할 무렵 포크와 로이드는 슬슬 걱정하기 시작했다. 그들은 지난 6일간 차 주인, 그의 아내, 그들의 늘씬한 딸까지 포함하여 여섯 명을 살해했다. 그러나 여러 주를 관통하는 고속도로에 들어가기에 앞서 그들이 안절부절못했던 것은 여섯 번의 살인 때문이 아니었다. 마약과 총 때문이었다. 해시시 약 5그램, 얼마나 많은 코카인으로 가득 찼는지는 하나님만이 아실 작은 코담배 깡통. 대마초 7킬로그램. 여기에 38구경 권총 두 정, 45구경 권총 세 정, 포크가 자신의 '포크화 기계' 라고 부르던 357구경 매그넘 권총 한 정, 산탄총 여섯 정(그중 둘은 총신을 짧게 잘라 개조한 펌프식), 그리고 슈마이저 기관단총 한 정. 살인은 그들의 지성이 미치는 범위를 벗어난 하찮은 것이었으나, 만일 애리조나 주 경찰이 도난 차량에 가득한 뿅 가는 약과 총알 쏘는 쇳덩이들을 발견한다면 곤경에 처하리란 것은 둘 모두 잘 알고 있었다. 게다가 무엇보다도 중요한 사실은, 그들이 몇 개 주에 한정되지 않은 전국구 도주범들이라는 것이다. 네바다 주 경계선을 넘고부터 쭉 그랬다.

'전국구 도주범들.' 로이드 헨리드는 이 말의 어감이 좋았다. '강력계 짭새들. 이거나 먹어라, 더러운 쥐새끼들아. 납 총알 샌드위치 대령이오, 흉악한 경찰 또라이들아.'

그런 까닭에 그들은 데밍에서 북쪽으로 차를 돌렸고, 이제 180번 도로에 와 있었다. 헐리와 베이어드와 약간 더 큰 마을인 실버 시티를 지나는 동안 로이드가 실버 시티에서 햄버거 한 봉지와 초콜릿 밀크셰이크 여덟 개를 사면서(도대체 왜 그 잡것을 여덟 개나 샀지? 머지않아 오줌으로 초콜릿을 질질 쌀 텐데.) 실없이, 하지만 구미가 당긴다는 듯 여종업원에게 히죽거리는 바람에, 그녀는 그 후 몇 시간 동안이나 불안에 떨었다.

"나를 보는 눈빛이 꼭 금방이라도 날 죽일 것만 같았어요."

그날 오후 그녀가 사장에게 털어놓은 말이었다.

실버 시티를 지나 클리프를 쏜살같이 관통하니 길은 이제 서쪽으로 다시 휘어졌는데, 그쪽은 그들이 꺼리는 방향이었다. 벅혼을 통과하고 나자 그들은 하나님도 잊어버렸을 법한 시골로 되돌아와 있었고, 산쑥과 모래, 우뚝 선 산과 높이 솟은 고원이 깔린 배경을 가로지르는 2차선 아스팔트 도로가 펼쳐졌다. 언제까지고 이어지는 지루하고 또 지루한 경치들은 그저 몸을 뒤로 움츠렸다가 그 경치를 향해 토하고 싶게 만들 뿐이었다.

"차에 기름이 떨어져 가는데."

포크가 말했다.

"차를 그렇게 좆같이 빨리 몰지만 않았으면 그런 일 없었겠지."

로이드가 대답했다. 그는 밀크셰이크를 세 개째 홀짝거리다 목에 사레가 들리자, 차창을 내리고, 아직 손대지 않은 밀크셰이크 세 개를 포함해 남아 있는 모든 쓰레기 음료를 내던졌다.

"우훗! 우훗!"

포크가 소리치며 가속 페달을 쿡쿡 밟아 댔다. 콘티넨털이 앞으로 출렁거렸다가 뒤로 빠졌다가 또 앞으로 출렁거렸다.

"말 타는 기분 최고다, 카우보이!"

로이드가 소리를 질렀다.

"우훗! 우훗!"

"한 대 피고 싶으냐?"

"네가 꺼내서 불 좀 붙여 줘 봐. 우훗! 우훗!"

포크가 말했다. 로이드의 발 사이에는 커다란 녹색 헤프티 쓰레기봉투가 있었다. 대마초 7킬로그램이 든 봉투였다. 로이드는 봉투 속에 손을 넣어 한 움큼 꺼내 담배처럼 말기 시작했다.

"우훗! 우훗!"

콘티넨털이 도로의 흰색 차선을 이리저리 넘나들었다.

"지랄 좀 그만 떨어! 마초를 사방에 흘리고 있단 말이야!"

"꺼냈던 데서 더 많이 꺼내면 되지…… 우훗!"

"장난이 아냐. 우린 이 물건을 처리해야 해, 인마. 이 물건을 처리해야지, 안 그러면 붙잡혀서 누군가의 트렁크 속에 끌려 들어갈 거라고."

"알았어, 이 자식아."

포크가 차를 다시 부드럽게 몰기 시작했지만, 표정은 부루퉁해 있었다.

"그건 네 아이디어였어, 네 좆같은 아이디어."

"그게 '좋은' 아이디어라고 생각했던 사람은 너야."

"그랬지. 하지만 이 좆같은 애리조나를 정처 없이 달리기만 하다 볼 장 다 볼 줄은 몰랐어. 이런 식으로 어떻게 뉴욕까지 가겠냐?"

"우린 추격을 따돌리는 중인 거야, 인마야."

로이드가 말했다. 마음속으로 그는 경찰 차고 문이 열리고 무선 장치가 달린 1940년대 경찰차 수천 대가 야밤을 뚫고 튀어나오는 광경을 떠올렸다. 둥근 광선들이 벽돌벽 위를 훑었다. '냉큼 나와라, 카나시 마피아, 네놈들이 거기 숨은 줄 우린 다 알고 있다.' 포크가 아직도 부루퉁한 채로 말했다.

"참으로 허접스러운 행운이로구나. 우리는 지금 형편없는 짓을 하고 있는 거야. 너 우리가 가진 게 뭔지 아냐, 마약과 총 빼고? 현금 16달러에 감히 사용할 엄두도 못 내는 좆같은 신용 카드 300장이야. 젠장, 이게 뭐냐고. 이 기름 엄청 잡아먹는 차의 기름 탱

크를 채울 돈도 없단 말이야."

"하나님이 내려 주실 거야."

로이드는 대마초 담배의 옆면을 침을 발라 붙였다. 그리고 콘티넨털의 계기판에 붙은 라이터로 불을 붙였다.

"엿같이 행복한 날들이여."

"팔 물건이라고 해 놓고선 피워 버리다니, 대체 뭐 하자는 짓이야?"

"그러니까 아주 조금만 팔자고. 자, 자, 포크. 한번 빨아 봐."

이 담배가 포크의 마음을 뒤흔들어 놓는 데 실패한 적은 단 한 번도 없었다. 그는 시끄럽게 웃어 대며 대마초를 받아 들었다. 그들 사이에서 가느다란 철제 개머리판을 세우고 서 있는 것은 탄창을 가득 채운 슈마이저 기관단총이었다. 콘티넨털은 불끈 달아올라 도로 위를 질주했고, 연료 계기판은 바닥을 치기 직전이었다.

포크와 로이드는 1년 전에 '브라운스빌 최소 경비 교도소' 즉 네바다 사막의 재소자 근로 농장에서 만났다. 브라운스빌은 토노파 북쪽으로 95킬로미터, 가브스 북동쪽 130킬로미터에 있으며, 물을 끌어다 쓰는 10만 평 농지와 반원형 퀀셋 막사인 재소자 수용소로 이루어진 곳이었다. 그곳은 단기 재소자들이 형을 살기에는 열악한 장소였다. 비록 브라운스빌 교도소가 농장으로 분류되기는 하나, 그곳에선 자라나는 게 별로 없었다. 당근과 상추가 이글거리는 태양의 독한 기운을 받아 힘없이 빌빌대다 죽어 갔다. 잡콩과 잡초는 자라날 터였고, 주 의회는 언젠간 쓸 만한 콩이 무럭무럭 자라날 것이라는 생각에 열광적으로 헌신했다. 그러나 브라운스빌의 설립 목적이라고 표면적으로 내세우는 말 중 그나마 봐줄 만한 것은 사막에선 꽃을 피우려면 우라지게도 오랜 시간이 걸린다는 것이었다.

교도소장("두목님"이라고 불리기를 더 선호하는)은 자기가 개망나니라는 데 자부심을 가졌고, 개망나니 동지라고 판단한 사람만을 부하로 두었다. 그리고 그가 신참자에게 즐겨 말한 것처럼 브라운스빌은 거의 최소한의 경비만 했는데 그 이유는 죄수가 탈옥을 하면 어떤 노래 가사랑 똑같아지기 때문이었다. '도망칠 곳은 아무 데도 없어요, 베이비. 숨을 곳도 아무 데도 없어요.' 어쨌든 몇몇 사람이 탈옥을 시도했지만 대개는 이삼일 만에 다시 돌아왔으며, 땡볕에 타고 강한 빛에 눈이 상한 몰골로 물 한 잔만 마시게 해 주면 건포도처럼 쪼글쪼글해진 자신의 영혼을 두목님께 팔겠노라고 애걸복걸했다. 그들 중 일부는 미친 듯이 주절거렸고 사흘 동안 사막을 방황했던 한 청년은 가브스의 남쪽 몇 킬로미터 지점에서 커다란 성을, 외곽에 연못이 빙 둘러 파여 있는 성을 보았다고 주장했다. 그 연못을 크고 검은 말에 올라탄 트롤 괴물들이 지키고 있었다고 그는 말했다. 몇 달 후 콜로라도의 부흥회 전도사가 브라운스빌에서 쇼를 벌였을 때, 이 문제의 청년은 열광적으로 예수님을 받아들였다.

앤드루 '포크' 프리먼은 단순 폭행범이었으며, 1989년 4월에 석방되었다. 로이드 헨리드의 옆자리 침대를 썼던 그는 자기가 라스베이거스에 재미있는 일거리를 알고 있는데 한탕 크게 뛸 의향이 있는지 로이드에게 넌지시 물었다. 로이드는 기꺼이 그럴 의향이 있었다.

로이드는 6월 1일에 석방되었다. 리노에서 그가 범한 죄목은 강간 미수였다. 범행 대상이었던 숙녀는 귀가 중이던 쇼걸이었고, 그녀는 로이드의 눈에 최루 가스를 잔뜩 쏘았다. 그는 겨우 2년 내지 4년형을 선고받은 데다 재판받느라 왔다 갔다 한 날들도 복역기간에 포함되었고, 모범수 대접을 받아 감형까지 되었으니 행운이라고 여겼다. 브라운스빌은 너무 우라지게 뜨거워서 비모범적으로 행동할 수가 없었다.

로이드는 라스베이거스로 가는 버스를 잡아탔고, 포크는 버스 터미널에서 그를 만났다.

"이건 정말 대단한 건수야."

포크가 말했다. 포크는 이 문제의 남자를 잘 알았으니, '한때의 사업적 동반자'가 그 남자를 가장 잘 설명하는 표현인 듯했으며 특정 집단에서는 '멋쟁이 조지'로 알려져 있었다. 그 남자는 대개 이탈리아와 시실리 지방의 이름을 가진 사람들의 조직에서 의뢰받은 몇몇 일들을 수행했다. 조지는 엄밀히 말해 시간제로 일하는 협력자였던 것이다. 그가 시실리 조폭 같은 사람들을 위해 했던 일은 대개 물건을 갖다 주고 물건을 가져오는 것이었다. 가끔은 라스베이거스에서 로스앤젤레스까지 갖다 주기도 했다. 가끔은 다른 물건을 로스앤젤레스에서 라스베이거스까지 가져오기도 했다. 대개는 시시한 마약으로, 굵직한 고객들을 위한 사은품이었다. 이따금 총도 운반했다. 총은 항상 가져오기만 할 뿐, 갖다 준 적은 한 번도 없었다. 포크가 이해하는 바에 따르면(그리고 포크의 이해력은 영화계 사람들이 "소프트 포커스"라고 부르는 흐리멍덩한 수준을 절대 넘어서지 못했다.), 이 시실리 조폭 같은 사람들은 이따금 혼자 활동하는 좀도둑들한테 총을 팔았다. 그런데 포크의 말로는 이런 물건들을 상당히 많이 배달할 일이 곧 생길 것 같고, 멋쟁이 조지가 그들에게 기꺼이 때와 장소를 알려 줄 거라는 것이었다. 조지는 그들이 벌어들일 금액의 25퍼센트를 요구했다. 계획대로라면 포크와 로이드가 조지한테 달려들어 그를 묶고 입을 막고, 물건을 가져가고, 그리고 어쩌면 덤으로 그에게 주먹 맛을 몇 대 선사해 줄 것이었다. 진짜처럼 보이게 해야 한다고 조지가 주의를 주었다. 왜냐하면 이 시실리 조폭 같은 사람들은 어설프게 장난쳐도 될 만한 사람들이 아니므로.

"흐음. 그거 참 멋진데."

로이드가 대꾸했고, 다음 날 포크와 로이드는 멋쟁이 조지를 만나러 갔다. 부드러운 매너에 키가 180센티미터인 조지는 거의 형체가 없는 짧은 목에 대들보같이 건장한 어깨가 붙어 있고, 그 위로 어울리지 않게 작은 머리가 얹혀 있었다. 머리가 너울거리는 금발로 가득한 것이 어느 유명 레슬링 선수와 살짝 닮은 것 같기도 했다.

로이드는 그 비밀 거래를 계속 심사숙고했으나, 포크는 또다시 마음을 바꾸고 말았다. 포크는 변덕 부리는 데 선수였다. 조지는 그들에게 돌아오는 금요일 저녁 6시경에 자기 집을 습격하라고 말했다.

"마스크 쓰고 와. 제발 부탁이야. 그러고 와서는 내 코에서 피가 터지게 하고 눈도 시커멓게 멍들게 하는 거야. 제길, 내가 이 지경까지 되지 않았너라면 좋았을 텐데."

중요한 밤이 찾아왔다. 포크와 로이드는 버스를 타고 조지가 사는 거리로 가서 그의 집 진입로 끝에서 스키 마스크를 뒤집어썼다. 문이 잠겨 있었지만 조지가 약속한 대로 단단히 잠긴 것은 아니었다. 아래층에 오락실이 있었고, 그곳에 조지가 대마초로 가득한 헤프티 쓰레기봉투 앞에 서 있었다. 탁구대에는 총들이 올려져 있었다. 조지가 겁을 먹었다.

"제길, 아 제길, 이 지경까지 되지 않았더라면 좋았을 텐데."

로이드가 빨랫줄로 발을 묶고 포크가 스카치테이프로 손을 결박하는 동안 그 남자는 계속 그 말을 되풀이했다.

그러고 나서 로이드가 조지의 코를 세게 쳐서 피를 보게 했고, 포크가 눈을 강타하여 요구대로 검게 멍들게 했다.

"이런 썅! 꼭 그렇게 세게 쳐야 쓰겠냐?"

조지가 소리질렀다.

"진짜처럼 보이게 확실히 해 달라고 한 사람은 너였잖아."

로이드가 지적했다.

포크가 조지의 입에다 접착테이프를 눌러 붙였다. 두 사람은 장물을 끌어 모으기 시작했다.

"이봐 친구, 중요한 사실이 있는데 알고 있어?"

포크가 동작을 멈추고 물었다.

"아니, 전혀 모르겠는데."

로이드가 신경질적으로 낄낄거리며 말했다.

"나는 저 닳고 닳은 조지가 비밀을 지킬 수 있을지 의심이 생기는 걸."

로이드가 보기에 이것은 새로운 고려 사항이었다. 그는 아주 오랫동안 멋쟁이 조지를 사려 깊게 주시했다. 돌아보던 조지의 눈이 갑작스러운 공포로 휘둥그레졌다. 그러자 로이드가 말했다.

"당연하지. 입은 물론이고 엉덩이도 가벼울 거야."

하지만 그의 느낌만큼이나 불안하게 들렸다. 씨앗은 일단 땅에 심어지면 항상 자라나게 마련이니까.

포크가 미소 지었다.

"아, 그는 이렇게 불어 버릴 수도 있어. '이봐요 깍두기 형님들. 내가 옛날 친구와 그 녀석의 동료를 만났거든요. 우린 한동안 약도 좀 하고, 맥주도 좀 마시고 그랬걸랑요. 근데 이 개자식들이 어쨌는지 아세요? 집에 쳐들어와서는 나를 등쳐 먹었다 이거예요. 형님들께서 그 새끼들을 붙잡으시기를 강력히 바라는 바입니다요. 그 새끼들이 어떻게 생겨 먹었는지 제가 자세히 알려 드리겠습니다.'"

조지는 머리를 미친 듯이 흔들어 대고 있었고, 눈은 공포 때문에 부풀어 대문자 O 모양이 되었다.

그 무렵 총은 이미 그들이 아래층 욕실에서 찾아낸 묵직한 삼베천 세탁물 자루 속에 들어가 있었다. 로이드가 그 자루를 힘차게 들어 올리며 말했다.

"자, 이제 어떻게 하지?"

"친구, 난 우리가 그를 포크화시켜야 한다고 생각해. 그게 우리가 할 수 있는 유일한 행동이지."

"그건 지나치게 가혹한걸. 그가 우리를 이 지경으로 몰고 오긴 했지만 말야."

"세상은 원래 가혹한 곳이야, 이 친구야."

“맞아.”

로이드가 한숨을 내쉬었고, 그들은 조지에게로 걸어갔다.

“므읍.”

조지가 머리를 미친 듯이 흔들며 외쳤다.

“믐믐믐믐은! 믐믐믐읍!”

“나도 알아.”

포크가 그를 달랬다.

“속았다 이거지, 그런 말이지? 유감이야, 조지, 욕하지 마. 개인적인 감정은 조금도 없다고. 그 점은 네가 기억해 주었으면 해. 얘 머리 좀 붙잡아, 로이드.”

말하긴 쉬웠지만 실제로 머리를 붙잡는 것은 보통 일이 아니었다. 멋쟁이 조지는 머리를 미친 듯이 양옆으로 뒤흔들고 있었다. 오락실 구석에 앉아 있던 그는 콘크리트 덩어리인 벽에다 대고 계속 머리를 들이받고 있었다. 아픈 것도 모르는 모양이었다.

“걔 좀 잡아.”

포크가 태연하게 말하면서 두루마리 통에서 테이프 쪼가리를 뜯어냈다.

로이드가 마침내 조지의 머리를 붙잡아 가까스로 그를 꼼짝 못하게 붙들자 포크는 두 번째 접착테이프를 조지의 코에 말끔하게 처발랐고, 이로써 그의 숨통이 모두 막혔다. 조지는 완전히 미쳐 버렸다. 구석 자리에서 굴러 나오더니 배가 바닥에 철퍼덕 떨어졌고, 그 자리에 엎어진 채로 바닥에서 꿈틀거리며 입이 틀어막힌 채 무슨 소리를 냈는데, 로이드는 비명을 지르는가 보다고 추측했다. 불쌍한 동업자 녀석. 거의 5분이 지나고 나서야 조지가 완전히 조용해졌다. 그는 몸을 펄떡펄떡 뛰고 진저리 치고 바닥에 대고 쿵쿵거렸다. 그의 얼굴이 늙은 촌놈의 헛간 벽만큼이나 빨개졌다. 조지가 보여 준 마지막 동작은 양쪽 다리를 바닥에서 25센티미터 정도 쭉 들어 올렸다가 쿵 소리가 나게 떨어뜨리는 것이었다. 로이드는 그 모습을 보고 벅스 버니 만화나 다른 데서 보았던 웃기는 장면이 생각나서, 약간 킥킥거리다 기분이 좀 나아졌다. 그 직전까지만 해도 조지를 지켜보려니 기분이 섬뜩했다.

포크는 조지 옆에 쭈그려 앉아 그의 맥을 짚었다.

"어때?"

로이드가 물었다.

"손목시계만 빼고 아무것도 움직이지 않는구나, 다정한 친구야. 어디 무슨 시곈지 보자……."

포크가 조지의 고깃덩어리 같은 팔을 들어 손목을 살펴보았다.

"쓰벌, 겨우 싸구려 타이멕스 시계잖아. 난 카시오쯤은 되는 줄 알았는데."

그러고는 조지의 팔을 떨어뜨렸다.

조지의 자동차 열쇠는 바지 앞주머니에 들어 있었다. 그리고 둘은 위층 벽장에서 10센트짜리 동전이 반쯤 들어찬 스키피 땅콩버터 유리병을 찾아내 동전까지 다 챙겼다. 모두 합해 20달러 하고도 60센트였다.

조지의 차는 수동 변속 기어에 형편없는 완충 장치와 영화배우 텔리 사발라스의 대머리처럼 반들반들하게 닳은 타이어를 달고 골골거리는 오래된 머스탱이었다. 그들은 93번 도로를 타고 라스베이거스를 떠나 남동쪽으로 애리조나 주로 들어섰다. 이튿날 정오쯤, 즉 그저께가 돼서는 뒷길을 따라 피닉스 시를 비켜 갔다. 어제 9시쯤엔 애리조나 75번 고속도로에 있는 셸던에서 3킬로미터 떨어진 낡아 빠진 먼지투성이 시골 잡화점에 멈추었다. 그들은 가게를 뒤집어엎었고, 우편 주문으로 구입한 틀니를 낀 늙수그레한 신사인 가게 주인을 포크화시켰다. 그들은 현금 63달러와 그 늙은이의 픽업트럭을 빼앗았다.

픽업트럭은 오늘 아침에 타이어 두 개가 터져 버렸다. 타이어 두 개가 동시에 나가자 그들은 대마초 한 대를 주거니 받거니 나눠 피면서 거의 30분간 찾아보았지만, 그들 중 누구도 도로에서 압정이나 못을 전혀 발견할 수 없었다. 포크는 결국 타이어 두 개가 터진 게 우연의 일치임이 틀림없다고 했다. 로이드는 하나님이 행하신 더 이상한 일들에 관해 들어 본 적이 있었노라고 했다. 그러자 그들의 기도에 응답이라도 하듯, 흰색 콘티넨털이 굴러 왔다. 비록 둘 다 까맣게 모르고 있었지만 그들은 애리조나 주에서 뉴멕시코 주로 넘어가는 경계선을 건넌 뒤였고, 그래서 미 연방수사국의 먹잇감이 되어 있었다.

콘티넨털의 운전자가 차를 세우고 고개를 내밀고 말했다.

"뭐 좀 도와 드릴까요?"

"물론 도와주셔야지."

포크가 말을 마치고 운전자를 즉석에서 포크화시켰다. 양쪽 눈 사이를 357구경 매그넘으로 쏴 죽였다. 불쌍한 그 순둥이는 아마 자기가 뭐에 맞았는지도 몰랐을 것이다.

"여기서 방향을 틀지그래?"

로이드가 눈앞에 다가오는 교차로를 가리켰다. 그는 마약에 취해 즐겁게 해롱거렸다.

"물론 그래야지."

포크가 명랑하게 말했다. 그는 콘티넨털의 시속을 130킬로미터에서 95킬로미터로 떨어뜨렸다. 차가 왼쪽으로 꺾이자 오른쪽 바퀴들이 지면에서 슬쩍 떠올랐고, 그들 앞에 새로운 도로가 펼쳐졌다. 78번 도로, 서쪽 방향. 그리하여 자기들이 애리조나를 벗어났다는 사실을 몰랐거나 자기들이 이젠 신문에서 세 개 주를 무대로 활개 치는, 살인 행각이라 불리는 사건의 범인이 되었다는 사실을 모른 채로, 그들은 애리조나로 다시 들어왔다.

한 시간쯤 지나 표지판 하나가 그들 오른쪽으로 다가왔다. '버랙까지 10킬로미터.'

"벌레?"

로이드가 정신 못 차리며 물었다.

"버랙."

포크가 콘티넨털의 운전대를 비틀어 꺾기 시작하자 차가 도로를 가로지르며 앞뒤로 크고 우아한 곡선을 만들었다.

"우훗! 우훗!"

"저기에 차 세울 거냐? 나 배고파, 인마야."

"넌 만날 배때기가 고프구나."

"좆 까. 대마초를 피우면 배가 고파지는 법이야."

"내 20센티미터짜리 가운뎃다리라도 씹어 먹든가. 어때, 맛 좀 볼 터? 우훗! 우훗!"

"농담 집어치워, 포크. 차 좀 세우자."

"오오케이. 현찰도 좀 조달해야지. 지랄 같은 추격은 충분히 따돌려 왔으니. 돈 좀 챙겨서 북쪽으로 튀자. 이 똥통 사막은 나한테 아무 의미도 없어."

"오케이."

로이드가 말했다. 그는 자신에게 영향을 끼치고 있는 것이 마약인지 뭔지 잘은 몰랐지만, 불현듯 지옥같이 끔찍한 두려움을 이유 없이 느꼈는데, 그들이 고속도로 톨게이트로 향하던 때보다 더욱 심각했다. 포크가 옳았다. 이 버랙이란 곳의 외곽에 차를 세우고 셸던 외곽에서처럼 회포를 푸는 거다. 돈이랑 주유소 지도를 좀 챙기고, 이 거지 같은 콘티넨털은 내팽개치고 주변 경관과 잘 어울리는 차를 구한 다음, 북쪽으로 갔다가 지선 도로를 따라 동쪽으로 향하는 것이다. 지긋지긋한 애리조나를 빠져나가는 것이다.

"내가 진실을 말해 줄게, 인마야. 별안간 말이지, 나는 딱 흔들의자가 가득한 방 안에 있는 꼬리 긴 고양이처럼 불안하기 그지없어."

"무슨 뜻인지 나도 알아, 번데기 씨."

로이드가 심각하게 대답하자 둘 다 그 말이 우스워서 배꼽을 잡고 웃었다.

버랙은 꽤 넓은 곳이었다. 길을 따라 가다 보니 맞은편 끝에 카페와 매점과 주유소가 합쳐진 복합 건물 한 채가 있었다. 주차장 흙바닥에는 오래된 포드 왜건 한 대와 꽁무니에 말 운반용 트레일러를 매단 먼지투성이 올즈모빌 한 대가 있었다. 포크가 콘티넨털을 안으로 들여놓는 동안 말이 그들을 말똥말똥 쳐다보았다.

"여긴 털어 먹기 딱 안성맞춤이구먼."

로이드의 말에 포크도 동의했다. 그는 뒤로 손을 뻗어 357구경 총을 집고 총알 장전 상태를 살폈다.

"준비됐냐?"

"그런 것 같아."

로이드가 대답하며 슈마이저 기관단총을 잡았다.

둘은 뜨겁게 익어 버린 주차장을 가로질러 걸어갔다. 경찰은 범죄 행각이 이제 나흘째로 접어든 그들의 정체를 알고 있었다. 그들은 멋쟁이 조지의 집과 우편 주문으로 산 틀니를 낀 노인을 포크화시켰던 가게 안 사방 천지에 자신들의 지문을 남겼다. 그 노인의 픽업트럭이 발견된 곳은 콘티넨털을 소유했던 세 가족의 시체들로부터 채 15미터도 떨어져 있지 않았으며, 멋쟁이 조지와 가게 주인을 살해했던 자들이 역시 이 세 사람도 살해했다고 추정하는 것이 타당할 듯싶었다. 만약 그들이 콘티넨털에서 음악 테이프 대신 라디오를 들었더라면, 애리조나와 뉴멕시코 경찰이 근 40년 만에 가장 성대한 인간 사냥을 위해 협력하고 있으며, 그들 모두 자기들이 무슨 짓을 했기에 그토록 야단법석이 벌어진 것인지조차 제대로 파악하지 못하는 너저분한 양아치 두 명을 쫓고 있다는 사실을 알 수 있었을 것이다.

주유소는 셀프서비스였다. 직원이 주유기의 전원을 켜 주어야만 했다. 그래서 그들은 계단을 올라가 안으로 들어갔다. 실내에는 깡통 제품을 쌓아 만든 세 갈래 통로가 계산대를 향해 늘어서 있었다. 계산대에서는 카우보이 복장을 한 남자가 담배 한 갑과 슬림짐 육포 대여섯 개를 사서 값을 치르고 있었다. 중간 통로 가운데에선 피곤해 보이는 데다 거친 검은 머릿결을 지닌 여자가 스파게티 소스 두 가지 사이에서 결정을 내리려고 망설이는 중이었다. 매장은 말라빠진 감초와 땡볕과 담배와 해묵은 세월의 냄새를 풍겼다. 회색 셔츠를 입은 가게 주인은 주근깨가 많은 남자였다. 그는 하얀 바탕에 빨간 글씨로 셸 로고를 박아 넣은 석유 회사 모자를 쓰고 있었다. 방충망 문이 철퍽 소리를 내며 닫히자 고개를 들었던 그의 눈이 휘둥그레졌다.

로이드가 어깨에 슈마이저의 개머리판을 걸치고 천장을 향해 한바탕 쏴 댔다. 매달려 있던 백열전구 두 개가 폭탄처럼 산산이 부서졌다. 카우보이 복장을 한 남자가 몸을 반쯤 틀었다.

"꼼짝 말고 가만있어. 그럼 아무도 다치는 사람 없어!"

로이드가 소리쳤고, 포크는 그 즉시 스파게티 소스를 살피고 있던 여자에게 구멍을 뚫어 줌으로써 로이드를 거짓말쟁이로 만들었다. 그녀는 신발만 남기고 날아가 버렸다.

"이런 썅, 포크! 너 굳이 그렇게까지……"

"저 여자를 포크화시켰어, 다정한 친구여! 두 번 다시 제리 팔웰 목사님을 텔레비전에서 보지 못하겠지! 우훗! 우훗!"

포크가 고래고래 외쳐 댔다. 카우보이 복장을 한 남자가 몸을 마저 틀고 돌아섰다. 그는 왼손에 담뱃갑을 쥐고 있었다. 진열창과 방충망 문을 통해 비쳐 들어온 강한 햇빛이 그가 낀 선글라스의 검은 렌즈 위에 빛나는 별 모양으로 삐죽거렸다. 허리띠에는 45구경 리볼버가 꽂혀 있었는데, 로이드와 포크가 죽은 여자를 물끄러미 쳐다보는 동안 그는 신중하게 권총을 뽑아 들었다. 그가 총을 겨누고 발사하자 분수처럼 피가 뿜어져 나오고 피부 조직과 치아가 터져 나가면서 포크의 얼굴 왼쪽이 순식간에 사라졌다.

"쐈어!"

포크는 고함을 내지르며 357구경 권총을 떨어뜨리고 뒤로 휘청거렸다. 휘청대는 그의 손이 감자 칩과 타코 칩과 치즈 두들 과자 봉지들을 파편이 널린 나무 바닥으로 쓸어 내 버렸다.

"나를 쐈어, 로이드! 조심해! 나를 쐈어! 나를 쐈어!"

포크가 방충망 문에 부딪하자 문이 요란한 소리를 내며 열렸고, 그는 바깥 현관에 털썩 주저앉으며 낡은 문을 경첩 하나가 헐거워질 만큼 잡아 뜯었다.

놀란 로이드가 자기 방어라기보다는 반사적으로 총을 발사했다. 슈마이저의 굉음이 실내를 가득 울렸다. 깡통들이 날아갔다. 병들이 박살 나서 케첩, 피클, 올리브 열매가 쏟아졌다. 펩시콜라 냉장고의 앞면 유리가 파편들이 부딪치는 쨍그랑 소리를 내며 안쪽으로 무너졌다. 닥터 페퍼와 졸트와 오렌지 크러시 따위 음료수 병들이 공중에 날아오른 원반 표적처럼 터져 나갔다. 거품이 온 사방으로 흘렀다. 냉정하고, 과묵하고, 침착한 카우보이 복장 남자가 자신의 총을 다시 발사했다. 로이드가 그 총알을 소리가 아니라 감촉으로 느낀 바로 그 순간, 총알이 머릿결을 갈라놓을 정도로 매우 가까이서 쌩하니 스치고 지나갔다. 그는 실내를 가로질러 왼쪽에서 오른쪽으로 슈마이저를 긁어 버렸다.

셸 모자를 쓴 남자가 계산대 뒤로 몸을 숨기는 동작이 어찌나 신속하던지, 구경꾼이 봤더라면 바닥의 뚜껑 문이 벌컥 열려 그 남자가 속에 빠졌다고 생각했을 정도였다. 구슬 껌 기계가 풍비박산 났다. 빨강, 파랑, 녹색 껌들이 사방으로 굴러갔다. 계산대 위의 유리병들이 폭발했다. 그중 하나에는 절인 계란이 들어 있었다. 다른 하나는 절인 돼지 족발을 담고 있었다. 즉시 실내에 코를 찌르는 식초 냄새가 차올랐다.

슈마이저가 카우보이의 황갈색 셔츠에 총알 구멍 세 개를 내 주었고, 그의 내장 대부분이 등에서 튀어나와 맥주 홍보견인 스퍼즈 매켄지의 사진을 온통 떡칠했다. 카우보이는 쓰러지면서도 한 손에는 45구경 권총을, 다른 한 손에는 럭키스트라이크 담뱃갑을 꼭 붙들고 있었다.

공포로 졸아 버린 로이드는 쉴 새 없이 총을 난사했다. 기관단총이 손안에서 뜨겁게 달아올랐다. 수거해 놓은 빈 병들로 꽉 찬 상자가 깨지는 소리를 내며 엎어졌다. 짧은 반바지를 입은 달력 속의 소녀는 매혹적인 복숭아 빛 허벅지에 총알 구멍 하나가 생겼다. 표지가 뜯어진 문고판 책 진열대가 우르르 무너져 내렸다. 그러고 나자 슈마이저의 총알이 바닥났고, 새롭게 등장한 침묵이 귀를 먹먹하게 했다. 화약 냄새가 독하고 고약했다.

"이런 썅."

로이드가 내뱉었다. 그는 조심스럽게 카우보이를 보았다. 가까운 미래든 먼 미래든 간에 그 카우보이가 골칫거리가 될 것으로 보이지는 않았다.

"나를 쐈어!"

포크가 고성을 지르며 비틀비틀 다시 안으로 들어섰다. 그가 앞에 거치적거리던 방충망 문을 무지막지한 힘으로 움켜잡자 나머지 경첩이 뽑히면서 문이 현관으로 털썩 자빠졌다.

"나를 쐈어, 로이드, 조심해!"

"내가 그 새끼 잡았어, 포크."

로이드가 달랬지만 포크는 못 들은 것 같았다. 그는 엉망진창이었다. 오른쪽 눈이 불길한 사파이어처럼 번뜩였다. 왼쪽 눈은 없어졌다. 아예 왼쪽 뺨이 증발해 버렸다. 말할 때마다 왼쪽 턱뼈가 움직이는 모습이 훤히 드러났다. 왼쪽에 있는 치아도 역시 거의 없어졌다. 셔츠가 피에 흠뻑 젖었다. 그것만 보아도 포크는 상당히 엉망진창이었다.

"머저리 씹새끼가 날 박살 냈어!"

포크가 소리를 내질렀다. 그는 몸을 숙여 357구경 매그넘 권총을 잡았다.

"날 쏘면 어떻게 되는지 가르쳐 주마, 이 멍청한 씹새끼야!"

그는 카우보이한테로, 시골 촌구석의 나서기 대장한테로 나아갔다. 사냥꾼이 얼마 안 있으면 자신의 집 벽을 장식할 곰 시체와 함께 사진기 앞에서 포즈를 취하듯 포크는 카우보이의 엉덩이에 한쪽 발을 올려놓았고, 357구경 총의 실탄들을 카우보이의 머릿속에다 들이부어 줄 준비를 했다. 그 모습을 지켜보고 선 로이드는 입을 떡 벌리고, 한 손에는 연기가 모락모락 나는 기관단총을 매달고서, 어쩌다 이 지경이 되었는지 이해해 보려고 애를 썼다.

그 순간 셸 모자를 쓴 남자가 장난감 상자에서 튀어나오는 스프링 인형처럼 계산대 뒤에서 불쑥 솟아 나왔는데, 그의 얼굴은 불굴의 의지가 결연한 표정으로 바짝 긴장했고, 양손은 2연발식 산탄총을 꽉 붙잡고 있었다.

"어?"

고개를 쳐든 바로 그 순간에 포크는 2연발 산탄을 맞았다. 그는 쓰러졌고, 얼굴이 전보다 더욱 끔찍스럽게 엉망진창이 되었으며, 그런 것 따위는 조금도 신경 쓰지 못한 채 의식을 잃었다.

로이드는 자리를 뜰 때라고 결론지었다. '돈은 좆 까라고 그래. 돈은 다른 데도 얼마든지 있잖아.' 더 늘어난 추격을 따돌려야 할 때가 분명히 다가온 것이었다. 그는 방향을 바꿔 휘청거리며 큰 걸음으로 가게를 빠져나왔고, 장화가 마룻바닥에 거의 닿지 않을 정도로 서둘렀다.

로이드가 계단을 반쯤 내려왔을 때 애리조나 주 경찰 순찰차 한 대가 구내로 들어섰다. 조수석에서 경찰관이 나와 권총을 뽑아 들었다.

"거기 그대로 가만히 있어! 그 안에서 무슨 일이 벌어지고 있는 거지?"

"세 사람이 죽었어요! 제기랄 엉망진창이라고요! 범인은 뒷문으로 나갔어요! 나는 부리나케 도망치는 중이라고요!"

그가 콘티넨털로 달려가 운전대 뒤로 미끄러져 들어가 차 열쇠가 포크의 주머니 속에 들어 있다는 것을 기억해 낸 순간, 경찰관이 소리를 질렀다.

"멈춰라! 멈추지 않으면 쏜다!"

로이드는 멈췄다. 포크의 얼굴이 총알로 과격하게 난도질당한 것을 심각하게 고려해 보니, 그럴 바엔 차라리 콱 죽는 것만도 못하다고 결론 내리는 데는 그리 오랜 시간이 걸리지 않았다.

"이런 썅."

그가 비참하게 말했을 때 두 번째 경찰이 어마어마하게 큰 권총을 그의 머리통 위쪽에 갖다 댔다. 첫 번째 경찰은 그에게 수갑을 채웠다.

"순찰차 뒷자리로 들어가, 애송이."

셸 모자를 쓴 남자가 여전히 산탄총을 붙잡은 채, 현관 밖으로 나왔다. 그가 날카롭고 따가운 목소리로 외쳐 댔다.

"저 자식이 빌 막슨을 쐈어! 옆에 있던 다른 놈은 스톰 부인을 쐈다고! 총소리가 얼마나 끔찍하던지! 내가 그놈을 쐈어! 그 새끼는 똥 벌레보다도 더 처절하게 죽었어! 이놈도 내가 쏴 버리고 싶어, 당신들이 비켜 주기만 하면야!"

"진정해요, 아저씨. 즐거운 시간은 이제 끝났어요."

"내 저 새끼 있는 곳으로 내려가서 쏴 버릴 거야! 저 새끼를 뽀개 버리겠어!"

그러자 로이드가 영국인 집사가 인사를 하듯 앞으로 몸을 숙이고 자기 신발에다 구역질을 했다.

"이봐요들, 나 좀 저 남자한테서 떨어지게 해 줘요, 그럴 거죠? 저 인간 미친 게 분명해."

"가게에서 나오다 이걸 한 방 먹은 걸로 해 두자, 애송이야."

맨 처음에 그를 제압했던 주 경찰관이 말했다. 그의 권총 총신이 원을 그리며 위로 더 위로 올라가 태양을 따라잡더니만, 로이드의 머리로 떨어져 충돌했고, 그는 아파치 카운티 구치소의 의무실에서 그날 저녁을 맞을 때까지 깨어나질 못했다.

제17장

스타키는 2번 모니터 앞에 서서 2급 기술자 프랭크 D. 브루스를 주시하고 있었다. 마지막으로 브루스를 보았을 때, 그는 소고기 건더기 수프 그릇 속에 얼굴을 묻고 있었다. 명확한 신원이 밝혀진 것 외에는 변한 게 없었다. 상황은 평온했고, 모든 것이 난장판이었다.

깊은 생각에 잠겨, 군대를 사열하는 장군처럼, 어린 시절 우상이었던 블랙 잭 퍼싱 장군처럼 뒷짐을 진 스타키는 4번 모니터로 이동했다. 그곳의 상태는 좀 더 나은 쪽으로 변해 있었다. 이매뉴얼 에즈윅 박사는 변함없이 바닥에 누워 죽어 있었지만, 원심 분리기는 멈췄다. 어제 저녁 19시 40분에 원심 분리기가 가느다란 연기를 거미줄처럼 무더기로 뿜어내기 시작했다. 19시 45분에는 에즈윅 연구실의 음향 탐지기들이 이제껏 전송해 온 '후욱 후욱 후욱' 소리가 더 풍부하고 더 감칠맛 나고 더 만족스러운 '쿨렁! 쿨

렁! 쿨렁!' 소리로 깊어졌다. 21시 07분에 원심 분리기가 마지막으로 쿨렁하더니 서서히 정지했다. 가장 멀리 있는 별 너머 어딘가에 완벽하게 정지한 물체가 존재할 수도 있다고 말한 사람이 뉴턴이었던가? 뉴턴의 말은 구구절절 옳았지만 거리에 관한 한 틀렸다고 스타키는 생각했다. 그렇게 멀리까지 갈 필요가 전혀 없었다. 프로젝트 블루는 완벽하게 정지했다. 스타키는 무척 기뻤다. 원심 분리기는 줄곧 스타키 인생의 마지막 망령이었고, 그가 스테픈스더러 중앙 컴퓨터 연산 장치에 돌려 보라고 시켰던 문제는 이것이었다.(스테픈스가 미쳤느냐는 듯 그를 쳐다보았는데, 그랬다, 스타키는 자기가 미쳤을지도 모른다고 생각했다.) 그 원심 분리기가 얼마나 오랫동안 작동할 것이라 예상하는가?

6.6초 만에 돌아온 대답은 이랬다. '오차 범위 3년. 2주 이내에 고장을 일으킬 가능성 0.009퍼센트. 부위별 고장 가능성은 베어링 38퍼센트, 중심 모터 16퍼센트, 기타 54퍼센트.' 참으로 영리한 컴퓨터였다. 에즈윅의 원심 분리기가 실제로 타 버리고 나서 스타키는 스테픈스에게 그 질문을 다시 묻게 했다. 컴퓨터는 공학 시스템 자료 저장 장치와 정보를 교류하고 나서, 원심 분리기가 정말로 내부의 베어링을 태워 먹은 것이라 확인해 주었다.

그것을 기억해 두자고 스타키가 생각했을 때 호출기가 그의 뒤에서 다급하게 삑삑거리기 시작했다. 붕괴되는 마지막 순간에 불타는 베어링들이 내는 소리는 '쿨렁 쿨렁 쿨렁' 이었다.

그는 호출기로 가서 버튼을 눌러 삑삑 소리를 껐다.

"어, 렌인가."

"빌리 장군님, 텍사스 주 사이프 스프링스라는 마을에 있는 팀으로부터 긴급 호출을 받았습니다. 아네트에서 650킬로미터 정도 떨어진 곳입니다. 그들이 꼭 장군님께 말씀드려야겠다고 합니다. 지휘관 전결 사항이랍니다."

"뭔데 그래, 렌?"

스타키는 조용히 물었다. 그는 지난 열 시간 동안 '침착약' 열여섯 개를 먹었고 기분이 대체로 좋았다. 쿨렁의 조짐은 없었다.

"언론입니다."

"아, 이런 젠장."

스타키가 부드럽게 말했다.

"연결해 줘."

뒤에서 알아들을 수 없는 음성과 함께 불분명한 전파 잡음이 들렸다.

"잠시 기다려 주십시오."

전파 잡음이 서서히 사라졌다.

"……사자, 사자 팀이다, 들리는가, 블루 기지? 들리는가? 하나…… 둘…… 셋…… 넷…… 여기는 사자 팀……"

"연결됐다, 사자 팀. 여기는 블루 기지 1호다."

"보고 사항은 비상사태 지침서 속의 화분으로 암호화시킨다."

카랑카랑한 목소리가 말했다.

"반복한다, 화분."

"제기랄, 화분이 뭔진 나도 알아. 상황은 어떤가?"

사이프 스프링스에서 오는 카랑카랑한 목소리가 막힘없이 거의 5분 동안 말했다. 상황 자체는 중요치 않다고 스타키는 생각했는데, 그 이유는 이틀 전 컴퓨터가 그에게 (어떠한 모습이나 형태로든) 바로 이런 종류의 상황이 6월 말 전에 일어날 것 같다고 알려 주었기 때문이었다. 가능성 88퍼센트. 자세한 내용 따위도 중요치 않았다. 만약 다리통 두 개와 허리띠 고리들이 달렸다면, 그것의 정체는 바지인 것이다. 색깔에 연연하지 마라.

사이프 스프링스의 어떤 의사가 몇 가지 훌륭한 추측을 해 냈고, 휴스턴의 일간지 기자 둘이 사이프 스프링스에서 일어나고 있는 일과 아네트, 베로나, 코머스 시티, 그리고 캔자스 주 폴리스턴이라는 마을에서 이미 일어났던 일을 연관 지어 버렸던 것이다. 그 마을들은 골칫거리가 너무 심각하고 너무 급격하게 생겨난 나머지 격리 조치를 위해 군대를 파견했던 곳이었다. 컴퓨터에는 블루의 흔적이 점차 드러나는 10개 주 25곳의 마을 명단이 들어 있었다.

사이프 스프링스의 상황이 중요하지 않았던 것은 그다지 독특하지 않기 때문이었다. 그들은 아네트의 독특한 상황에서 기회를 잡았고(글쎄, 아마도 기회였을 것이다.) 그 기회를 날려 버렸다. 이제 문제는 그러한 '상황'이 노란색 군용 서류 외에도 마침내 다른 종이에 인쇄되어 선보이려 한다는 것이었다. 스타키가 조치를 취하지 않으면 어쨌든 그렇게 될 터였다. 그동안 그는 조치를 취할지 말지 결정하지 못했다. 그러나 카랑카랑한 목소리가 말을 멈추었을 때, 스타키는 결국 자신이 결정을 내리고 말았음을 깨달았다. 어쩌면 한 20년 전에 이미 결정을 내렸는지도 몰랐다.

'중요한 것은 무엇인가'로 생각이 이어졌다. 그리고 중요한 것은 질병의 존재에 관한 사실이 아니었다. 중요한 것은 어찌 된 셈인지 애틀랜타의 안전에 구멍이 뚫려 모든 예방 작전을 버몬트 주

스토빙턴에 있는 훨씬 불만족스러운 시설로 옮겨서 진행해야 한다는 사실도 아니었다. 중요한 것은 블루가 너무 비겁하게도 평범한 감기로 위장하여 퍼진다는 사실도 아니었다.

"중요한 것은……"

"다시 말해 주십시오, 블루 기지 1호. 수신 상태가 좋지 않았습니다."

중요한 것은 유감스러운 사태가 예전에도 벌어졌다는 것이다. 스타키는 22년 전인 1968년을 떠올렸다. 그가 샌디에이고에 있는 장교 클럽에 있었을 때 캘리 소대가 베트남 메이라이 4에서 저지른 양민 학살 뉴스가 흘러나왔다. 스타키는 오늘날 합동참모본부의 일원이 된 두 사람을 포함하여 네 명의 장교들과 함께 포커를 치던 중이었다. 포커 게임은 잊히고 말았고, 까맣게 잊혔고, 대신 워싱턴의 제4권력인 언론계가 벌이는 마녀 사냥의 분위기 속에서 정확히 이 사건이 군에, 어떤 한 부문만이 아니라 군의 몸통 전체에 어떠한 영향을 끼칠 것인가를 두고 논의가 무성했다. 그리고 그들의 동료 중 한 명이, 이제는 1989년 1월 20일 이래로 대통령이랍시고 얼굴 마담 노릇을 해 오고 있는 불쌍한 벌레한테 직통 전화를 할 수 있는 위치에 올라선 한 남자가 녹색 펠트를 깐 탁자에 살며시 포커 카드를 내려놓으면서 말했다.

"동료 여러분, 유감스러운 사태가 벌어졌습니다. 이처럼 미합중국 군대의 일부 잔가지가 연루된 유감스러운 사태가 벌어질 경우, 우리는 그 사태의 뿌리를 문제 삼을 게 아니라 오히려 그 가지를 어떻게 제거하는 것이 최선일까를 문제 삼아야 합니다. 우리들 군인에게 조국에 대한 충성은 어머니와 아버지를 대하는 마음과도 같습니다. 만약 여러분이 어머니가 강간당했거나 아버지가 두들겨 맞아 강도를 당한 모습을 발견한다면, 경찰을 부르거나 범인을 찾으려 하기 전에, 여러분은 부모님의 치부를 덮어 주어야 할 것입니다. 왜냐하면 여러분은 부모님을 사랑하기 때문입니다."

스타키는 그 이전에도 그 이후로도 그렇게 말 잘하는 사람을 본 적이 없었다.

이제 그는 책상 맨 아래 서랍의 잠금장치를 열고 빨간 테이프로 봉해진 얇고 파란 서류철을 찾아 꺼냈다. 표지에 설명문이 적혀 있었다. '만약 테이프가 끊어졌다면 즉시 모든 보안부서에 신고하시오.' 스타키는 테이프를 끊었다.

"거기 계십니까, 블루 기지 1호? 1호의 말소리가 들리지 않습니다. 반복합니다, 들리지 않습니다."

"나 여기 있다, 사자."

스타키가 대답했다. 그는 서류철을 마지막 쪽까지 휙휙 넘기다가 '최고 비밀 대응 수단' 이라는 표시가 붙은 항목을 손가락으로 훑어 내렸다.

"사자, 들리는가?"

"똑똑히 잘 들립니다, 블루 기지 1호."

"트로이."

스타키가 신중하게 말했다.

"반복한다, 사자. 트로이. 따라 해 봐라. 오버."

침묵. 멀리서 웅얼대는 전파의 잡음. 스타키는 어렸을 때 델몬트 주스 깡통 두 개와 양초로 문지른 실을 가지고 만들었던 장난감 워키토키 무전기를 순간적으로 떠올렸다.

"다시 말하건대……"

"아아 맙소사!"

사이프 스프링스에서 날아온 아주 젊은 목소리가 숨을 삼켰다.

"따라 해 봐라, 귀관."

스타키가 말했다.

"트으…… 트로이."

목소리가 말했다. 그러고 나서 더욱 강하게.

"트로이."

"제대로 전달됐군."

스타키가 차분히 말했다.

"귀관에게 신의 가호가 있기를 빈다. 교신 완료."

"저도 신의 가호를 빕니다, 장군님. 교신 완료."

딸깍 소리, 시끄러운 전파 잡음이 뒤따랐고, 또 한 번 딸깍 소리가 뒤따랐고, 침묵, 그리고 렌 크레이튼의 목소리.

"빌리 장군님?"

"그래, 렌."

"모든 교신 내용을 기록해 놓았습니다."

"거 참 기특한 조치군, 렌."

스타키가 피곤한 어조로 말했다.

"자네가 알아서 상부에 보고하도록 하게. 당연한 일이지."

"오해하고 계시군요, 장군님. 장군님은 옳은 일을 하셨습니다. 제가 그것도 모를 것 같습니까?"

스타키는 눈이 스르르 감기도록 내버려 두었다. 한동안 달콤한 침착약의 효력이 그를 내팽개쳤다.

"자네에게도 신의 가호가 있기를 비네, 렌."

목소리가 갈라지려 했다. 그는 스위치를 끄고 2번 모니터 앞으로 되돌아왔다. 군대를 사열하는 블랙 잭 퍼싱 장군처럼 뒷짐을 졌다. 그는 프랭크 D. 브루스와 브루스의 마지막 안식처를 들여다보았다. 아주 잠깐 그는 다시 한 번 평온함을 느꼈다.

사이프 스프링스에서 나와 남동쪽으로 가면서 36번 도로를 탄다면, 한나절 동안의 주행으로 휴스턴에 도달하는 일반적인 진행 방향으로 나아가는 것이다. 도로를 질주하고 있는 차는 3년 된 폰티액 보너빌이었는데, 시속 130킬로미터로 오르막길에 들어섰다가 정체를 알 수 없는 포드 차량이 길을 막고 있는 바람에 하마터면 사고가 날 뻔했다.

규모가 큰 휴스턴 일간지의 특파원인 서른여섯 살 난 폰티액 운전자가 파워 브레이크를 밟아 대자 타이어가 끼익끼익하기 시작했고, 폰티액의 앞부리가 처음엔 도로 쪽으로 출렁대더니만 왼쪽으로 틀어지기 시작했다.

"이런 빌어먹을!"

조수석에 앉은 사진 기자가 외쳤다. 그는 카메라를 바닥에 떨어뜨리고 매고 있던 안전벨트를 황급히 꼬무락거리기 시작했다.

운전자는 브레이크를 풀어 도로 바깥으로 포드를 피해 갔고, 이내 왼쪽 바퀴들이 부드러운 흙 땅에 끌리기 시작하는 것을 느꼈다. 가속 페달을 밟자 폰티액이 더욱 강한 추진력에 반응하여 다시 아스팔트 도로 위로 올라갔다. 푸른 연기가 타이어 밑에서 뿜어져 나왔다. 라디오 소리가 하염없이 울려 퍼졌다.

베이비, 당신의 남자를 믿나요
그는 올바른 남자예요,
베이비, 당신의 남자를 믿나요?

그가 다시 브레이크를 짓밟았고, 폰티액은 뜨겁고 황폐한 오후 한가운데서 몸을 틀며 멈췄다. 기진맥진한 그는 겁에 질려 숨을 들이마셨다가 연달아 기침을 터뜨렸다. 화가 치솟았다. 폰티액을 포드 쪽으로 후진시키고 보니 차 뒤에 두 남자가 서 있었다.

"이봐."

사진 기자가 초조하게 말했다. 그는 뚱뚱했고 9학년 이래로 싸움질을 해 본 적이 없었다.

"내 말 들어 봐. 어쩌면 그냥 지나가는 편이 더……"

특파원이 또다시 폰티액을 끼익하며 멈추는 바람에 그는 끙끙거리며 몸이 앞으로 쏠렸다. 특파원은 힘찬 손짓 한 번으로 변속기 손잡이를 주차 상태로 두고 차 밖으로 나왔다.

그는 포드 뒤에 있는 젊은 남자 두 명을 향해 걸어가며 두 주먹을 불끈 쥐었다.

"어 그래, 씹탱구리들아! 니들 덕분에 씨팔 뒈질 뻔했다, 나랑 한 판……"

그는 예전에 4년 동안 육군으로 복무한 경력이 있었다. 지원병이었다. 그래서 젊은 남자들이 포드의 짐칸에서 소총을 꺼내 들었을 때 그것이 신형 M3A 조준경이 붙은 소총임을 바로 알아보았다. 충격을 받은 그는 뜨거운 텍사스 햇볕 아래 선 채로 바지에 오줌을 지렸다.

그는 비명을 지르며 마음속으로는 이미 몸을 돌려 폰티액 쪽으로 달아나고 있었지만, 발이 도무지 움직이질 않았다. 남자들이 그에게 총격을 가했고, 총탄이 그의 가슴과 사타구니를 날려 버렸다. 그가 무릎을 꿇고 쓰러지며 두 손을 내밀어 말없이 자비를 구하는 순간 총탄 하나가 그의 왼쪽 눈 1센티미터 위쪽을 강타해 머리 꼭대기를 뜯어내 버렸다.

뒷좌석으로 몸을 틀고 있었던 사진 기자는 젊은 남자 둘이 특파원의 시체를 넘어 소총을 들고 그를 향해 걸어올 때에야 비로소 정확히 무슨 일이 벌어졌는지 파악할 수 있었다.

그가 폰티액 앞자리로 몸을 돌리자 입가로 뜨끈한 침방울이 모여들었다. 자동차 열쇠는 시동 장치에 그대로 꽂혀 있었다. 그는 차에 시동을 걸고 남자들이 총을 쏘자마자 비명을 내질렀다. 거인이 왼쪽 뒤를 걷어차기라도 한 듯 차가 오른쪽으로 갑자기 기울어지는 것을 느꼈고, 운전대가 손 안에서 사납게 진동하기 시작했다. 폰티액이 바람 빠진 타이어 때문에 도로 위에서 통통 튀자 사진 기자의 몸이 위아래로 퉁겨졌다. 잠시 후 거인이 차량의 나머지 쪽도 걷어찼다. 진동이 더욱 심해졌다. 불꽃이 아스팔트에 튀어 올랐다. 사진 기자는 말 울음소리를 내고 있었다. 폰티액의 뒷바퀴들이 진동하면서 까만 헝겊 쪼가리처럼 펄럭거렸다. 국방부 수송대 소속의 수많은 군인 명단에 군번이 올라 있는 젊은 사내 둘이 포드로 달려가 올라탔고, 그들 중 한 명이 급히 차를 돌려 원을 그렸다. 차가 도로 바깥으로 빠지자 차 앞부리가 거칠게 튕겨

오르며 특파원의 시체를 밟고 지나갔다. 조수석에 앉은 하사관이 차 앞 유리에 대고 갑작스레 재채기를 터뜨렸다.

그들 앞에서는 폰티액이 바람 빠진 뒷바퀴 두 개 때문에 난리를 피우며 차 앞부리를 위아래로 출렁대고 있었다. 운전석에 앉은 뚱뚱한 사진 기자가 백미러 속에서 점점 커지는 검정 포드를 보고 울기 시작했다. 그는 가속 페달을 바닥에 닿도록 밟았지만 폰티액의 속도는 겨우 시속 65킬로미터에 불과했고 그것이 도로 위의 최고 속도였다. 라디오에선 래리 언더우드가 마돈나로 바뀌었다. 마돈나는 자기가 물질 만능 소녀라고 나불거리고 있었다.

포드가 빙 돌아 폰티액 앞으로 치고 나왔고, 사진 기자가 생각했던 잠깐의 영롱한 희망은 포드가 계속 전진하여 황량한 지평선 너머로 사라져 그를 홀로 내버려 두었으면 하는 것이었다.

한순간 포드가 뒤로 후진하자, 거칠게 덜덜거리던 폰티액의 앞부리가 포드의 타이어 흙받기에 덥석 물렸다. 금속이 찢겨 나가는 소리가 났다. 사진 기자는 머리가 운전대 속으로 날아 들어갔고 코에서 피가 뿜어져 나왔다.

공포에 질려 목이 삐걱댈 만큼 어깨 너머를 몇 번이고 힐끔거리던 그는 기름이라도 발라 놓은 듯 뜨끈한 인조 가죽 좌석을 주르륵 미끄러져 조수석을 통해 차 밖으로 나왔다. 그는 도로 밖의 흙땅으로 뛰어 내려갔다. 가시철조망 울타리가 있었지만, 그는 울타리를 뛰어올라 비행선처럼 높이, 더 높이 날아다니다, 생각에 잠겼다. '나는 꼭 해내고 말 테야. 나는 영원히 달릴 수 있어…….'

발이 가시철조망에 걸려 옆으로 넘어졌다. 하늘을 향해 비명을 지르며, 그가 바지에서 빠져나오려 무던히 애를 쓰며 허연 뱃살에 힘을 주는 동안 손에 총을 든 젊은 남자 둘이 흙 땅으로 내려왔다.

왜 이래 하고 물어보려 했지만 그의 입에서 나온 것이라곤 미약하고 무기력한 꽥 소리뿐이었고, 그다음엔 뇌가 뒤통수로 터져 나왔다.

언론은 텍사스 주 사이프 스프링스에서 발생한 질병이나 그 밖의 재난에 관련된 기사를 발표하지 않았다. 그날은 그랬다.

제18장

닉이 베이커 보안관 사무실과 유치장 사이의 문을 열자마자 곧바로 그를 조롱하는 소리가 들려왔다. 빈센트 호간과 빌리 워너가 닉의 왼편에 있는 크래커 상자 모양의 독방 두 칸에 들어가 있었다. 마이크 칠드레스는 오른편 독방 두 칸 중 하나에 들어가 있었다. 나머지 하나는 비었는데 자주색으로 빛나는 루이지애나 주립대학교 남학생 친목 반지를 끼고 다니던 레이 부스가 잽싸게 날라버렸기 때문이었다.

"야, 벙어리 새끼!"

칠드레스가 닉을 불렀다.

"야 이 씨팔 벙어리 새끼야! 우리가 여기서 나가면 어떻게 될 것 같냐? 응? 졸라리 너한테 무슨 일이 생기겠냐고?"

"내가 직접 네 불알을 잡아 뜯어내서 숨 막혀 죽을 때까지 목구멍에다 쑤셔 넣어 주마. 내 말 알아들었냐?"

빌리 워너가 거들었다. 오직 빈스 호간만이 조롱에 가담하지 않았다. 마이크와 빌리는 이날 6월 23일에는 닉을 그리 심하게 놀려먹지는 않았는데, 이날은 그들이 캘혼 카운티 청사 소재지로 호송되어 구류 판정을 받는 날이었다. 베이커 보안관이 줄곧 족친 끝에 빈스가 두려운 나머지 실상을 모조리 털어놓았던 것이다. 베이커는 닉에게 자기가 이 팔팔한 아저씨들을 정식으로 고발할 수는 있지만, 사건이 배심 재판으로 올라가면 이 세 사람을, 레이 부스까지 체포한다면 네 사람을 옭아맬 수 있는 것은 바로 닉의 증언이라고 말해 주었다.

닉은 지난 이틀 동안 보안관 존 베이커에게 상당한 존경심을 갖게 되었다. 그 사람은 짐작대로 보안관을 선출하는 유권자들로부터 '덩치 크고 무서운 존 대장'이라 불리며 몸무게가 120킬로그램이나 나가는 전직 농부였다. 닉이 그에게 존경심을 느낀 까닭은 잃어버린 일주일치 품삯을 메울 수 있도록 유치장 관리 일을 맡겨주어서가 아니라, 자신을 폭행하고 강도질했던 사람들을 잡으러 다녀서였다. 그는 닉이 단지 귀머거리에 벙어리인 떠돌이가 아니라 마치 그 마을에서 가장 오래 살고 가장 존경받는 집안의 일원이기라도 한 것처럼 체포 임무를 수행했다. 닉은 여기 남부 지방 변두리에는 그를 소년원 출소자나 떠돌이 폭력배라고 여기는 보안관들이 많이 있다는 사실을 지난 6개월간의 경험을 통해 익히 알았다.

닉과 베이커는 정식 순찰차 대신 베이커의 자가용인 파워 왜건을 타고 빈스 호간이 일하는 제재소를 찾아갔다. 자동차 계기판 밑에 산탄총이 있었고(베이커가 말했다. "늘 챙겨 놓고 늘 총알을 채워 넣지.") 경찰 업무 중일 때 올려놓는다는 둥근 경보등도 있었다. 그가 둥근 경보등을 계기판에 올려놓고 목재 하역장 주차 구역으로 쳐들어간 때가 바로 이틀 전이었다.

베이커는 기침을 하고, 창밖으로 가래를 내뱉고, 코를 풀고, 충혈된 눈을 손수건으로 살살 문질렀다. 그는 거친 코맹맹이 소리를 냈다. 닉이 들을 수 없는 건 당연했지만, 들을 필요조차 없었다. 베이커가 악성 감기에 걸렸다는 것은 너무도 분명했다.

"이따가 그 녀석을 만나면 먼저 내가 그놈 팔을 붙잡을 거야. 그러고 나서 자네한테 물을 거야. '이 사람이 그들과 한패야?' 자네는 나한테 그렇다고 크게 한 번 끄덕거려 주면 돼. 크게 하지 않아도 상관없어. 그저 끄덕거리면 돼. 알았지?"

닉이 고개를 끄덕거렸다. 그는 알아들었다.

빈스는 나무판을 평평하게 깎는 기계 대패에 거친 널빤지를 집어넣는 일을 하며 거의 장화 꼭대기까지 쌓인 톱밥 속에 서 있었다. 그는 존 베이커에게 안절부절못하는 미소를 보냈고, 보안관 곁에 서 있는 닉을 보더니 눈이 불안하게 흔들렸다. 닉의 얼굴은 수척했고 지쳤고 몹시도 창백했다.

"안녕하세요, 존 대장님. 작업장 인부들한테 무슨 볼일이라도 있어요?"

작업장의 다른 인부들이 모두 이 상황을 지켜보고 있었고, 상당히 복잡한 새로운 방식의 테니스 경기를 지켜보는 사람들처럼 눈을 닉한테서 빈스를 거쳐 베이커에게로, 다음에는 다시 반대 방향으로 엄숙하게 움직이고 있었다. 그중 한 명은 씹는담배가 섞인 가래침 한 줄기를 금방 나온 톱밥 더미에 찍 뱉고 손목으로 턱을 닦아 냈다.

베이커가 빈스 호간의 흐물흐물하고 볕에 그을린 팔 한 짝을 붙잡아 앞으로 끌어당겼다.

"어럽쇼! 이게 무슨 수작이슈, 존 대장?"

베이커가 고개를 돌려 주어서 닉은 그의 입술을 볼 수 있었다.

"이 사람이 그놈들과 한패야?"

닉은 단호하게 고개를 끄덕거렸고, 덤으로 빈스를 손으로 가리키기까지 했다. 빈스가 재차 항의했다.

"이게 뭔 일이래? 호랑이 담배 피우던 시절부터 난 이 벙어리 새끼 전혀 모른단 말요."

"그럼 이 사람이 벙어리인 줄은 어떻게 알았지? 따라와, 빈스. 차디찬 유치장으로 가 줘야겠어. 지금 당장. 한참 들어가 있을 거니까 여기 직원한테 네 칫솔 좀 갖다 달라고 부탁해도 괜찮아."

항의를 계속하며 빈스는 파워 왜건으로 끌려가 태워졌다. 항의를 계속하며 그는 시내로 옮겨졌다. 항의를 계속하며 그는 유치장에 감금당했고 두 시간 동안 방치되어 안절부절못했다. 베이커는 그에게 피의자 권리를 읊어 주는 성가신 일 따위는 하지 않았다.

"저 바보 녀석은 주접떨다 아주 얼이 빠져 버릴 거야."

베이커가 닉에게 말했다. 베이커가 정오쯤에 다시 가 보니 빈스는 너무 허기 지고 너무 겁에 질려 더는 항의를 계속할 수 없는 상태였다. 그는 모조리 불어 버리고 말았다.

마이크 칠드레스가 1시에 감방에 들어왔고, 빌리 워너는 자기 집에서 베이커에게 붙잡힐 때 어디론가 떠나려고 낡은 크라이슬러 자가용에다 이제 막 짐을 꾸리고 있던 참이었다. 꽉 채운 술 상자들과 끈으로 묶은 짐 보따리들로 보건대 오랫동안 꾸물댄 모양이었다. 그런데 레이 부스한테 누군가 귀띔을 해 주었고, 레이는 꽤 영리한 편이라서 좀 더 신속하게 도망쳤다.

베이커는 아내에게 인사를 시키고 저녁 식사를 같이 하려고 닉을 집으로 데려갔다. 차 안에서 닉은 메모장에 글을 썼다.

'사모님의 동생 일로 저는 너무 송구스럽습니다. 사모님이 그 일을 어떻게 받아들이고 계신가요?'

"아내는 견뎌 내고 있는 중이야."

베이커의 목소리와 태도 모두 무뚝뚝하다고 할 만했다.

"내 생각으론 동생 때문에 얼마간 울었던 것 같지만, 아내는 동생이 어떤 사람인지 알아. 그리고 친구에게라면 몰라도 친인척한테 호되게 훈계를 한다는 게 힘들다는 것도 알고."

제인 베이커는 작고 예쁜 여자였고, 정말로 많이 울었던 것 같았다. 심하게 푹 꺼진 그녀의 눈을 보고 있자니 닉은 맘이 편치 못했다. 하지만 제인은 그의 손을 잡으며 따스하게 악수를 하고 말했다.

"만나서 반가워요, 닉. 당신이 당했던 불행에 대해 깊이 사과드립니다. 저도 책임을 느껴요. 우리 집안 사람 중 한 명이 그 일에 가담했으니."

닉은 고개를 흔들며 어색하게 발을 끌었다.

"내가 이 친구한테 사무실 일거리를 줬어. 브래들리가 리틀록으로 이사를 하고 나서부터 보안관 사무실이 아주 난장판이 됐잖아. 페인트칠과 청소, 대개 그런 일이지. 어찌 됐든 한동안 이곳에 머물러 있어야 할 테니까. 이유는…… 당신도 알겠지."

"재판 때문이지. 그래."

그러고 나자 침묵이 너무도 무겁게 짓눌러서 닉조차도 괴로움을 실감하는 순간이 찾아왔다.

그때 의식적으로 명랑해지려 애쓰며 제인이 말했다.

"닉, 돼지 뼈 고깃국이 입에 맞을지 모르겠어요. 저녁거리로 차려 놓은 게 그거라서요. 옥수수 약간하고 양배추 샐러드 한 대접이랑요. 제가 만든 양배추 샐러드는 시어머님이 만들어 주시던 것에 비하면 맛이 한참 아래래요. 이이가 하는 말이 그래요, 아무튼 간에."

닉은 배를 문지르며 미소 지었다.

디저트(딸기 생크림 케이크, 지난 2주일 동안 배가 차도록 먹어 본 적이 없었던 닉은 두 접시나 먹었다.)를 먹을 무렵 제인 베이커가 남편한테 말했다.

"당신 감기가 더 심해진 것 같아. 증세가 아주 많이 나빠지고 있어, 존 베이커. 게다가 파리를 먹여 살리려고 그런 건진 몰라도 밥도 많이 남겼고."

베이커는 죄진 듯한 표정으로 한동안 그의 접시를 쳐다보고 나서 어깨를 으쓱했다.

"가끔 한 끼 정도는 지나칠 수도 있는 거잖아."

그가 말하며, 살이 겹친 이중 턱을 어루만졌다.

그들을 지켜보던 닉은 그토록 몸집이 완전히 다른 두 사람이 침대에서 어떻게 잘 살아가는지 놀라웠다. '이분들은 서로 잘 맞춰서 사는 것 같아.' 그는 속으로 미소 지으며 생각했다. '서로를 상당히 편하게 느끼는 게 분명해 보여. 뭐 내가 상관할 바는 아니지

만.'

"당신 얼굴이 벌겋게 달아올랐잖아. 열 있는 거야?"

베이커가 어깨를 으쓱했다.

"아니…… 글쎄. 어쩌면 약간."

"저런, 당신 오늘 밤엔 다시 나가지 마. 마지막 경고야."

"여보, 유치장에 피의자들이 있잖아. 특별히 감시할 필요는 없다손 쳐도, 식사랑 물은 당연히 챙겨 줘야 하는 거라고."

"닉이 할 수 있어."

그녀가 마지막이라는 투로 말했다.

"당신은 침대로 가야 해. 그리고 불면증 탓은 하지 마. 그건 당신한테 아무런 도움도 안 될 테니까."

"닉을 혼자 보낼 수는 없어."

그가 힘없이 말했다.

"닉은 귀머거리에 벙어리라고. 게다가 보안관 대리도 아냐."

"음, 그럼 지금 일어서서 닉을 대리로 임명하도록 해."

"닉은 마을 주민이 아니잖아!"

"안 그러면 난 당신이랑 말 안 할 거야."

제인 베이커가 냉혹하게 말했다. 그러고는 자리에서 일어나 식탁을 치우기 시작했다.

"자, 얼른 해 치워, 존."

그리고 그것이 닉 앤드로스가 소요 마을의 유치장 죄수에서 채 24시간도 안 되어 소요 마을의 보안관 대리로 탈바꿈한 사연이었다. 그가 보안관 사무실로 갈 채비를 하고 있을 때 베이커가 아래층 홀로 내려왔는데, 닳아빠진 목욕 가운을 입은 모습이 유령처럼 두툼해 보였다. 그런 복장으로 나온 것이 창피한 듯싶었다.

"아내가 이런 식으로 강요하도록 놔두지 말았어야 했는데. 만약 기분이 그토록 니글니글하지만 않았더라면 아내 말을 따르지 않았을 거야. 가슴이 온통 답답하고 크리스마스 이틀 전 불벼락 세일처럼 화끈거려. 기운도 없고."

닉이 딱하다는 듯 고개를 끄덕거렸다.

"보안관 대리들한테 신세만 지는군. 브래들리 케이드와 그의 아내는 아기가 세상을 뜨고 나서 리틀록 마을로 떠났어. 돌연사 때문이었지. 끔찍한 일이야. 떠났다고 탓할 수도 없는 일이지."

닉이 자기 가슴을 가리킨 다음 엄지와 검지로 원을 만들었다.

"물론, 자넨 잘해 낼 거야. 일반적인 주의 사항만 지켜 주면 돼. 내 말 알아듣지? 내 책상 세 번째 서랍 속에 45구경 권총이 있긴 하지만, 돌아가서 총에 손대지는 마. 열쇠도 마찬가지고. 알았지?"

닉이 끄덕거렸다.

"돌아가거들랑, 녀석들의 손길이 닿지 않는 곳에 떨어져 있으라고. 혹시 놈들 중 누구든 병에 걸린 척하더라도 넘어가면 안 돼. 세상에서 가장 오래된 속임수니까. 만약 누군가 병에 걸린다고 해도 솜즈 박사가 아침에 가뿐하게 돌봐 주면 돼. 그때쯤엔 나도 같이 있을 거고."

닉은 주머니에서 메모장을 꺼내 적었다.

'저를 신뢰해 주셔서 감사해요. 그들을 가둬 주셔서 고맙고 제게 일자리를 주셔서 고맙습니다.'

베이커는 이 글을 꼼꼼하게 읽었다.

“자넨 참 순수하고 희한한 사람이야. 자네 어디 출신이야? 어쩌다가 고향을 떠나 이런 데까지 왔지?”

‘사연이 깁니다. 오늘 밤에 보안관님을 위해 그 사연을 몇 자 적어 볼게요, 원하신다면요.’

“그렇게 하도록 해. 내가 전화로 자네 신원을 조회해 봤다는 건 자네도 알 테지.”

닉이 끄덕거렸다. 그것은 수사 규정에 따른 조치였다. 그는 전과 없이 깨끗했다.

“제인더러 고속도로변에 있는 마더 기사 식당에다 전화해 놓으라고 할게. 녀석들이 저녁을 굶으면 경찰에 신고한다고 난리를 피우겠지.”

닉이 적었다.

‘식사를 가져오는 사람이 누구든 사무실로 바로 들어와야 한다고 사모님께 말씀해 주세요. 그 사람이 문을 두드리면 저는 들을 수가 없잖아요.’

“알았어.”

베이커가 잠시 주저했다.

“사무실 구석에 있는 간이침대를 쓰라고. 딱딱하지만 깨끗해. 조심해야 하는 거 꼭 기억해, 닉. 곤란한 일이 생겨도 자넨 도와달라고 소리칠 수도 없잖아.”

닉이 고개를 끄덕이고 글을 적었다.

‘제 몸 하나는 책임질 수 있어요.’

“그래, 그러리라 믿어. 그래도 내가 마을에서 누군가를 불러다 줄 수도 있어. 혹시라도 내 생각에 그 녀석들이 막……”

제인이 다가와서 그의 말이 끊어졌다.

"당신 아직도 이 가엾은 청년한테 설교하는 거야? 그 사람 보내 줘, 당장. 내 멍청한 동생이 쳐들어와서 유치장 친구들을 전부 탈출시키기 전에."

베이커가 심술궂게 웃었다.

"내 생각에 걔는 지금쯤 테네시 주에 가 있을걸."

그가 긴 한숨을 내쉬는 순간, 가래가 끓으며 우렁찬 기침이 연달아 터졌다.

"위층으로 올라가서 누울 때가 된 것 같아, 제이니."

"열 좀 내리게 아스피린 갖다 줄게."

제인이 남편과 함께 계단으로 가면서 어깨 너머로 닉을 돌아다보았다.

"만나서 반가웠어요, 닉. 사정이야 어떻든 간에. 제 남편 말대로 꼭 조심해요."

닉은 허리를 굽혀 인사했고, 제인도 답례로 몸을 약간 숙여 인사했다. 그는 그녀의 눈에서 반짝이는 눈물을 보았다고 생각했다.

닉이 유치장으로 오고 나서 30분쯤 후에 더러운 배달복을 걸친 여드름투성이의 호기심 많은 소년이 저녁 식사가 든 식판 세 개를 들고 왔다. 닉은 식판을 간이침대 위에 놓으라고 배달 소년에게 몸짓했고, 소년이 그렇게 하는 동안 글을 갈겨썼다.

'이거 식대는 다 치른 거니?'

배달 소년은 대학 신입생이 『모비 딕』을 대하듯 온 정신을 집중하여 닉의 글을 읽었다.

"물론이죠. 보안관 사무실은 계산하는 장부가 따로 있어요. 저기 근데, 말을 못해요?"

닉은 고개를 끄덕였다.

"거 참 골 때리는 일이네요."

배달 소년은 말을 마치고, 그런 신체장애가 전염되기라도 하는 양 황급히 떠나갔다.

닉은 한 번에 하나씩 식판을 들고, 빗자루 손잡이를 이용해 감방 문 밑바닥의 틈새로 각각의 식판을 밀어 넣었다.

닉이 고개를 드는 바로 그 순간 마이크 칠드레스가 입을 움직이는 모습이 눈에 띄었다.

"……좀생이 개새끼야, 그렇지?"

웃음을 지으며, 닉은 그에게 자신의 가운뎃손가락을 펴 보였다.

"내가 널 손가락으로 쑤셔 주마, 이 벙어리 새끼야."

칠드레스가 말하며 기분 나쁘게 씩 웃었다.

"여기서 나가기만 하면 내가……"

닉은 나머지 말을 무시하고 돌아섰다.

사무실로 돌아와 베이커의 의자에 앉은 그는 책상 받침판 가운데로 메모장을 끌어다 놓고, 한동안 가만히 생각에 잠겼다. 그러다 메모지 위쪽에 짧은 글을 적었다.

나의 인생 내력

닉 앤드로스 씀

닉은 글을 멈추고 가볍게 웃음 지었다. 그동안 몇몇 재미있는 곳에 있어 보았지만, 보안관 사무실에 앉아 보안관 대리 행세를 하고, 그를 두들겨 팼던 세 사람을 관리 감독하며, 자신의 인생 내력을 쓰고 있을 줄은 가장 엉뚱한 꿈속에서조차 전혀 예상하지 못했다. 잠시 후 그는 다시 글을 쓰기 시작했다.

나는 네브래스카 주 캐슬린에서 1968년 11월 14일에 태어났다. 우리 아빠는 자영 농부셨다. 그분과 우리 엄마는 늘 파산할 것 같은 처지였다. 부모님은 각기 다른 은행 세 곳에다 빚을 졌다. 엄마가 나를 임신한 지 6개월째였을 때, 읍내에 있는 의사를 찾아가려고 아빠가 엄마를 차에 태워 데리고 가던 중에, 트럭 운전대에 연결된 조향 장치가 떨어져 나가 부모님이 배수구로 추락하셨다. 아빠는 심장마비로 돌아가셨다.

아무튼 3개월 후, 엄마는 나를 낳았고 나는 지금과 같은 신체장애를 지니고 태어났다. 남편을 사고로 잃은 데다가 엎친 데 덮친 격이었다.

엄마는 1973년까지 농장을 꾸려 가다가, 늘상 말씀하시던 '힘센 사기꾼들' 한테 농장을 빼앗기셨다. 엄마는 가족이 없었지만 아이오와 주 빅스프링스에 있는 몇몇 친구들한테 편지를 썼고, 그분들 중 한 명이 제과점에 일자리를 구해 주었다. 우리 가족은 1977년까지 여기에 살았는데, 엄마가 사고로 돌아가시고 말았다. 엄마가 일을 끝내고 집으로 돌아오다 길을 건너던 중 오토바이가 엄마를 쳤다. 사고는 운전자의 실수가 아니라 브레이크 고장으로 생긴 불행일 뿐이었다. 그 사람은 과속이라든가 그 밖에 다른 잘못이 전혀 없었다. 침례교회에서 우리 엄마한테 자선 장례식을 베풀어 주었다. 이 교회, 그레이스 침례교회가 나를 디모인에 있는 예수 그리스도의 아이들 고아원으로 보냈다. 이곳은 모든 온갖 종류의 교회들이 힘을 모아 운영하는 곳이다. 내가 읽기와 쓰기를 배웠던 곳이었다.

닉은 이 부분에서 멈추었다. 글을 너무 길게 쓰느라 손이 쑤셨지만, 그것이 이유는 아니었다. 이런저런 사연을 또다시 떠올리기가 불편하고, 화끈거리고, 거북스러웠다. 그는 감방 구역으로 다시 가서 안을 들여다보았다. 칠드레스와 워너는 잠들었다. 빈스 호간은 철창 옆에 서서 담배를 피우며, 그토록 쏜살같이 달아나지 않았으면 오늘 밤 레이 부스가 차지했을 통로 저편의 텅 빈 감방을 쳐다보고 있었다. 호간은 마치 울고 있는 것처럼도 보였는데, 그 모습은 닉을 조그만 벙어리 인간 쓰레기 닉 앤드로스였던 시절로 되돌려 놓았다. 그가 어렸을 때 영화에서 배운 단어가 하나 있었다. 그 단어는 '인커뮤니카도(INCOMMUNICADO: 고립된, 감금당한—옮긴이)' 였다. 그것은 닉에게 항상 환상적이면서도 러브크래프트의 소설을 연상시키는 단어였으며, 뇌 속에 메아리치고 쿵쾅거리는 무시무시한 단어였다. 그리고 오직 정상적인 우주 세계의 외부와 인간 영혼의 내부에서만 살아 숨 쉬는 공포의 미묘한 모습들을 모두 함축한 단어였다. 그는 평생 '인커뮤니카도' 였던 것이다.

닉은 자리에 앉아 써 놓았던 마지막 줄을 다시 읽어 보았다. '내가 읽기와 쓰기를 배웠던 곳이었다.' 하지만 사정이 말처럼 간단했던 것은 아니었다. 그는 소리 없는 세상에서 살았다. 글쓰기는 암호였다. 말하기는 입술의 움직임, 이의 상하 운동, 혀의 춤이었다. 어머니는 그에게 사람의 입술 모양을 읽도록 가르쳤고, 기를 써 가며 휘갈긴 글씨로 그에게 이름 쓰는 법을 가르쳤다. "그게 네 이름이야. 그게 너야, 니키." 그러나 당연히 그녀는 소리 없이, 의미 없이 말했다. 근본적으로 의미를 연결시켰던 것은 그녀가 종이를 툭툭 두드리고 나서 그의 가슴을 툭툭 두드렸을 때였다. 귀머거리에 벙어리가 되어 가장 나빴던 점은 소리 없는 무성 영화의 세상에 사는 것이 아니었다. 가장 나빴던 점은 사물의 이름을 알지 못했던 것이었다. 그는 네 살이 될 때까지 이름 부르기의 개념을 전혀 이해하지 못했다. 여섯 살이 될 때까지 남들이 키 큰 녹색 물체들을 '나무'라고 부른다는 것을 알지 못했다. 그는 알고 싶었으나, 아무도 그에게 말해 줄 생각을 안 했고 물어볼 방법도 없었다. 그는 '인커뮤니카도'였다.

엄마가 죽었을 때, 닉은 거의 완전히 움츠러들었다. 고아원은 시끌벅적한 침묵의 장소였고, 그곳에선 험상궂은 얼굴의 깡마른 소년들이 닉의 침묵을 놀려 댔다. 두 소년이 닉에게 달려와서는, 한 소년은 양손으로 자기 입을 틀어막고 또 한 소년은 양손으로 자기 귀를 틀어막았다. 근처에 고아원 직원이 아무도 없으면, 그 애들은 그를 두들겨 패려고 들었다. 이유? 이유 같은 건 없었다. 아마도 수많은 백인 낙오자들의 계급 속에 하위 계급이 존재하기 때문인지도 몰랐다. 낙오자들 중에서도 더 저급한 낙오자들.

닉은 의사소통하고 싶다는 생각을 그만두었고, 그러고 나니 생각하는 힘 자체가 녹슬고 붕괴하기 시작했다. 그는 차츰 이곳저곳을 멍하니 어슬렁거리면서, 세상을 가득 채운 이름 없는 사물들을 바라보기만 했다. 운동장에 무리 지어 있는 아이들이 대화를 통해 의례적으로 짝을 이루어 입술을 움직이고, 쇠사슬로 조종하는 하얀 성벽 다리처럼 이를 올렸다 내리고, 혀로 춤을 추는 모습을 구경했다. 이따금씩은 한 시간이 다 가도록 오랫동안 구름 하나를 뚫어지게 쳐다보는 자신의 모습을 발견하기도 했다.

그러다 루디가 나타났다. 흉터 자국이 난 얼굴에 대머리인 덩치 큰 남자였다. 195센티미터의 키는 꼬마 닉 앤드로스한테 6미터나 다름없었다. 그들은 탁자 하나에 의자 예닐곱 개 그리고 기분 내킬 때만 작동하는 텔레비전이 있는 지하실 방에서 처음으로 만났다. 루디가 쪼그려 앉더니 자기 눈을 닉의 눈과 거의 똑같은 높이로 맞추었다. 그러고는 커다랗고 흉터 있는 두 손을 들어 그의 입과 귀를 덮었다.

'나는 귀머거리에 벙어리야.'

닉은 퉁명스럽게 얼굴을 돌려 버렸다. '그걸 누가 상관한대?'

루디가 그의 뺨을 때렸다.

닉이 엎어졌다. 입이 벌어지고 소리 없는 눈물이 눈에서 새 나오기 시작했다. 그는 이 흉터 있는 트롤 괴물, 이 대머리 마귀와 한곳에 있고 싶지 않았다. 그 사람은 진짜로 귀머거리도 벙어리도 아니었으며, 그것은 잔인한 농담이었다.

루디는 그를 부드럽게 일으켜 세워 탁자로 데리고 갔다. 백지 한 장이 탁자 위에 있었다. 루디가 그것을 가리켰다가 닉을 가리켰다. 닉은 시무룩하게 종이를 주시했고, 그러고는 대머리 남자를 주시했다. 그는 고개를 흔들었다. 루디는 끄덕거렸고 다시 한 번 빈 종이를 가리켰다. 그는 연필을 꺼내 닉에게 건넸다. 닉은 연필이 뜨겁기라도 한 듯 내려놓았다. 그러곤 고개를 흔들었다. 루디는 연필을 가리켰고, 뒤이어 닉을 또 종이를 가리켰다. 닉은 고개를 흔들었다. 루디가 또다시 그의 뺨을 때렸다.

더 많은 소리 없는 눈물. 흉터 자국 얼굴이 그를 오로지 집요한 인내심으로 바라보고 있었다. 루디가 다시 종이를 가리켰다. 연필을. 닉을.

닉이 주먹 속에 연필을 꽉 움켜쥐었다. 그는 자신의 생각하는 두뇌 속에 존재하기는 하지만 거미줄투성이로 녹슬어 가던 사고력으로부터 끌어내어, 자신이 아는 네 단어를 썼다. 그는 이렇게 썼다.

니컬러스 앤드로스
좆 까

그러고 나서 닉은 연필을 두 쪽으로 부러뜨리고 퉁명스럽게 시비조로 루디를 쳐다보았다. 그러나 루디는 웃고 있었다. 그러다 갑자기 탁자 위로 손을 뻗어 단단하고 못이 박인 양 손바닥으로 닉의 머리를 단단히 잡았다. 그의 손길은 따스하고 부드러웠다. 닉은 그토록 애정 어린 손길을 마지막으로 받아 본 게 언제였는지 기억할 수가 없었다. 어머니도 그런 손길로 닉을 감싸곤 하셨다.

루디가 닉의 얼굴에서 손을 내렸다. 그는 뾰족한 연필심이 붙어 있는 연필 반 토막을 집어 들었다. 종이를 백지상태인 뒷면으로 뒤집었다. 텅 빈 하얀 여백을 연필심으로 툭툭 두드리고, 그러고 나서 닉을 톡톡 두드렸다. 그는 그것을 다시 한 번 했다. 그리고 또 한 번. 그리고 또 한 번. 그리고 마침내 닉은 이해했다.

'너는 이 백지다.'

닉은 울음을 터뜨렸다.

루디는 그 후 6년 동안 찾아왔다.

……내가 읽기와 쓰기를 배웠던 곳이었다. 루디 스파크먼이란 사람이 찾아와 내 공부를 도와주었다. 그를 만난 것이 내겐 큰 행운이었다. 1984년에 고아원이 망했다. 직원들은 가능한 한 많은 아이들을 입양 보냈지만, 나는 그 아이들 속에 끼지 못했다. 직원들은 내가 조금만 기다리면 어떤 가정에 들어갈 것이고 나를 돌봐 주는 대가로 주 정부가 그 가정에 비용을 대 줄 것이라고 말했다. 나는 루디와 같이 있고 싶었지만, 루디는 아프리카에서 평화봉사단 활동을 하고 있었다.

그래서 나는 도망쳤다. 열여섯 살로 접어드니, 직원들이 나를 그리 신경 써 주었다는 생각이 들지 않는다. 만약 곤란한 일에만 휘말리지 않으면 모든 게 다 괜찮을 것이라고 나는 판단했고, 여태까진 그럭저럭 좋았다. 나는 그동안 한 번에 한 과정씩 고등학교 통신과정을 받아 왔는데, 그 이유는 루디가 항상 교육이 가장 중요하다고 말했기 때문이다. 한동안 한곳에 머물며, 고교 학력 검정고시에 도전할 계획이다. 조만간 합격할 수 있을 것이다. 나는 학교가 좋다. 어쩌면 언젠가는 대학에도 가겠지. 나도 그것이 미친 소리라는 것을 안다. 나 같은 귀머거리에 벙어리 떠돌이 주제에. 하지만 나는 그것이 불가능하다고 생각지는 않는다. 어쨌든 이것이

나의 인생 이야기다.

전날 아침 닉이 쓰레기통을 비우는 동안 베이커가 7시 30분쯤에 출근했다. 보안관은 좀 나은 것처럼 보였다.

'좀 어떠세요?'

"아주 좋아. 자정까지는 열이 펄펄 끓었지. 어릴 적 이후로 가장 심한 고열이었어. 아스피린도 별 도움이 안 되는 것 같더라고. 제이니는 의사를 부르자고 했는데, 12시 30분쯤 되니까 열이 푹 꺼졌어. 그러고는 나무토막처럼 잠에 곯아떨어졌지. 자넨 좀 어떠신가?"

닉이 엄지와 검지로 원을 만들었다.

"우리 손님들은 어때?"

닉이 시끄럽게 지껄이는 흉내를 내느라 입을 몇 차례 움찍거렸다. 성난 듯한 표정으로. 보이지 않는 철창을 두들기는 몸짓을 해가며.

베이커는 고개를 젖히고 웃어 대다가, 몇 차례 재채기를 했다.

"자넨 정말 텔레비전에 출연해도 되겠어. 그래, 어젯밤에 말한 대로 자네 인생 이야기를 써 놓았나?"

닉이 끄덕거리고 글을 적은 종이 두 장을 차분히 건넸다. 보안관은 자리에 앉아 주의 깊게 읽었다. 다 읽고 난 그가 너무나 오랫동안 너무나 뚫어지게 쳐다보는 바람에 닉은 한동안 발밑을 내려다보고, 무안해하며 당혹스러워했다.

그가 다시 고개를 쳐들자 베이커가 말했다.

"자넨 열여섯 살 이후로 혼자 힘으로 살아온 거야? 6년 동안?"

닉이 끄덕거렸다.

"그리고 정말로 고등학교 교육 과정을 모두 배웠단 말이야?"

닉은 잠시 메모지에 글을 적었다.

'저는 뒤처졌어요. 읽기와 쓰기를 너무 늦게서야 시작했기 때문이에요. 고아원이 문을 닫을 때 저는 막 진도를 따라가려던 참이었어요. 저는 그곳에서 고등학교 과정 6학점을 땄고, 그다음에 시카고에 있는 라살레 우편 통신 교육원을 통해 6학점을 더 땄죠. 그런 정보들은 성냥갑에 적힌 광고를 보고 알았어요. 이젠 4학점을 더 따야 합니다.'

"무슨 과목이 남아 있는데?"

베이커가 물었고, 그러다 고개를 돌리고 소리 질렀다.

"거기 너희 입 다물어! 내가 엄청 기분이 좋아서 준비가 됐을 때 니들이 핫케이크랑 커피를 받아먹는 거지, 그러기 전에는 국물도 없어!"

'기하학. 고등 수학. 2년 과정의 어학. 그것들이 대학 진학 필수 과목들이에요.'

"어학. 불어 같은 걸 말하는 건가? 독어? 에스파냐어?"

닉이 끄덕거렸다.

베이커가 웃어 대며 고개를 흔들었다.

"난생처음 들어 보는 놀라운 말이로구먼. 외국어 말하기를 배우는 농아라니. 아, 자네를 깔보려는 뜻은 전혀 없어, 젊은이. 이해해 줘."

닉은 웃음 지으며 고개를 끄덕였다.

"근데 그동안 왜 그렇게 많이 떠돌아다닌 거야?"

'아직 미성년자였던 동안에는 한곳에 너무 오랫동안 머물 엄두를 못 냈어요. 사람들이 저를 또 다른 고아원 같은 곳에 집어넣으려 들까 두려워서요. 제가 충분히 나이를 먹어 안정된 일자리를 찾아봤을 때는, 경기가 더 나빠졌더라고요. 사람들이 주식 시장이 무너졌네 어쨌네 말을 했지만, 저는 귀머거리니까 그 말을 듣지 못했답니다(하하하).'

"다른 마을에선 여기저기 돌아다니다 시간만 허비하게 될 거야. 경기가 안 좋을 때는 인정이 그리 넉넉하게 흐르질 않는다고. 닉, 안정된 일자리라면, 내가 이 근방에서 소개해 줄 수도 있어. 저 녀석들이 소요와 아칸소에서 계속 자네한테 시비를 걸지만 않는다면. 그렇지만…… 우리네 인생이란 게 그렇게 평탄하게만 굴러가진 않잖아."

닉이 고개를 끄덕거려 이해한다는 뜻을 나타냈다.

"자네 이는 어때? 입 안에 통증이 대단했잖아."

닉이 어깨를 으쓱했다.

"진통제는 좀 챙겨 먹은 거야?"

닉이 손가락 두 개를 쳐들었다.

"아, 어디 보자. 내가 저 녀석들 서류 작업을 좀 해 놓을 게 있구먼. 자넨 하던 일 마저 계속 해. 우리 나중에 좀 더 얘기를 나눠 보자고."

자동차로 닉을 거의 칠 뻔했던 솜즈 박사가 같은 날 아침 9시 30

분경에 사무실에 왔다. 그는 덥수룩한 흰 머리에, 앙상한 닭 목에, 아주 날카로운 푸른 눈을 지닌 예순 살쯤 되는 사람이었다.

"존 대장이 자네가 입술 모양을 읽는다고 말해 주더구먼. 또 자네한테 돈벌이가 되는 일자리를 알아봐 주고 싶다고 하니, 자네가 이 인간 손에 죽지는 않을 게 분명해. 어디, 셔츠 좀 벗어 봐."

닉이 단추를 풀고 파란 셔츠를 벗었다.

"이런 맙소사, 그것 봐요."

"녀석들이 일 처리를 예술로 해 놨구먼. 굉장해."

솜즈가 닉을 보고 무미건조하게 말했다.

"젊은이, 하마터면 자넨 왼쪽 젖꼭지를 잃을 뻔했어."

그가 유두 바로 위쪽에 앉은 초승달 모양의 딱지를 가리켰다. 닉의 배와 가슴팍은 캐나다의 해돋이 광경처럼 얼룩덜룩해 보였다. 솜즈가 그의 몸을 찔러 보고 쑤셔 보고 나서 눈동자를 주의 깊게 들여다보았다. 마지막으로 솜즈는 산산이 부서지고 남은 닉의 앞니들을 검사했는데, 그 부분은 화려한 멍 자국들을 제치고 아직도 극심한 고통을 안겨 주는 그의 유일한 신체 부위였다.

"거 참, 아주 개같이 아프겠구먼."

솜즈가 말하자 닉이 애처롭게 끄덕거렸다.

"자넨 앞니를 잃을 거야. 자네……"

솜즈가 순식간에 세 번 연달아 재채기를 했다.

"내가 실례를 했군."

그는 진단 도구들을 검은 가방 속에 담기 시작했다.

"몸 상태는 호전될 거야, 젊은 친구. 번개에 맞거나 잭의 싸구려 술집에 또 나들이 가지만 않으면. 자네의 언어 장애는 체질적인 건가, 아니면 귀가 안 들려서 그렇게 된 건가?"

'체질적. 선천적 장애.'

솜즈가 끄덕거렸다.

"정말 딱하구먼. 그래도 긍정적으로 생각하게. 자네를 만드시는 동안 자네 뇌를 마구 휘젓기로 맘먹지 않았던 거에 대해서 하나님께 감사드리라고. 이제 셔츠 챙겨 입어."

닉은 시키는 대로 했다. 그는 솜즈가 좋았다. 솜즈의 말투는 하나님이 빗장뼈 위쪽에서 약간 빼냈던 것을 보상해 주려고 귀머거리이면서 벙어리인 모든 남자들의 허리 아랫부분을 5센티미터씩 늘여 주었다고 언젠가 닉에게 말했던 루디 스파크먼과 아주 많이 닮았다.

"내가 약국 사람들한테 자네 진통제를 다시 채워 주라고 말해 놓을게. 여기 있는 물주한테 약값 대 달라고 말해."

"허허."

존 베이커가 웃었다.

"이 인간이 과일 유리병 속에다 돼지 몸에 난 사마귀들보다 더 많은 현찰을 꼬불쳐 뒀단 말이지."

솜즈는 말하는 동안 다시 재채기를 하고, 콧물을 닦고, 가방 속을 뒤져 청진기를 꺼냈다.

"말조심하셔야겠어요, 할아버지. 내가 음주 및 풍기 문란죄로 가둬 버릴 거예요."

베이커가 씩 웃으며 말했다.

"그래, 그래, 그래라. 어느 날 입을 아주 크게 벌리다 턱이나 쏙 빠져 버려라. 존, 자네 셔츠 좀 벗어 봐. 자네 젖퉁이가 예전만큼 커다란지 어떤지 구경 한번 해 보자고."

"셔츠를 벗으라고요? 왜요?"

"자네 부인이 나한테 자네 상태를 봐 달라고 했거든. 그게 이유야. 자네가 환자라고 생각하고 자네 병이 더 심해지길 바라지 않는 거지. 왜 그러는지는 하나님이 아시겠지만. 자네가 땅속에 들어가고 나면 부인과 내가 더 이상 눈치만 보고 있을 필요는 없을 거라고 몇 번이나 말했는데도 그런다니까? 자 자, 존. 우리한테 속살 좀 보여 줘 봐."

"그건 그냥 감기였는데."

베이커가 마지못해 셔츠 단추를 풀며 말했다.

"오늘 아침엔 좋아졌다고요. 하나님께 맹세코 정말이라니까요, 앰브로즈 할아버지. 할아버지가 저보다 훨씬 위독해 보여요."

"의사한테 말대꾸하지 마. 의사가 자네한테 말하는 거야."

베이커가 셔츠를 벗자, 솜즈가 닉을 보고 말했다.

"그렇지만 자네도 알다시피 감기란 놈이 퍼지기 시작하는 방식은 괴상망칙하잖아. 래스롭 부인이 앓아누웠지, 게다가 리치 가족 전부랑 바커 도로에서 노숙하는 떨거지들 대부분이 뇌가 튀어나올 정도로 기침을 해 대고 있지. 심지어 저기 철창 안의 빌리 워너도 캑캑거리고 있잖아."

베이커가 속셔츠에서 몸을 뺐다.

"저거 봐, 내가 뭐랬어? 저 인간한테 달린 젖통이 한 쌍이 탐스럽지 않아? 나 같은 늙은이조차도 저걸 보면 꼴린다니까."

청진기가 가슴에 닿자 베이커가 질겁했다.

"아이고, 차갑잖아요! 뭘 어떻게 하신 거예요, 얼음 깊숙이 재워둔 거예요?"

"숨 들이쉬어."

솜즈가 얼굴을 찌푸리며 말했다.

"이제 내쉬고."

베이커가 내쉰 숨이 미약한 기침으로 변했다.

솜즈는 오랫동안 보안관을 진찰했다. 몸 앞쪽 뒤쪽 전부. 마지막으로 청진기를 치우고 압설자로 혀를 눌러 베이커의 목 안쪽을 관찰했다. 다 마치고 나서, 그는 막대를 두 동강 내어 쓰레기통 속으로 던졌다.

"어때요?"

솜즈가 오른손 손가락으로 베이커의 턱 아래 목살을 눌렀다. 그 손길에 베이커가 뒤로 움츠러들었다.

"아픈지 안 아픈지 물어볼 필요도 없구먼. 존, 자네 집에 가서 침대로 들어가. 이건 충고가 아냐, 명령이야."

보안관이 눈을 끔뻑거렸다.

"앰브로즈 할아버지. 왜 이러셔요. 그럴 수 없다는 걸 아시잖아요. 오늘 오후에 캠든으로 갈 죄수 세 명을 데리고 있는데. 어젯밤엔 이 꼬마한테 맡겼지만, 사실 저한텐 그럴 권한이 없어요. 또 그럴 수는 없다고요. 이 친군 벙어리예요. 만일 제가 올바르게 생각을 했다면 어젯밤에 그렇게 놔두도록 동의하지 않았을 거예요."

"존, 죄수들한텐 신경 쓰지 말게. 자네 걱정부터 하라고. 일종의 호흡기 질환인데, 소리로 봐서 괘씸하게 대단한 거에 걸렸어. 거기다 열도 심하고. 기관지가 병에 걸린 거야, 존. 그리고 아주 솔직히 말해서, 자네처럼 여분의 살을 주렁주렁 달고 다니는 사람한테는 웃을 일이 아니야. 침대로 들어가. 만약 자네가 내일 아침에도 여전히 상태가 좋다면, 그때 가서 죄수들을 처리해. 더 좋은 방법은 주 순찰대에 전화해 이리 와서 죄수들을 데려가라고 하는 거야."

베이커가 미안하다는 듯 닉을 바라보았다.

"자네도 알다시피 내가 정말 몸이 괴롭거든. 어쩌면 들어가서 좀 쉬면……."

'댁에 돌아가셔서 누워 쉬세요. 잘 지키고 있을게요. 게다가 제 진통제 값을 대려면 열심히 벌이를 해야죠."

"자네 같은 뚱뚱보를 위해 이토록 열심히 일해 줄 사람은 아무도 없을 거야."

솜즈가 말하며 낄낄거렸다.

베이커는 닉의 인생 경력이 적힌 종이 두 장을 집어 들었다.

"제이니가 읽을 수 있게 이걸 집에 가져가도 될까? 아내가 자네한테 홀딱 반했다고, 닉."

'물론이죠. 사모님은 아주 멋진 분이세요.'

"그렇다고 할 수 있지."

베이커는 셔츠 단추를 다시 채우며 한숨을 쉬었다.

"이놈의 열이 다시 심해지네. 다 이겼다고 생각했는데."

"아스피린 먹어."

솜즈가 가방을 잠그며 말했다.

"증상을 보니 내가 싫어하는 편도선염이야."

"닉, 책상 맨 아래 서랍 속에 시가 상자가 있어. 잔돈 모아 둔 상자야. 점심 먹으러 나갔다가 오는 길에 진통제도 사고 그래. 저기 있는 녀석들은 난봉꾼이라기보단 얼간이에 더 가까워. 그러니까 얌전히 잘 있을 거야. 돈을 얼마큼 가져다 썼는지 영수증만 잘 챙겨 둬. 내가 주 경찰에 연락할 테니까, 자넨 오늘 오후 느지막할 쯤이면 걔네들한테 신경 쓸 일이 없을 거야."

닉은 엄지와 검지로 원을 만들었다.

"안 지 얼마 되지도 않았는데, 내가 자넬 너무 믿는 것 같구먼."

베이커가 진지하게 말했다.

"그래도 제이니는 다 괜찮을 거라더군. 어쨌든 조심해야 해."

닉이 고개를 끄덕거렸다.

전날 저녁 6시경에 제인 베이커가 보자기로 덮은 저녁 식사와 우유 한 통을 들고 찾아왔다.

닉이 적었다.

'너무나 고맙습니다. 남편 분은 좀 어떠세요?'

그녀가, 체크무늬 셔츠와 빛바랜 청바지를 예쁘장하게 차려입은 밤색 머릿결의 아담한 여자가 웃었다.

"그 양반은 자기가 직접 내려와 보겠다고 했지만, 내가 그만두라고 했어요. 오후에 열이 너무 많이 나서 놀랐지만 지금은 거의 정상이네요. 내 생각엔 주 순찰대 덕분인 것 같아요. 그 사람들한테 노발대발하지 않았더라면 존은 절대로 지금처럼 행복한 상태가 아닐 거예요."

닉이 어리둥절해서 그녀를 보았다.

"순찰대에서 내일 아침 9시 전에는 죄수들을 호송하러 보낼 사람이 없다고 하더래요. 병가를 낸 사람이 너무 많아서, 스무 명이 넘게 자리를 비웠대요. 그리고 남아 있는 대원들 상당수가 시민들을 캠든이나 심지어 파인블러프에 있는 병원으로 옮기는 일에 매달려 있다네요. 이 병이 상당히 많이 돌고 있는 거죠. 내 생각엔 솜즈 선생님이 보기보다 훨씬 걱정하시는 것 같아요."

제인 자신도 걱정스러운 듯 보였다. 말을 마친 그녀는 옷 주머니에서 접힌 메모지 두 장을 꺼냈다.

"굉장히 멋진 이야기예요."

그녀가 종이를 그에게 돌려주며 조용히 말했다.

"내가 들은 사연 중에 가장 끔찍한 불운을 겪었더군요. 나는 당신이 장애를 딛고 일어선 과정이 무척 훌륭하다고 생각해요. 그리고…… 내 동생이 한 짓에 대해 다시 한 번 미안하다는 말을 해야겠어요."

당황한 닉은 그저 어깨를 으쓱할 수밖에 없었다. 제인은 선 채로 계속 말했다.

"당신이 계속 소요 마을에 머물렀으면 좋겠어요. 내 남편은 당신을 좋아하고, 나도 그래요. 부디 저 안에 있는 사람들 조심하세요."

'그럴게요. 보안관님께 쾌유를 빈다고 전해 주세요.'

"그렇게 전할게요."

그러고서 제인은 떠나갔고, 닉은 불안한 휴식의 밤을 보내며 가끔 일어나 갇혀 있는 세 명을 살펴보았다. 그들은 난봉꾼처럼 굴지는 않았다. 10시가 되자 모두 잠들었다. 마을 주민 두 명이 닉이 잘 있는지 직접 확인해 보려고 찾아왔는데, 닉은 두 사람 모두 감기에 걸린 것 같다고 느꼈다.

닉은 이상한 꿈을 꾸었다. 잠에서 깨고 난 뒤 그가 기억할 수 있었던 것이라고는 자신이 끝도 없는 옥수수밭 속을 걸으며 무엇인가를 찾고 있었고, 그의 뒤에 있는 듯한 또 다른 무엇인가를 소름끼치도록 무서워했다는 것이었다.

이날 아침 닉은 일찍 일어나 빌리 워너와 마이크 칠드레스를 무시한 채 유치장 뒤쪽을 꼼꼼하게 청소했다. 그가 나가려 할 때 빌리가 그를 향해 부르짖었다.

"레이는 돌아올 거다, 인마. 레이한테 붙잡히면 너는 귀머거리에 벙어리뿐만 아니라 장님까지 되는 게 차라리 낫겠다고 빌걸!"

등을 돌리고 있던 닉은 이 말을 거의 전부 놓쳤다.

사무실로 돌아온 그는 오래된 《타임》을 집어 들고 읽기 시작했다. 발을 책상 위에 올려놓을까 생각해 보았으나, 보안관이 들어오기라도 하면 꾸지람 듣기 딱 좋은 짓이라고 생각했다.

8시가 되자 닉은 베이커 보안관이 밤새 병이 악화된 것은 아닌지 걱정이 되었다. 보안관이 주 순찰대가 왔을 때 유치장의 죄수 세 명을 넘길 준비를 하러 지금쯤이면 출근할 거라 예상했기 때문이다. 게다가 배도 꾸르륵거렸다. 도로변의 기사 식당에서는 아무도 배달을 오지 않았고, 닉은 전화기를 바라보며 굶주림보다 더 심한 혐오감을 느꼈다. 그는 과학 소설을 매우 좋아했기에 이따금 헌책 매장의 먼지투성이 뒤쪽 진열대에서 책등이 갈라진 문고본을 5센트나 10센트에 사서 읽곤 했는데, 과학 소설들이 만날 예언

하는 화면 달린 전화기가 마침내 일상화된다면 온 세상의 농아들한테 얼마나 좋을까 하고 새삼 생각했다.

9시 15분이 되자 닉은 정말로 불안했다. 감방으로 통하는 문으로 가서 안쪽을 들여다보았다.

빌리와 마이크 둘 다 자기들 감방 문 앞에 서 있었다. 그들 모두 신발로 철창을 차고 있었는데…… 그 광경은 그저 온 세상의 말 안 하는 사람들 중에서 정말로 언어 장애가 있는 사람은 적은 비율을 차지한다는 사실을 드러낼 뿐이었다. 빈스 호간은 누워 있었다. 닉이 문으로 오자 그는 고개만 돌린 채 닉을 쳐다보았다. 호간의 얼굴은 뺨에 난 고열의 홍조를 제외하면 핏기가 없었고, 눈 밑에 검은 그늘이 보였다. 땀방울이 이마 위에 맺혀 있었다. 닉은 무표정하고 고열에 시달리는 그의 눈길과 마주쳤고, 그 남자가 병에 걸린 것을 실감했다. 닉의 불안감이 깊어졌다.

"야, 벙어리. 아침밥 어떻게 됐냐?"

마이크가 외쳤다.

"거기 있는 착한 빈스는 의사를 봤으면 하고 바라는 것 같은데. 고자질쟁이는 빈스의 소원 안 들어주겠지. 안 그래, 빌?"

빌은 농담을 지껄일 생각이 없는 듯싶었다.

"어이, 저번에 너한테 고함쳤던 거 미안하다. 빈스 녀석이 아파, 정말이야. 의사가 필요해."

닉은 고개를 끄덕이고 밖으로 나가, 이제 무슨 행동을 취해야 하는지 대책을 세우려 노력했다. 그는 책상에 몸을 숙이고 메모장에다 적었다.

'베이커 보안관님께, 아니면 누구든지 간에. 저는 죄수들한테 아침 식사를 갖다 주러, 또 빈스 호간을 위해 솜즈 박사님을 모셔 올 수 있을지 알아보러 밖으로 나갑니다. 빈스는 그저 꾀병을 부리는 게 아니라 진짜로 아픈 것 같습니다. 닉 앤드로스.'

그는 메모장에서 종이를 찢어 책상 한가운데다 놔두었다. 그러고 나서 주머니 속에 메모장을 집어넣고 거리로 나섰다.

닉이 처음 마주친 것은 이날의 은은한 열기와 초록 식물들의 향내였다. 오후가 되면 뜨겁게 달아오를 것이었다. 사람들이 자질구레한 일들과 용건을 일찍 끝마치고 가능한 한 조용히 오후 시간을 쉬고 싶어 할 법한 날이었다. 하지만 닉이 보기에 이날 오전 소요의 중심가는 이상할 만큼 활기가 없었고, 평일이라기보단 일요일 분위기에 더 가까웠다. 상점들 앞에 비스듬하게 자리한 주차 구역은 거의 텅 비었다. 얼마 안 되는 승용차와 농장 트럭들이 거리를 오가고 있었지만, 많지가 않았다. 철물점은 문을 연 것처럼 보였으나, 머컨타일 은행의 블라인드는 9시가 지난 이때에도 여전히 내려와 있었다.

닉은 오른쪽으로 돌아 다섯 블록 떨어진 기사 식당으로 향했다. 세 번째 블록 모퉁이에 왔을 때, 그는 솜즈 박사의 차가 거리에서 천천히 그를 향해 움직이며, 힘이 다 빠지기라도 한 듯 이리저리 조금씩 비틀거리는 것을 보았다. 닉은 힘차게 손을 흔들면서도 솜즈가 멈춰 줄지 확신하진 못했지만, 솜즈는 아무렇지도 않게 비스듬한 주차 구역 네 칸을 다 잡아먹으며 인도 경계석 앞에 멈추었다. 그는 밖으로 나오지 않고 그저 운전석에 앉아 있었다. 그 모습이 닉에게 충격을 안겨 주었다. 보안관과 함께 격의 없이 농담을 주고받던 모습을 마지막으로 보았던 이후로 솜즈는 20년은 더 나이 들어 보였다. 피로한 탓도 있겠지만, 아닌 듯싶었다. 닉도 그 정도는 알아볼 수 있었다. 그의 생각을 확인시켜 주기라도 하는 양, 늙은 마술사가 더는 별 의욕을 못 느끼는 엉성한 마술을 선보이듯 의사가 주머니에서 꼬질꼬질한 손수건을 꺼내어 거기에 대고 계속 재채기를 했다. 재채기가 다 끝나자 그는 머리를 젖혀 좌석에 기대고, 숨을 쉬려 입을 반쯤 벌렸다. 피부가 너무 반들반들하고 누레서 죽은 사람이 떠오를 정도였다.

이윽고 솜즈가 눈을 뜨고 말했다.

"베이커 보안관이 죽었어. 그것 때문에 나를 불러 세운 거라면, 이젠 잊어도 돼. 오늘 새벽 2시 조금 지나서 죽었어. 이젠 제이니가 그 병에 걸려서 아파."

닉의 눈이 휘둥그레졌다. '베이커 보안관이 죽어? 그렇지만 사모님이 바로 어젯밤에 와서 좋아지고 있다고 말했는데. 그리고 사모님…… 사모님도 괜찮았는데.' 그랬다. 의사의 말이 사실일 리 없었다.

닉이 자기 생각을 큰 소리로 말하기라도 한 듯 솜즈가 말했다.

"죽었어, 정말이야. 그리고 그 사람만 죽은 게 아니야. 난 지난 열두 시간 동안 20명의 사망 진단서에 사인을 했다고. 정오 무렵엔 또 다른 20명이 죽겠지, 하나님이 자비를 베풀어 주시지 않으면 말이야. 그렇지만 나는 이 병이 하나님이 벌이시는 일인지 의심스러워. 결과적으로는 하나님이 아예 관여를 안 하실 것이란 생각이 들어."

닉은 주머니에서 메모장을 꺼내 적었다.

'그 사람들한테 무슨 문제가 생긴 거예요?'

"모르겠어."

솜즈가 메모지를 천천히 구겨 둥근 종이 뭉치를 배수로 속으로 내던졌다.

"마을 사람 모두가 그 병에 걸리고 말 것만 같아서, 내 평생 어느 때보다도 무서워 죽겠어. 나도 그 병에 걸렸어. 지금 당장 앓고 있는 증상은 극도의 피로감뿐이지만. 이제 청춘이 아니야. 내 몸 안 축내고 긴 시간 버텨 낼 순 없어. 자네도 알지."

피곤한 데다 겁에 질린 투정이 그의 목소리에 배어 있었지만 다행스럽게도 닉은 들을 수 없었다.

"아무것도 할 수 없는 나 자신이 비참해."

솜즈가 스스로에게 비참함을 느끼고 있다는 사실을 실감하지 못한 닉은 혼란스러웠던 나머지 의사를 멀뚱히 쳐다볼 수밖에 없었다.

솜즈가 차에서 내려 몸을 바로 세우려고 잠시 닉의 팔을 붙들었다. 닉은 힘이 빠지고 조금은 제정신이 아닌 것 같은 노인의 손길을 붙잡았다.

"저기 벤치로 가자고, 닉. 자넨 좋은 대화 상대야. 전에도 그런 말을 들은 적 있겠지."

닉은 유치장 쪽을 가리켰다.

"그 녀석들은 아무 데도 안 갈 거야. 게다가 만약 그 병에 걸린다면, 지금 당장 내 사망자 명단 맨 밑에 오르는 거지."

둘은 벤치에 앉았다. 연녹색으로 칠해진 벤치의 등판에는 그 지역 보험 회사의 광고가 붙어 있었다. 솜즈는 태양의 따사로움 속으로 기분 좋게 얼굴을 들어 올렸다.

"오한과 고열. 어젯밤 10시경부터 쭉. 요즈음 들어 오한에 시달렸어. 그나마 설사 증세는 없었으니 하나님께 감사드려야지."

'집에 가셔서 누우셔야겠어요.'

닉이 적었다.

"그래야지. 그럴 거야. 우선은 좀 쉬고 싶어……."

솜즈의 눈이 스르르 닫히자 닉은 그가 잠든 것이라 생각했다. 닉은 기사 식당에 가서 빌리와 마이크한테 줄 아침 식사를 챙겨야 할지 말아야 할지 고민했다.

그때 솜즈 박사가 눈을 감은 채 입을 열었다. 닉은 그의 입술을 지켜보았다.

"증상들이 죄다 아주 평범해."

그는 손가락을 하나씩 펴 들기 시작하더니 전부 열 개가 되자 눈앞에 부채처럼 활짝 펼쳤다.

"오한. 고열. 두통. 피로와 전신 무력감. 식욕 부진. 소변 통증. 대수롭지 않다가 격한 정도로까지 진행되는 편도선 팽창. 겨드랑이와 사타구니 팽창. 호흡 곤란과 호흡 부전."

그가 닉을 바라보았다.

"그런 것들은 보통 감기나 독감, 폐렴의 증상이야. 그런 건 모두 치료할 수 있어, 닉. 환자가 아주 어리거나 아주 늙었거나 또는 그 이전의 다른 병으로 약해진 경우만 아니라면, 항생제가 그 증상들을 물리칠 거란 말이지. 하지만 이 병은 안 그래. 이건 환자에게 신속하게 또는 느리게 다가와. 그건 중요한 게 아닌 것 같아. 어차피 막을 방법이 아무것도 없으니까. 심해지다가, 주춤하다가, 다시 심해지지. 점점 몸이 쇠약해져. 조직이 더 심하게 부어올라.

마침내는, 죽음."

"누군가 실수를 저질렀어."

"그리고 그 실수를 은폐하려 해."

닉은 솜즈를 미심쩍게 바라보며 자신이 그의 입술에서 나오는 단어들을 제대로 포착한 것인지 의심했고, 그가 헛소리를 해 댄 것은 아닐까 생각했다.

"내 말이 약간 피해망상적으로 들리지, 그렇지?"

솜즈가 피곤에 찌든 익살스러운 표정으로 닉을 보며 물었다.

"난 젊은 세대의 피해망상을 소름 끼치는 것으로 여겨 왔지. 자네도 아나? 그들은 항상 두려워하지. 누군가가 전화를 도청한다고…… 자신들을 미행한다고…… 컴퓨터로 자신들의 정보를 빼낸다고…… 그런데 이제 나는 그들이 옳았고 내가 틀렸다는 것을 깨달았어. 인생은 멋진 거야, 닉. 하지만 나이를 먹으면 편견에 사로잡혀 불쾌하게 값비싼 대가를 치르고 말지. 그게 내가 깨달은 거야."

'무슨 뜻이에요?'

닉이 적었다.

"소요에 있는 전화기가 모조리 불통이야."

닉은 이 말이 자신의 질문에 대한 대답인지(솜즈는 닉의 마지막 메모를 그냥 대충 힐끔거리기만 한 것 같았다.), 또는 의사가 새로운 이야기로 건너뛴 것인지 전혀 알지 못했다. 고열이 솜즈의 마음을 천방지축으로 만들었을 수도 있다고 그는 추측했다.

의사는 닉의 혼란스러운 얼굴을 주시하고 이 농아가 자기 말을 믿지 않는 것 같다고 생각하는 듯했다.

"전적으로 사실이야. 만약 이 마을 바깥의 전화 국번으로 아무 번호나 돌려 보면, 녹음된 안내 음성이 나올 거야. 더욱이 고속도로와 연결된 소요 마을의 두 군데 입구와 출구가 '도로 공사 중' 이라고 적힌 장벽으로 막혔단 말이야. 그렇지만 공사 같은 건 안 해. 장벽만 서 있지. 나는 거기에 가 봤어. 그 장벽을 옆으로 치울 수도 있겠지만, 오늘 아침엔 고속도로를 지나는 차량이 아주 적은 것 같더군. 게다가 거의 다 군용 차량으로 보였어. 트럭과 지프차 말이야."

'다른 도로들은 어떤가요?'

닉이 적었다.

"63번 도로는 배수관 교체 공사를 한답시고 마을 동쪽 끝에서 죄다 파헤쳐졌어. 마을 서쪽 끝에선 굉장히 심각한 자동차 사고가 난 것처럼 보여. 차 두 대가 도로를 가로질러 완전히 막았더구먼. 연기를 피워 사고 현장이라고 알리는 기름통이 세워져 있었지만, 주 경찰관이나 견인 차량은 코빼기도 안 보여."

솜즈는 말을 중단하고 손수건으로 코를 풀었다.

"배수로 복구 작업을 하는 사람들이 아주 천천히 움직이고 있대. 그쪽에 사는 조 래크먼이 그러더라고. 내가 두 시간 전쯤에 래크먼네 집에 가서, 그 집 어린 아들을 봤는데, 정말이지 너무 위독했어. 배수로에서 일하는 사람들이 주 도로 정비원 작업복을 입고 주 정부 트럭을 몰고 다니지만, 사실은 군인들인 것 같다고 조가 그랬어."

'그걸 어떻게 알았대요?'

일어서며, 솜즈가 말했다.

"작업 인부들이 서로 경례를 하는 경우는 드물잖아."

닉도 따라서 몸을 일으키고 메모장에 끼적거렸다.

'비포장 뒷길은요?'

"어쩌면 통행이 가능할지도."

솜즈가 끄덕였다.

"그러나 나는 의사지 영웅이 아냐. 조는 작업 트럭의 운전석에서 총을 보았다고 했어. 군에서 쓰는 카빈총. 만약 어떤 사람이 뒷길로 소요를 떠나려고 시도하다가 그들 눈에 띄면, 어떻게 될지 누가 알겠나? 그리고 그 어떤 사람이 소요를 벗어나면 무엇을 발견할까? 내 다시 말하지. 누군가 실수를 저질렀어. 그리고 인제 와서 그 실수를 은폐하려 시도하고 있어. 미친 짓이지. 미친 짓이야. 당연히 이런 뉴스는 외부로 새 나갈 것이고, 오래 걸리지도 않을 거야. 그리고 그러는 동안, 얼마나 많은 이들이 죽을까?"

겁에 질린 닉은 그저 솜즈 박사가 느릿느릿 차에 올라타는 모습만을 지켜볼 뿐이었다.

"그리고 말이야 자네, 닉."

솜즈가 차창으로 그를 내다보며 말했다.

"자네 상태는 어떤 거 같아? 감기? 재채기? 기침?"

닉은 매번 고개를 저었다.

"자넨 마을을 빠져나가려고 시도해 볼 텐가? 자네라면 할 수 있을 것 같아, 들판을 지난다면 말이야."

닉은 고개를 흔들고 적었다.

'사람들이 갇혀 있어요. 그 사람들을 그냥 내버려 둘 수는 없어요. 빈스 호간은 아프지만, 나머지 둘은 괜찮은 것 같거든요. 저는

그 사람들 아침 식사를 챙겨 주고 나서 베이커 부인을 찾아갈 겁니다.'

"자넨 참 사려 깊은 젊은이야. 드문 경우지. 이 타락한 시대에 책임감을 지닌 청년은 더욱 드물어. 내 생각에 베이커 부인도 고마워할 거야, 닉. 브레이스먼 목사도 들를 거라고 그랬어. 날이 저물기도 전에 목사가 방문할 곳이 너무 많이 생길까 봐 걱정이네그려. 가두어 놓은 그 세 사람을 조심해야 해. 그럴 거지?"

닉이 진지하게 끄덕거렸다.

"좋았어. 내 오늘 오후에 들러서 살펴보겠네."

지치고 눈이 충혈되고 움츠러들어 보이는 솜즈는 차에 기어를 넣고 가 버렸다. 닉은 근심스러운 얼굴로 그의 뒤를 바라보다가, 다시 기사 식당으로 걸어 내려가기 시작했다. 식당 문은 열려 있었지만 두 명의 요리사 중 한 명이 자리에 없었고, 네 명의 웨이트리스 중 세 명이 7시에서 3시까지의 근무 시간에 나타나지 않았다. 닉은 주문을 하려고 꽤 오랜 시간을 기다려야 했다. 유치장에 돌아와서 보니 빌리와 마이크 둘 다 몹시도 겁에 질려 보였다. 빈스 호간은 정신이 이상해져 헛소리를 해 대다가 이날 저녁 6시경에 죽었다.

제19장

타임스 스퀘어에 와 본 지가 하도 오래됐기 때문에, 래리는 광장이 왠지 달라 보일 것이라고, 신비롭게 보일 것이라고 기대했다. 주변의 사물들이 더 작지만 더 멋지게 보일 것 같았고, 어릴 적 버디 마르크스와 함께 아니면 혼자서라도 99센트짜리 동시 상영 영화를 보거나 상점과 오락실과 당구장의 진열창 속에서 반짝거리는 잡동사니들을 구경하려고 한걸음에 달려왔을 때 그 장소가 지니고 있던 거칠고, 냄새나고, 때로는 위험하기까지 하던 활력에 이젠 압도당하는 느낌을 받지 못할 것 같았다.

그러나 모든 것이 아주 똑같아 보였다. 일부 환경이 실제로 변했는데도 도를 넘었다 할 만큼 전과 똑같았다. 지하철역 계단을 올라와 보니 밖으로 나왔을 때 보이던 길모퉁이의 신문 가판대가 사라지고 없었다. 반 블록을 내려가면 번쩍거리는 불빛과 뿅뿅 소리와 입가에 담배를 꼬나물고 고틀립 무인도 게임이나 우주선 경주 게임을 하는 위험해 보이는 청년들로 가득하던 1센트 오락실이 있었는데, 이제는 그 자리에 오렌지 줄리어스 주스 가게가 있었다. 그 앞에 서 있는 한 무리의 흑인 젊은이들은 마치 어디선가 자이브 음악이 끊임없이 계속 흘러나오는 듯, 오직 흑인의 귀로만 들을 수 있는 자이브 음악인 듯, 하반신을 부드럽게 움직이고 있었다. 안마 시술소와 성인 영화관이 더 늘어나 있었다.

그렇다고는 하나 그곳은 예전과 매우 똑같았고, 이 사실이 래리를 슬프게 했다. 한편으로는 단 하나의 진정한 차이점이 사정을 더 나빠 보이게 했다. 이제 그는 이곳에서 관광객이 된 듯한 기분을 느꼈던 것이다. 하지만 어쩌면 뉴욕 토박이일지라도 그 광장에서는 관광객이 된 기분을 느낄 것이고, 그곳을 빙글빙글 바쁘게 걸어다니다 보면 몸이 저절로 작아져서 고개를 쳐들고 전광판 글씨를 읽고 싶어질 것이다. 래리는 뭐라 딱 부러지게 말할 수 없었다. 뉴욕의 일부가 된다는 것이 어떤 기분인지 잊어버리고 말았다. 딱히 다시 배우고 싶은 의욕도 없었다.

어머니는 그날 아침엔 출근하지 않았다. 그녀는 지난 이틀간 감기와 싸워 왔고 그날 아침 일찍 고열과 함께 잠에서 깼다. 래리는 익숙한 그의 방에서 좁고 편안한 침대에 누워 어머니가 아침 식사를 준비하려고 부엌에서 부스럭거리다, 재채기를 하고 작은 소리로 "에이 씨!"라고 말하는 소리를 들었다. 텔레비전 켜는 소리, 그 다음은 아침 정보 프로그램 「투데이」의 뉴스 소리. 인도에서 일어난 쿠데타 시도. 와이오밍 주에서 일어난 발전소 폭발. 연방 대법원은 게이들의 권리와 관련된 중대한 판결을 내릴 예정이었다.

래리가 셔츠 단추를 잠그며 부엌으로 나왔을 때, 뉴스 시간은 끝나고 문화 코너 진행자 진 샐릿이 대머리 남자를 인터뷰하는 중이었다. 대머리 남자는 직접 숨결을 불어넣어 만든 수많은 작은 동물들을 선보이고 있었다. 그는 호흡식 유리 성형이 40년 동안 그의 취미였으며, 랜덤하우스 출판사에서 자기가 쓴 책을 펴낼 예정이라고 말했다. 그러고는 재채기를 했다.

"계속 실례하세요."

진 샐릿이 말하고는 큭큭거렸다.

"계란은 프라이로 해 줄까, 스크램블로 해 줄까?"

앨리스 언더우드가 물었다. 그녀는 욕실 가운 차림이다.

"스크램블로."

계란 가지고 투정 부리면 좋을 게 없다는 것을 아는 래리가 말했다. 앨리스가 보기에 계란이 없으면 아침 식사가 아니었다.(그녀는 기분이 좋을 때면 그런 식사를 "오드득 오드득 배 채우기"라고 불렀다.) 계란은 단백질과 영양이 풍부하니까. 영양 섭취에 관한 그녀의 생각은 막연한 것이었지만, 철저히 지켜졌다. 래리가 아는 한 앨리스는 머릿속에 영양이 풍부한 것들의 목록을 갖춰 놓았고, 정반대되는 것들의 목록도 마찬가지였다. 대추맛 사탕, 절인 음식, 슬림짐 육포, 야구 카드에 붙어오는 분홍색 풍선껌, 그리고 오소사소사 맙소사, 그 밖에도 대단히 많은 먹을거리들.

래리는 자리에 앉아 어머니가 스크램블드에그를 만드느라 계란을 옛날과 똑같은 까만 프라이팬에다 붓고, 그가 PS 162 초등학교 1학년에 다닐 적에 사용하던 것과 똑같은 철사 거품기로 계란을 휘젓는 모습을 구경했다.

앨리스는 욕실 가운 주머니에서 손수건을 꺼내 그것에다 대고 기침을 하고, 재채기를 하고, 도로 집어넣기 전에 조그맣게 "에이씨!"라고 중얼거렸다.

"엄마 오늘 쉬는 날이야?"

"아파서 못 나간다고 회사에 전화했어. 이놈의 감기가 날 아주 결딴을 내고 싶은가 보다. 황금 같은 금요일에 병가를 내다니 참 싫다, 너무너무 싫어. 하지만 쉬어야겠어. 열이 나거든. 편도선도 부었고."

"의사한테 전화해 봤어?"

"내가 매력적인 아가씨였을 적엔 의사들이 왕진을 와 줬지. 이제 사람이 아프면, 병원 응급실로 찾아가야 해. 안 그러면 사람들이 예약 없이도 진료받을 수 있을 거라고 착각하는, 흥, 뭐 그런 병원에나 가서 돌팔이 의사 얼굴 한번 보자고 기다리느라 종일 허비하는 거지. 그냥 찾아갔다간 세월아 네월아 기다리느라 노인 의료 보험 대상자가 될 정도로 폭삭 늙어 버릴 각오를 해야 돼. 그게 내 생각이야. 그런 병원들은 크리스마스 일주일 전의 쿠폰 상환 센터보다 더 끔찍해. 그냥 집에 있으면서 아스피린이나 먹을 거야. 그럼 내일 이맘때쯤이면 가라앉겠지."

래리는 거의 오전 내내 집에 머물며 어머니를 도우려고 애썼다. 텔레비전을 어머니 침대 옆에 끌어다 놓느라 용맹스럽게도 팔에 힘줄이 불룩 솟았고("네가 탈장에 걸릴 만큼 힘을 썼다간 「흥정합시다」 게임 쇼도 볼 수 있겠구나." 앨리스가 콧방귀를 뀌었다.), 주스와 머리 지끈거리는 데 드시라고 집에 있던 나이퀼 감기약 약병도 갖다 주었으며, 슈퍼마켓으로 뛰어가서 어머니가 읽을 문고본 두 권을 사 왔다.

그러고 나니 서로의 신경을 긁어 대는 일 외에는 딱히 할 일이 없었다. 앨리스는 침실에 텔레비전을 갖다 놓으니 수신 상태가 엄청 나빠졌다고 화들짝 놀랐고, 래리는 수신 상태가 나쁜 게 수신이 전혀 안 되는 것보다는 나은 거라고 쏘아붙이려다 입술을 깨물어야만 했다. 결국 그는 밖에 나가 바람 좀 쐬고 오겠다고 말했다.

"그거 좋은 생각이다."

앨리스가 눈에 띄게 안도감을 드러내며 말했다.

"난 낮잠 좀 자야겠다. 너는 착한 애야, 래리."

그리하여 래리는 좁은 계단을 걸어 내려와(엘리베이터는 아직도 고장) 거리로 나오며, 죄진 듯한 안도감을 느꼈다. 오후는 그의 시간이었고, 주머니에는 아직 현찰이 좀 남아 있었다.

그러나 지금, 타임스 스퀘어에서 그는 도무지 즐거운 기분이 들지 않았다. 그는 어슬렁거리며 돌아다녔고, 지갑은 오래전에 앞주머니로 자리를 옮겼다. 음반 할인 매장 앞에 멈춰 선 그는 머리 위의 낡아 빠진 스피커에서 나오는 자신의 목소리에 몸이 굳었다. 중간 가사.

밤새 머물러 달라고 부탁하러 온 것이 아니에요
이해하고 있는지 알아보려는 것도 아니죠
소란을 일으키거나 싸움을 벌이려고 온 것이 아니에요
그저 할 수 있다고 생각하는지 내게 말해 주길 바라죠
베이비, 당신의 남자를 믿나요?
그를 믿어 줘요, 베이비이
베이비, 당신의 남자를 믿나요?

'저거 나잖아.' 그는 멍하니 음반들을 들여다보았지만, 오늘 그 음악 소리는 그를 우울하게 했다. 더욱 심란하게도 그 소리는 집을 그리워하게 했다. 빨래통 색깔 같은 회색 하늘 아래에 서서 뉴욕의 매연을 맡아 가며, 제자리에 잘 있나 확인하려고 한 손으로 계속 주머니 속 지갑을 튕겨 대고 있기가 싫었다. '뉴욕, 그대의 이름은 피해망상의 극치.' 불현듯 새 앨범을 만드는 서부 해변의 녹음 스튜디오에 있었으면 싶었다.

래리는 걸음을 재촉해 오락실로 들어갔다. 뽕뽕거리고 빽빽거리는 소리가 귓전에 울려 댔다. 「죽음의 경주 2000」 게임기에서는 찌렁찌렁하게 포효하는 폭발 소리가 났고, 죽어 가는 행인의 초현실적이고도 전자 음향적인 비명으로 마무리되었다. '깔끔한 게임이군. 곧 다하우 수용소 2000 게임을 제치겠는걸. 사람들은 저 게임을 사랑할 거야.' 그는 동전 교환소에 가서 10달러를 25센트 동전짜리로 바꿨다. 건너편 거리에는 비프 앤드 브루 식당 옆에 공중전화 박스가 있었고, 그는 기억을 더듬어 제인 광장으로 직통 전화를 걸었다. 제인 광장은 웨인 스투키가 가끔 죽치고 지내는 포커 도박장이었다.

래리는 손이 아프도록 동전 투입구 속에 돈을 넣었고, 전화가 5,000킬로미터 저편으로 신호를 보내기 시작했다.

여자 목소리가 말했다.

"제인 광장입니다. 영업 중입니다."

"야시시한 거 해도 되나?"

그가 나지막이 섹시하게 물었다.

"에라 이 한심한 양반아. 여긴 그런 데가…… 아, 래리 맞지?"

"맞아, 나야. 안녕, 알린."

"어디야? 통 안 보였다던데."

"그게, 나 동부에 와 있어."

그가 조심스럽게 말했다.

"내 피를 빨아먹으려 혈안이 된 거머리들이 있다고 누가 알려줬거든. 그 녀석들이 떨어져 나갈 때까진 연못에서 빠져나와 있어야 해."

"굉장했던 파티 때문에?"

"맞아."

"나도 그 얘기 들었어. 돈이 엄청 깨졌다던데."

"거기 웨인 있어, 알린?"

"웨인 스투키 말하는 거지?"

"영화배우 존 웨인을 찾는 건 아니지. 그 사람은 죽었으니까."

"아직 소식 못 들었나 봐?"

"내가 무슨 소식을 듣겠어? 나라 반대쪽에 와 있는데. 이봐, 웨인은 괜찮은 거지, 그렇지?"

"지금 그놈의 독감에 걸려서 병원에 있어. 캡틴 트립스. 여기선 사람들이 그렇게 불러. 절대 웃을 일이 아니야. 여럿이 그 병에 걸려 죽었대. 얼마나 무서운지 사람들이 아예 집 안에만 있어. 우리 영업장도 테이블이 여섯 개나 비었다니까. 제인 광장은 단 한 번도 테이블이 빈 적 없다는 거 너도 알잖아."

"걔는 상태가 어떤데?"

"그걸 누가 아나? 병실마다 환자로 가득하고 하나같이 면회 금진데. 으스스해, 래리. 또 군인들도 많이 돌아다녀."

"휴가 나왔나?"

"휴가 나온 군인들이라면 총을 갖고 다니거나 수송 트럭을 타고 돌아다니진 않잖아. 다들 많이 두려워해. 너 거기 가 있기를 잘한 거야."

"뉴스에서는 아무 말 않던데."

"여기선 독감 예방 접종 하는 게 신문에 몇 번 났는데, 그게 전부야. 하지만 군대에서 전염병 시험관을 경솔하게 다룬 결과라고 말하는 사람도 있어. 소름 끼치지 않아?"

"무서운 얘기구먼."

"너 있는 데선 그런 일 없어?"

"전혀."

래리는 어머니의 감기에 관해 생각했다. 그러고 보니 지하철 안에는 수많은 사람의 재채기와 헛기침이 끊이질 않았잖은가? 그는 지하철 안이 결핵 병동 같다고 생각하던 것을 기억했다. 하지만 어느 도시를 다녀 봐도 재채기와 콧물은 흔한 것이었다. '감기 균들은 떼로 몰려다녀. 게네들은 먹이를 나눠 갖는 걸 좋아한다고.'

"제인 본인도 출근을 안 했어. 열도 나고 편도선도 부었대. 난 또 그 늙은 창녀가 너무 무리해서 병났나 했는데."

"3분이 지났습니다. 통화가 끝나면 안내가 나갑니다."

교환원이 끼어들었다.

"저기 알린, 나 있잖아, 일주일쯤 후에 그리로 돌아갈 거야. 우리 얼굴 한번 보자고."

"나야 좋지. 난 항상 유명한 음악 스타랑 놀아 보고 싶었어."

"알린? 너 혹시 약봉지 듀이라는 남자 모르니, 응?"

"앗!"

알린이 놀란 듯 외쳤다.

"아하! 래리!"

"뭐야?"

"전화 안 끊어서 정말 다행이야! 나 웨인 봤댔어. 병원에 입원하기 바로 이틀 전에. 그걸 깡그리 잊고 있었네! 짜증 나!"

"그래, 웨인이 어쨌는데?"

"봉투를 하나 줬어. 네 것이라면서 그걸 나더러 일주일쯤 내 돈통에 보관하든가, 아니면 널 보거든 전해 주라고 부탁했어. 대충 이런 식으로 말했어. '약봉지 듀이가 그걸 그냥 두다니 그 녀석 지지리 복도 많아.'"

"그 속에 뭐가 들었어?"

래리는 다른 손으로 수화기를 바꿔 들었다.

"잠깐만, 어디 보자."

잠시 조용하더니, 종이 뜯는 소리가 났다.

"저금통장이야. 캘리포니아 제일 상업 은행. 예금 잔액이…… 우와! 13,000달러를 딱 넘었네. 너 나랑 어디 가서 더치페이 하자고 그러면, 네 머리를 뽀개 버릴 거야."

"그렇게 과격할 필요까진 없는데."

래리가 씩 웃으며 말했다.

"고마워, 알린. 날 위해 그걸 잘 맡아 줘, 당분간."

"싫어, 이거 하수구에다 버릴 거야. 바보야."

"애정 표현 치곤 너무 멋진데."

알린이 한숨을 쉬었다.

"너한텐 못 당하겠다, 래리. 봉투에 우리 둘 이름을 써서 잘 넣어 둘게. 그러면 돌아와서 나를 모른 척할 순 없겠지."

"모른 척 안 할게, 자기야."

그들이 통화를 끝냈고, 그러자 교환원이 끼어들어 3달러를 더 내라고 요구했다. 내내 얼굴에 바보 같은 미소를 짓고 있던 래리는 기꺼이 동전 투입구에 돈을 넣었다.

그는 전화 박스 선반 위에 흩어져 있는 잔돈을 바라보다가 25센트짜리를 하나 집어 들어 동전 투입구에다 떨어뜨렸다. 잠시 후 어머니의 전화가 울렸다. '첫 번째 충동은 좋은 뉴스를 함께 나누고 싶어하는 것. 두 번째 충동은 그럼으로써 누군가에게 앙갚음을 하는 것.' 그는 생각했다. 아니, 믿었다. 전적으로 전자에 해당하는 것이라고. 그는 자기가 다시 경제적 능력을 되찾았다는 뉴스로 어머니와 아들 모두를 안심시키고 싶었다.

그의 입술에서 미소가 조금씩 조금씩 희미해졌다. 전화는 그저 울리고만 있었다. 아마도 어머니는 결국 일하러 나가기로 했던가 보다. 래리는 벌겋게 열에 들뜬 어머니의 얼굴, 손수건에다 대고 기침과 재채기를 하고 조급하게 "에이 씨!"라고 하던 모습을 떠올렸다. 어머니가 밖으로 나갈 거란 생각이 들지 않았다. 사실은 어머니가 외출할 정도로 건강한 몸이 아니지 싶었다.

래리는 전화를 끊고 동전 투입구에서 도로 툭 튀어나온 동전을 멍한 기분으로 집어 들었다. 손에 잔돈을 짤랑거리며 공중전화 박으로 나왔다. 택시가 보여 불러 세웠고, 차가 무리 속으로 다시 들어갔을 때 비가 후두두 떨어지기 시작했다.

래리는 잠긴 문을 두세 번 노크하고 나서 아파트가 비었다고 확신했다. 상당히 시끄럽게 문을 쿵쿵 두드린 나머지 위층 사는 누군가가 성난 유령처럼 쿵쿵거리기도 했다. 그래도 꼭 안으로 들어가 확인해 보고 싶었지만 열쇠가 없었다. 그는 계단을 내려가 프리먼 씨의 아파트로 가려고 몸을 돌렸고, 그때 문 뒤편에서 나는 희미한 신음 소리를 들었다.

현관 문에는 각기 다른 세 개의 잠금장치가 달려 있었지만, 앨리스는 푸에르토리코 인 절도범들에 대한 강박관념에 시달리면서도 잠금장치를 모두 사용하는 것에는 무관심했다. 래리가 어깨로 들이받자 문이 문틀 속에서 요란하게 덜커덕거렸다. 다시 한 번 들이받자 자물쇠가 풀렸다. 문이 활짝 열리며 벽에 쿵 부딪혔다.

"엄마?"

또다시 신음 소리.

아파트 안은 어두침침했다. 날이 순식간에 캄캄해지더니, 이제는 쉴 새 없이 천둥이 치고 빗소리도 커졌다. 거실 창문이 반쯤 열린 탓에 하얀 커튼이 탁자 위를 기어 다니다가, 열린 창을 지나 건물 공터 너머로 빨려 나갔다. 비가 들이친 바닥에는 축축한 물 얼룩이 반짝이고 있었다.

"엄마, 어딨어?"

더 커다란 신음 소리. 그는 부엌으로 직행했고, 천둥이 또다시 으르렁거렸다. 래리는 하마터면 어머니의 몸에 걸려 넘어질 뻔했다. 그녀는 바닥에 누워 있었는데, 몸의 반은 침실 안쪽에, 나머지 반은 침실 바깥쪽에 걸린 상태였다.

"엄마! 세상에 이런, 엄마!"

앨리스는 아들의 목소리가 난 쪽으로 몸을 돌리려 애썼지만, 간신히 머리만 움직여 턱을 돌리고 왼쪽 뺨을 바닥에 대고 있을 뿐이었다. 그녀는 숨이 가빠 씩씩거리며 가래가 들끓었다. 그러나 가장 끔찍했던 것은, 래리가 절대로 잊지 못했던 것은, 도살장 안 돼지의 눈처럼 자신을 쳐다보려고 희번덕거리는 어머니의 눈이었다. 얼굴은 고열로 허옇게 들떠 있었다.

"래리?"

"침대에 눕혀 줄게, 엄마."

그는 몸을 숙여, 발광하고 싶어 안달하는 무릎을 꼭 붙들고 어머니를 팔로 안았다. 실내복이 벌어져 세탁으로 바랜 잠옷 가운과, 지렁이 떼처럼 부어오른 핏줄로 뒤덮이고 생선 배때기처럼 허연 다리가 드러났다. 그 모습에 래리는 겁에 질렸다. 누구도 그토록 뜨거운 몸으로 살아 있을 수는 없었다. 뇌가 머릿속에서 튀겨지고 있을 게 분명했다.

이를 입증하기라도 하듯 어머니가 투덜거리며 말했다.

"래리, 나가서 네 아버지 붙잡아라. 그 양반 술집에 있어."

"가만있어."

그는 당황했다.

"그냥 가만있다가 푹 자, 엄마."

"그 양반이 그 사진사랑 같이 술집에 있다고!"

그녀가 오후의 짙은 어둠 속으로 날카롭게 소리를 질렀고, 바깥에서는 천둥이 흉포하게 울렸다. 래리는 천천히 흐르는 점액으로 온몸이 뒤덮이는 느낌이었다. 반쯤 열린 거실 창문으로 들어온 싸늘한 바람이 아파트 안을 들쑤시고 다니는 중이었다. 이에 반응이라도 하듯 앨리스가 몸을 떨기 시작했고, 팔에 소름이 돋아났다. 이를 딱딱거렸다. 얼굴이 어둑어둑한 침실 속에서 보름달 같아 보였다. 래리는 서둘러 침대 덮개를 내려 어머니의 발을 집어넣고 담요를 겹겹으로 덮어 턱까지 끌어 올렸다. 그녀가 시종 막무가내로 몸을 떤 까닭에 맨 꼭대기 담요가 흔들거리며 요동쳤다. 얼굴이 땀 한 방울 없이 메말랐다.

"얼른 그 양반한테 가서 내가 그리로 가겠다더라고 말해!"

그녀가 부르짖었고, 그러고는 잠잠해졌다. 기관지를 심하게 긁어 대는 숨소리만 빼고.

래리는 다시 거실로 나와 전화기로 향하다가, 그것을 빙 돌아서 갔다. 소리 나게 창문을 닫고 나서 전화기로 돌아왔다.

전화기가 놓인 작은 탁자의 아래 선반에 전화번호부가 있었다. 그가 머시 병원의 번호를 찾아내 전화를 거는 동안 밖에서는 천둥이 더욱 사납게 쳤다. 번개가 내리쳐 그가 바짝 붙어서 있던 창문이 파란색과 하얀색 엑스레이 필름처럼 보였다. 침실에서 어머니가 숨을 헐떡거리며 날카로운 소리를 질러 대 래리는 등골이 오싹해졌다.

전화 신호가 한 번 울리고 웅웅대는 잡음, 이어서 딸깍. 뒤이어 명랑한 음성이 기계적으로말했다.

"머시 종합 병원의 녹음 안내입니다. 지금은 병원의 모든 전화 회선이 통화 중입니다. 기다려 주시면, 최대한 빨리 연결해 드리겠습니다. 감사합니다. 머시 종합 병원의 녹음 안내입니다. 만약 통화가……"

"아래층에 걸레 머리 녀석들이 있다!"

어머니가 부르짖었다. 천둥이 울렸다.

"푸에르토리코 놈들이 아무것도 모른다고 잡아떼!"

"……가능한 한 빨리 통화를……"

래리는 수화기를 내리쳤고, 땀을 흘리며 전화기를 내려다보았다. '뭔 놈의 병원이 이따위야. 너희 엄마가 죽는대도 좆같은 안내 방송이나 듣고 있을래? 뭐가 그리 바쁘다고?'

래리는 아래로 내려가 그가 병원에 찾아가는 동안 프리먼 씨가 어머니를 봐 줄 수 있는지 알아보기로 했다. '아니면 유료 구급차를 불러야 하나? 제기랄, 이런 쪽으론 완전히 꽝인데, 어떻게 모를 수가 있지? 왜 학교에선 그런 걸 안 가르쳐 주는 거야?'

침실에서는 어머니의 힘겨운 숨쉬기가 계속 또 계속 이어졌다.

"나 금방 갔다 올게."

그는 중얼거리고 문으로 갔다. 어머니 때문에 무섭고 두려웠지만, 밑바닥에 있던 또 다른 목소리가 말했다. '난 항상 이런 식이야. 왜 하필이면 좋은 뉴스를 얻은 다음에 이런 일이 벌어져야만 하는 거지?' 그리고 그 무엇보다 가장 비열한 말. '이번 일이 내 앞길을 얼마나 지독하게 망쳐 놓으려나? 계획을 얼마나 많이 바꿔야만 하는 걸까?'

그는 그 목소리가 싫었고, 그것이 신속하고 처절하게 사라져 버리기를 바랐지만, 목소리는 끄떡도 하지 않고 얼쩡거렸다.

래리가 프리먼 씨의 아파트를 향해 계단을 달려 내려가는 동안 천둥이 검은 구름 속에서 웅웅거렸다. 그가 1층 층계참에 이르자 현관문이 벌컥 열리며 빗줄기가 쏟아져 들어왔다.

제20장

하버사이드는 오군퀏 마을에서 가장 오래된 호텔이었다. 반대쪽에 새 요트 클럽이 들어서고부터 호텔의 전망은 그리 좋지 않았지만, 하늘이 간간이 이어지는 폭풍우로 물든 이런 날 오후에는 전망이 상당히 좋았다.

프래니는 거의 세 시간 동안 창가에 앉아, 스미스 단과 대학에 다니는 고등학교 때 친구 그레이스 듀건한테 편지를 쓰려던 중이었다. 임신 사실이라던가 어머니와 있었던 일을 전하는 고백 편지가 아니었다. 그런 것들에 관해 써 봤자 그저 우울해질 뿐이었다. 그녀는 그레이스가 마을에 있는 자기만의 소식통으로부터 조만간 전해 들을 것으로 생각했다. 프래니는 오직 안부 편지를 쓰려고 애쓰고 있었다. 제스와 그녀가 5월에 샘 로스롭과 샐리 웬셀러스와 함께 콜로라도 레인질리로 떠났던 자전거 여행. 그녀가 운 좋게 치른 생물학 기말 시험. 페기 테이트(또 다른 고등학교 친구이자 그레이스도 아는 사이)의 새 직업은 상원의원의 수행원. 에이미 로더의 결혼 임박.

편지는 좀처럼 술술 써지지 않을 듯싶었다. 흥미롭고 화려한 장관을 연출하는 날씨도 한몫 거들었다. 아담한 폭풍우가 바다 위에서 계속 오락가락하는데 어떻게 편지를 쓸 수 있나? 거기다 편지 속의 소식들 어느 것도 완전히 솔직하지는 않은 것 같았다. 느낌이 약간 왜곡되었다. 손에 든 칼로 감자 껍질을 벗기려 했는데 자기 손에 상처를 낸 듯한. 자전거 여행은 유쾌했지만, 프래니와 제스는 이제 그런 유쾌한 관계가 아니었다. 그녀는 실제로 BY-7 과목 기말 시험을 운 좋게 치르기는 했지만, 정말로 중요했던 생물학 기말 시험에선 전혀 운이 따라 주지 않았다. 그녀도 그레이스도 페기 테이트에 대해선 별로 관심이 없었고, 프래니의 현재 처지로는 다가오는 에이미의 혼례가 기뻐해야 할 경사라기보다 지독하게 메스꺼운 농담거리에 더 가까운 것만 같았다. '에이미는 결혼하는데, 나는 애를 뱄네. 하하하하.'

그런 기분과 더 씨름하고 있을 필요가 없는 거라면 편지를 끝내야겠다고 생각하며, 프래니는 글을 쓰기 시작했다.

나 혼자 고민하는 것들이 있어. 아아 정말이지, 고민거리가 많아. 하지만 편지에 다 쓸 용기는 하나도 없어. 그냥 생각하기만 해도 너무 괴롭단 말이야! 그치만 7월 4일 독립기념일에는 너를 만날 수 있겠지. 마지막 편지 이후로 네 일정이 변하지 않았다면.(6주 동안 달랑 편지 한 통이냐? 누가 네 손가락을 잘라 버린 건 아닌지 걱정할 지경이다, 이것아!) 만나서 다 얘기해 줄게. 네 조언이 도움이 되리라 믿어.

내 마음을 믿어 줘 그러면 나도 네 마음을 믿을 거야.

프랜

손에 익은 현란하고 익살스러운 필체로 서명하자 편지지에 남아 있던 하얀 여백의 절반을 그녀의 이름이 차지했다. 그렇게 처리해 버리고 나니 어느 때보다도 더 사기꾼이 된 듯한 느낌이었다. 프래니는 편지지를 접어 봉투에 넣고, 봉투에 주소를 쓰고, 앞에 있는 거울에 기대 놓았다. 업무 완료.

'자, 자. 이제 뭘 한다?'

날이 다시 어두워지고 있었다. 프래니는 일어나 불안하게 실내를 서성거리며 다시 비가 쏟아지기 전에 나가야 한다고 생각했지만, 갈 데가 어딨지? 극장? 이 마을 극장은 딱 한 번 가 봤다. 제스랑. '옷 구경하러 포틀랜드에나 갈까? 재미없어.' 그녀가 요즘 현실적으로 바라볼 수 있는 유일한 옷은 탄력 있게 늘어나는 허리끈이 달린 옷뿐이었다. 두 사람을 동시에 수용할 수 있는 넉넉한 옷.

그녀는 오늘 전화를 세 번 받았는데, 첫 번째는 좋은 소식이었고, 두 번째는 그저 그랬고, 세 번째는 나빴다. 전화가 반대 순서로 왔더라면 좋았겠다 싶었다. 조금 전부터 비가 쏟아지기 시작하며 부듯가가 다시 어두워졌다. 프래니는 금세 다시 쏟아질 듯한 비 따위는 아랑곳없이 밖에 나가 걷기로 했다. 신선한 공기, 여름의 습기가 기분을 한결 좋게 해 줄 것이다. 어딘가에 멈춰 맥주 한 잔을 들이켤 수도 있을 것이다. '술병 속의 행복이라. 어쨌든 맘은 평온해지잖아.'

첫 번째 전화는 서머스워스에 있는 데비 스미스한테서 온 것이었다. 프랜이라면 더할 나위 없이 환영한다고, 데비가 따스하게 말했다. 사실, 프랜이 필요한 상황이었다. 아파트를 같이 쓰던 여자 애들 셋 중 한 명이 창고 회사 비서로 취직해 5월에 이사를 했다는 것이다. 데비와 로다는 세 번째 동거인을 못 구하면 임대료를 그리 오래 감당할 수가 없었다.

"그리고 우린 둘 다 대가족 집안 출신이잖니. 울어 대는 아기쯤이야 끄떡없어."

데비가 말했다. 프래니는 7월 1일엔 이사 준비가 될 거라고 말했고, 전화를 끊고 났을 때 따뜻한 눈물이 뺨 위로 하염없이 흐르는 것을 발견했다. 안도의 눈물. 만약 자신이 성장해 왔던 이 마을에서 떠날 수 있다면, 자신한텐 잘된 일이라 생각했다. 어머니한테서 벗어난다. 심지어 아버지한테서도 벗어난다. 그렇게 되면 아기가 딸린 미혼모가 되었다는 사실이 인생에서 어느 정도는 일상적인 부분으로 굳어질 것 같았다. 그게 큰 이유였다, 틀림없이. 하지만 유일한 이유는 아니었다. 벌레나 개구리 같은 동물이 생각났다. 그 녀석들은 위협을 느끼면 평상시 몸 크기의 두 배로 부풀어 올랐다. 잡아먹으러 왔던 동물은, 적어도 이론상으로는, 이 광경을 보고 무서워서 슬금슬금 도망갔다. 그녀는 그런 벌레가 된 것 같은 기분을 약간 느꼈고, 그녀가 그런 식으로 느끼게끔 한 것은 이 마을 전체, 주위의 모든 환경이었다.('심리적 인상'이 더 어울리는 단어일 수도 있다.) 아무도 그녀에게 간통의 표시인 주홍 글씨를 새기지 않을 거라는 건 알았지만, 이와 동시에 스스로 그런 상황에 대한 불안감에 수긍한 나머지 오군퀏 마을과 잠깐 거리를 두기로 결심을 굳혔다는 것도 잘 알았다. 거리에 나갈 때면, 사람들이 구경하진 않아도 머지않아 구경할 준비를 하고 있음을 느낄 수 있었다. 당연히 여름 휴양객들이 아니라 마을 주민들이었다. 마을 주민들은 항상 구경거리가 될 누군가가 있어야만 했다. 술주정뱅이, 게으름뱅이 생활 보호 대상자, 포틀랜드나 올드 오처드 해변에서 상습적으로 좀도둑질하는 훌륭하신 집안의 자제 분…… 또는 공중에 두둥실 떠다니는 배를 가진 소녀.

두 번째 전화, 그저 그랬던 그 전화는 제스 라이더한테서 온 것이었다. 그는 포틀랜드에서 전화를 걸었는데, 처음엔 프랜의 집에다 걸었다. 운 좋게도 피터가 전화를 받아 별다른 사설 없이 프래니가 있는 하버사이드 호텔 전화번호를 알려 주었다.

그러고서 그가 거의 첫마디로 했던 말.

"너 집에서 안 좋은 말 많이 들었구나, 그치?"

"음, 좀 그랬어."

조심스럽게 말한 그녀는 그 일이 대화의 주제가 되기를 바라지 않았다. 그랬다가는 둘이 일종의 공모자가 될 것 같았다.

"너희 어머니가 그랬어?"

"왜 그런 소릴 해?"

"그분은 왠지 다혈질로 보이더라고. 눈빛에 그렇게 씌어져 있더라. 꼭 '만일 네가 내 소중한 것을 쏴 버리면, 나도 네 소중한 것을 쏴 버릴 거다' 라고 말하는 것 같았어."

그녀는 침묵했다.

"미안해. 너한테 상처 주긴 싫었는데."

"상처 받은 적 없어."

프래니가 말했다. 실제로 그의 설명이 아주 적절했지만, 어찌 되었든 표면적으로는 적절했지만, 그녀는 '상처를 주다' 라는 동사가 안겨 주는 놀라움을 극복하려 애쓰고 있었다. 그에게서 듣기에는 퍽 생소한 말이었다. 어쩌면 여기엔 가설이 한 가지 붙어 있을 거라고 그녀는 생각했다. 당신의 연인이 '상처를 주다' 에 관해 말하기 시작할 때, 그 사람은 더는 당신의 연인이 아닌 것이다.

"프래니, 내 제안은 아직 유효해. 만약 네가 예스라고 말하면, 나는 반지 두 개를 구해서 오늘 오후에라도 그리로 갈 수 있어."

'자전거를 타고 말이지.' 그녀는 하마터면 키득거릴 뻔했다. 제시에게 키득거린다는 것은 끔찍하고 불필요한 짓일 터이다. 프래니는 웃음이 새어 나가지 않도록 단속하려고 잠시 수화기를 손으로 막았다. 그녀는 열다섯 살 때 데이트를 시작한 이래로 그랬던 것보다 지난 엿새 동안 더 많이 울었고 더 많이 키득거렸다.

"아냐, 제스."

그녀의 목소리는 매우 침착했다.

"난 진심으로 한 말이야!"

그가 깜짝 놀랄 만큼 격렬하게 말했다. 마치 웃음을 참느라 몸부림치고 있는 프래니를 보기라도 한 것처럼.

"네가 진심이란 건 나도 알아. 하지만 난 결혼할 준비가 안 됐어. 나는 내 마음이 그렇다는 걸 알아, 제스. 너랑은 아무 상관 없는 거야."

"아기는 어쩔 건데?"

"낳을 거야."

"양육은 남한테 맡기고?"

"그건 아직 결정 안 했어."

제시는 한동안 침묵했고, 프래니는 호텔의 다른 객실에서 나오는 사람들의 목소리를 들을 수 있었다. 저 사람들도 저들 나름의 고민거리들이 있을 거라고 생각했다. '아가야, 세상은 낮 시간대에 하는 텔레비전 연속극 같은 거란다. 우리는 우리 인생을 사랑하고, 그래서 내일을 찾아 헤매면서 빛이 우리를 인도해 주길 기대한단다.'

"아기의 장래가 궁금해."

마침내 제스가 말했다. 그가 궁금해했는지는 정말로 의심스러웠지만, 아마도 그녀의 말문을 막아 버리기 위해 그가 할 수 있는 유일한 말인 듯싶었다. 그 말은 효과가 있었다.

"제스……."

"그래, 어디로 갈 건데?"

제시가 씩씩하게 물었다.

"여름 내내 하버사이드 호텔에 묵을 수는 없잖아. 있을 곳이 필요하면, 내가 포틀랜드에서 알아봐 줄 수 있어."

"나 있을 곳이 생겼어."

"어디야? 아니, 내가 물어보면 안 되는 건가?"

"꿈도 꾸지 마."

프래니는 말을 내뱉고 좀 더 에둘러 말할 방법을 찾지 못해 혀를 깨물었다.

"아."

제시의 목소리가 이상하리만큼 밋밋했다. 마침내 그가 조심스럽게 말했다.

"뭐 좀 물어볼 게 있는데, 화내지 말아 줄래, 프래니? 왜냐면 정말 알고 싶어서 그러는 거야. 미사여구로 치장한 질문 같은 게 아니야."

"물어볼 수는 있지."

그녀가 신중하게 동의했다. 마음속으로 그녀는 열 받지 않으려고 바짝 긴장했는데, 그 이유는 제스가 저런 말을 꺼냈을 땐 보통 그가 자신도 전혀 눈치 못 채는 오싹하고 극단적인 '나 잘났소' 주의를 들고 나타나기 직전이기 때문이었다.

"난 이 일에 끼어들 권리가 전혀 없는 거니?"

제스가 물었다.

"내가 책임과 판단을 함께 공유할 수는 없는 거야?"

잠시 그녀는 무척이나 열 받았지만, 그런 기분은 곧 사라졌다. 제스는 그저 제스답게 행동하고 있을 뿐이었고, 모든 생각 깊은 사람들이 밤에 두 발 뻗고 편히 잠잘 수 있도록 행하는 방식대로, 자신의 이미지를 자기 자신을 위해 고이 지켜 주려고 기를 쓰고 있었다. 프래니는 항상 그의 지성 때문에 그를 좋아했지만, 이와 같은 상황에서 지성은 따분한 것이 될 수도 있었다. 제스 같은 사람들은, 그리고 그녀 자신도 마찬가지로 죽 살아오면서 옳은 일을 행하는 것이 사명이니 적극적으로 실천하라고 배워 왔다. 때때로 그런 사람은 높다란 잡초 속에 퍼질러 누워 뭉그적거리는 편이 더 나을 수도 있음을 깨닫는 바람에 자기 자신이 상처를, 몹시 심한 상처를 입을 수밖에 없었다. 제시의 올가미는 부드러웠지만, 여전히 올가미일 뿐이었다. 그는 프래니가 떠나가도록 놔두길 원치 않았다.

"제스. 우리 둘 다 이 아기를 원치 않았어. 아기가 안 생기도록 피임약을 쓰기로 동의했잖아. 넌 아무 책임도 없어."

"그렇지만……"

"아냐, 제스."

프래니가 말했다. 아주 단호하게.

그가 한숨을 내뱉었다.

"자리 잡고 나면 연락해 줄 거니?"

"그러겠지."

"아직도 복학하려고 생각 중이야?"

"결국엔 그래야지. 가을 학기는 포기할 거야. 어쩌면 평생 교육원 과정에 등록할지도 모르겠어."

"만약 내가 필요해지면 말이지, 프래니, 너 내가 어딨을지 알잖아. 나는 도망치지 않아."

"나도 알아, 제스."

"만약 돈이 필요하면……"

"그래."

"연락해. 너한테 강요하진 않을게. 그렇지만…… 네가 보고 싶어질 거야."

"알았어, 제스."

"안녕, 프랜."

"안녕."

프래니는 전화를 끊을 때 서로 주고받은 안녕이란 말이 너무도 마지막을 의미하는 것 같았고, 서로의 대화가 아직 끝나지 않은 것 같았다. 그 이유가 떠올랐다. 그들은 '사랑해' 라는 말을 덧붙이지 않았는데, 그것이 제일 큰 이유였다. 그것이 그녀를 슬프게 했고, 그녀는 슬퍼하지 말자고 다짐했지만 소용이 없었다.

마지막 전화는 정오쯤에 왔는데, 아버지한테서 온 것이었다. 그저께 점심을 같이하는 자리에서 그는 이번 일이 카를라에게 끼치고 있는 영향이 걱정스럽다고 말했다. 어머니는 지난밤에 침대에 있질 않았더랬다. 응접실에서 밤을 새우며 옛날 족보를 탐독했다. 그는 11시 30분쯤에 응접실로 가서 언제 침실로 올라올 거냐고 물었다. 그녀의 머리가 어깨와 잠옷 위로 흘러내렸고, 몹시 화난 듯 보였으며 그 밖에 별다른 기미는 전혀 없었다고 피터가 말해 주었다. 무거운 족보를 무릎 위에 올려놓고 그에게는 눈길도 주지 않은 채 그저 책장만 계속 넘기고 있었다. 그녀는 졸리지 않다고 했다. 좀 있다가 침실로 올라가겠다고 했다. 그녀가 감기에 걸려 버렸다고, 코너 런치 식당에 앉아 점심을 먹을 때 피터가 햄버거를 입보다 눈으로 더 많이 베어 먹으며 프래니에게 말해 주었다. 어머니가 코를 훌쩍거렸더랬다. 뜨거운 우유 한 잔 마시고 싶으냐고 물어도 그녀는 아무 대답도 하지 않았다. 그는 어제 아침 그녀가 의자에 앉아 족보를 무릎에 올려놓은 채 잠든 것을 발견했다.

마침내 깨어났을 때 카를라는 좋아 보였고 예전 모습을 많이 되찾은 듯싶었지만, 감기는 더 심해졌다. 그녀는 에드먼턴 박사를 불러오겠다는 그를 만류하며, 그저 기침 감기일 뿐이라고 말했다. 그녀는 가슴에다 빅스 감기 완화제를 바르고 네모난 천을 덮고서는, 숨통이 벌써 맑아지고 있다고 생각했다. 하지만 피터는 그녀가 짐짓 드러내는 모습에 구애받지 않았다고 프래니에게 말했다. 카를라는 체온 재기를 거부했지만, 그는 그녀가 열이 어느 정도

올라 있다고 생각했다.

그는 오늘 첫 번째 폭풍우가 시작되자마자 프랜에게 전화를 걸었다. 울긋불긋 검붉은 구름들이 항구 위로 조용히 쌓였고, 비가 처음엔 점잖게 내리기 시작하더니 이내 폭우로 변했다. 전화 통화를 나누는 동안 창밖을 응시하던 프래니는 번개가 방파제 너머 바다로 내리꽂히는 광경을 보았다. 그럴 때마다 전화상으로 희미하게 할퀴는 소리가 났는데, 전축 바늘이 레코드판을 긁는 소리 같았다.

"네 엄마가 오늘은 종일 누워 있었다. 마침내 톰 에드먼턴 선생한테 진찰을 받겠다고 했어."

"의사 선생님 아직 계셔?"

"방금 떠났다. 의사는 네 엄마가 독감에 걸린 것 같대."

"저런, 어쩌다."

프래니가 눈을 감으며 말했다.

"독감은 엄마 나이의 여자한텐 그냥 넘길 일이 아니잖아."

"그래, 네 말대로지……. 내가 의사한테 다 말했다, 프래니. 아기에 대해서, 너와 카를라가 벌였던 싸움에 대해서. 톰은 네가 아기였을 때부터 널 돌봐 왔으니, 비밀을 지켜 줄 거야. 나는 그 일 때문에 카를라가 병이 난 건 아닌지 알고 싶었거든. 톰은 아니라고 그러더라. 독감은 독감일 뿐이라고."

"독감이 누구를 붙잡았나."

프랜이 암울하게 말했다.

"뭐라고?"

"아무것도 아냐."

프랜이 말했다. 그녀의 아버지는 놀라울 정도로 마음이 넓었지만, 그녀가 노래 제목으로 말장난한 것을 알아들을 만큼 헤비메탈 그룹 AC/DC의 팬은 아니었다.

"하던 얘기 계속해 줘."

"글쎄, 더 할 말이 별로 없구나, 얘야. 의사는 독감이 아주 많이 돌아다닌다고 했어. 특출나게 독한 종류래. 남쪽 지방에서 올라온 것 같은데, 뉴욕은 그 병 때문에 쑥밭이 됐다더라."

"그런데 밤새 응접실에서 주무셨다니……."

프래니는 점점 불안해졌다.

"사실은 말이지, 의사가 그러는데 몸을 똑바로 세운 자세로 있었던 게 네 엄마의 폐와 기관지에는 더 잘 된 일이었을 거라더라. 그 밖에 다른 말은 안 했지만, 자기 아내 앨버타 에드먼턴이 카를라가 속한 모든 단체에 속해 있으니, 굳이 말을 꺼낼 필요조차 없었던 거지. 우린 둘 다 네 엄마가 이 병을 자초한 거라는 걸 알았어, 프랜. 향토 역사 위원회 회장이고, 일주일에 스무 시간을 도서관에서 보내고 있고, 여성 클럽과 문학 사랑 클럽의 서기이자, 프레드가 죽은 뒤로는 우리 마을에서 5월 자선 모금 행사를 운영하고 있고, 덤으로 작년 겨울에는 사랑의 기금 운영도 떠맡았지. 무엇보다 네 엄마는 남부 메인 주 족보학협회에 흥미를 느껴 난리를 치고 있고. 쇠약해지고, 지친 거야. 에드먼턴 의사의 말을 종합해 보면 제일 먼저 지나가던 사악한 병균한테 네 엄마는 그야말로 환영의 초대장이었다더구나. 그것이 의사가 말해 주었던 전부야. 프래니, 네 엄마는 늙어 가고 있어도 늙기를 바라지는 않아. 나보다도 더 열심히 일하고 있단 말이지."

"엄마가 얼마나 아픈 거야, 아빠?"

"지금은 자리에 누워 주스를 마시고 톰이 처방해 준 약을 먹고 있어. 나는 오늘 결근했고, 할리데이 부인이 내일 와서 같이 있어 줄 거야. 네 엄마는 할리데이 부인이 와서 향토 사학회의 7월 모임에 대한 협의 사항을 함께 정하기를 바라거든."

그가 크게 한숨 쉬었고 번개가 또다시 전화선을 할퀴었다.

"난 이따금 네 엄마가 일만 하다 죽는 걸 바라는 건 아닌가 생각한단다."

우물쭈물하며 프랜이 말했다.

"아빠 생각은 어때? 엄마가 싫어할까? 만약 내가……."

"지금 당장은 그럴 거다. 하지만 엄마에게 시간을 줘라, 프랜. 엄마도 마음을 돌리겠지."

네 시간이 흐른 지금, 비를 대비하여 머리에 스카프를 묶으며, 그녀는 정말로 어머니가 생각을 바꿀 것인지 궁금해했다. 어쩌면 그녀가 아기 양육을 포기한다면, 마을 사람 누구도 아기의 존재를 전혀 눈치 못 챌 터였다. 그래 봤자 가망 없는 일 같기도 했다. 작은 마을에서는 사람들이 보통이 아닌 예민한 코로 소문의 냄새를 맡는다. 그리고 물론 그녀가 아기를 키운다면…… 하지만 그녀는 그런 경우에 관해선 심각하게 생각해 보지 않았다. '그렇지? 정말 그렇겠지?'

그녀는 마음속에서 꿈틀거리는 죄책감을 느끼며 가벼운 코트를 걸쳐 입었다. 어머니는 쇠약해졌다. 물론 사실이었다. 프래니는 대학교에서 집으로 옮겨 와 어머니와 뺨에 입맞춤을 나누었을 때 쇠약해진 기운을 보았다. 카를라는 눈 밑이 불룩했고, 피부가 너무 누레 보였고, 항상 미용사의 손길로 깔끔했던 머릿결은 35달러짜리 염색약의 위력에도 흰머리가 눈에 띄게 늘어났다. 그런데도 여전히……

카를라는 신경질적으로, 극도로 신경질적으로 속상해했던 것이다. 프래니는 만일 어머니가 걸린 독감이 폐렴으로 발전하거나 어머니가 어떤 식으로든 무너져 버린다면 자신의 책임이 정확히 얼마나 될지 스스로에게 묻고 있었다. 심지어 어머니가 돌아가실 수도 있었다. '맙소사, 그건 너무나 끔찍한 생각이야. 그런 일은 일어나선 안 돼, 제발 하느님 안 돼요. 절대 안 돼요.' 어머니가 복용하고 있는 약이 병을 물리칠 것이고, 일단 프래니가 어머니의 눈앞에서 사라져 서머스워스에서 조용히 갓난아기를 품고 있으면, 어머니는 어쩔 수 없이 받았던 정신적 충격에서 회복될 것이다. 그러면 그녀는……

전화가 울리기 시작했다.

프래니는 한동안 멍하니 전화를 쳐다보다가, 바깥에서 다시금 번개가 번쩍거리고 아주 가까이서 포악한 천둥소리가 이어지자 질겁하며 움찔했다.

따르르릉, 따르르릉, 따르르릉.

이미 통화를 세 번이나 했는데, 또 누가 전화를 걸었단 말인가? 데비가 다시 전화할 이유는 없을 것이고, 제스의 전화라는 생각도 들지 않았다. 아마도 '상금 타는 행운의 전화'겠지. 아니면 샐러드 마스터 주방용품 판매원의 전화. 어쩌면 옛 대학 친구에게 정성을 다하려는 제스일 수도 있겠지.

수화기를 들러 다가간 프래니는 전화 건 사람이 아버지이고 매우 나쁜 용건일 거라고 확신했다. '아마도 파이일 거야.' 그녀는 혼자서 중얼거렸다. 책임은 파이다. 책임의 일부는 그녀가 행하는 자비심에 속하지만, 만일 자기 몫으로 크고, 질퍽하고, 쓰디쓴 파이 조각을 받기를 거부할 생각이라면, 그저 헛수작하고 있는 거다. 그 책임 조각은 꾸역꾸역 남김없이 먹어 치워야 한다.

"여보세요?"

한동안 침묵만이 이어지자 프래니는 눈살을 찌푸리고 당황하며 다시 "여보세요."라고 했다.

그러자 아버지가 말했다.

"프랜?"

그러고는 침을 삼키는 이상한 소리를 냈다.

"프래니?"

또다시 그 침 삼키는 소리가 났고, 프랜은 아버지가 눈물을 억누르고 있을 거라는 두려움이 점점 커지고 있음을 깨달았다. 한쪽 손이 목으로 기어올라 스카프를 묶은 매듭을 꼭 붙들었다.

"아빠? 무슨 일이야? 엄마 때문에 그래?"

"프래니, 내가 널 차로 데리러 가야겠다. 내가…… 그러니까 너 있는 데로 가서 데려올게. 그렇게 할게."

"엄마 괜찮은 거야?"

프래니는 전화기에다 소리를 질렀다. 천둥이 다시 하버사이드 호텔 위를 후려치자 그녀는 두려움에 떨며 울부짖기 시작했다.

"아빠, 말해 줘!"

"엄마의 병세가 더 나빠졌다. 그게 내가 아는 전부야."

피터가 말했다.

"너랑 통화하고 한 시간쯤 후에 병세가 더 나빠졌어. 열이 올라갔어. 헛소리도 하고. 톰한테 연락을 했는데…… 레이철이 의사가 나갔다고 하더라. 아픈 사람이 너무 많아서 바쁘다고…… 그래서 샌포드 병원에 전화했더니 구급차들이 신고를 받아 출동하고 없다고 하더라. 차량 두 대가 전부 다. 게다가 카를라를 대기자 명단에 올려 주겠대. 대기자 명단이라니, 프래니, 도대체 대기자 명단이 뭐란 말이니, 느닷없이? 나는 짐 워링튼을 알아. 그 사람은 샌포드 병원 구급차를 운전하는데, 95번 도로에서 차 사고만 안 나면 종일 빈둥거리면서 진 러미 게임이나 하는 게 일이라고. 그런데 대기자 명단이란 게 다 뭐야?"

그는 거의 고함치다시피 했다.

"진정해요, 아빠. 진정해. 진정."

프래니는 다시 눈물을 터뜨렸고 손이 스카프 매듭을 떠나 눈으로 향했다.

"만약 엄마가 아직 거기 있으면, 아빠가 직접 병원에 데리고 가는 게 낫겠어."

"아냐…… 아냐, 병원 사람들이 15분쯤 전에 왔어. 그리고 아아, 프래니, 구급차 뒤에 환자가 여섯 명이나 있더라. 환자 중 한 명이 윌 론손이었어, 잡화점 주인 말이야. 그리고 카를라…… 네 어머니가…… 사람들이 네 엄마를 구급차에 실을 때 약간 정신을 차리더니 계속 이런 말만 하더구나. '숨을 진정시킬 수가 없어, 피터, 나 숨을 진정시킬 수가 없다고. 왜 숨 쉬는 게 맘대로 안 되지?' 아, 제기랄."

피터가 갑자기 목이 메어 어린애 같은 목소리로 말을 끝맺어 그녀를 섬뜩하게 했다.

"운전할 수 있어, 아빠? 운전해서 여기로 올 수 있어?"

"그래. 그래, 물론이지."

그가 마음을 진정시키는 듯했다.

"내가 현관 앞에 나가 있을게."

전화를 끊고 재빨리 계단을 내려가는 프래니의 무릎이 떨리고 있었다. 아직 비가 내렸지만, 현관에서는 폭풍우 구름이 이미 흩어지고 늦은 오후의 태양이 구름 사이로 빛나는 모습이 보였다. 저도 모르게 무지개를 찾아본 프래니는 바다 저 멀리서, 희미하고 신비로운 초승달 모양의 그것을 보았다. 죄책감이 그녀를 물어뜯으며 흔들어 댔고, 또 하나의 생명이 들어 있는 뱃속에서는 털북숭이 생물들이 스멀스멀 기어다니는 듯한 느낌이 들었으며, 그녀는 또다시 울기 시작했다.

'파이를 먹자.' 아버지가 오기를 기다리며 프래니는 자신한테 속삭였다. '맛이 끔찍한 이 파이를 먹자꾸나. 두 번째 조각도, 세 번째 조각도 다 네 거야. 파이를 먹으렴, 프래니, 꾸역꾸역 모조리 먹어 치워.'

제21장

스튜 레드먼은 겁에 질렸다.

버몬트 주 스토빙턴에 위치한 새로운 방에서 창살 쳐진 창문 밖을 내다보니 저만치 아래에 있는 작은 마을과 소형 주유소 간판들, 공장 같은 건물, 큰 거리, 고속도로가 보였고, 고속도로 너머엔 뉴잉글랜드 서쪽 끝의 화강암 산맥인 그린 산맥이 있었다.

그가 겁에 질렸던 것은 이 방이 병실보단 감방에 더 가까웠기 때문이었다. 그가 겁에 질렸던 것은 데닝거가 사라졌기 때문이었다. 광란의 난리 법석 서커스가 애틀랜타에서 이곳으로 통째로 옮겨 온 이후로 그는 데닝거를 보지 못했다. 데이츠도 마찬가지로 사라졌다. 스튜는 아마도 데닝거와 데이츠가 병에 걸렸을 거라고, 어쩌면 이미 죽어 버렸을 것으로 생각했다.

누군가가 사고를 친 것이다. 아니면 찰스 D. 캠피온이 아네트 마을에 가져왔던 그 질병이 사람들의 예상보다 훨씬 더 전염성이

강했던 것이다. 어느 쪽이든 간에, 애틀랜타 전염병 연구소의 안전성에 구멍이 뚫린 것이었고, 그곳에 있던 모든 사람들이 이제는 자신들이 A급 또는 슈퍼 독감이라 부르던 바이러스를 소규모로나마 직접 체험 조사를 해 볼 기회를 갖고 있는 것이라고 스튜는 생각했다.

그들은 이곳에서도 그에게 여러 가지 실험을 가했지만, 중구난방인 것 같았다. 실험 일정은 제멋대로였으며 실험 결과도 아무렇게나 휘갈겨 적었다. 그는 누군가가 실험 서류들을 대충 살펴보고는 고개를 흔들고 가까운 서류 분쇄기에 버리는 것은 아닌지 의심이 들었다.

그렇지만 그것이 최악은 아니었다. 최악은 총이었다. 피나 침 또는 소변을 채취하려고 들어오는 간호사들은 이제 항상 흰 방호복을 입은 군인을 대동했고, 군인은 비닐 주머니 속에 총을 소지했다. 그 비닐 주머니는 군인이 착용한 오른쪽 긴 장갑의 손목에 묶여 있었다. 총은 군용 45구경 권총이었고, 만약 그가 데이츠한데 시도했던 그런 장난들을 조금이라도 하려 했다간, 45구경 권총이 비닐 주머니의 끝을 터뜨려 연기를 내뿜으며 비닐 쪼가리들을 불태울 것이고 스튜 레드먼은 흘러간 옛 사람이 될 것이라고 그는 굳게 믿었다.

만약 그들이 예전의 실험들을 마지못해 시늉만 하는 것이라면, 그렇다면 그는 소모품이 된 셈이었다. 감금당한 것은 나빴다. 감금당한 데다 소모품까지 되었다면…… 그것은 더욱 나빴다.

이제 스튜는 매일 밤 아주 주의 깊게 6시 뉴스를 시청했다. 인도에서 쿠데타를 시도했던 사람들은 "외부의 선동자들"로 낙인

찍혀 총살당했다. 경찰은 여전히 어제 와이오밍 주 라라미의 발전소를 폭파한 사람 또는 사람들을 찾고 있었다. 연방 대법원은 동성애자로 밝혀진 사람들을 공직에서 해고할 수 없다고 6대3으로 판결했다. 그리고 마침내 다른 소식들이 조금씩 들려왔다.

아칸소 주 밀러 카운티의 원자력위원회 임원들이 원자로가 녹아내릴 가능성을 완강히 부인했다. 텍사스 국경에서 약 50킬로미터 떨어진, 파우크라는 작은 마을의 원자력 발전소가 원자로 냉각 시스템을 조절하는 장치에 사소한 회로 이상이 생겨 한바탕 열병을 앓았지만, 비상경보를 발동할 정도까지는 아니었다. 그 지역에 군부대를 파견했던 것은 단순히 예방 조치일 뿐이었더랬다. 스튜는 만약 파우크 원자로가 정말로 녹아내려 지구 반대편 중국 땅까지 뚫어 버릴 만한 사태가 벌어졌다면 군대가 무슨 예방 조치를 취할 수 있었을지 의아하게 여겼다. 그는 군대가 전혀 다른 이유 때문에 남서부 아칸소 지역에 있는 거라고 생각했다. 파우크의 사정도 아네트와 별반 다르지 않을 듯싶었다.

또 다른 소식은 동부 해안 지역의 독감 유행이 초기 단계인 듯하다는 보도였다. 러시아 변종 독감이며, 아주 나이 많은 노약자나 나이 어린 유아를 빼고는 너무 걱정할 필요 없다고 했다. 피곤에 지친 뉴욕 시 의사가 브루클린의 머시 병원 복도에서 인터뷰를 했다. 그는 독감이 러시아 A형치고는 유별나게 끈질기다고 말하며 독감 예방 접종을 하라고 시청자들에게 강력히 권했다. 그러고 나서 그가 별안간 뭔가 다른 말을 하기 시작했지만, 소리가 잘렸고 그저 그의 입술이 움직이는 것만을 볼 수 있었다. 화면이 스튜디오에 있는 뉴스 캐스터한테로 넘어가자 그가 말했다.

“최근의 독감 발생에 따른 결과로 뉴욕에서 보고된 사망자가 일부 있었지만, 도시 공해와 어쩌면 심지어 에이즈 바이러스와 같은 복합적인 원인도 그러한 치명적인 사례들 대다수에서 나타나고 있습니다. 정부 보건 당국자들은 이번 질병이 러시아 A형 독감이며, 더욱 위험한 돼지 독감은 아니라는 점을 강조합니다. 한편, 오래된 충고가 좋은 충고라고 의사들은 말합니다. 침대에 누워, 휴식을 충분히 취하고, 수분을 섭취하고, 열이 나면 아스피린을 복용하십시오.”

뉴스 캐스터가 용기를 북돋아 주는 미소를 지었다. 그리고 카메라 바깥쪽에서 누군가가…… 재채기를 했다.

이제 지평선에 닿은 태양은 지평선을 황금빛으로 물들였고, 황금빛은 조만간 붉게 변했다가 오렌지 빛으로 희미해질 참이었다. 밤이야말로 최악이었다. 그들은 스튜를 외국처럼 느껴지는 조국의 한구석으로 실어 날랐는데, 그 구석진 곳은 웬일인지 밤이 되면 더욱 외국처럼 느껴졌다. 초여름 날씨인 지금 창밖으로 보이는 초록 식물의 양이 비정상적으로 과도해서 스튜는 약간 소름이 끼쳤다. 그는 친구가 없었다. 그가 아는 한 브레인트리에서 애틀랜타로 날아왔을 때 그와 함께 비행기에 탑승했던 사람들은 이제 모두 죽고 없었다. 그는 총으로 위협하여 피를 뺏어 가는 태엽 인형들한테 둘러싸였다. 자신의 인생이 두려웠다. 비록 여전히 건강이 좋다는 걸 느꼈고 이제 그 병의 정체가 무엇이든 자신은 걸리지 않을 것 같다고 믿기 시작했지만.

스튜는 생각에 깊이 잠겨, 이곳에서 탈출하는 것이 가능한 일일지 궁금해했다.

제22장

6월 24일, 장군 집무실로 들어선 크레이튼은 모니터들을 바라보며 뒷짐 지고 있는 스타키를 발견했다. 그는 이 나이 든 남자의 오른손에서 반짝거리는 웨스트포인트 사관학교 반지를 보았고, 그 남자에 대한 연민의 감정이 고조되는 것을 느꼈다. 스타키는 열흘 동안 약물의 힘으로 버텨 왔고, 피할 수 없는 파멸의 순간이 임박했다. 그러나 크레이튼의 생각으로는, 만일 그 전화 통화에 관한 그의 막연한 추측이 옳다면 진정한 파멸은 이미 발생해 버린 것이었다.

"렌. 자네가 찾아와 줘서 기뻐."

스타키의 말투는 마치 놀란 사람 같았다.

"별말씀을요."

크레이튼이 약간 웃으며 말했다.

"자네도 전화 건 사람이 누구였는지 알겠군."

"정말 그분이셨습니까?"

"그렇다네, 대통령이었어. 나는 풀려났네. 그 더러운 허수아비 녀석이 나를 풀어 주었어, 렌. 물론 그렇게 될 줄은 나도 알고 있었지. 하지만 여전히 마음이 아파. 아파서 미칠 지경이야. 그 히죽거리는 기생오라비 같은 똥자루 녀석한테서 명령을 받았다는 게 마음이 아파."

렌 크레이튼이 끄덕거렸다.

"흐음."

스타키가 한 손으로 얼굴을 쓸어내리며 말했다.

"다 끝났어. 없었던 일로 되돌릴 수 없어. 이젠 자네가 지휘 책임자야. 대통령은 자네가 조속히 워싱턴으로 와 주길 원해. 그는 자네한테 융단 폭격을 퍼붓고 자네 엉덩이를 물어뜯어 피 걸레로 만들어 놓겠지만, 자넨 그저 그 자리에 서서 무조건 예, 예 하면서 모든 질책을 받아들이게. 우리는 온 힘을 다해 구조 활동을 펴 왔어. 그걸로 충분해. 나는 그걸로 충분하다고 확신해."

"만약 그렇다면, 이 나라는 장군님께 무릎을 꿇고 감사해야 마땅합니다."

"조종간이 내 손을 불태웠어. 그렇지만 나는…… 나는 온 힘을 다해 가능한 한 오랫동안 그것을 꽉 붙잡았어, 렌. 그것을 꽉 붙잡았다고."

상당히 격한 어조로 말했지만, 그의 눈은 다시 모니터를 두리번거렸고 한동안 입이 가냘프게 떨렸다.

"자네가 없었다면 나는 그 일을 해낼 수가 없었어."

"그건…… 우리는 아주 먼 거리를 되돌아간 겁니다. 빌리 장군님, 그렇죠?"

"바로 그걸세, 귀관. 이제 내 말 잘 듣게. 한 가지 일이 급선무야. 자네는 잭 클리블랜드를 만나야 해. 자네한테는 가장 시급한 일이라고. 그 친구는 양쪽 장막, 철의 장막과 죽의 장막 뒤에 있는 우리 쪽 사람들이 누군지 훤히 알아. 그 친구는 그들과 접촉하는 방법도 알고, 임무가 무엇이든 주저하지 않을 거야. 그 임무를 신속히 해치워야 한다는 것도 알 테고."

"저는 이해를 못 하겠습니다, 장군님."

"우리는 최악의 상황을 염두에 둬야 해."

스타키의 말에 이어 기이한 미소가 그의 얼굴에 찾아들었다. 그의 윗입술이 올라가 농장을 지키는 개의 주둥이처럼 주름이 졌다. 그는 손가락으로 탁자 위에 있는 얇고 노란 서류들을 가리켰다.

"이제 통제 불능이야. 오리건, 네브래스카, 루이지애나, 플로리다에 불쑥불쑥 나타났어. 멕시코와 칠레에서도 비슷한 사례가 생겼고. 애틀란타를 잃을 때, 우리는 그 문제를 가장 잘 다룰 수 있는 세 명의 인재를 잃었어. 우린 스튜어트 '왕자' 레드먼 씨의 상태도 딱히 갈피를 못 잡고 있는 처지라고. 자네는 그들이 실제로 레드먼에게 블루 바이러스를 주입했다는 사실을 알았나? 그는 그것이 진정제인 줄로만 알았지. 그런데 그가 바이러스를 죽였어. 아무도 어떻게 그런 일이 생겼는지 전혀 알지를 못해. 만약 우리한테 6주만 시간 여유가 있다면, 그 묘기의 정체를 밝혀낼 수 있을지도 모르지. 헌데 그렇지가 않아. 독감 이야기로 꾸며 대는 것이 최선이겠지만, 그러려면 지구 반대편의 나라들이 이 사태가 미국에서 만들어진 인위적인 것임을 절대 눈치 못 채도록 하는 것이 필수적이야. 반드시 필수적이지. 안 그랬다간 대체 무슨 억측이 튀어나올지 몰라.

클리블랜드는 소비에트사회주의공화국연방에 8명에서 20명의 남녀 공작원들을, 유럽의 위성 국가들에는 각각 5명 내지 10명의 공작원을 두고 있어. 그가 중공에 얼마나 많은 공작원을 거느리고 있는지는 나조차도 알지 못해."

스타키의 입이 다시 떨리고 있었다.

"자네가 오늘 오후에 클리블랜드를 만나 꼭 해 줘야 하는 말은 '로마가 몰락한다' 야. 잊진 않겠지?"

"예."

렌이 말했다. 그는 이상하게도 입술이 싸늘해졌다고 느꼈다.

"그런데·장군님께서는 정말로 그들이 임무를 수행할 거라고 예상하십니까? 그 남녀 공작원들 말입니다."

"공작원들은 일주일 전에 이미 유리병을 전달받았어. 그 안에 우리측 스카이크루즈 인공위성들이 위치를 추적하는 방사능 입자가 들었다고 믿고 있지. 그 친구들은 그 정도까지만 알면 돼. 안 그런가, 렌?"

"그렇습니다, 장군님."

"그리고 만약 상황이 나쁜 쪽에서…… 더 나쁜 쪽으로 변한다고 해도 아무도 눈치 못 챌 거야. 프로젝트 블루는 마지막 순간까지도 적에게 노출된 적이 없었어. 우리는 그것을 확신해. 새로운 바이러스, 돌연변이…… 상대편에서 의심할지도 모르지만, 그쪽도 우리와 마찬가지로 시간이 별로 없을 거야. 위험을 똑같이 공동 부담할 수밖에 없어, 렌."

"그렇습니다."

스타키는 다시 모니터들을 바라보고 있었다.

"우리 딸이 몇 년 전에 나한테 시집을 한 권 줬어. 이이츠라는 사람의 시집. 딸아이가 모든 군인은 이이츠의 시를 읽어 봐야 한다더군. 나는 그 말이 농담이었다고 생각해. 자넨 이이츠에 대해 들어 본 적 있나, 렌?"

"그런 것 같습니다."

대답한 크레이튼은 곰곰이 궁리하다가, 그 시인의 이름은 예이츠라고 발음한다고 스타키에게 말하려던 생각을 철회했다.

"나는 그 시집의 모든 구절을 읽었어."

스타키는 영원한 침묵에 잠긴 구내식당을 들여다보며 말을 이었다.

"주된 이유는 딸애가 내가 안 읽을 거로 생각했기 때문이었지. 너무 성급히 예측한 게 실수야. 나는 그 시집의 거의 전부를 이해하지 못했어. 그 시인은 미친 게 틀림없더군. 그래도 읽기는 다 읽었네. 재밌더군. 항상 운율을 딱딱 맞추는 시는 아니었어. 그런데 시집 속에 내 마음을 절대 떠나지 않았던 시가 한 편 있었다네. 마치 시인이 내가 일생을 바쳤던 모든 것에 관해, 그런 행위의 절망에 관해, 그런 행위의 빌어먹을 숭고함에 관해 묘사하고 있는 것 같았어. 시인은 모든 것이 산산이 부서진다고 말했어. 중심점이 남아나지 않는다고 말했어. 나는 그 시인이 모든 것이 조각조각 나는 모습을 의미한 거라고 믿네, 렌. 그것이 바로 시인의 의도였다고 믿는단 말일세. 이이츠가 다른 것은 죄다 몰랐다손 치더라도, 조만간 모든 것이 파국을 맞아 우라지게 조각조각 나 버릴 줄은 알았던 거야."

"예, 장군님."

크레이튼이 조용히 대꾸했다.

"그 시를 처음 읽었을 때 결말 부분 때문에 소름이 돋았는데, 아직도 그렇다네. 그 부분을 마음에 새겨 두었지. '참으로 난폭한 야수, 야수의 시간이 마침내 다가온다. 야수가 베들레헴을 향해 어슬렁거리는 까닭은 이 땅에 태어나기 위함인가?'"

크레이튼은 말없이 서 있었다. 할 말이 없었다.

"야수가 오고 있는 중이야."

스타키가 돌아서며 말했다. 그는 눈물을 흘리면서 미소를 짓고 있었다.

"그것이 오고 있어. 게다가 이이츠라는 친구가 상상할 수 있었던 것보다 더욱 어마어마하게 난폭해. 모든 것이 산산이 부서지고 있어. 우리 일은 온 힘을 다해, 할 수 있는 한 오래도록 버티는 것이야."

"그렇습니다, 장군님."

크레이튼은 처음으로 눈에서 눈물이 따끔거리는 것을 느꼈다.

"그렇습니다, 빌리 장군님."

스타키가 손을 내밀자 크레이튼이 양손으로 맞잡았다. 스타키의 손은 늙고 차가웠고, 초원의 어느 작은 동물이 기어 들어가 자신의 연약한 뼈다귀만 남긴 채 죽어 버린 뱀 허물 같았다. 눈물이 스타키의 아래쪽 눈자위에서 넘쳐 나와 말끔하게 면도한 뺨으로 흘러내렸다.

"나는 챙겨야 할 용무가 있어."

"예, 장군님."

스타키가 오른손에서 웨스트포인트 사관학교 반지를, 그리고 왼손에서 결혼반지를 빼냈다.

"신디에게. 내 딸아이한테 전해 줘. 그 애가 잘 받았는지 확인도 해 줘, 렌."

"그렇게 하겠습니다."

스타키가 문으로 걸어갔다.

"빌리 장군님?"

렌 크레이튼이 쫓아가며 그를 불렀다.

스타키가 돌아섰다.

부동자세로 선 크레이튼의 눈에서 눈물이 계속 뺨으로 흘러내리고 있었다. 그가 경례했다.

스타키도 경례로 답례했고, 그러고 나서 문을 나섰다.

엘리베이터가 층수를 나타내는 숫자를 깜빡거리며 계속 웅웅 소리를 냈다. 경보음이 울리기 시작한 것은(슬프게도, 엘리베이터는 이미 돌이킬 수 없는 사태에 대한 경보임을 아무래도 알고 있는 것 같았다.) 스타키가 엘리베이터를 맨 꼭대기 층에서 열리게 하려고 특수 열쇠를 사용했을 때였고, 그래서 그는 군용 차량 주차 구역에 들어갈 수 있었다. 스타키는 우선 지프를 골라잡은 다음 차를 몰아 어지럽게 뻗어 있는 실험장의 사막 땅을 가로질러 '최고 경계 구역/ 특별 인가 없이는 출입 불가' 라고 적힌 출입구를 통과했다. 그러는 동안 렌 크레이튼이 늘어선 모니터들을 통해 자신을 지켜보리라고 그는 상상했다. 검문소들은 고속도로 톨게이트처럼 보였다. 그 속엔 아직도 사람이 있었지만, 누리끼리한 유리 너머의 군인들은 죽어 있었고 건조한 사막의 열기 속에서 급속도로 미라가 되어 갔다. 검문소 자체는 총알에도 끄떡없었지만, 세균까지 막아 내지는 못했다. 벽과 지붕이 반원형으로 이어진 막사들과 키 작은 콘크리트 건물들 사이로 얼기설기 나 있는 비포장 도로들을 따라 움직이는 유일한 물체인 스타키의 차량이 지나가는 동안, 검문소 시체들의 생기 없고 움푹 꺼진 눈들이 그를 멍하니 주시했다.

그는 문에 'A-1-A 취급 인가 없이는 절대 출입 불가' 라고 적힌 표지판이 붙은 아담한 철근 콘크리트 건물 바깥쪽에 차를 세웠다. 열쇠 하나를 사용해 건물 안으로 들어갔고, 다른 열쇠로 엘리베이터를 불렀다. 엘리베이터 입구 왼편의 유리벽 경비 초소에서 죽어 뻣뻣해진 경비병이 그를 주시했다. 엘리베이터가 도착하여 문이 열리자, 스타키는 황급히 안으로 들어갔다. 자신을 향한 죽은 경비병의 시선에서 먼지투성이 돌멩이 두 개 같은 눈의 작은 무게감이 느껴지는 것 같았다.

엘리베이터가 어찌나 신속하게 가라앉는지 배가 울렁거릴 정도였다. 승강기가 멈추자 벨이 부드럽게 울렸다. 문이 스르르 열리자 부패로 말미암은 달콤한 냄새가 스타키를 슬쩍 후려치는 것 같았다. 냄새가 그리 지독하지 않았던 것은 공기 정화기가 아직 작동 중이기 때문이었지만, 공기 정화기조차도 악취를 완벽하게 처리할 수는 없었다. '사람은 죽으면 남한테 자기 죽음을 알리고 싶어 하는 법이지.' 스타키는 생각했다.

엘리베이터 앞에는 열 구가 넘는 시체들이 널브러져 있었다. 스타키는 시체들 사이로 조심조심 걸으며, 썩어 가는 창백한 손을 밟거나 뻗쳐 있는 다리에 걸려 넘어지지 않기를 바랐다. 행여나 그렇게 되면 비명을 지를 수밖에 없을 텐데, 그는 그런 행동이 결단코 싫었다. 무덤 속에서 비명 지르고 싶어 하지 않는 이유는 그 소리가 소리 지른 당사자를 미치게 할 수도 있기 때문이었고, 그가 있는 곳이 정확히 그런 곳이었기 때문이었다. 무덤 속이었던 것이다. 돈을 넉넉하게 들인 과학 연구 단지처럼 보이는 이곳의 진짜 정체는 바로 무덤이었다.

엘리베이터 문이 그의 뒤에서 스르르 닫혔다. 엘리베이터가 자동으로 올라가기 시작하자 웅웅 소리가 났다. 다른 누군가가 열쇠로 조작하지 않으면 다시는 내려오지 않을 것임을 스타키는 알았다. 시설의 안전성에 구멍이 뚫리자마자 컴퓨터가 모든 엘리베이터를 종합 차단 프로그램으로 전환시켜 놓았더랬다. 이 불쌍한 남녀들은 왜 여기에 누워 있는 거지? 컴퓨터가 비상 조치 전환 작동을 엉망으로 할 거라고 기대한 것이 분명하다. 왜 아니겠는가? 심지어 상당히 타당한 생각이기도 했다. 그 밖에 다른 모든 것은 엉망이 돼 버렸잖은가.

스타키는 발소리를 뚜벅뚜벅 울리며 구내식당으로 통하는 복도를 걸었다. 위에서는 거꾸로 매달린 사각 얼음 그릇 같은 기다란 뚜껑 속에 파묻힌 형광등 조명이 강하지만 그림자가 생기지 않는 빛을 내보냈다. 시체는 더 있었다. 옷이 다 벗겨지고 머리에 구멍이 난 한 남자와 한 여자. 스타키는 생각했다. 둘이서 성교를 했고, 그러고서 남자가 여자를 쐈고, 그러고서 남자가 자기 자신을 쓴 것이라고. 바이러스 꽃밭 속에 핀 사랑. 군용 45구경 권총이 아직도 남자의 손에 쥐여 있었다. 타일 바닥이 피와 오트밀처럼 보이는 회색 물질로 얼룩덜룩했다. 그는 몸을 숙여 죽은 여자의 유방을 만져 보고 단단한지 물컹한지 확인하고 싶은 소름 끼치는 그러나 고맙게도 일시적인 충동을 느꼈다.

홀을 더 내려가니 한 남자가 닫힌 문에 등을 기대고 앉아 있었고, 표지판이 그의 목둘레에 신발끈으로 묶여 있었다. 그의 턱이 앞으로 숙여져 표지판에 적힌 글을 가렸다. 스타키는 손가락을 남자의 턱 밑에 대고 머리를 뒤로 밀어올렸다. 그러자 그 남자의 눈알들이 고깃덩어리인 양 자그맣게 철퍽 소리를 내며 머리통 속으로 떨어져 들어갔다. 표지판에는 빨간 매직펜으로 이렇게 적혀 있었다. 그것이 '효과 만점이란 건 다들 아셨겠지. 더 질문하실 분?'

스타키는 남자의 턱에서 손가락을 뗐다. 머리통이 부자연스러운 각도로 위로 젖혀진 채로 굳었고, 까만 눈구멍은 열심히 위쪽을 뚫어지게 응시하고 있었다. 스타키가 뒤로 물러났다. 그는 또 울었다. 자신이 우는 이유는 질문할 것이 아무것도 없기 때문이지 싶었다.

구내식당 문이 활짝 열려 있었다. 문 바깥에는 커다란 코르크 게시판이 붙어 있었다. 6월 20일에 프로젝트 리그 볼링 경기가 예정된 것을 스타키는 보았다. 프로젝트 전체 챔피언 결정전, 냉혹한 도랑 알까기 팀 대 선제공격 팀. 또한 안나 플로스가 7월 9일에 덴버나 볼더까지 차를 태워 줄 사람을 구하는 중이었다. 그녀는 차를 얻어 타고 비용을 분담할 작정이었다. 또한 리처드 베츠는 반은 콜리 반은 세인트 버나드의 피를 물려받은 순둥이 강아지들을 분양하고 싶어 했다. 또한 구내식당에서는 매주 모든 종파를 아우르는 종교 집회들이 열렸다.

스타키는 게시판에 붙은 모든 공지문을 읽은 다음 안으로 들어갔다.

이곳의 냄새는 더 지독했다. 시체에다 음식물까지 악취를 풍겼다. 스타키는 나른한 공포에 휩싸여 주위를 살펴보았다.

시체들 일부가 그를 바라보는 것만 같았다.

"제군들……."

스타키는 말하고 나서 목이 멨다. 무슨 말을 하려고 했는지 전혀 생각해 낼 수 없었다.

그는 프랭크 D. 브루스가 수프 속에 얼굴을 묻은 채 엎어진 곳으로 천천히 걸어갔다. 한참 동안 프랭크 D. 브루스를 내려다보았다. 그러고서 머리카락을 잡아 프랭크 D. 브루스의 머리를 끌어올렸다. 굳어 버린 지 한참 지난 수프 때문에 얼굴에 들러붙어 있던 수프 그릇이 함께 딸려 올라왔다. 스타키가 공포에 질려 후려친 덕분에, 그릇은 마침내 그의 얼굴에서 나가떨어졌다. 그릇이 뒤집히며 바닥에서 까랑까랑한 소리를 냈다. 수프 대부분이 곰팡이 핀 젤리 같은 모습으로 프랭크 D. 브루스의 얼굴에 달라붙어 있었다. 스타키는 손수건을 꺼내 할 수 있는 한 깨끗하게 닦아 냈다. 프랭크 D. 브루스의 눈은 수프가 말라붙어 감겨 있는 것으로 드러났지만, 스타키는 눈꺼풀을 닦아 주고 싶은 충동을 참았다. 표지판을 매달았던 남자의 눈처럼, 프랭크 D. 브루스의 눈도 해골 속으로 쑥 빠질까 봐 두려웠다. 접착제 역할을 하는 수프를 제거하면 눈꺼풀이 창문 블라인드처럼 말려 올라가기라도 할까 봐 더욱 두려웠다. 프랭크 D. 브루스의 눈빛에 나타난 표정이 어떨지가 가장 두려웠다.

"브루스 이등병."

스타키가 부드럽게 말했다.

"편히 쉬게."

그는 프랭크 D. 브루스의 얼굴 위에 조심스럽게 손수건을 덮었다. 손수건이 얼굴에 들러붙었다. 스타키는 돌아서서 마치 연병장에서 사열하듯 구내식당을 여유 있고 한결같은 걸음걸이로 빠져나갔다.

엘리베이터까지 반쯤 걸어온 그는 목에 표지판을 건 남자를 만났다. 스타키는 그 남자 옆에 주저앉아, 자신의 권총 손잡이 위에 걸친 가죽끈을 풀었고, 권총의 총신을 자신의 입속으로 넣었다.

총이 발사되었건만 소리가 틀어막혀 그리 극적이지 않았다. 시체들 중 어느 하나도 눈길을 주지 않았다. 공기 정화기가 화약 연기를 처리했다. 프로젝트 블루의 중심부에는 침묵만이 있었다. 구내식당 안에서는 스타키의 손수건이 프랭크 D. 브루스 이등병의 얼굴에서 떨어져 바닥으로 살랑살랑 내려왔다. 프랭크 D. 브루스는 전혀 신경 쓰지 않는 듯했지만, 렌 크레이튼은 브루스가 보이는 모니터 속을 점점 더 열심히 들여다보는 자신의 모습을 발견하였고, 도대체 왜 빌리가 열심히 닦아 내면서도 그 남자의 눈썹에서 수프를 없앨 수 없었던 것인지 이상하게 여기고 있었다. 그는 빨리, 아주 빨리 미 합중국 대통령을 만나 보러 갈 예정이었지만, 프랭크 D. 브루스의 눈썹에 굳어 있는 수프가 많이 걱정스러웠다. 무척이나 많이.

제23장

다크맨 랜들 플랙은 51번 고속도로 남쪽을 성큼성큼 걸으며, 조만간 그를 아이다호 주에서 네바다 주로 인도할 이 좁은 도로의 양 방향으로 밀려드는 야밤의 소리에 귀 기울이고 있었다. 네바다에서는 어디든지 갈 수 있었다. 뉴올리언스에서 노게일스까지, 오리건 주 포틀랜드에서 메인 주 포틀랜드까지. 이곳은 그의 조국이었고, 그보다 더 조국을 훤히 알고 사랑하는 사람은 없었다. 그는 도로들이 어디로 흘러가는지 알았고, 그 도로들을 밤에 걸어 다녔다. 이제 동트기 1시간 전, 그는 그래스미어와 리들 사이의 어딘가에, 트윈 폴스의 서쪽에, 아직도 두 개의 주에 걸쳐 펼쳐진 덕 밸리 보호 구역의 북쪽에 있었다. 이 얼마나 멋진가.

그는 빠르게 걸으며, 닳고 닳은 장화 뒤꿈치를 포장도로 위에 부딪고 있었고, 만약 자동차 불빛이 지평선 위에 나타나기라도 하면 차츰차츰 물러나, 도로 옆의 부드러운 갓길을 지나 밤벌레들이 집으로 삼는 울창한 풀밭으로 내려왔다. 그를 지나친 차의 운전자는 아마도 수직 하강 기류 속을 질주하는 듯한 미묘한 냉기를 느낄 것이고, 그 운전자의 잠든 아내와 아이들은 마치 모두가 똑같은 순간에 악몽에 데기라도 한 듯 불안하게 몸을 뒤척였을 것이다.

그는 남쪽으로, 51번 고속도로의 남쪽으로 걸었고, 끝이 뾰족한 그의 카우보이 장화에 달린 닳아 빠진 뒷굽을 포장도로에 부딪고 있었다. 빛바래고 징 박힌 청바지와 청재킷을 입은, 나이를 가늠할 수 없는 키 큰 남자. 그의 주머니들은 각기 다른 50가지 종류의 인쇄물로 가득했다. 온갖 계절을 위한 팸플릿들, 온갖 논리를 위한 미사여구들. 이 남자가 소책자를 건네주면 내용이 무엇이든 간에 받아 보라. 원자력 발전소의 위험성, 미국에 우호적이었던 외국 정권들의 몰락 속에서 국제 유대인 연합이 했던 역할, 미 중앙정보국과 니카라과 콘트라 반군의 코카인 밀매 커넥션, 농장 노동자 노동조합, 여호와의 증인('만약 당신이 이 열 가지 질문에 '예'라고 대답할 수 있다면, 당신은 이미 구원받았습니다!'), 평등 쟁취를 위한 흑인 연합, 비밀 결사 조직 KKK단 행동 강령. 그는 이 모든 인쇄물들을 갖고 있었고, 더 많은 종류를 갖춰 놓았다. 그의 청재킷 가슴 양쪽으로 둥근 배지가 하나씩 달려 있었다. 오른쪽 것은 웃는 표정을 한 노란색의 동그란 얼굴. 왼쪽 것은 경찰 모자를 쓴 돼지. 돼지 그림 밑에 피가 뚝뚝 떨어지는 빨간 글씨로 적혀 있는 문구. '당신의 경찰 돼지고기는 맛이 어떻습니까?'

그는 계속 앞으로 나아갔다. 멈추지도 않고, 속도를 늦추지도 않고, 그러나 밤을 민감하게 느끼며. 그의 눈이 밤이 지닌 가능성으로 말미암아 거의 미칠 듯이 보였다. 등에는 오래되어 낡은 보이 스카우트 배낭이 있었다. 얼굴에는 검은 환희가 있었고, 어쩌면 그의 마음속도 그러하리라고 생각되었는데, 그 생각이 맞을 터였다. 그것은 증오로 가득한 행복한 남자의 얼굴이었고, 소름 끼치도록 매력적인 격정을 발산하는 얼굴이었고, 피곤에 지친 기사식당 여종업원들의 손안에서 물잔이 산산이 부서지도록 만들고, 세발자전거 탄 어린애들을 널빤지 담장으로 충돌하게 하여 말뚝 모양의 나무 쪼가리들이 무릎에 박힌 채로 울부짖으며 엄마에게 뛰어가게 하는 얼굴이었다. 흔한 술집 말다툼을 피범벅으로 바꿔 놓을 것이라고 장담할 수 있는 얼굴이었다.

그는 계속 남쪽으로 나아가 그래스미어와 리들 사이 어딘가에 있는 51번 고속도로 위에 있었는데, 이젠 네바다 주에 더욱 가까이 근접했다. 그는 곧 야영을 하고 낮 동안에는 잠을 자다가 저녁이 가까워지면 깨어날 것이었다. 저녁 먹을거리가 연기 없는 작은 모닥불 위에서 익어 가는 동안 그는 글을 읽을 참이었는데, 어떤 내용이든 상관없었다. 좀 망가지고 표지가 뜯겨 나간 문고판 포르노 소설에 나오는 글이든, 또는 히틀러의 저서 『나의 투쟁』에 나오는 글이든, 또는 로버트 크럼의 만화책에 나오는 글이든, 또는 미국의 선구자들이나 애국자의 자손들이 발표한 공격적이고 극우적인 성명서에 나오는 글이든 간에. 인쇄되어 나온 글이라면, 플랙은 공평하게 읽어 주는 독자였다.

저녁 식사 후에 다시 걷기 시작한 그는, 하나님께 버림받은 요놈의 황무지를 절단한 훌륭한 2차선 고속도로 위에서 남쪽으로 걸으면서, 기후가 점점 더 건조해져 모든 것이 산쑥과 굴러다니는 잡풀 덩어리로 쪼그라드는 주변 환경을 지켜보고 냄새 맡고 귀 기울여 경청할 것이었다. 그리고 산맥이 공룡의 등뼈처럼 대지에서 솟아오르기 시작하는 장관을 지켜볼 것이었다. 다음 날 새벽이나 그날 오후까지는 네바다 주로 넘어가, 우선 오위히를 지난 다음 마운틴 시티로 갈 예정이었고, 마운틴 시티에는 크리스토퍼 브래든턴이란 남자가 있어서 그가 흠 없는 차량과 흠 없는 서류들을 갖추도록 주선해 줄 것이었다. 그러고 나면 온 나라가 온갖 찬란한 가능성으로 충만해져서, 초자연적인 모세혈관처럼 거죽 속에 파묻힌 도로들의 조직망으로 얽혀 있는 국가라는 육체가 그를, 외부에서 흘러 들어온 검은 얼룩인 그를 어느 곳으로든 또는 모든 곳으로, 심장으로, 간으로, 허파로, 뇌로 받아들일 준비를 할 터였다. 그는 혈액 순환을 막아 버릴 장소를 찾아 헤매는 핏덩어리였고, 찔러 버릴 연약한 내장 기관을 사냥하는 뼛조각이었고, 짝을 찾아 헤매는 고독한 미치광이 세포였다. 짝을 이루면 살림을 차리고 아늑하고도 자그마한 악성 종양을 건설할 참이었다.

그는 꾸준히 걸음을 재촉하며 양옆으로 팔을 흔들었다. 그는 유명했다. 몸을 숨기며 여행했던 고속도로들을 따라서 가난한 자들과 미친 자들에게, 직업적인 혁명론자들에게. 그리고 아주 맹렬히 증오하라는 가르침을 받고 살아온 덕분에 증오를 언청이처럼 얼굴에 훤히 드러내 보이며, 같은 부류의 인간들 외에는 아무도 불러 주지 않는 사람들에게 상당히 유명했다. 그런 이들을 환영하는 곳은 벽마다 선전 구호와 포스터가 덕지덕지 붙은 싸구려 방들, 속에다 고성능 폭약을 채워 넣느라고 몸통을 잘라 낸 파이프들이 푹신한 천을 덧댄 좀쇠 안에 들어 있는 지하실들, 정신 나간 계획들을 준비하는 은밀한 비밀 방들이었다. 장관을 죽이자, 시찰 나온 고위 인사의 자녀를 납치하자, 또는 수류탄과 기관총을 들고 스탠다드오일의 회의실로 난입해서 민중의 이름으로 처단하자. 그는 그런 곳에서 유명했고, 심지어 그런 인간들 중에서 가장 광적인 인간일지라도 어둡게 미소 짓는 그의 얼굴을 똑바로 마주 보지 못할 정도였다. 그와 잠자리를 같이했던 여자들은, 섹스를 냉장고에서 간식 꺼내는 것처럼 아무렇지도 않게 여기는 여자들일지라도, 그를 생각하면 몸이 뻣뻣해지고 안색이 바뀌었다. 사람들은 황금색 눈을 가진 숫양이나 검은 개를 대하듯 그를 받아들였고, 그러고 나면 그들은 싸늘해져서, 너무도 싸늘해져서 다시금 따뜻해지기란 불가능할 것만 같았다.

그가 모임 장소로 걸어 들어오면 광분하던 잡소리들이 멎었다. 험담, 맞싸움, 비난, 사상적인 강요가 깡그리. 한동안 죽은 듯한 침묵이 감돌 것이고 그들은 그를 향해 고개를 돌리기 시작했다가 이내 외면해 버릴 것이었다. 마치 그가 오래되고 무시무시한 파멸의 엔진을 품에 안고, 변절한 화학과 학생들의 지하 연구실에서 만들어진 플라스틱 폭탄이나 탐욕스러운 군부대 군수품 담당관한테서 입수한 암거래 무기보다도 몇천 배는 더 끔찍스러운 것을 가지고 그들에게 오기라도 한 것처럼. 피에 녹슬어 수세기 동안 비명을 윤활유 삼아 보관되어 왔으나 이제는 다시 작동할 준비가 된 장치를 가지고 그들에게 찾아온 것 같았고, 악마의 선물처럼 니트로글리세린 폭탄 양초가 꽂힌 생일 케이크를 그들의 모임에 들고 나타난 것 같았다. 그리고 다시 대화가 시작됐을 땐, 대화가 논리적으로 다져져서, 미친 인간들도 알아들을 수 있을 만큼 논리적으로 다져져서, 회의 안건들이 만장일치로 합의되곤 했다.

그는 계속 길을 걸었고, 익숙하고 편한 장화 속에서 그의 발이 기분 좋게 움직였다. 그의 발과 이 장화는 오래된 연인 사이였다. 마운틴 시티에 있는 크리스토퍼 브래든턴은 그를 리처드 프라이로 알고 있었다. 브래든턴은 도망자들이 이동하는 지하 철도 체계의 한 곳을 담당하는 기차 차장이라 할만 했다. 대여섯 군데 각기 다른 조직들이, 좌파 학생 조직 웨더멘부터 국외 테러 조직 게바라 여단까지 그에게 자금이 있다는 것을 알았다. 그는 시인으로서 이따금 시민 자유 대학 수업을 가르치거나 유타, 네바다, 애리조나 같은 서부 지역을 여행하면서 고등학교 영문학 수업에서 강연했다. 강연에서 그는 시는 살아 있으며, 기면증 환자처럼 잠에 빠진 것은 분명하지만 시는 여전히 가공할 만한 생명력을 소유하고 있다는 소식(그의 희망 사항)으로 중산층 소년소녀들을 어리벙벙하게 만들었다. 이제 50대 후반의 나이인 브래든턴은 20여 년 전 과격 단체 민주 사회를 위한 학생 연합(SDS)과 너무 사이가 좋다는 이유로 캘리포니아의 한 대학에서 해직당했다. 그는 1968년 대통령 후보 선출을 위한 시카고의 민주당 전당 대회에서 시위에 참가했다가 경찰 '돼지'들한테 체포되어, 한 과격 단체를 시작으로 다른 단체들과도 계속해서 인연을 맺었는데, 처음에는 이러한 단체들의 광기를 받아들였다가, 나중에는 철저하게 동화되고 말았다.

다크맨은 걸음을 계속하며 웃음 지었다. 브래든턴은 일개 운송관의 한쪽 끄트머리에 불과했으며, 그런 운송관은 수천 개나 존재했다. 미친 인간들이 이동하며 서적과 폭탄을 운반하는 파이프들이었다. 그 파이프들은 서로 연결되어 있었고, 표지판들은 정체를 숨겼지만, 초보자가 읽어 낼 수 있을 정도는 되었다. 뉴욕에서 다크맨은 로버트 프랭크로 이름이 알려졌고, 새하얀 피부를 지니고 있음에도 자신이 검은 남자라는 그의 주장은 단 한 번도 의심을 산 적이 없었다. 그는 흑인 베트남전 상이용사와 함께, 왼쪽 다리가 날아가 버린 슬픔을 분출하느라 증오심이 흘러넘쳤던 그 흑인과 함께 뉴욕과 뉴저지에서 경찰 여섯 명을 제거했다.

조지아 주에서 그는 램지 포레스트로서 KKK단 초기 지도자였던 나산 베드포드 포레스트 장군의 먼 후손이었으며, KKK단의 하얀 복면을 뒤집어쓰고 두 번의 강간, 한 번의 성기 절단, 한 번의 깜둥이 판자촌 방화에 참여했다. 그러나 그것은 오래전 일이었고, 1960년대 초반, 처음으로 민권 운동이 고조되던 시기였다. 그는 자신이 그 투쟁 속에서 태어난 것은 아닐까 하고 이따금 생각했다. 그 시기 이전에 자신에게 있었던 일을 그다지 분명하게 기억할 수가 없었다. 다만 자신이 원래 네브래스카 주 출신이었고, 예전에 찰스 스타크웨더라는 이름의 붉은 머리 안짱다리 소년으로서 고등학교 수업에 출석했다는 사실만 빼고 말이다. 그는 1960년과 1961년 민권 데모 행진 시절을 더 또렷하게 기억했다. 상습적인 구타, KKK단의 하얀 복면을 하고 야밤에 횃개 치기, 안에 품은 기적이 너무 커져서 담을 수가 없다는 듯이 폭발하던 교회들. 그는 1962년에 뉴올리언스로 흘러 들어가서, 미국이 쿠바를 그냥 내버려 두도록 촉구하는 유인물을 나눠 주던 광적인 청년을 만났던 것을 기억했다. 그 남자는 나중에 케네디 대통령 암살범이 된 오스왈드 씨였다. 다크맨은 오스왈드의 유인물 몇 개를 받아 챙겼고 아직도 그의 수많은 주머니 중 하나에는 매우 낡고 구겨진 그

유인물 두 개가 들어 있었다. 그는 베트남전에 반대하는 각기 다른 수백 개 책임 위원회에 참여했다. 그는 각기 다른 수백 개 대학 캠퍼스에서 벌어진 수십 개 악질 기업 반대 시위에 나타났다. 권력 있는 사람들이 강연하러 올 때면 그는 대개는 그 사람들을 쩔쩔매게 했던 질문서를 작성했는데, 결코 자신이 직접 질문하지는 않았다. 그 권력 상인들이 히죽거리고 이글거리는 그의 얼굴을 보고 공포심이 일어 강연대에서 도망칠지도 모르기 때문이었다. 게다가 그는 시위 집회에서 한 번도 연설을 해 본 적이 없었는데 그 이유는 마이크가 신경질적으로 반응하여 비명을 질러 대고 전기 회선이 터져 버릴 것이기 때문이었다. 그러나 그는 연설하는 사람들을 위해 연설문을 써 준 바 있었으며, 몇몇 경우에서는 그러한 연설들이 폭동, 뒤집힌 차량, 수업 거부 투표, 그리고 폭력 시위로 끝을 맺었다.

1970년대 초반 한때 그는 좌파 폭력 조직 SLA의 지도자인 도널드 디프리즈와 친하게 지냈고, 디프리즈에게 '싱크'라는 이름을 사용하라고 권유했다. 그는 SLA가 투쟁 계획을 짜는 데 도움을 주었고, 그 결과로 SLA가 부잣집 상속녀를 납치자 상속녀한테서 단순히 몸값을 뜯어내는 대신 그녀를 미치게 하자고 제안했던 사람도 바로 그였다. 그는 디프리즈와 다른 조직원들이 경찰이 들어오기 20분 전에 총격전으로 인해 이미 불고기가 됐던 로스앤젤레스의 자그마한 은신처를 빠져나왔다. 어슬렁어슬렁 거리를 나돌아 다니며, 불룩하고 먼지가 잔뜩 낀 장화로 포장도로를 긁어 댔다. 얼굴에 나타난 맹렬한 미소는 어머니들이 애들을 안아 올려 집 안으로 끌고 들어가게 했고, 임산부들이 조산할 듯한 진통을 느끼게 했다. 그 후 그 폭력 조직의 얼마 남지 않은 떨거지들이 깡그리 일망타진되었을 때, 그들이 아는 거라곤 그 조직과 관련된 어떤 사람이 있었는데, 아마도 중요 인물이었으며 외부의 용병인 것 같았고, 나이를 가늠할 수 없는 남자, 걸어 다니는 멋쟁이 또는 이따금 마귀 인간이라고 불리던 남자였을 거라는 사실이었다.

그는 한결같이 땅을 파괴할 듯한 속도로 성큼성큼 걸어갔다. 이틀 전 그는 와이오밍 주 라라미에 있었으며, 발전소를 폭파시켰던 과격파 환경 보호 조직의 일원이었다. 오늘 그는 51번 고속도로 위에, 그래스미어와 리들 사이에 있었고, 마운틴 시티로 가는 도중이었다. 내일 그는 또 다른 어딘가에 있을 것이다. 그리고 그는 어느 때보다도 더욱 행복했다. 그 이유는……

그가 걸음을 멈추었다.

무엇인가가 다가오고 있었기 때문이었다. 그는 그것을 느낄 수 있을뿐더러, 밤공기 속에서 거의 맛볼 수 있을 정도였다. 그는 그것을 맛볼 수 있었으니, 사방에서 몰려오는 그을음투성이 뜨거운 맛이었고, 마치 신께서 야외 파티를 준비 중이신 관계로 모든 문명이 바비큐가 돼 버릴 것 같았다. 이미 숯의 바깥쪽이 뜨겁게, 하얗게 쩍쩍 갈라졌고, 숯의 안쪽은 악마의 눈처럼 시뻘겠다. 거대한 것, 장엄한 것이었다.

그가 모습을 바꿀 시기가 가까워졌다. 그는 두 번째로 다시 태어나려 하고 있었고, 어느 장엄한 모래 빛 야수의 출산으로 고통스러워하는 자궁으로부터 밀려 나오려 하고 있었다. 그 야수는 벌써 자궁 수축의 진통 속에 드러누운 채, 분만을 예고하는 피가 세차게 뿜어져 나올 때마다 천천히 다리를 움직이며, 태양같이 뜨거운 눈으로 텅 빈 공간을 노려보고 있었다.

그는 이제껏 시대가 변할 때마다 탄생을 거듭해 왔고, 이제 시대가 또다시 변하려 하고 있었다. 변화는 바람 속에, 이 포근한 아이다호 주 저녁의 바람 속에 있었다.

다시 태어날 때가 거의 임박했다. 그는 알았다. 그게 아니라면 왜 그가 별안간 마법을 부릴 수 있었겠는가?

그는 눈을 감고, 새벽을 받아들일 준비가 된 검은 하늘을 향해 뜨거운 얼굴을 살짝 들어 올렸다. 정신을 집중했다. 미소를 지었다. 먼지투성이에다 닳아빠진 그의 장화 뒤꿈치가 도로 위에서 떠오르기 시작했다. 1센티미터. 2센티미터. 3센티미터. 미소가 환해지면서 이를 활짝 드러내고 싱긋 웃었다. 이제 그는 30센티미터 높이에 있었다. 그러고 나서 그는 지면으로부터 60센티미터 위에서, 아래쪽에 작은 먼지바람이 이는 도로 상공에 확고히 매달려 있었다.

그때 그는 하늘을 물들이는 새벽의 첫 여명을 느꼈고, 몸을 다시 내려보냈다. 아직은 때가 아니었다.

그러나 때는 곧 올 것이다.

그는 다시 걷기 시작하며, 히죽거리며, 낮 동안 몸을 눕힐 장소를 찾고 있었다. 때는 곧 올 것이다. 그리고 그것은 이제 충분히 알 만한 사실이었다.

〈2권에 계속〉

밀리언셀러 클럽을 펴내면서

지난 수백 년 동안 소설은 기묘하면서도 교양 넘치고, 자유로우면서도 현실에 뿌리 박고 있으며, 흥미진진하면서도 감동적인 이야기로 독자들의 사랑을 독차지해 왔다.

민담이나 전설 등에 비해 비교적 최근에 탄생한 이야기 형식인 소설이 순식간에 이야기 왕국의 제왕으로 올라선 것은 현대인들이 살아가면서 느끼는 희망과 절망, 불안과 평화 등 온갖 삶의 양상들을 허구 속에 온전히 녹여 내어 재창조함으로써 이야기를 읽는 기쁨과 더불어 삶을 재발견하는 즐거움을 주어 온 까닭이다.

사실 이야기를 읽음으로써 삶을 다시 생각하고, 삶을 생각함으로써 이야기를 다시 만들어 온 것은 인간이라면 피할 수 없는 숙명이다.

그런데도 최근 이야기의 제왕이라는 소설의 위기를 말하는 목소리가 점점 늘어나고 있다. 만약에 이 말이 사실이라면, 그리하여 사람들이 소설을 점차 외면하고 있다면, 핏속에 스며들어 있으며 뼛속에 틀어박힌 이야기 본능이 무언가 다른 것에 홀려 있음에 틀림없다.

사람들은 이제 이야기를 소설이 아니라 거리에서, 인터넷에서, 영화에서, 드라마에서, 광고에서, 대중가요에서 즐기고 있는 것이다.

'밀리언셀러 클럽' 은 이러한 소설의 위기를 넘어서려는 마음에서 기획되었다. 국내뿐만 아니라 전 세계 각국에서 독자들의 사랑을 한껏 받은 작품들을 가려 뽑아 사람들 마음을 다시 소설로 되돌리고 이야기를 한껏 즐길 수 있도록 배려하였다.

'밀리언셀러' 라는 이름을 단 것은 소설이 다시 사람들의 마음을 끌어 널리 읽히기를 바라기 때문이고, '클럽' 이라는 이름을 단 것은 소설을 사랑하는 독자들이 이 작품들을 가운데 놓고 오랫동안 이야기를 나누기를 바라기 때문이다.

앞으로 '밀리언셀러 클럽' 에는 예로부터 오늘날까지, 동양에서 서양까지 시대와 장소를 가리지 않고 널리 독자들의 사랑을 받아 온 작품들 중에서 이야기로서 재미에 충실할 뿐만 아니라 인간 본연의 모습을 확인시켜 줄 수 있는 소설들이 엄선되어 수록될 것이다.

이 작품들이 부디 독자들을 소설의 바다로 끌어들여 읽기의 즐거움을 극대화함으로써 이야기 본능을 되살려 주어 새로운 독서 세대를 창출하기를 바라는 마음 간절하다.

옮긴이 | 조재형

1972년 서울에서 태어났다. 숭실대학교 법학과를 졸업하고 전문 번역가로 활동 중이다. 『미저리』를 우리말로 옮겼고, 그 주인공인 애니 윌크스에 뒤지지 않는 스티븐 킹의 열성 팬이라고 자부한다. 스티븐 킹과 그의 작품에 관한 한 우리나라에서 가장 방대한 자료를 담은 팬 블로그(http://stephen-kingfan.tistory.com)를 운영하고 있다.

스탠드 1

1판 1쇄 펴냄 2007년 10월 19일
1판 8쇄 펴냄 2024년 8월 27일

지은이 | 스티븐 킹
옮긴이 | 조재형
발행인 | 박근섭
편집인 | 김준혁
펴낸곳 | 황금가지

출판등록 | 2009. 10. 8 (제2009-000273호)
주소 | 06027 서울 강남구 도산대로 1길 62 강남출판문화센터 5층
전화 | **영업부** 515-2000 **편집부** 3446-8774 **팩시밀리** 515-2007
홈페이지 | www.goldenbough.co.kr

도서 파본 등의 이유로 반송이 필요할 경우에는 구매처에서 교환하시고
출판사 교환이 필요할 경우에는 아래 주소로 반송 사유를 적어 도서와 함께 보내주세요.
06027 서울 강남구 도산대로 1길 62 강남출판문화센터 6층 민음인 마케팅부

ISBN 978-89-6017-124-4 04840 (1권)
ISBN 978-89-6017-123-7 04840 (set)

㈜민음인은 민음사 출판 그룹의 자회사입니다.
황금가지는 ㈜민음인의 픽션 전문 출간 브랜드입니다.